命运轮回·诸神寂灭

THE MIRROR

镜·神寂

沧月 著

卷五

北京联合出版公司
Beijing United Publishing Co.,Ltd.

目击众神死亡的原野上终将开出野花一片

远在远方的风比远方更远*

* 引自海子《九月》。

目录 Contents

目录

Contents

目录 Contents

第一章

鏖战

沧流历九十二年三月一日，叶城内战爆发。

在血洗了十大门阀之后，破军终于暂时满足，重新将视线投向了帝都之外。为了击溃以飞廉为首的抵抗力量，夺取对伽蓝城来说至关重要的陪都叶城，打通对外的水底甬道，云焕调集征天军团以半数以上的兵力攻向叶城，从空中包围了这座云荒最繁华的城市。同时，镇野、靖海军团也分别从水路和陆路加以支援。

一时之间，叶城上空战云密布，连日光都不曾透入一丝一毫。

城中枕戈待旦，紧张备战。然而在这千钧一发之际，云焕却并未立刻轻启兵端，反而下令征天军团围而不攻，将兵力转向叶城周边，连续攻占了随州、潜风、枞阳和琼林等地，逐一拔掉了护卫叶城的四个重要屏障，从而使叶城完全暴露于兵锋之下，并派军夜以继日地在叶城外挖掘长壕二道：内壕用于围困叶城，外壕用于阻挡援军，将所有可能出入的途径全部切断。

原本是云荒最繁华的叶城孤悬一地，陷入了危急之中。

叶城内，主管事务的巫罗长老与领兵的飞廉少将商议，随后采取了紧急措施，派兵接管原本属于商会管理的一切事务，统一调配粮食布匹等物资，以免城中陷入混乱。副将狼朗率军万余人进驻叶城外城，同时派人联络云荒各地尚未向破军投诚的帝国驻军，积极准备应战。

虽然诸位将领厉兵秣马，誓要反攻帝都平息叛乱，叶城内的百姓却人心惶惶。东西两市均已关闭，繁华的城市显得一片萧条，来自中州各方的巨贾们争相奔走相告，闭门彻夜商谈，为自身和这个城市的未来而忧心忡忡——

百年前改朝换代之时的那场惨祸，在此刻重新浮现在了城中商贾心头。

那一场长达数年的战争里，前朝空桑名将西京坚守叶城，誓死与入侵的沧流冰族血战到底。在长时间的守城之战后，城中弹尽粮绝，几乎到了山穷水尽的地步。最后，惧祸的商贾们暗地里密议，合谋毒杀了守军，将叶城献出，以求躲避兵祸——三千骁勇善战的御前骁骑军，没有倒在数年的血战里，却倒在了自己守卫的子民手中。

那一次的兵变之惨，令心肠最硬的人也目不忍视。

百年后，当歌舞升平里成长起来的一代人几乎忘了战乱的滋味时，昔日的阴影忽然之间重新降临了——这座繁华富庶的城市，再度来到了同样的十字路口上！

沧流历九十二年三月中旬，夜色里的叶城一片死寂，只有战云笼罩。

巡夜的队伍刚在窗外走过，那笙缩在客栈窗下听着远去的嘚嘚蹄声，这才长长松了一口气，忍不住将窗子打开了一条缝，偷偷探出头去观望——领队的年轻将领仿佛觉察到了什么，霍地回头看了这边一眼，吓得她立刻缩头。

“唉，都已经那么久了，这个东西怎么还是一点儿反应也没有啊？”破落的客栈里，少女跺着脚嘀咕，恨恨地看着右手上那枚戒指——蓝色的宝石光芒暗淡，一闪不闪，完全没有了平日里那种灵气。

那笙敲了敲“皇天”，闭上了眼睛，极力想感知到神戒的鸣动，然而，还是什么也没有。

“到底剩下的那个封印在哪里啊？”她开始不耐烦，四处乱转，把客房里的凳子踢得喀喇响，嘟囔道，“都困在这里半个月了！外头都是沧流军队，哪里也去不了……炎汐也不回来，真是急死人了！”

真是倒霉，本来顺着“皇天”神戒的指引来到叶城，眼看就要找到最后缺失的那个封印。然而神戒忽然就失去了反应，在接下来的几天里再无动静。她像没头苍蝇一样四处找，却怎么也不见端倪，不由得失了主意。

然而身为复国军统领的炎汐也有自己的任务，无法每日陪着她，经常要乔装潜行出去处理事务，每每深夜才回。每次回来时，脸色都非常不好，脾气也不如平日温和有耐心。她碰了几次钉子，便再也不敢去轻易招惹他。

在他们滞留叶城的这一段时间里，城中气氛日渐沉重，开始破天荒地实行宵禁，家家户户闭门不出。那笙一个人被扔在客栈里，时刻害怕那些冰族的军队会找上门来，又担心炎汐的安危，这样提心吊胆地过了好几日，开朗活泼的少女渐渐也变得有些焦躁。

今天又躲在客栈里白白等了一日，炎汐出门去了，不见踪影。她等了一整天，渐渐觉得疲倦，靠着门睡了过去。直到半夜，门吱呀了一声，外面有人走入。

“炎汐！”她立刻惊醒，跳了起来，“你去哪里啦？”

夜行人无声无息地走入房间，扯下了黑巾扔在桌上：“去了巫罗府里的大牢。”

“啊？”那笙吃了一惊，看到他脸色不豫，也不敢抱怨他去了一整天才回，小心翼翼地开口，“你……去干吗？”

“探监。”炎汐简短地回答，似极疲倦，“湄娘和很多同族，被羁押在那里。”

那笙给他倒了一杯茶，近乎讨好地奉上：“他们怎么样？还好吗？”

炎汐摇了摇头，没有说话，将杯中茶水一饮而尽，长长吐了一口气。那笙从未见他有这种表情，一时间心中忐忑，也不知如何说，只能在他身旁坐下来，托腮看着他，眼珠骨碌碌地转——这几天炎汐都不大理睬她了，仿佛有极重的心事，她在一旁看了干着急，却什么忙也帮不上。

“你饿不饿？”她好容易找到了话题，“出去了半夜，都没吃东西。”

“吃不下。”炎汐低声道。

“那么……要不要先休息？”她赔着小心。

炎汐摇了摇头：“睡不着——怎么可能睡得着？！”说到最末，他的声音陡然提高，一拳击在案上，霍然抬头。那笙被他眼里密布的血丝吓了一跳。

“嘘……”那笙生怕他惊动了店里其他人，连忙按住他的嘴，“出什么事情了？”

炎汐沉默下去，不再说话，只是侧脸看着黎明前黑暗的夜空，身子微微发抖。

“海魂川已经断裂了——泠音出卖了同族，星海云庭暴露了。湄娘因为受不住拷打而招认，在叶城的所有复国军都被牵扯进去，埋藏了上百年的海魂川全部曝光，整条线路几乎被破坏殆尽。”许久，复国军左权使才艰难地开口，“我本来是想去牢里营救他们出来的……可是，守卫太森严了，根本没办法带出他们。”

他摇了摇头，神色苦痛，声音发涩。

“那……我们再慢慢想办法？”那笙低声道，捧着脑袋冥思苦想，“或者回头问问苏摩和真岚——他们本领大，应该有办法。”

“不，不能拖延了，”炎汐低声道，“我无法带他们出来，就只有杀了他们。”

“什么？”那笙大吃一惊，瞬间从座位上跃起，几乎打翻了茶盏。

“是，我把关在死牢里的复国军全杀了……只有杀了他们，才能让他们不至于在酷刑之下泄露出更多秘密——巫罗那个家伙，论卑鄙比辛锥更甚。”炎汐喃喃道，肩膀在剧烈发抖，“是他们求我动手的。因为谁都不愿意承受更多非人的痛苦，更不愿如湄娘那样成为叛徒。”

“没有别的选择。”他侧过头看着夜空，声音低沉，“所以，我成全了他们。”

他解开了随身带回的包裹，血腥味迅速弥漫在房间里。那笙一眼看去，忍不住失声尖叫，惊惧地往后退了一步——十几颗新挖出的心脏，在灯下微弱地闪着血的光泽。

“不要怕，这都是战士勇敢的心，即便是在被杀的一瞬间，都没有人发出一声哀鸣，”炎汐的手轻轻拂过那些犹自柔软的心脏，声音深不见底，“放心，我会将你们的心放入大海……我们会一起回到故乡去。”

那笙不知说什么才好，只觉得心里难过至极。她竭力不去看那一堆可怕的血肉，怯怯靠着炎汐坐下，悄悄拉住了他的衣角，却说不出话。

炎汐没有再说话，在黎明前的黑暗里闭上了眼睛，长久地沉默。那笙不知怎样才能安慰他，想了许久，她小心翼翼地抬起手从背后抱住他的双肩，将脸颊贴在他肩膀上。炎汐的肩背是冰凉的，有着鲛人一族特有的温度，她第一次发现他是那样的清瘦，多年来的艰辛血战几乎令他心力交瘁——要到什么时候，他们才能离开这些战乱和哀痛，好好地相守呢？

两人就这样静静地在房间里坐着，一直到外面天光转亮，街上出现人声和脚步声。

“炎汐，”那笙终于坐不住，闷闷地出声，扯了扯他的袖子，“我饿了。”

枯坐一夜，复国军左权使终于回过神来，有些歉意地勉强一笑：“好，去吃早饭吧——等吃完了早饭，我们该去做正事了。”

“正事？”那笙走到门口吩咐小二将早点送来，回头诧异。

“昨夜我去了大牢，见到了湄娘，她垂死前跟我说了一件事……”炎汐蹙眉道，眼神里仍然有苦痛，“她说自己平生娇贵惯了，熬不过用刑，做了对不起复国军的事情，百死莫赎其罪——但好歹，总算还咬牙守住了最后的秘密。”

那笙愕然：“那……想必是极大的干系吧？”

“是，”炎汐缓缓开口，“她把湘和西荒来的霍图部人，全藏在了一个地方。”

“湘？霍图部？”那笙却对这两个名词都陌生，不知所以。

“是的，湄娘终究守住了最后的秘密，保护了最重要的人。”炎汐摇头苦笑，“碧前几日带回了如意珠，但随着右权使前去西荒的复国军全数牺牲——我们都以为湘受了那样的重伤，应该也是死了。但是，她居然还活着。”他合上眼睛，喃喃道，“如果帝都内那个人知道她还活着，一定会恨得发狂吧？”

“帝都内的人？谁啊？”那笙听得一头雾水。

“云焕。”炎汐冷冷吐出了两个字，睁开眼睛长身站起，“好了，不说了——那笙，我们赶紧出去吧，听说那些西荒霍图部的人一直在找你。”

“找我？”那笙更加诧异，跳了起来，跟了出去。

“应该跟六合封印有关。”炎汐低声道，“所以她才咬牙不说，宁可供出了别的一切，也留着这最后一个秘密。”

“真的？”那笙失声惊呼——原来最后一个封印是被藏了起来，难怪她在帝都遍寻不见！

“为了空海之盟啊……湄娘一直咬牙守着这个秘密，保护空桑人的最后一个封印不落入沧流人手里。”炎汐茫然地喃喃，看着外面，“她应该也是恨空桑人的，但居然能为他们保守秘密到最后，不惜牺牲了自己。”

那笙喃喃道：“真是了不起。”

吃过了早餐，那笙跟在炎汐身后走出了客栈。街道上空旷一片，行人稀少，昔日繁华的都市沉静在大难来临之前的颓败和慌乱之中。

走在叶城街道上，那笙抬头仰望着天空里密密麻麻的风隼，那笙倒吸了一口冷气：“天啊……好可怕，那么多风隼！一旦打起来，这个城市肯定完蛋了！”

“别乱看，小心引人注意。”炎汐连忙低喝。

那笙嘀咕：“干脆用隐身术得了。”

星海云庭还在数里之外，两人这样结伴而行，难保不在中途出差错。炎汐想了想，看着街上随处可见的巡逻兵马，点头道：“也好。”

在一个寂静无人的街角，起了一阵清风，两人身形旋即消失。空空的街道上，只有一股风无声无息地往前流动，一路穿过那些林立的刀兵和巡逻的军队。

星海云庭门外依然有重兵把守，两缕清风绕侧而过，没入了内院。

查抄还不到一个月的时间，昔年歌舞升平、纸醉金迷的地方如今已经荒凉而破败，箱笼翻倒，贴满了封条，寒风从户牖间呼啸穿过，依稀还有浓重的血腥味不曾散尽。

在狼藉满地的室内，两个人悄然现出身形，默然而立。

“真惨啊。”那笙回顾这个华丽的内堂，发现地上血迹随处可见，不由得喃喃。她低头看自己的手指——到了这个地方，“皇天”神戒还是没有反应，在暗淡的室内不见一丝光芒。她不由得有些迟疑，抬头看着他：“炎汐……真的是在这里吗？”

“走吧。”炎汐低声开口，随即转身朝着楼上走去，脚步刻意放轻，几乎是风一样无声无息。那笙踉踉跄跄跟在他后面，沿着金色的沉香木扶手往楼上跑，一路只觉得这个奢华之地渗透了鲜血气息，异常森冷可怖，仿佛有无数冤魂凝聚在她周围，伸出手拉扯着她的裙裾，哀哀哭泣。

那笙心里涌出说不出的寒意，瑟缩着紧跟炎汐。这个地方……这个地方，怎么会有这么大的怨气？

百年来……这里难道曾经死过很多鲛人？

炎汐却只是一路往上走，一直走到楼梯的最顶端，然后忽然停住。那笙几乎撞到他身上，却只见他忽然伸出手，轻轻敲击了一下倒数第七根扶手——扶手上本来雕刻着莲花，在那一击之下，那朵合拢的莲花盛开了，打开的木雕花瓣内，居然有一个纯金的莲心。

炎汐熟练地扭下了那个纯金莲心，按到了墙壁上某处。奇迹般的，莲心每一颗莲子的凹凸都和斑驳的墙壁严丝合缝——无声无息地，墙上浮出了一道门。

那扇门本来是和墙面齐平的，仿佛是被人用笔画在了上面。机关一启动，那扇秘密小门却渐渐浮凸，化为立体。最终，咔嗒一声，真实的门打开了——里面赫然有一间巨大的密室。密室的周围，隐隐有金光浮现。

那笙只看得发呆。她虽只学了术法皮毛，却也明白这里存在着一个极厉害的结界，保护着密室内的空间不被任何外物察觉和闯入。

“这就是海魂川的最后一站。”炎汐低声道，“千年来无数鲛人从这里逃离云荒，获得自由。即便是星海云庭沦陷了，这个地方也没有暴露。”

暗门打开的瞬间，那笙的右手上陡然闪过一道璀璨的光——“皇天”在刹那间发出共鸣，勒紧了她的手指，宝石上光华流转，那一道光芒宛如闪电，直指室内而去！

“在这里！”那笙喜悦万分，脱口惊呼，“炎汐，真的在这里！”

然而声音未落，黑暗里一道红光无声无息掠来，直取她咽喉！

那笙吃惊地后退，然而那个人显然蓄势待发已久，动作快得出奇，仿佛要把这个贸然闯入者立刻斩杀！炎汐大惊，不顾一切地掠来，然而却慢了那么一刹那。“叮”，一道光芒从她手上四射而出，恰恰格挡住了飞索。

“那笙！”那一瞬，炎汐已经抢身上前把她护住，失声道，“你没事吗？”

“没、没事。”那笙惊魂未定，感觉右手痛彻骨髓——方才竟然是通灵的神戒替她挡了一击，否则自己早已身首异处。看来，一到这里，“皇天”的力量便复苏了。

黑暗里有簌簌的声音，仿佛什么东西急促地敲打着石壁，想要出来。

而小门背后，隐藏着大得令人吃惊的空间。

室内只有一灯如豆，却在门打开的瞬间熄灭。黑暗一片的房间里杀机四伏，显然里面的人都做好了随时攻击入侵者的准备。他们两人站在入口处不敢妄动，生怕只是一动，便会引起里面人的激烈攻击。

“是西荒霍图部的朋友吗？”炎汐将那笙推在身后，声音清晰镇定，“在下是复国军左权使炎汐——请问湘在吗？”

“啊？”终于，黑暗里有人微弱地开口了，“是炎汐吗？”

喀嚓一声，火石击响，灯光重新燃起，将密室内的景象影影绰绰映照出来。一张可怖惨白的脸浮现在灯下，凝视着来人。双眼一边空空如也，而另一边深碧色的眼珠却几乎要凸出溃烂的眼眶，宛如厉鬼乍现。

那笙乍一看到灯下之人，不由得吓得失声大呼，躲到了炎汐背后紧紧抓住他的衣摆。

“湘。”然而炎汐却是毫不紧张，走上前去，“真高兴还能见到你。”

“我也是。”复国军最勇敢的女战士躺在墙角，静静看着同僚，浑身包裹着绑带——虽然受了如此严重的伤，然而奇迹般的，那些遍布全身的伤口却已经愈合，不再流淌出脓血。

“多亏了海皇赐予的药和湄娘的舍命相助，我才活到了今日。”她低声道，语音依旧衰弱，“左权使，你终于来了……我等了很久。我以为这个星海云庭里，再也不会有活人出现了。”

说话之间，那笙发现这个密室里居然还有其他人，那些人竟然都不是鲛人！他们齐齐抬头看向前来的复国军左权使，眼神各不相同——那些人都是西荒牧民打扮，为首的红衣女子怀里抱着一个石匣，正惊喜交加地看着那笙：“你是谁？你、你的右手上的那个戒指是不是……”

“啊？”那笙被她看得害怕，手一颤，缩了回去。

“是你！原来是你！”那个红衣女子蓦然低呼，狂喜地冲了上来，“戴着‘皇天’神戒的少女！是你！我们找了你几十年！”

那笙本来想后退，然而一看到对方怀里的石匣，也不由得露出了惊喜的表情："哎呀！你手上的这个东西，是不是……"

那一刻，"皇天"勒紧她的手，发出剧烈的鸣动。在那种念力的驱使下，那笙一个箭步上前，一把把对方怀里的石匣夺了过来，捧在手里看了又看："天啊……就是它！是最后一个封印！这下六合封印都全了！"

"是的，是的！"红衣女子同样狂喜地开口，"请您破开它！"

"皇天"闪耀出夺目的光，指引着佩戴者。那笙的手情不自禁地抬起来，用力按在石匣上，上面雕刻的密密麻麻的符咒硌痛她的肌肤——裂开一条缝的石匣里，清晰地可以感觉到有什么正在拍打着石匣，试图破匣而出。

"哎呀，这里头真的是臭手的另一只手！"那笙喜不自禁，开始凝聚念力。在她的召唤之下，"皇天"的力量和匣子里的断肢相互呼应，石匣发出崩裂的声音，将百年前设下的坚固结界一分分地摧毁。

湘却只是在一边看着，眼神复杂莫辨。

"为什么海皇要和这些空桑人结盟？"湘喃喃道，语气里有掩不住的憎恨，"为什么在我们血战的时候，他却向宿敌伸出了手？如果早知道他是这样的海皇，就算他救了我的命，我也绝不会……"

"湘，我和你一样无法原谅空桑人。"炎汐低语，神色肃然，"但是要获得自由，光靠复国军的力量不够……"

"呵，左权使，"湘笑了笑，被毒素侵蚀的脸扭曲可怖，"我才不要'空桑人给的自由'！我宁可死在这里！"

炎汐知道她心里怀着的怨恨根本无法化解，一时也无话可说。顿了顿，低声转开了话题："放心吧，如意珠已经交到龙神手上——湘，这一次你居功至伟，扭转了海国的命运，复国军所有战士都应该向你致敬。"

"呵……那又有什么用？我们所付出的代价，并不是敬意可以挽回。"她哑声道，空洞的眼里有深深的哀伤，喃喃道，"寒洲死了，所有人都死了，我也是残废之身……留一口气，只为看到回归碧落海的那一天罢了。"

炎汐低声道："放心，会看到的。"

"哈，好了！"此刻，那笙却在那头忽然惊喜地叫了起来——"皇天"光芒如同闪电一样割裂了昏暗的室内，手里的石匣铮然碎裂，符咒成为齑粉。里面封印了百年的东西掉落出来，在快落到地上的时候忽然一扭，凌空抓住了那笙的衣襟，吊在上面晃晃荡荡。

霍图部一行人一齐发出惊呼，转瞬看清楚匣子里的是一只断肢，一只活着的左手！

“臭手，臭手。”那笙忙不迭地将它抓起来，“听得到我说话吗？”

那只左手动了起来，屈起手指，比了一个大功告成的动作，然后转过方向，对着霍图部人恭恭敬敬地做了一个感谢的手势——

“多谢了，叶赛尔。”

有一个声音忽然在空荡的密室内响起，沉稳而镇定，抵达众人耳畔，让所有人愕然——这只断手……居然会说话？

“咦？你……认得她？”那笙看着断手，却也是诧异。然而真岚却没有直接回答这个问题，顿了一顿，开口道：“各位，叶城陷入重围，朝不保夕，绝不能久留。否则战端一开，便会陷入险境。我们必须迅速离开这里，趁早脱身！”

在石匣破开的一瞬，无色城里坐在光之塔下的头颅睁开了眼睛。

“怎样？”太子妃担忧地低声问，“最后的封印如何了？”

“我的左手拿回来了，”真岚长长舒了一口气，抚摩着空荡荡的左袖，“还算顺利……虽然耽搁了一段时日，但终究还是让那个丫头给找到了——这次，依然要多谢复国军。”

白璎也是松了一口气，眼神喜悦。

“多蒙复国军照顾，我们得去一趟大营。一是要面谢海皇和龙神，”真岚站起身，将身侧佩剑拿起，神色肃穆，“二是叶城之战不日爆发，少不得一场大战——破军力量骇人，沧流抵抗军只怕即刻溃败，我们任何一方都无法单独将其压制，空桑和海国得商量个对策出来才是。”

“说得是。”白璎起身，为他披上外袍，却道，“让红鸢跟你去一趟吧。”

怎么？她不想和他一起去镜湖大营吗？真岚动作停顿了一瞬，却只是淡淡道：“也好。你就留在无色城吧，回头我告诉你情况。”

“嗯。”白璎仿佛想说什么，却终究无语。

湖底往返，一日便回。

待得从复国军大营出来，水色苍茫，竟似一眼看不到头的迷雾。空桑一行人从大营里被鲛人战士客客气气地送出，眼神却有些失望——这一趟拜访，竟是连金帐都不曾入半步，更不曾见到苏摩或龙神。

“抱歉，让皇太子白走一趟。”炎汐不在，出来送客的是碧，言语温和。或许因为和飞廉相处长久，这个鲛人战士对于外族的敌意减弱很多，并不似营中长老们一样食古不化，“龙神已经前往泽之国了，至于海皇……非是故意失礼，他现在真的是谁都不见了——因为伤病的关系，只有巫医和女祭才能进入金帐。”

“是吗？”真岚站在营口的白石阵里，低首想了片刻，笑道，“也罢，请他好好养伤。如果有什么需要帮忙的地方尽管开口。”

“多谢皇太子。”碧微笑。然而，毕竟是面对着千年的宿仇，尽管彬彬有礼，眼神依然拒人于千里之外，“我想我们能做好自己的事情。”

“如此，有劳了。”真岚点头，回身招呼同来的赤王，“红鸢，我们走吧。”

然而等了片刻，却不见同行的赤王回应——碧和真岚忍不住回过头去寻找，回首之间，两人却齐齐吃了一惊。只见赤王红鸢站在大营门口，回头看着金帐的方向，整个人的神色都明显不对了。

金帐里寂静无声，只有馥郁的药香弥漫，隐约可见里面操劳的人影，却是那个侍奉海皇病情的鲛人药师。

红鸢就站在那里怔怔地看着，也不知道望了多久，回过头来的时候，真岚清晰地看到有一道泪痕从她眼角滑落，旋即在水中消散于无形。

“殿下，我们走吧。”红鸢回过神，匆匆走来，抬手掩饰地拂过眼角。

真岚没有说话，只是对着碧微微颔首告别。

“怎么？”走出了一箭之地后，他才开口，问自己的下属，“那个人，你认识？”

赤王没有说话，只是咬着嘴角，低头匆匆赶路。她红色的长发在水里漂浮，仿佛美丽的水藻，冥灵的身体是虚幻的，就像融化在这无穷无尽的水中一般，透明得宛如不存在。

然而，他却知道她一直在流泪。

“治修。”在走入无色城后，他终于听到她吐出了两个字，然后崩溃般地跪倒在了光之塔下，泪如雨下。分道扬镳已经百年，阴阳相隔，本以为沧海桑田再也不相逢。然而，今日她的眼角却捕捉到了那个铭刻于心中的影子。

手捧药盏准备进入海皇金帐的那个药师……竟是治修！

金帐里，红衣的溟火女祭听着外面声音慢慢远去，脸上浮出复杂的表情。

“海皇，真的不见他们？”溟火低声道，声音悲悯，近似于叹息，“你就要离开了，在离开之前，总要把想说的说出来……哪怕只说一句。”

水底的潜流缓缓荡漾，让榻上之人的长发如同水草漂动。那种灰白色还在蔓延，仿佛有某种无可阻挡的衰败力量由内而外发挥出来，活了一样，渐渐从发根到发梢，将原本闪着锦缎般深蓝光泽的长发染成霜雪。

“不必说了。”海皇躺在深陷的鲛绡里，面容宁静而颓败，如一朵在落日下凋零的花。一切都在以肉眼可见的速度凋谢，唯有眼里的光亮一如昨日，令人想起那种倾覆天下的美。

他的声音轻而冷，宛如风吹浮冰——如果百年前的一跃还不能说明，如果百年后的星魂血誓还不能说明——那么，言语又有何意义？他侧过头，冷冷地微笑：“我们不是一路人，但毕竟相逢过。这就够了。”

是的，百年前，在乱世黑夜的河流上，他们曾短暂地相逢，却转眼各奔东西。但相遇那一瞬，两人之间映射出的闪电般的光亮却不仅照耀了彼此，更映入了云荒的史册，永不会被抹去。

“苏摩……记得要忘记。”百年前，坠落天宇的女子在他耳畔轻声嘱咐。

可惜，他并未能够遵守。

如果真的忘记就好了……他就不会再在百年后返回云荒，也不会卷入这样的乱世急流之中，担起本不愿意承担的责任，更不会再与她和她丈夫相逢，合纵连横，引出诸多恩怨……也不会像如今这样，眼睁睁地看着自己的身体提前衰朽腐烂。

生命如风中之烛，当火熄灭，他也该离去。

苏摩的眼里浮动着星辰般微弱的光，身体上的裂痕如同活了般在延展——

内里的黑色光芒隐约闪烁，似乎想趁着他如今的衰弱，取得对这个躯体的控制权。有金色的符咒贴在创口上，压制着那些不停延展的裂缝，那些符咒写在连绵不断的长条金纸上，一圈一圈裹住他的身体，仿佛把他连着身体里的那蠢蠢欲动的东西一起封印。

阿诺、阿诺……是否，只要我还活着一日，便不能摆脱你？整个一生里，你都是缠绕着我的噩梦，令我无比地厌恶自己——但这一切，终究也该做个彻底的了断了……

“溟火，要知道如果没有开始，便不会有终结。”他抬起了手腕，一度光洁如玉石的肌肤如今枯萎而苍白，他的声音平静而冷酷——

“不必再说什么了。日落之后，我们便去往哀塔。”

日落。夜色初起，一轮冷月悬挂在天际。金色的迦楼罗静静悬浮在帝都上空，冷月的光辉衬得它仿佛不属于这个人世。机舱里，听完了下属汇报的人正在沉思，薄唇紧抿一线，长久不语。

“禀少帅，”季航忍不住开口，“围城已达半个多月，如今是否可以进攻？”

“不。”云焕只是摆了摆手，“继续围。”

诸位年轻将领面面相觑，却不敢出言。

“可是，现在各地援军被飞廉召唤，已经陆续赶来增援，再下去我军压力更大，而帝都被围日久，城内的粮食物资恐怕也会跟不上。”最终敢于开口的，却还是最受重用的季航，“属下以为攻占叶城应速战速决！”

“闭嘴！”云焕忽地蹙眉，声音里透出不耐烦的杀气。

季航脸色一白，不敢多言。

“非要我说透吗？一群蠢材！”云焕重重拍了扶手，厉斥道，“叶城算什么？我如果要打，一夜之间也就攻下来了！摆出那么大阵势，一直围而不攻，你们以为我是准备摆架子恐吓城里那些猪猡吗？”

左右将领均是一怔，却不敢接口。

“叶城不过是一个饵。我是要看看，在云荒上敢和我作对的人到底有多少！”云焕咬着牙，低低吐出几句话，“让他们都来增援好了——飞蛾扑火，自取灭亡，倒省了我到处奔波一个一个地解决了！”

诸位将领恍然大悟，心头一寒，纷纷低首道：“少帅英明！”

云焕冷笑道：“说穿了才明白，已是蠢材——飞廉是个聪明人，肯定比你们早明白这一点。我估计此刻的他也急着想突围而出吧？真可惜……如果兵力对等的情况下，他尚可和我一战，但如今……呵！”

他看向暮色初起的镜湖彼端，唇角扬起。那个繁华富庶的城市，此刻在薄暮中燃起了万家灯火，宛如一颗颗点缀在湖上的明珠。

“传令川胤少将，这几日加倍小心，绝不可将包围圈松懈分毫。”云焕转头下令，“叶城内的军队可能会趁夜试图突围——外壕阻挡援军，内壕扼守叶城，丝毫不能松懈，绝对不能让他们会合！”

“是！”新晋的将领们齐齐俯首，第一次对这个以篡位夺权而登上绝顶的暴君有了由衷的钦佩——破军和飞廉在军团中向来被称为双璧，原来，真的不是徒有虚名。

云焕接着听取了后继几位将领的报告，大都一句两句话之间便吩咐完毕。忽然，有负责东方战线的将军上前禀告：“少帅，泽之国那边的军情正在按计划展开。幽灵红藻投放后，青水水质迅速恶化，复国军被逼上岸，被我军大量围歼，龙神已经紧急前来支援——还请少帅做下一步应对的指示。”

“果然，龙神出来了？”云焕的手指轻叩着扶手，冷笑起来，“复国军大营已经坐不住了……呵呵，你们猜，为什么去的是龙神不是海皇呢？”

诸人沉默，不敢回答。

然而破军低声自语，却仿佛根本没有期待阶下的任何人回答：“苏摩他，一定伤得很重吧？”他嘴角浮出一丝笑意，“神庙上那一战之后，他已经无法支撑下去了……呵呵。只有我知道他到底为什么受伤，又受了多重的伤！”

他低语：“我只是奇怪，他为什么居然到现在还没死？”

新晋的将领们面面相觑——少帅是说海国的领袖已经濒临死亡？他又是如何得知？

云焕沉吟片刻，霍然抬起头，目光落在川胤将军身上，提高了声音：“下一步，就是要把龙神长久拖在泽之国！不要在意伤亡，要不停地发动攻击，让复国军没有喘息的机会！绝不能让海国有机会抽调兵力和空桑人会合！”

“是！”属下领命。

云焕俯视着夜色里静谧的镜湖彼岸——那里，北方尽头的神庙里，六座无头尸体化成的结界上，联通着无色城。可惜，那个出入口的结界力量太过于强大，那么多年来，沧流帝国都一直无法打破。

他低声道：“至于无色城里的冥灵，的确是个棘手问题……白瓔拥有几乎可以和我媲美的力量，如果真岚又解开了全部六合封印，事情就难办了——幸亏他们也只拥有夜的战场，我方的压力也会减轻一半。”

“我会亲自盯紧无色城的动向，这事你们不必插手——也无力插手。”他揉了揉眉心，疲倦地喃喃道，“好了，如果没有别的事情，都下去吧。”

诸将齐齐点头，都有长出一口气的轻松：“是！”

众人鱼贯而下，依次从飞索返回白塔顶。然而，在那一行人中，忽地有人迟疑着立住了脚，站在了舱室里。

“禀少帅，”留下的还是季航，待得所有人都退了，方才单膝跪地低声禀告，“属下奉少帅命令，已经将明茉送离了帝都。”

“哦？”云焕微微一怔——这几日军务繁忙，他早已忘了这件事。

季航回禀道：“少帅说送得越远越好，属下便让风隼将其送去了西荒的空寂城。”

“呵，还真是远……”云焕忍不住地笑，“季航，你打的好算盘。我知道你刚刚被拥立为族长，长房全数被杀，包括罗袖夫人和她的男宠。你心中有愧，也是恨不得永远不见明茉吧？”

“属下不敢。”季航微微颤了一下，只是低声道，“空寂城里的宣武将军，也是巫即一族的外戚——属下以为明茉夫人去了那里，好歹有个投靠。”

“哦？是吗？空寂城……”云焕喃喃道，一时间仿佛触动了什么心思，眼神空茫起来，“算了，去了那里也好——我放她一马，让她永远不要再回来了。回来了，只会成为战火中的灰烬而已！”

在那些将领退下后，迦楼罗机场里重新恢复了一贯的平静。

潇坐在金座上，炼炉里的红莲之火还在熊熊燃烧，煅烧着成千上万的魂魄，渐渐凝成一颗若有若无的血色灵珠——然而，她脸上的表情是如此痛苦，仿佛火里燃烧着的是自己的心。

“看样子现在炼化的魂魄还不够，抵不上如意珠的力量。”云焕看着血腥遍布的大地，漠然地屈指计数，“让那些家伙都聚到叶城来吧，然后来一场大战——再多死一些人，才能收集足够的力量。”

迦楼罗不易觉察地微微一颤。潇脸上露出苦痛神情，却不敢开口说一句话。

“对，还有这个，”云焕忽地想起了什么，从怀里取出一物，“一起炼了吧！”

“镇魂石？！”潇失声道，感觉石头刚一拿出就有邪异力量汹涌而来。

“罗袖夫人给她女儿的陪嫁之一。”云焕懒懒开口，手指一弹，送入了火焰之中，“虽然比不上如意珠，应该也是个好东西。”

“不……”潇失声道，却已经来不及阻拦。

镇魂石落入火焰，红莲之火忽然转为黑色，竟然凭空蹿起一丈高！迦楼罗发出一声呻吟，似有苦痛，庞大的机械由内而外起了一阵战栗。

“主人……”潇的声音也带了战栗，“这东西太过于阴毒，只怕难以控制。”

云焕却不以为意：“从新死的人里炼取生魂，难道就不阴毒了吗？潇，你不要怕什么难以控制——有我在，怕什么？”

他的手落在鲛人的肩膀上，带着毋庸置疑的稳定和冷酷。那双染尽了千万苍生性命的手上仿佛有神奇的力量，潇全身的战栗渐渐平定，温驯地低下了头。

潇沉吟许久，终于怯怯开口：“主人……有一件事求您。”

云焕有些意外地抬起眼睛，审视着这个一贯温驯的傀儡，这也是她多年来第一次开口提出要求吧？他皱了皱眉头，低声道：“说。”

潇的声音有些战栗：“听说……听说您下令，要把帝都内所有鲛人奴隶杀死？求求您，饶了他们吧！”她眼里有泪水落下，化为珍珠，“只要他们臣服于您，您就饶了他们吧！”

云焕霍然变色：“谁让你来求情的？又是谁告诉你这个消息的？”

潇一颤，无语，脸色苍白。

“听着，我不会饶过那该天罚的一族！”云焕低下了头，捏住她的下颔，一字一句地回答，“潇……你是例外，但不是所有鲛人都和你一样！”

"可是……"潇颤抖了一下，却鼓起了勇气没有退缩，"可是，并不是所有的鲛人都敢与您为敌……也不是所有鲛人都是复国军。您、您为什么不能宽恕他们呢……"

"住口！"云焕骤然厉声，打断了她的请求，"你问我为什么不宽恕？因为正是你的族人，在我眼前杀了我师父！正是那些鲛人……杀了我在这世上最爱的人。"

他的声音出奇地低微，说到最后一句已然轻如梦呓。然而这样反常的语气却让潇再也禁不住地浑身战栗，脸色苍白如死。

"更可恨的，是她令师父至死都怀疑我……"云焕的声音里有某种奇特的森冷，静默地渗透开来，宛如夜的黑暗在蔓延，"我可以被任何人冤枉、被任何人否定，唯独不能忍受被师父这样对待！你知道吗？在她最后说她原谅我时，我真的想死……因为只有一起死了，才能到另一个世界向师父证明我的清白！

"就连落在辛锥手里，或者看到我姐姐死去，我都不曾有这样的念头！"他的声音开始有略微的颤抖，"不过，最后，我还是决定不惜一切代价地活下来——活下来，灭了那该天罚的一族！"

云焕霍然停止了声音，急促地喘息，仿佛心里有难以控制的激烈情绪再度涌起。他松开了捏着潇下颌的手，在雪白的肌肤上赫然留下乌青的印记，倒退两步，跌入金座，苦笑。

"不，不……我不能宽恕，潇，我不能宽恕！

"正是'不宽恕'，才让我活到了今日——如果要我放弃复仇，选择饶恕，那么，我将再也没有活下去的力量……你明白吗？"

潇长久地无语，仿佛为听到这样的话而震惊。

"我明白了。"许久许久，她终于发出了低微的声音——

"那么，主人……就这样憎恨着，活下去吧！"

沧流历九十二年三月十七日，午夜，叶城会战正式爆发。

同为帝国双璧的飞廉，及时察觉了云焕以叶城为饵、吸引四方兵力赶来并加以分别消灭的意图，决意不再拖延。于当夜率两万军马进至叶城外围，率先开战，逼近围城的川胤所部的征天军团控制线。此时，由云荒各地赶来的帝国军队也已经云集，由守卫瀚海驿的齐灵将军率领，亲临叶城城下。

一时间，叶城外围各路大军云集，形成了层层的包围与反包围的战线，犬牙交错，形势极为复杂。

双方都意识到了叶城会战是一场生死存亡的搏杀，如果飞廉系帝国军失败了，那么平叛就失去了最主要的中坚力量，十大门阀将彻底灭亡；如果破军失败了，不仅帝都伽蓝将会陷入包围，成为一座孤城，更重要的是飞廉一旦突围和各地援军会合，将会极大程度地撼动新诞生的帝国政权。

双方仿佛都横下了一条心，必欲死争叶城。

金色的迦楼罗悬浮于帝都上空，任凭战云翻涌，依然一动不动。

攻城战斗于午夜打响。战火映红了叶城的天空，隆隆的炮火震得大地动摇，城里所有百姓都彻夜未眠，收拾了细软，合家躲进地窖不敢外出，惊惶地探头观望战况。

“哎呀，完了！”院子里，一个满头珠翠的中年妇人缩回头，脸色吓得煞白，“老头子，他们打进来了！他们打进来了！”

“胡说什么！”旁边的男子一把将她拉回，紧张道，“哪有那么快？”

飞廉少将所率的征天军团一直部署在叶城外围，和帝都派出的九天军团刚刚开始鏖战，应该没那么快就被攻入市内——然而，在妇人刚刚把头缩回时，头顶就传来了剧烈的呼啸声，黑暗压顶而来！

妇人失声惊呼，和丈夫一起抱着头缩在地窖一角，感觉那阵忽然而来的飓风从头顶上空卷了过去，将屋顶上的瓦片揭落大半。妇人惊慌地将脸贴在地上，眼角的余光里，她看到了一道银色的光芒，宛如流星一样掠来，贴地一闪，旋即拉高而逝。

怎么……怎么回事？那是风隼？风隼怎么忽然来到了内城？

旋即，她便听得西南角上镜湖入口处一片喧哗，灯笼火把映得半座城都通明，不由得心下惴惴，嘀咕道：“难道，难道又是哪个富家出事了？”

近来城中民心惶惶，鉴于百年前那一场兵祸的教训，不少巨富人家在战端刚起的时候便弃城出逃，留下的多半是妇孺老幼。城中空虚，巫罗大人和飞廉少将忙于备战，对城中日常事务也疏于管理，奴隶造反、掳掠富豪之家的事经常发生，到处一片混乱。

“看来还是早早投降帝都算了……打什么打？”丈夫在耳畔喃喃，“反正无论谁赢了，还不都是冰族人坐天下？”

“杨公泉，都怪你这个死鬼！”妇人只觉一股怒气从心而起，一指头戳在了男人的脑门上，“好好的桃源郡不住，有了一点儿钱就想着搬来叶城花天酒地！现在可要连累老娘一起死在这儿了！”

男人被她尖尖的指甲戳得满脸红印子，却一味赔着笑脸：“哎哎，是我不好是我不好……但夫人不必担心，我们两口儿一贯命大，定能躲过这场灾祸。”

“这次若躲过了，就趁早搬回桃源郡去住！”那个妇人犹自道，“由得你把我们黑心昧来的钱都投在叶城那些婊子身上去吗？你想想那些钱我们费了多大力气才赚来！几乎送了命！”

“是，搬回去，搬回去。”男人只是低着头赔笑，忽地面上一僵。

一阵冷风吹来，令他打了个冷战。背后地窖的门竟已无声无息地开了，一只手在窗棂上一拉，一个黑色劲装的人从门外跃了进来，顺手把剑压在了他的咽喉上。

妇人尖叫了一声，吓得战栗，瘫软在地。

“噤声！”那个闯入者全身浴血，长发散乱，显然方才刚刚死里逃生，剧烈地喘息着，颊边还带了几处剑伤——而那眼睛，竟是碧绿色的。

鲛人？！妇人嘴唇颤了一下，硬生生止住了冲到了口边的惊呼，定定看在闯入的另一个人身上——那是一个异族少女，仿佛受了伤，被那鲛人半扶半架着，毫无生气地倚着他后背，全身浴血，左手自肩至肘被一刀砍开，鲜血泉般涌出，散乱的长发披满了脸颊。

血！成摊的血从她垂落的指尖滴下！

黑衣的鲛人用剑压着他的喉咙，低声道：“别叫——借你家地窖用一用。”

“两位爷……”妇人哪曾见过这等场面，颤不成声，“我们只不过是从桃源郡刚搬来的，比不得其他人家，地窖里……地窖里也没什么东西啊。”

“不必害怕，”来人身上的肃杀之气渐渐收敛，放下了剑，低声道，“有伤药和绷带吗？”他用肩膀顶上了地窖的门，将背上的人小心地放下，焦急道，“我的同伴伤得很重。”

“好……好，我就去找。”那妇人连忙点头，踉跄而去。

“那笙，那笙！”来人伸手扶住了昏迷中的少女，俯身附耳呼唤对方的名字。然而那个少女一动不动，脸色苍白。

妇人不一会儿便回来，手里拿着一卷纱布和几盒药膏，小心翼翼：“只找到这些。”

刺鼻的血腥让人头昏目眩，那笙躺在炎汐的怀里，死去一般一动不动。寂静中，只听到血一滴滴滴落的簌簌声。炎汐扶着她，将药小心翼翼地抹上，却很快被如注的血流冲走。复国军左权使也是身经百战的人，但此刻关心则乱，看那笙这般重伤，手却开始颤抖，只觉血往上冲，大脑一片混乱，几乎不知自己在做些什么。

万万没有想到，在离开叶城时居然会遇到这样突如其来的变数，战争恰恰在今夜爆发，完全打乱了他们这一行人的撤退计划！

整个叶城戒备空前的森严，根本没有丝毫出入的机会——按照原计划，他们一行本来准备由水路偷偷返回镜湖，却不料在入水口已然密布重重机关，一踏入便被发觉。他带着那笙狂奔，躲避着天上地下无处不在的追兵，和湘、叶赛尔一行失散，闯入了这座相对僻静的宅院里。

“那笙，那笙！”炎汐心下焦急万分，用力摇晃她的身子。

昏迷的少女终于透出一口气来，悠悠醒转，眸子却暗淡无光。她尚未完全睁开眼睛，双手便吃力地抬起，将怀中护着的一物抱紧，脸上露出宽慰的表情：“哦！还、还在呢……没丢……那就好了……”

“那笙，”炎汐只低声道，“你……你怎样？”

“我很好，”那笙轻声回答，身子却因为剧痛而微微战栗，“你不要担心——快、快把东西拿回去给他们。只要凑上这只手……便大功告成了。”

“先别管这个，”炎汐看到她伤口血流不止，“先治好伤。”

他用绷带紧紧束住她左臂上方的血脉，减少伤口中的血流，然后再度把药物敷上去，用纱布裹上，按压不放。温热一层层透出，直抵掌心。他不敢低头去看，只觉手中很快就满是鲜血——人类的血是温热的，烫得他双手发抖。

“好冷……好冷。”那笙止不住地颤抖，炎汐连忙伸出手，也不管尚有外人在侧，便将她紧紧揽在胸前，却忘了鲛人冷血，自己根本无法给对方丝毫暖意。

“都是我不好，”她喃喃道，神情沮丧，“我不该这么不小心，触动了水下的网铃……回头乱跑，又被城上戒备的军队发现……我、我太没用了……”

“不关你的事，”炎汐低声安慰，“谁都不知道今晚他们会提前开战。”

那笙仿佛还想说什么，但脸色青灰，嘴唇微微颤动，竟似乎连开口的力气都没了。她靠在炎汐怀里，呼吸细而急，半晌，在所有人都以为她已经昏睡过去时，她却忽然睁开了眼睛，仿佛攒足力气一样，清晰而急促地开口：“快，快把东西送回去！都已经开始打仗了，得把臭手的身体拼回去！你不要管我了。”

“不行，”炎汐断然摇头，“现在把你扔在这里，肯定没命。”

“我、我才不会死在这里……我还要跟你回碧落海呢。”那笙声音微弱，拉住他的手，“如果不快点设法通知那边前来接应，我担心叶赛尔、湘……她们几个，都会出事。”

“不行。不能留下你一个人。”炎汐喃喃道，声音却渐弱。

孰是孰非，孰轻孰重，判断起来并不难，然而做到却谈何容易？

两人焦急地说服着彼此，眼里根本看不到别的，自然也没有发觉，那一对虚与委蛇的夫妻正趁着他们分神，悄然地靠近地窖门口，准备夺门而逃。

“哎呀！”当先出门的男人刚要逃离，却忽然发出一声惊呼，仿佛被什么绊了一下，一头从台阶上倒栽下来，压得紧跟后面的老婆躲避不及，一同骨碌碌地滚回了房间里。

炎汐和那笙惊觉回头，却看到那两人直直盯着一处，发出了刺耳的尖叫，两眼一翻晕了过去。

一只苍白的断手，正死死地抓着男人的脚腕。

“臭手！”那笙失声惊呼，声音微弱，“你、你什么时候……”她颤巍巍地伸手探向怀里，发现囊中那个东西不知何时已经悄然溜了出去。

“我说，你们两个人只顾卿卿我我，也不看好这对狗男女？”那只手从旁边扯过了一条绳子，单手利落地将这对夫妇捆到了一起，“差点就让他们溜出去坏了大事！”

那笙这才将视线落到了那对夫妇身上，忽地诧异："咦？我……我好像见过他们！"

"见过？怎么可能，丫头你才来云荒多久啊，怎么可能到处碰到熟人？"那只断手一边说话，一边却毫不停顿地在那对夫妻怀里翻检，然后仿佛发现了什么，返身从地上爬行过来，兴冲冲道，"嘿……快来看，我找到了什么？"

炎汐一见断手上拿着的那株碧草，不由得失声道："瑶草？！"

不错，真岚指间夹着的，居然是一株碧绿的瑶草！瑶草乃是来自中州的仙草灵药，万金难求，号称可起死回生——不料在这个平常人家的地窖里居然还藏有如此灵药！

"我早就觉出他们身上藏有异宝，"断手嗤笑，"还在那儿哭穷。"

"抱歉……事急从权，也只能先借用一下了。"炎汐虽觉得内疚，然而毕竟那笙伤势要紧，也顾不得是否强夺了他人之物，"这下那笙有救了！"

他将瑶草放在那笙的伤口处，拿出火石点火，灼烤着草叶的另一端——神奇的景象出现了：那片枯黄的草叶仿佛活了起来，自动卷曲，紧密地贴在了那笙臂上不断流血的伤口处，整个草叶吸收了血，渐渐变成青色，随后又变成深蓝。

最后，只是一个瞬间，那片瑶草忽然间凭空燃起了火，在伤口上一烧而尽！

"哎呀！"那笙看到身体上起火，下意识地惊呼。然而话音未落，火光燃尽，瑶草化为灰烬而落。在瑶草烧过的地方，奇迹般地留下了一条长长的疤。

那样严重的伤势，居然在瞬间就被弥合！

"太好了……真的管用！"炎汐喜不自禁，小心翼翼地脱下外袍裹住那笙露在外面的手臂，"果然是稀世良药！"

"什么稀世良药啊，"那笙撇嘴道，声音明显有了中气，"不过是中州的艾草罢了。"

"对了！我真的认得他们！"一见瑶草，病弱的少女忽然来了精神，眼睛放光，回过神来，指着那两人嚷嚷，"是他们！桃源郡那个姓杨的和他老婆！难怪他们这里还有瑶草，这是慕容修那个大蠢材送给他们的啊！"

"姓杨的？"断手努力回想，忽地打了一个响指，"是了！过天阙的时候，那群人里好像是有一个姓杨的！"断手爬到了昏迷的人面前，抬起那人的下巴审视半天，"富态了那么多，怪不得我没认出来。"

“当然富态了，”那笙没好气，“这两个家伙，把我和慕容修当肥羊卖给如意赌坊，拿了个大价钱，自然吃得脑满肠肥。”

“哦……”真岚不知还有这段历史，不由得失笑，“那我替你出气。”

真岚挥手重重地在那对夫妇后脑上打了个爆栗子，声如木鱼。杨公泉和黄氏被那么一打从昏迷中苏醒过来，一看到一只断手在眼前爬动，不由得心胆俱裂，大叫一声又两眼翻白昏了过去。真岚无奈摊开手，动作麻利，三下五除二地把两人捆翻，扯到了地窖的角落里，这才算是处理完毕，落得耳根清净。

瑶草果有奇效，那笙脸色渐渐红润，说话的中气也足了。她看了一眼地上的两个人，哼了一声，一推炎汐：“好啦，你也别感到内疚了——他们两个都不是好东西，我和慕容修差点就被他们送掉了一条命呢！真是报应，今天遇到他们，我才算是觉得出了这口恶气。”

房内几人尚未说完，忽听外面又是一连串的巨响，火光映红了半边天，地窖的内外都有强烈的震动，墙上灰土簌簌落地。

“不好！”真岚和炎汐同时脱口，看向了叶城东方，“红衣大炮！”

外墙显然已经被轰塌了一角，兵士开始往内城撤退，个个脸上带着纵横的血汗，火把的光映照着乱兵的影子，狰狞可怖。然而毕竟是演武堂出来的战士，个个都是精英，即便是撤退，这些士兵还不曾乱了章法。

放弃外城后，瓮城成了下一个争夺点。出乎意料地，形势开始逆转。外线上似有援军冲杀而来，声势迅猛、用兵灵活，围城的军队猝不及防，后方被撕开一条长长的口子，顿时打乱了前冲的节奏，不得不分出兵力来抵挡。

趁着这个机会，退守瓮城的军队开始反击。帝都刚经过一轮血洗，征天军团里不少门阀出身的战士同样遭到了灭族，铁城新招募来的战士尚未经过培训，整个军队的战斗力一时无法恢复如初。而飞廉带领的征天军团虽说在数量上明显少于帝都军队，然而战斗经验丰富，战术灵活多变，敢打硬仗，配合娴熟，远远胜过前来围攻的帝国军队。

一时间，新一轮血战又开始了。

“这样下去，只怕叶城也撑不了多久啊，”真岚喃喃道，手指轻轻叩着地面，“何况现在云焕根本尚未出动——他到底在等什么？”

“破军杀人，似乎喜欢‘慢’一些。”炎汐沉默，半晌缓缓道，“听说昔年得罪过他的那些门阀，还一直在辛锥手里活着——他对叶城也是如此吧。”

说起帝都那人的暴虐残杀，真岚也是沉默。

实在是可怕……这样的魔头出世，不仅对沧流帝国是个噩耗，对于整个云荒同样也必将是一个极大的灾难！

“你们干吗替别人操心？”那笙却有些不以为然，“让冰族他们内斗就是了！狗咬狗一嘴毛，等他们打完了我们再去收拾他！”

真岚苦笑摇头：“不行。只怕等打完了，我们也收拾不了他了。”

“怎么会？”那笙哼了一声，不相信他的话，“我们这边有你和太子妃姐姐，还有龙神，怎么会打不过？”

“破军已非昔年之云焕。”真岚的手继续敲着地面，显然无色城里那颗头颅也在沉吟，“他拥有剑圣技艺，又继承了魔之左手和迦楼罗的力量，绝情绝义，再无牵挂——如今的云荒，已经无人是他敌手。如果空桑、海国联手，如今看起来的确是尚有胜算，只是……”

“只是什么？”那笙急不可待。

“只是，魔之左手可以从死亡里获得力量，”真岚眼神渐渐严肃，看着外面被战火映红的夜——漆黑的天幕下浮动着无数淡淡的红色丝线，无数魂魄正在被无形的力量抽离出死亡的躯体，吸入迦楼罗的底舱。

他的声音低沉如预言：“战火越蔓延，魔的力量就越大……如果不能及早消灭它，破军就再也无法遏制！”

炎汐霍然站了起来：“那么，我们尽早动手吧！”

“不行不行，”真岚连连摆手，“现在不是时候……先设法离开叶城再说。”

“也是。”那笙想起眼下处境，沮丧地喃喃，“怎么出去还不知道呢。”

地窖里的诸人再度沉默下去，不知不觉外面的天已经黑了，炎汐安顿好了那笙，起身在地窖里翻找食物——杨公泉夫妇为了避难，准备得倒也详尽，地窖里饮食被褥一应俱全。

当夜无话。第二日一早，那笙睁开眼，却看到真岚的断臂在地上迅速爬行，画了一个大大的符咒，将两人围在了中间。看到她醒来，真岚抬起手打了个招呼：“你们先在地窖里好好养神，别走出这个圈，这样外来的东西就不能伤害你们……”

“喂喂，你干什么？”那笙失惊道，“你难道要自己跑掉？”

“丫头，你是不是把湘和叶赛尔她们忘到脑后了？人家为了让我们顺利离开，故意把追兵引开了，我们不能就这样把她们扔在那里不管。”真岚停住了手，指着复国军战士，“炎汐，你看好这个丫头。”

“喂！”那笙看到那只手朝着地窖门外爬去，忍不住大声道，“你还没恢复！怎么可以乱爬？至少得让我跟着才安全啊！”

“有你跟着，我大概只会死得更快些吧！”断臂做出一个无可奈何的姿势，在那笙的怒骂里迅速爬走了。

“白璎，我要出去找一个人，你在入夜尽快带人马来叶城接应。”无色城里的头颅在那一瞬短暂地睁开了眼睛，对着身边的太子妃吩咐了一句。然后不等对方表示反对，魂魄便再一次转移到了叶城的断臂上，旋即闭上了眼睛。

“不，真岚你不能出去！”白衣的太子妃微微变了脸色——六合封印尚未完全解开，只有一臂残留地上的空桑皇太子依然是脆弱的。叶城战火连天，危机四伏，这样贸然出去肯定是极其危险的。真岚外表虽看似随便，但做事一向缜密。究竟是为了什么，要这样焦急地冒险出去找人呢？

是因为那个叶赛尔，那个他经常开了水镜凝视的红衣女子吗？

白璎心情复杂地回过头，看着一旁坐在光之塔下的空桑皇太子。然而真岚的魂魄已经不在壳中，眼睛合起，刚缝好的身体松软地堆成一叠，宛如没有生气的傀儡。

这段时间来，很多时候都会看到真岚独自开了水镜，默默地凝视或者和镜中彼端的人对话——有时候，对方是作为智囊军师的慕容修，而更多的时候，却是那个红衣的叶赛尔。

那个百年来他一直默默凝望的西荒女子，到底她在他的心里是什么样的存在？

真岚……百年的挣扎之后，我们终究选择了相守。但，我们真的了解彼此吗？

第二章

重逢

黎明到来的时候，一夜猛烈的厮杀终于暂时平息。

身边的鲛人傀儡操纵着比翼鸟回到叶城，飞廉从舱室里出来，沿着银索滑落地面，感觉全身都是汗水和硝烟的味道，落地时几乎有虚脱的感觉。然而他却片刻不停地穿过被炮火熏黑的瓮城，奔向外城里那一支同样疲惫不堪的军队。

正是这支外来的奇兵在昨夜关键的时候撕破了敌方的防守，扭转了局面！

“飞廉少将。”远远地，有个半身是血的中年军人正趔趄着从马上被人扶下来，唤他，“飞廉少将！”

是齐灵将军！心下略微诧异于领兵杀入重围的居然是这个长年驻守赤水大闸、从未打过硬仗的贵族将军，飞廉脸上却还是露出了感激的笑意，直迎上去：“齐灵将军！原来是你？叶城昨夜能击退乱军进犯，全靠你啊！”

中年军人脸上露出又是高兴又是尴尬的表情，但毕竟生性淳厚，不忍夺人功劳，转身指了指旁边坐在墙角下休息的一个士兵，低声道：“不……昨夜我刚到外城下就折了一臂——后来带兵的是这一位同僚。”

飞廉吃了一惊，回头看向那个靠着墙角喘息的年轻战士，而那个人也抬起被炮火熏黑的脸看着他，眼里满是血丝，却闪着狼一样的亮光。

完全陌生的脸，陌生的眼，从未在演武堂甚或帝都见过。

“我叫狼朗，原镇野军团空寂大营的队长……”那个人喘息着，从身侧拿出一面令牌。飞廉只看了一眼，脸色便是一变——这个人，居然是巫彭元帅的直属战士！

“在下奉巫彭元帅之命，赴东泽斩杀叛贼高舜昭。”果然，那个人擦了一把脸上沁出的血，禀告，“不料功成回来复命，便发现元帅已为逆贼所杀！”

巫彭元帅……飞廉沉默下去。

破军诞生那一夜他亲临现场，看到了巫彭元帅被杀时的情景。那种血腥残酷的场面，宛如噩梦一样在脑海里挥之不去。他忘不了云焕那样可怕的眼神，忘不了他撕裂元帅断臂、狂饮鲜血大笑的景象。

狼朗霍地抬起了头，眼里几乎要冒出血来：“少将！元帅于我恩同再造，今日我便是为了诛杀破军，为元帅复仇而来！”

“我们同仇敌忾。”飞廉叹了口气，心下却暗自奇怪巫彭元帅何时居然收了这样一个能力出众又忠心耿耿的下属。

他生长于帝都门阀之家，自小深知种种权谋。十巫都是心机深沉之辈，其中巫彭和叔祖两位尤甚，在帝国中经营已达百年，势力盘根错节、遍及上下，麾下更有不少隐藏的奇人异士——不料到了如今，这些昔年暗伏的棋子，却成为救命的奇兵！

“飞廉少将，”身后有士兵上前禀告，“巫罗大人请您回去一趟。”

“怎么？”他转身，诧异道。

“据说抓了几个复国军的奸细，”士兵道，“请少将回去一并审问。”

“什么？复国军？”飞廉苦笑，感觉事情乱如麻，喃喃抱怨，“这个时候还冒出复国军来？星海云庭那边的海魂川不是已经被连根拔起了吗？”

他翻身匆匆上马，忽地想起什么，转身对地上的那个战士开口：“你叫狼朗对吧？等下来一趟军中大营，我们商量一下接下来的计划。如何？”

“是，”狼朗站起身，肩背挺直，“但凭少将吩咐！”

战事骤起，一切从权。叶城顿时从一个繁华商业都市变成了战时指挥处。十巫最后幸存的长老巫罗成了最高指挥者，他的府邸也变成了临时的军机处，除了安置内眷的后园依然关闭外，前厅变成议事厅，花园变成了马场，不时有军队出入禀告战况，平日醉生梦死、穷奢极欲的地方，此刻充斥着战火硝烟的味道。

飞廉在堂前下马，将马鞭扔给旁边侍从，一路往里走去。

“禀少将，这些就是抓住的奸细！”士兵领着他来到内庭，指给他看庭中一串用铁镣铐在一起的男女，“他们的首领是一个红衣的女人，巫罗大人正在亲自提审她。”

“亲自提审？巫罗大人怎么会如此得空？”飞廉愣了一下，又看了看剩下的人，只看一眼，便露出诧异的表情，“这些分明是西荒来的牧民，怎是复国军奸细？”

“禀少将，这一群西荒的贱民昨晚试图带着一个鲛人复国军逃跑。”士兵恭谨地回答，“巫罗大人提审了半日毫无结果，反而被这群贱民惹起了火气，下令除了留下那个首领继续拷问之外，其余人明日便斩首。”

飞廉蹙眉，微有不快：“如今大敌当前，这些事情容后再说也不迟。”

“禀少将，”士兵低下了头，有些胆怯，“巫罗大人说，正因为局面混乱，所以要从重从快地平息一切苗头——早早杀了，免除后患。”

这种漠视生死的话令飞廉心中一阵不舒服，然而毕竟不便当众驳回巫罗的命令，他沉默下去。看到人群里还有一个少年，不由得不忍道：“这个呢？还是个什么也不懂的孩子，就是大人犯罪也不至于牵连到要斩首吧。放了他。”

“是。”士兵微微犹豫，但不敢拂逆少将命令，只能上前，想解开镣铐。

“呸，谁要你们冰夷来假慈悲！”话音未落，那个少年却直起了脖子破口大骂，“我是堂堂正正的男子汉，你他妈的才是乳臭未干的孩子！”

“阿都，”旁边一个身形高大的汉子低声厉斥，“闭嘴！”

“我才不！”那个少年直直盯着飞廉，“冰夷走狗，有种就杀了爷！”

周围战士霍然变色。沧流帝国等级森严，被贱民如此辱骂是极不可容忍的事情，不等少将表态，身边的侍从“铮”的一声拔刀出鞘，便想要割下这个沙蛮子的人头来。然而飞廉却并未被激怒，只是伸过手按住了侍从的手，摇了摇头：“算了。”

他侧过头问左右：“那个鲛人复国军又在哪里？”

“禀少将，关押在侧厢，”士兵躬身，“巫罗大人已拷问完一轮了。”

飞廉诧异：“为何分开关押，不在庭中？”

士兵迟疑了一下：“那个鲛人伤得太厉害，生怕铐在露天里立时便死了。”

飞廉一惊，匆匆走向侧厢。刚刚走到门口，仿佛忽然间觉察出了什么，他怔了一下，在门前顿住了脚。迟疑了片刻，对身侧的士兵道：“你先退下吧。”

“是。”士兵告退。

门在身后合上，房间里便重新陷入了昏暗。飞廉独自走入黑暗的房间，听到有人在帘幕背后细微地呼吸，声音急促而凌乱——血的腥味弥漫在房间里，伴随着另外一种他熟悉的味道。飞廉的眼神在黑暗里急遽地变化着，拂开了垂落的帘幕，悄无声息地走了过去，并没有点灯。

黑暗里，他感觉到角落里有人簌簌动了一下。

“不要害怕，是我。飞廉。”他在黑暗里俯下身，按住了那个尝试挣扎的影子，及时地轻声唤出了对方的名字，“湘？”

那个黑影瞬间全身一震。仿佛也认出了前来审问她的冰族军人是谁，她开始微微地颤抖，黑暗里碧色的眼睛闪烁着复杂的光——两个人就这样在昏暗的室内相对静默，不发一言。

“飞廉？”长久的沉默后，对方终于开口了，声音嘶哑难听。

“是我。”他叹息了一声，直起身来到桌边燃起了灯。光线明灭，映照着他的脸，征天军团的少将转过身来看着自己的鲛人傀儡，眼神复杂莫辨，“好久不见了……没有想到还能在这样的情况下遇到你，湘。”

然而，话音未落他就惊在当地，说不出下面的话。

湘？那……那竟是湘？！蜷缩在角落里的那个鲛人已经不成人形，简直就像被浸入过炼狱的火焰，全身上下没有一寸肌肤完好，伤口密密麻麻布满了她的全身，让她整个人看上去就像地狱火焰里挣扎呼号的幽灵。更可怕的是，那些旧伤之上，又层层叠叠布满了新的伤口，血肉翻卷，形态可怖。

地上的人哑声苦笑：“难为你还认得出我。”

飞廉惊住，半晌才缓缓苦笑：“不，让我认出你的，是你身上涂的润肌膏的味道。”

湘不易觉察地怔了怔。

在她作为云焕搭档离开上一任主人前往砂之国时，眼前这个人曾把一盒防止肌肤开裂的药膏给了云焕，千叮万嘱，要同僚一路照看好自己的鲛人傀儡。

当时她坐在破军少将的身侧，将字字句句听入耳中，虽然脸上装出一副傀儡没有神志的漠然模样，心中却起了极大波澜。

是的，在所有沧流军人里，在她的所有“主人”中，唯有他与众不同。

那时候，她早已知道这一趟西荒之行之后，将再也不能回到飞廉的身侧。她出卖了他，这个唯一善待她的人，只因为他们分属不同的阵营，必须不择手段地对抗——在背弃他时，她没有丝毫的犹豫。百年来的出生入死，已经让这个最强的女战士变得心如钢铁。

然而，却未曾料到宿命居然留了她一线生机，让他们再度于此地相逢。那一瞬间，复国军女战士眼里倔强不屈的亮光暗淡下去，低头不敢看他。

“湘，我以为你死了……”飞廉低声叹息，“云焕回到帝都后汇报说你是复国军安插的卧底，试图盗走如意珠，结果在逃离时死在了赤水里。”

“呵，他当然得这么说。”湘忽地发出冷笑，“他隐瞒了很多东西。”

“我知道，”飞廉摇了摇头，“后来元老院发觉如意珠是赝品，事情就急转直下了。”

“如意珠？”湘忽地冷笑起来，笑声嘶哑可怖，“你知道你们拿到的如意珠是什么吗？”她霍地抬手，指向自己空洞洞的眼眶，神情骄傲而决绝，“其实是这个！”

飞廉怔住，看着那空洞洞的深陷的眼睛，眼里露出震惊、敬畏和怜惜交织的表情。

“湘，何苦？”他喃喃道，“把自己弄得人不人鬼不鬼。”

“你不会明白，”湘看着他，独眼里露出讽刺的笑来，“飞廉少将！巫朗一族的公子！从小锦衣玉食、养尊处优的你，当然不会明白一个鲛人的感受！对我们来说，无论做人还是做鬼，都要比给你们当奴隶强！”

飞廉霍然回身：“所以，就可以肆无忌惮地背叛和利用别人吗？”

湘被他的语气镇住，微微一怔。他的眼里有痛彻心扉的神色，一瞬间深深刺痛了她的心——那是被所爱所信的人一再背叛后的苦痛和失望。

“碧的事情……你知道了？”许久，她才轻轻问了一句。

飞廉短促地低笑了一声，不再作答。湘在黑暗中绞紧了手指，低下头去，感觉手指微微战栗——复国军勇敢无畏的女战士，第一次有了不敢直视别人眼睛的时候，只在黑暗里沉默。

“杀了我吧。”她终于开口，“我什么也不会招供的。”

飞廉没有说话，回头看着被毒素侵蚀得惨不忍睹的人——显然方才巫罗又提审过一次，陈旧的伤痕上又遍体绽开了血淋淋的新伤口，令人目不忍视。飞廉沉默了片刻，只是叹了一口气：“巫罗都没能令你开口，我又能把你怎样？”

那样无可奈何的温和语调，却让湘颤了一下。

飞廉回过身，看着叶城上空战云密布的天空，低声道：“湘，我痛心的，并不是你们曾背叛我。一个民族对抗另一个民族，无论用什么手段其实都可以原谅。只是……”飞廉看着远处帝都上空的隐隐金光，叹息道，“只是，我憎恨自己。我竟然亲手把一个奸细送到了我最好朋友的身边去，葬送了他原本光耀的一生——同时，也葬送了整个国家。”

整个国家？湘一怔。这段日子她一直被密闭在星海云庭的海魂川密室，根本不清楚在这短短几个月里外面到底发生了什么。

“云焕……难道没死？”她迟疑地开口，“他贻误军机，带回了假的如意珠，帝国应该处死他了吧？”

飞廉微微一怔，回过头看着她：“原来你居然还不知道。”

“不知道什么？”湘怔了一下。

“你果然不知道……”飞廉苦笑起来，那个笑容越来越深刻，最后几乎变成了一种悲凉而沉郁的叹息，“你不知道云焕现在变成了怎样可怕的人，你也不知道帝都眼下变成了怎样的情况！”

他看向她，声音渐渐严厉：“湘，你一手开启了封印，放出了魔物，却居然至今不知道后果？！”

湘喃喃道：“你……你说什么？”

“我说，与你计划的相反，云焕他并没有被处死！”飞廉低下了身，凝视她的眼睛，声音里带了某种激愤，“他活下来了！承受了比你想象更多的苦难，失去了所有亲人，活下来了！”

“他活下来是为了报复，你明白吗？报复你，报复我，报复背弃他的国家，也报复出卖他的那个民族！”飞廉的声音渐渐凌厉，伸出手握住了湘单薄的肩膀，“在对他下手的时候，你可曾预想过他今日变成了什么样的一个魔物！你可曾明白自己做了什么样可怕的事情！”

湘的呼吸急促起来，说不出一句话。

“湘，整个云荒都会因此卷入空前的战火，”感觉那具残缺的肢体在掌心的战栗，飞廉叹息，“不过……我相信你最初的意愿，也并不是如此。”

湘默默点了一下头，仿佛被他的气势压住，态度软弱下来。

“我想请求你一件事。”飞廉握住她的肩膀，低声开口。湘下意识地往后靠了一下，警惕地看着这个沧流军队的少将，紧紧抿起了嘴角：“什么？”

“湘，你知道在这一次帝都的大屠杀里，我失去了多少亲人和朋友？对如今的我来说，要遏制云焕的心和你复国的信念一样坚定！”飞廉凝视着复国军女战士，声音平静，“所以，湘，我只求你做一件不损害你族人和国家的事，请你务必帮我。”

湘沉默着，心里铁一样的防线松动了一下，终于嘶哑开口：“什么？”

“告诉我，在西荒的砂之国，究竟发生了什么样的事？”飞廉的语音沉郁，“为何从那里回来之后云焕整个人都完全改变？他现在这样可怕的力量从何而来？我想知道他的一切，包括他的弱点。而现有的人里，没人比你更了解他——请你务必告诉我。”

湘张了张口，神情复杂。仿佛回忆起了西荒的种种，她残余的那只眼睛里忽然浮现出泪光。颤了颤，这个刚强如铁的女战士第一次露出了悔恨和软弱的神色，喃喃低语：“破军唯一的弱点……是那个人啊……”

她抬起手，掩住了脸，哽咽道：“飞廉……我不该杀了那个空桑女剑圣……我真的不该杀了她！到了现在，他已经没有弱点了！”

云荒大地上已经烽烟四起，而水下的无色城里也是厉兵秣马。

真岚皇太子不在城内，太子妃白璎便担负起了国主的责任，出动六部，调兵遣将，准备入夜后突袭叶城，将被困的皇太子一行解救出来。

然而奇怪的是，点兵完毕，却独独不见赤王红鸢。

“禀太子妃，”有侍从上前低语，“赤王今日一早孤身出城，似乎去了复国军大营。”

“什么？”白璎大惊。

红鸢是诸王中除了自己之外的唯一女性，比自己年长，做事严谨周到，却不料，在如今这样战事一触即发的时候，却平白无故地忽然做出这等反常的事来！

“呵呵，真是的，一百年后还是这副德行！”玄羽冷笑起来，露出不屑的表情，“人都死了，还被鲛人迷得神魂颠……”

话说到一半戛然而止，玄王猛地回忆起皇太子妃昔年的遭遇，觉得犯了忌讳，不由得悻悻住口。诸王都微觉尴尬。白璎不动声色地看了玄王一眼，转开话题：“好，既然赤王不在，那我们先行议事吧——先要告诉大家一个好消息，诸位，最后一个六合封印已经找到了！真岚即将全面恢复力量！”

诸王面面相觑，即便是活了百年的老冥灵，还是在激动之下发出了欢呼。

欢呼响彻无色城，白璎声音却转低：“但是，眼下云荒大乱，沧流帝国内战四起。叶城战火频繁，皇太子一行被困在城内无法离开——所以，今晚我需要带一队战士跟我去叶城，将其迎回。谁跟我去？”

“听凭太子妃吩咐！”诸王齐齐俯身。

在安排定了当夜计划后，众人退去，白璎坐回塔下，抬手轻轻揉着眉心——星魂血誓改变了她的体质，令她从冥灵恢复成一个有血有肉的人。然而，人的躯体却带来了另一种不便，她再也不能如同以前那样，毫无休息、永不疲倦地日夜工作了。

她看了看身侧。真岚的躯体依旧还在座位上沉睡，意识游离于外。她看着那个百年来朝夕相对的人，忽然看出那张从不见衰老的脸上却透出同样的疲倦，不由得在内心轻轻叹了一口气，抬起手轻抚他的眼角眉梢。

真岚……真岚，如今的你，孤身陷落在遍布战火和敌人的围城里，是否平安？

她站起身，打开了水镜，集中灵力凝视着水波离合的镜面，开始遥遥地感知陆地上方那个人此刻的所作所为——凌乱的场景开始浮现：隆隆的炮火，弥漫的硝烟，满地的尸首狼藉……这是叶城的哪里？真岚，又在哪里？

随着意念的扩展，水镜里视线渐渐清晰，她终于看到了那只断手，却不由自主地一怔，下意识退开了一步——那只手正紧紧握着另一只纤秀的手，在一路狂奔。一袭红裙在战火中猎猎飞扬。

那是……那是……

“啪”，华盖失手落下，重新覆盖了水镜。白璎怔怔地看着关上的水镜，那一袭熟悉的红裙，烈火般灼痛了她的眼角。

居然又是这个人？那个穿着红衣的西荒女子？真岚，你这样不顾一切地冒着危险出去，就是为了找到她吗？

她定定地看着神游物外的丈夫，眼神变幻。皇太子脸上带着一种仿佛睡去一样的宁静，唇角依然噙着平日常见的笑谑表情，那样随意而洒脱，温暖得令人安心——然而第一次，她觉得他的笑容里隐含着太多东西，无法看到底。

她从来不曾知道他在西荒的过往，不知道在和她相遇之前，他是否曾经遇到过别的女子，正如她先遇到了苏摩一样。

他们在遇到彼此之前，都已经有了太多的经历。

白璎坐在光之塔下，将光剑横于膝上，平息如麻的心绪。“后土”神戒在她指间发出纯净的光芒，灵力渐渐凝聚——今晚需要带兵杀去叶城，奇兵突袭地杀入重围，将那一行人带出，所以此刻，不能再放任自己去左思右想。

她合起了眼睛，灵台渐渐一片空灵。

再度睁开眼睛的时候，眼前忽地映入一袭红衣，令她眼角一跳。美丽的赤王不知何时返回无色城，驻足在她身侧不知多久，眼里有欲言又止的神色。

“赤王，”她随即平定了心神，开口，“你回来了？”

红鸢表情奇异地缓缓点了点头，仿佛明白她未曾说出口的责备之意，单膝下跪：“属下擅自离城，还请太子妃责罚！”

白璎连忙伸手扶住，却看到她面上犹有泪痕，不禁惊诧：“怎么回事？”

“不敢隐瞒太子妃，”红鸢低下了头，轻声道，“我去复国军大营见了治修。”

“治修？”白璎喃喃念着这个名字，依稀觉得这个名字似乎曾经在空桑贵族里一度私下流传热议，忽地抬起了头，脱口而出，“你说的难道是那个人？”

“是，”红鸢低着头，声音微微颤抖，“他又回来了。”

白璎的手停在她的肩上，一瞬间忍不住颤了一下——

一百年前，她也曾听过关于赤王的种种传言。听说这个比自己年长十岁的赤之一族公主爱上了一个鲛人，大胆妄为到几度拒绝承光帝的赐婚，从而引起了整个空桑贵族阶层的议论。她的父王母后，以及她的诸多兄长都一起逼迫她，用尽了各种手段——有一度，甚至传出过她自杀的消息。

因为继承人的任性，赤之一族陷入了动荡不安之中。老一代的赤王急怒交加，突然病逝。女王储跪在临终的母亲面前痛哭失声，终究在民众的呼喊声里接过了冠冕，登上了王位，成为新一任赤王。不到一年，为了巩固新生的王权，她听从帝都安排，与蓝之一族的贵族结亲，举行了盛大的婚典。

在婚典当日，新娘身侧不见那个鲛人的影子——而从此后，再也不见。

赤王出嫁后仿佛换了一个人，少女时代种种叛逆全都不见了。处事干练，态度沉稳，内外都井井有条，第三年生下了一个王子，让赤之一族的王位也有了继承人——在之后的十年里，她成了一个近乎完美的王，外面的流言终于渐渐平息，仿佛一切都被人遗忘。

再后来，便是战乱，便是倾国……

冰族在智者带领下从西海归来，登上狷之原侵入云荒时，首先遭遇了管理赤水流域的赤之一族。刚生产完不久的赤王一边带着族人奋起反击，一边向帝都紧急示警求援。然而，外敌之强大远远超出想象，而帝都政局腐败不堪，久久不见援兵到达，苦苦支撑数月后，赤水流域全部沦陷。

她的丈夫死于那一场战争，至死手里还握着长刀。平素冷漠的赤王扑倒在丈夫尸体上，痛哭至眼中流血。但擦干泪水站起后，却继续面对步步逼近的冰族入侵者，眼里有一个母亲维护自己孩子时的疯狂无畏。她不顾一切地在领地上和冰族展开了惨烈的搏杀，亲自上马冲杀在最前方，保护自己的族人和领地。

三个月后，赤王带领残余的精锐部队撤离，背后是熊熊燃烧的王宫和家园。

一年后，叶城沦陷，赤王随着诸王撤回帝都伽蓝。

十年后，帝都伽蓝孤城告破，她随着其余六王杀出重围来到九嶷山下，在传国宝鼎之前横刀自刎，决然割下了自己的头颅，做出了血的祭献。六王同殒，无色城打开了——帝都的所有空桑人，包括她年少的儿子，都在那一瞬一起化为冥灵进入异世界，开始了长达百年的安眠。

一转眼，已经是那么多年过去了……她的人生以另一种方式在继续，却早已和那个鲛人无关。

然而人生的际遇却是如此不可捉摸，到了今天，已经生死相隔之后，竟让他们又在镜湖之下的另一个世界里重新聚首了！

白璎握着赤王的手，俯下身看着这个红衣的女王，眼神复杂地变化——作为空桑王族里地位最高的两位女性，她们在某种程度上具有相似的命运。

“真好啊，”空桑的皇太子妃微笑起来，低语道，“祝你幸福。”

战乱中的叶城，到处都是血和尸体。

叶赛尔在街上狂奔，背后有急促的马蹄声逼近。从巫罗的房间里被救出后，她夺路狂奔，跑得不知方向，意识一片空白——狂奔中，一只手下意识地掩着胸前碎裂成一片片的衣襟，耻辱和羞愤的红晕依旧在脸上未曾褪尽。

在狂奔了一个时辰之后，她的体能到了极限，再也无法支撑，不得不在一条巷子中停下来，用手撑着墙壁剧烈喘息，脸上没有丝毫血色。

一只断手伸了过来，将她扶起。

“神，不要管我了……”她用力甩着手，试图将那只一路紧紧握着她手腕的断手甩开，“我不行了……那些、那些追兵就要来了……您快跑吧！如果被那些人抓住的话……如果您被那些人抓住的话……”

叶赛尔背身抵上门，对断手恭谨说话。

方才，在她被好色的巫罗亲自“提审”时，正是这个从石匣里出来的奇怪断手在千钧一发之际出现在巫罗府邸，拔出挂在床头金钩上的弯刀，对着那个将压在她身上的猪猡刺了下去，然后带着她一路逃到了这里。

若是这只断手来得晚了片刻，她便要成为那个好色猪猡的猎物。

“不，叶赛尔！你听我说，”而那只断手却比了一个噤声的手势，“等下他们一走，你就去西市附近的尚书坊，那里有座门上贴着一对送财童子的院子。”那只手一边警惕着外面，一边迅速地说着，“你去那里和那笙他们会合。”

那种语气不容决断，叶赛尔看着这只会说话的手，敬畏地点头。

“快躲好，”听得外面的马靴声已经近在咫尺，那只手比了一个手势，“我去引开他们，他们一走，你就逃！”

还不等叶赛尔明白过来，只看那只手在地上迅速地画出一个极其复杂的符咒，然后低喝了一声，放平手掌按在了正中——只见一道光起，凭空便出现了一袭红衣！

“啊？”叶赛尔再也忍不住脱口惊呼。眼前已经站着一个英姿飒爽的少女，和她一模一样！

真岚变身为女子，拉开了门往外就走，低喝道：“快走！”

红衣一闪，投入了门外寒冷的空气里，一路狂奔而去。追兵们立刻发现了这个目标，发出了一阵喧哗，脚步声纷纷随之远去。

叶赛尔咬了咬牙，再不迟疑，从后门悄然离开。

在进入瓮城后，眼看就要追上那个女子了，然而道路一弯，转过去却立刻失去了目标。追兵们大惑不解，瓮城和外城部署着众多军队，这条路又没有其他分支，两侧壁立，那个红衣女子穿着如此显眼，怎么可能凭空忽然消失？

瓮城里一片血污狼藉，日前的攻城战留下的尸体尚未清理干净，断手残肢横陈满地。冰族军队向来律令森严、做事严谨，不惜搬开了整座尸山，冒着血腥味一个个地翻过来查看，却始终没发现要寻找的人。

“难不成真的会飞？”队长喃喃道，他诧异地翻检着死尸。

不信神鬼的冰族人在此刻最大的想象力也只是如鸟类那样飞走，却始终没有想到这个人正好好地躺在自己的眼皮底下，以一只残肢的原始形态。

“该死的臭娘们！逃到哪儿去了？”翻遍了一条街，染了满手血腥还是一无所获，冰族战士心里的愤懑到达了极点，用刀枪在尸堆里乱戳一气，“回去把她的同党一个个都吊死在城头上！”

在那一队人马一无所获地离开后，尸体堆里一只手悄悄伸了出来。扒拉开了那些压在上面的沉重尸首，以指代步，一溜烟地沿着墙根嗒嗒跑远。

等回到杨公泉那个小院里的时候，天色已经是下午。

叶赛尔和那笙已经会合了，都急不可待地等在了那里，看到地窖门开一线，立刻就跳了起来。断手做了一个手势，示意几个人平静：“好了，现在暂时安全了——大家在这里等到天黑，空桑那边会来救我们出去。”

“哦，太子妃姐姐会来吗？”那笙欢喜道，“那就太好了！”

叶赛尔休息了一段时间，体力渐渐恢复，神志也冷静下来。然而她却坐立不安："不行，我不能再待在这里了……我要出去。"

"什么？外面很危险，你出去就是送死！"那笙吃了一惊，连忙阻拦。

"是的，现在请你暂时忍耐。"炎汐也抬起了手臂，拦住了红衣女子。

"我弟弟，我的族人都还在巫罗那里！我怎么能扔下他们不管？明天他们就要被杀了！"叶赛尔霍然站起，激愤道，"我是族长，一定要回去救他们的！"

在她站起来的时候，那只一直沉默的手忽地动了。只是指尖一动，便将红衣女子定在了当地，叶赛尔无论怎样挣扎都无法动弹半分。

"我不能让你去，"真岚的声音不容反驳，"去了就是死。"

"神，可是您为什么要管我死活？！"叶赛尔因不甘而愤怒，眼里含着泪水，言语之间渐渐失去了冷静，"在我愿意选择和族人同死的时候，你为什么还要阻拦我？霍图部的英雄儿女，没有一个会苟且偷生地活下去！"

"是的，我知道，"真岚却是毫不动容，"因为我也算是半个霍图人啊。"

半个霍图人？！叶赛尔一惊，却听到那只手继续说了下去，声音沉郁而坚定："百年前，我曾眼睁睁看着许多霍图部的人死在我的面前，包括我至亲至爱的人——所以百年后，我不希望这一幕会在我眼前再度重演！"

那笙愕然地看着那只断手，那一刻，这个向来洒脱开朗的声音里带着某种沉重的东西，令她听了感到心下难过。

"所以，叶赛尔，我不希望你再去送死，"断手发出了一声叹息，"不过，我向你保证我们绝不会扔下你的族人不管——今夜走之前，我会把他们都一并救走。"

断手重新向着地窖门口走去："你们在这里等一下，我去巫罗府邸打听消息。"

黑暗的室内，湘叙述的声音低哑而缓慢，沧桑如沙风呼啸，将在西荒古墓发生的所有事情一五一十地讲述给了飞廉。

她诉说的一切在飞廉脑海里回荡，令他微微地感到恍惚，忽然间觉得眼前叶城动乱的一切都不真实——原来这一切，其实不过是荒漠里那一场死亡引起的后果？正是从那座古墓开始，那个人被一步一步地逼上了今日的绝路！

和破军共事多年，却不曾听他提及过“那个人”。他的师父，那个空桑女剑圣，被深埋在他的心底，即便是对最好的朋友也不曾吐露过。

然而对话进行到一半，外面的惊呼声把飞廉从侧厢里引出来。

“少将，不好了！那个贼女人、那个贼女人……”巫罗府邸里的总管从内院跑出，脸色惊得煞白，“那个贼女人伤了巫罗大人，跑掉了！”

“什么？”飞廉看到满院子侍卫，吃了一惊，“怎么会让锁着的犯人跑了？”

“这个……这个……侍卫们当时都不在，”总管不知如何回答，霎时有些为难，半晌嘴角浮起一个暧昧的笑，低下了声附耳，“少将，巫罗大人他拷问漂亮女犯人，一贯都是在床上……”

“住嘴！”蓦然明白了对方的意思，飞廉只觉得无穷无尽的恶心。

“是，是。”总管连忙噤声。

飞廉转身往后走去：“快带我去看看巫罗大人！”——不管对这个元老的观感如何，但在这个当口上巫罗如果出了什么意外，将会是整个叶城的麻烦。

“是。”总管忙不迭地往后带路，抹了一把汗，“已经传医生进去了，少将放心。”

两人往后走去，刚进了后院就听到里头发出一声断喝，一盏药碗从里面被扔了出来，在院子里摔得粉碎。巫罗的声音直传出来，颤巍巍的衰弱异常，却带了暴怒的杀气：“饭桶……一群饭桶！给我……都给我拉出去杀了！”

“是！”里头有侍卫拉了人便从偏门往外走，留下一路呼号。

“怎么？”飞廉看到那个人是太医服色，不由得吃惊。

总管也是吃了一惊，连忙跑到一边向侍从问了一遍，脸色也渐渐变得不好起来，一阵红一阵白，尚未想好要怎么和飞廉交代，却见对方已经推开了门准备进去。

“巫罗大人，晚辈来探望您了。”飞廉在门外说了一句。

“出去！出去！”然而里面的人却是出乎意料的暴躁，完全没了平日刻意保持的长者风范，嘶声道，“滚出去……不许进来！谁都不许进来！”

飞廉一怔，顿住了脚步：“我是飞廉，巫罗大人。”

“也一样！谁都不许进来！”巫罗的声音在重重帷幕后传来，微弱而暴虐，仿佛又转头问下一个医生，“你说，能不能治？快说！”

“这……这……”另一个太医伏在榻前，颤得帷幕不断抖动，“刺客这一刀太深，已然伤及要害。若巫咸大人尚在，以‘生肌还阳’之丹入药，或许尚有……”

“闭嘴！”巫罗的声音更加暴躁，“巫咸他妈的早死了！现在来说这个干吗？”

那个太医跪在帷幕里拼命磕头，不敢再答，抖得如同筛糠一般。

“饭桶！”巫罗的声音重新嘶哑响起，阴枭暴怒，“拉出去，统统斩了！”

飞廉站在门口，看到那个医生被侍从从帷幕里拉出——前头的侍从已经回来禀告，金盘上托着刚刚被斩下来的人头。他不由得再也忍不住，一抬手便想要阻拦。

“别，别！”总管眼见不对，连忙低声劝阻，“使不得……大人正在气头上呢。”

飞廉不悦：“就算医术不精，也罪不至死。如此杀人，实在也太过了。”

“唉……”总管跺了跺脚，把他拉到一边，低声说，“少将有所不知，今天早上那个沙蛮女贼，逃时的那一刀可真要命……”

飞廉愕然：“伤在哪里了？”

总管侧过头去，在他耳边低声说了几句。飞廉脸色骤然一变，露出某种啼笑皆非的表情来，却一闪即收，讷讷道：“哦，原来如此……”

总管作揖：“大人此刻有雷霆之怒，少将此刻还是稍作退让为好。”

“明白了。”飞廉转过头去，有些无可奈何地低叹，“那请你转告巫罗大人好生休养身体——眼下叶城危如累卵，还请他早日康复，共同对敌。”

“是。”总管巴不得送走这位爷，连忙点头。

飞廉正准备离开，忽地看到第二个太医的头颅又被端了进来，眼角一跳，有怒意难以控制地凝聚。忽地转身，拉住了总管：“飞廉还有一事相求。”

总管刚舒了一口气，立刻又绷紧了：“请少将吩咐。”

飞廉指了指门内，低声道：“如果巫罗大人再要滥杀无辜，请你想个方法遮掩。”

“这、这……小的可不敢抗命啊。”总管白了脸，连忙擦汗，“巫罗大人的脾气少将也知道，敢说一个不字，小的脑袋就落地了！”

飞廉叹了口气，指指外面：“总管不必为难，大人的命令可照办不误——只需从前方取几个死尸首级回来，面上抹了血送去给大人消气便是。这些医生无辜，留着日后还有用处。”

“哦！”总管恍然大悟，连连点头，“少将说得是。”

“那拜托了。”飞廉转身告退，匆匆而去。

然而一出去，就看到庭中赶来的狼朗。那个有着棕褐色肌肤的军人大步而来，沉声道：“少将，里头怎么了？那么喧闹，是有奸细吗？”

“不是，”飞廉摇了摇头，叹息道，“巫罗大人想要非礼抓来的一个沙蛮女子，结果被伤了要害，正在里头大发雷霆呢。”

“要害？”狼朗同样不解。

“也是报应，”飞廉忽地忍不住一扯嘴角，仿佛压制多时的笑意再也无法掩饰，摇头道，“巫罗大人……咳咳，估计日后再也不能淫人妻女了。”

“啊？”狼朗失声道，“那不是被……”

“嘘。”飞廉连忙阻止，咳嗽了几声，“你怎么来了这里？外头战事吃紧着呢。”

“还好，昨夜伤亡虽然惨重，但白天里他们没有再进攻。”狼朗简短回答了一句，眼睛却看着帝都方向。

那里，白塔已经拦腰折断，但是万丈高空之上却有一片金色的浮云停驻。隐隐约约，底下的伽蓝帝都里仿佛升起无数缕红色雾气，不断往迦楼罗底下收进——那样可怕的机械，几近于“神”的创造，只要一动，叶城的这些血肉铸成的防卫便不堪一击。以区区数十架风隼和数架比翼鸟，又怎能与其抗衡？

“为什么迦楼罗还没有出动？”他喃喃道，眼里有着某种担忧，“破军……在等什么？”

“我也在想这个问题，”飞廉叹息道，“或许是因为破军胸中杀气尚未消除，还忙着屠戮；或许……只是因为驱动迦楼罗的力量还不够？”

狼朗一顿足：“那么，我们难道就在这里坐以待毙？”

飞廉霍然回头，仿佛听出了他的意思：“你莫非想突围？”

“是。我来找你就是为了商量这事——”狼朗断然道，“叶城无险可据，又临近帝都，在迦楼罗的攻击范围之内，绝不可久留。我看破军眼下困住我们必然是有所图谋，我们必须趁着迦楼罗尚未出动尽早撤走！”

飞廉苦笑道：“就算突围了，又能去哪里？”

狼朗也是没有主意：“或者，晚上抽个时间，召集众将再来商议？”

两人商量未定，却又听到外面一阵喧哗跑动声，不由得齐齐吃了一惊，大步走出外面：“怎么？叛军又开战了？”

“禀少将！”一名士兵气喘吁吁地禀告，“是那群沙蛮子又走脱了！”

“什么？”飞廉吃了一惊，想起那群被锁在庭院里的西荒人，“那些人不是被锁着吗？”

“是啊……本来是锁得好好的，周围的看守也未曾大意过！”那名战士也是诧异，百思不得其解，“不知道哪个给偷偷开了镣铐，放跑了那群沙蛮子！”

话音未落，却听到外面一阵吵闹，伴随着粗暴的喝骂声：“小崽子，我让你跑！”

飞廉转过头去，却看到一个高大的年轻军人拎着一个瘦弱的孩子，一把扔在地上，用军靴狠狠地踹。那是真的往死里打的力气，一脚踢出去，身体上发出闷闷的钝响，那个孩子随即飞出了一丈多远，后背重重砸上了墙角才止住去势。

“打得好，卫默公子！”周围的军士发出哄然的笑声，带队的卫默再度拎起那个孩子的头发，狠狠一脚将他踹了出去，仿佛把连日来战场上受的不顺都出在了对方身上。

但奇怪的是，那个才十岁出头的孩子却始终没有发出一丝声音，只是一下下承受，口鼻里都沁出血来，却不求饶也不躲闪。那样愤怒而鄙薄的眼神，刺激得周围的军士更加暴躁，好几个人步出行列，想参与这一场虐杀。

“住手。”飞廉认出正是那个叫阿都的少年，适时开口拦住了那些杀气腾腾的战士。他回身逼视着那些下属，最后目光落到了卫默脸上，缓缓开口：“各位，你们难道都忘了演武堂的训导了吗？如今外敌当前，你们不思血战卫国，却在这里虐杀一个手无寸铁的孩子！这是你们的荣耀吗？”

被少将罕见的严厉语气逼得窒了一瞬，所有人都不敢回答。半晌，卫默才出声分辩："少、少将……那群沙蛮子居然敢逃跑！我们半路上只截回来这一个。"

"截回来就活活打死？"飞廉语气更加不善，"你们还算是战士吗？"

"我们确实是在为保卫帝国而战！"卫默也是出身门阀的贵族子弟，虽然身份职位都不如飞廉，但心气却比飞廉更高，当下冷冷反驳，"什么演武堂训导？演武堂训导的是'七杀碑'！这些不忠不孝不仁不义无耻无信之徒，就要一概杀无赦！"

"住口！"飞廉再也忍不住，变了脸色厉斥，"这里是叶城，不是帝都！你若奉行七杀，为何不一并去和帝都那叛贼为伍？"

卫默冷笑道："破军杀我兄长族人，我恨不能将其碎尸万段！"

"好了好了，"眼看气氛逐渐激化，忽然有人上前打断，却是狼朗，"只是一个孩子，又被打得半死不活，少将既然心怀慈悲，不如就放了他去吧。"

"什么？"卫默一愣，却看到飞廉已经点了点头，举起了双头金翅鸟令牌："诸军听令，一律不得阻拦！"

令符一出，帝国军队律令森严，服从便是天条。所有战士齐刷刷让开一条通路，却个个心有不甘。那个孩子从地上挣起了上半身，狠狠看了飞廉他们一眼，终究没有力气站立，就这样用双臂撑着上身，一寸一寸地往外爬去，慢慢地离开了这条街。

"还愣着干什么？"看着那个孩子离开，狼朗低叱了一声，"都该回去守城了！晚上还有硬仗要打！"

"是。"战士们发出闷闷的回应，个个眼里都有不服的光。

"真是一群笨蛋，"狼朗看得那样的表情，冷笑了一声，伸手拍了拍卫默肩膀，"你以为飞廉少将会白白放跑一个造反的沙蛮子？这个小崽子迟早会爬回去找他的同党，少将早安排下人盯梢了。等一下一起连窝端了！"

"什么？"卫默和诸军齐齐一惊，惊诧中带有钦佩。

飞廉一愣，随即明白狼朗是在帮他找台阶下，嘴角牵起了一个捉摸不定的笑，挥了挥手："大家去吧，别为这种小事分了心——一个时辰后，各队的队长来府邸里会合，有重要的事情需要商议。"

"是！"诸位战士齐齐俯首，各自离开。

在众军退去后，两人返身向着巫罗府邸走回。

“多谢你帮我圆场。”飞廉叹息道，“否则我和卫默非撕破脸不可。”

“哪里，少将心怀仁慈，本是难得，”狼朗摇头，眼里露出复杂的笑意，“只可惜时候不对——乱世用重刑，不是讲仁恕的时候。少将为一个沙蛮小孩冷了下属们的心，实在不值得。”

“我知道。”飞廉喃喃道，“但我总不能看他们在我面前活活打死一个孩子。”

“但可以想个折中的法子啊。”狼朗苦笑道，“可是少将不善作伪。”

飞廉也是苦笑：“正在气头上，要我作伪也太难了。”

“得，你行事有贵族气，又不肯轻易低头。可惜，那少不得我来当伪小人了。”狼朗无奈地摇头苦笑了起来，又走了几步，忽地正色，“飞廉，方才我已经想到了突围后的最好去处。”

飞廉霍然住脚，转身看了过来：“哪里？”

狼朗的眼神凝聚，一字一顿地吐出了答案：“空寂大营。”

“空寂大营？”飞廉一怔，随即摇头苦笑，“不错，那里是你原来所在的部队，或许会有一些军队愿意支持我们——可是就算是逃到了那里，终究也无险可据，一样会被迦楼罗追上歼灭！”

“不，那里有天险可守！”狼朗却眼神灼灼地盯着他，低沉地吐出了几个字。

“天险？”飞廉一怔，仿佛想起了什么，久久无语。

湘方才的追述还在耳畔回荡，激起连绵的幻象——冥冥中他仿佛可以看到那个人在漫天的风沙中崩溃，用血肉模糊的手拍打着厚重的石壁，苦苦哀求。那个石门背后，幽冷的泉水里，埋葬了他毕生再也无法获得的至爱。

初起的暮色中，征天军团的少将转过了身，面向西方尽头喃喃——

“是的……古墓。”

第三章 诀别

夜色笼罩了云荒，冷月从慕士塔格背后升起，渐至中天。月影与白塔的投影在水面上重叠，无色城在那一瞬间打开。

“各部就位，准备出发！”白璎手握缰绳，在天马背上抬头看着头顶的月影，吐出了命令。冥灵军团纷纷翻身上马，腾出了水面。一时间，影影绰绰的冥灵军团遮蔽了月光，宛如夜幕里腾起虚幻的云团。

“太子妃。”一袭红衣来到她的马前，仿佛想要说什么。

“赤王？”刚准备随军出发的白璎勒马转头，有些诧异，“此次赤之一部留守无色城，赤王不必跟随。”

“属下知道。只是……”红鸢点了点头，眼神犹疑，欲言又止。

“怎么？”白璎敏锐地觉察出不对，然而千军待发，对方吞吞吐吐，她也没有时间继续仔细询问。

“等回来再说如何？”她勒转马头，对红鸢微一点头，便绝尘而去。

赤王站在原地，望着白衣女子腾空而上的身影，将紧握的手松开，叹了一口气。算了……算了。还是等太子妃回来再说吧，此刻若说了海皇的病情，也只是白白扰乱她的心思而已。

她沉吟许久，直到那些人马都已经去得看不见踪影，才转过头悄然离开了无色城。

明月在头顶荡漾，流光宛转，清丽如雪。隔了万丈的水面，上面的一切都仿佛浮光掠影般捉摸不定。赤王走在镜湖水底，看着水上影子一样的人世，不由得有些痴了——世上的种种变迁，其实也就像浮云在水面上投下的影子那样变幻不定吧？

忽然间，百年来的每一个细节都浮出了记忆，死去多年的赤王站在水底，月光从头顶射落，清冷的辉光穿透了她空无的身体。在这样的光与影中，她记起了自己的少女时代。张了张口，一首多年来从未再唱过的歌，就这样低低从唇中吐出——

> 纵然是七海连天，也会干涸枯竭；
> 纵然是云荒万里，也会分崩离析。
> 这世间的种种生离死别，
> 来了又去，有如潮汐。

“红鸢。”一曲未毕，便听到有人低唤她的名字。

触电般地回头，看到的却是丰神如玉的鲛人药师。海皇的巫医同样悄然地离开了复国军大营，来到了无色城外，走向了少时深爱过的女子——自从镜湖大营出乎意料地重逢以来，这些日子他们秘密地来往，仿佛回到了百年前热恋的时候，不顾一切。

歌声还在水底回荡，他静静凝望着她，仿佛是在凝望着许多年前那个美丽的赤族公主。

“治修。”她轻轻答应，伸过手去，和他悄然相扣。

他右手虚握成拳，让冥灵女子的手在自己掌心保持着宛若真实的形态，眼里各种复杂的情感如同潮水般涨落不定——是的，百年前各奔前途后，他们都不动声色地继续走了下去，为了各自的信念和族人一起战斗，一路谁都不曾回头。

但是，却没有想过在那样长的道路之后，居然还能在这一刻再度相逢。

冷月的辉光照射到水底，清冷的光芒中，冥灵女子静静依偎在鲛人药师的怀里，两人的身体都是冰冷的，然而却有热情仿佛地底的火一般燃起，再也无法扑灭。赤王埋首于初恋情人的怀里，无形无质的泪水接二连三地滚落面颊。

许久许久，各自无言。

“红鸾，你告诉太子妃了吗？”终于是治修先开口，打破了沉默，“海皇撑不了多久了……他的身体，已经接近崩溃。”

红鸾微微一怔，叹息了一声：“没有。太子妃今晚要带兵前去叶城，将皇太子殿下的最后一个封印迎回无色城——这样的消息若让她得知必然会心神大乱。我想还不如等她归来，再找个机会婉转告知。”

“是吗？看来这就是命数啊……他们终究无法见上最后一面。”治修却是苦笑了一声，“如今也不用说，因为海皇已经走了。”

“走了？”红鸾大吃一惊，显然以为是不祥之意。

“不，是真的走了。离开了。”治修喃喃道，抬头看着极远的方向，眼神莫测，“还是不要再和太子妃说这件事了……今日傍晚，海皇已经和女祭离开了大营，去了哀塔。”

“哀塔？”红鸾诧异地抬头，“就是你们一族的圣地吗？”

“是啊……怒海之上，号称‘转生之塔’的哀塔。”治修仿佛也在回忆着什么，喃喃道，“海皇和谁都没有商量，只留了一封书信，就突然去了那么远的地方……”

哀塔，不仅是鲛人的圣地，也是上古云浮人的圣地。

传说中，每一个云浮翼族在未成年之前，都会在仪式中被祭司抬上塔顶扔下。在急速的坠落中，让凛冽的天风和心底的恐惧吹开翼族少年背后的双翅——能在落地之前展翅飞起的，都成了真正的云浮人。而那些无法完成“展翅”过程的，就这样活活地摔死在了海面上。所以，这座见证过上古无数翼族第二次诞生过程的黑塔，就被称为了“转生之塔”。

而在云浮人离开云荒大陆后，哀塔却延续了下来，成了海国鲛人祭祀海和天的场所，由女祭终身在塔内供奉着龙神。

“海天之战后，哀塔不是已经荒废了吗？”红鸾不解，“你说海皇的身体已经极其衰弱，在这个时候，他又怎能进行万里的跋涉？”

“不知道。海皇做事从来让人猜不透。”治修的眼神空茫起来，神色复杂地低语，“红鸾，我有一种预感……我觉得海皇不会再回来了。或者说，回来的，也不会是原来的海皇。”

“什么？”红鸢一怔，霍地抬头看着他，“海皇会死？”

“天人尚有五衰，海皇又怎能永生不死？”治修摇了摇头，叹息道，“何况这一次白塔顶上和破坏神一轮交手后，海皇的伤势非同小可，眼见得也只是拖延时日罢了——以他的性格，又怎能容忍自己在病榻上奄奄待毙？”

红鸢愕然道：“海皇到底受了什么样的伤？”

治修的双手绞在一起，眼神变化，最终摇了摇头：“太复杂了——这是内外并发的可怕伤势，外部的伤似乎是破坏神的力量造成，而内部……我也不清楚。”

他顿了顿：“但是，海皇称身体内的那种黑暗力量为‘阿诺’——那种力量在他伤病衰弱之时，不断地吞噬着他！”

红鸢吃惊道：“连你也救不了他？你是海国最好的药师啊！”

“嗯……”治修缓缓地摇头，“可是这样的伤，已非针药力所能及——我想，大概因为这样，溟火女祭才会带陛下去往哀塔。”

“那他去了那里，又准备做什么？”红鸢蹙眉，“那里有更好的药师？”

治修缓缓摇头：“我不知道……海皇离开得很突然，只有溟火女祭跟着他。前方战况吃紧，龙神远赴东泽率领族人战斗，长老们和碧事先都毫不知情。”

“真是任性的海皇……”红鸢摇头，苦笑道，“幸亏我们的皇太子不像他。”

“海皇一贯性格孤僻、独来独往，谁也不知道他在想什么。”治修苦笑，仿佛忽地想起了什么，道，“我在他的掌心曾经看到过一个奇特的金色五芒星符号。”

“怎么？”红鸢诧异。

治修摇了摇头：“那个东西，仿佛是某个奇特术法留下来的。”

“是吗？与五芒星相关的术法有很多。”红鸢沉吟，“正位的还是逆位的？”

治修努力回忆了一下：“正位。周围有一圈向着中心流动的万字花纹。”

“万字花纹……”红鸢长久地沉吟，最终却只是摇头，“术法方面的造诣我远不及皇太子殿下，等回去请教他吧。”

“嗯。”治修轻叹，“反正也都已经走了，问又有何用。”

“就算走了，也未必不能重逢。”红鸾轻叹，想起同为贵族之女的太子妃一生的种种际遇，不由得心下黯然。

“是，就如你我虽睽违百年，阴阳相隔，却也终究还有重逢的一日。”治修轻抚她虚无的红色秀发。虽是外面战火连绵，久别重逢的两人却暂时放下了一切过往，就在这水底静静依偎，仿佛所有的时光都已经在身边停止了。

然而，一声巨大的裂响忽然把这一刻的静谧彻底打碎！

“看，这是什么？”红鸾抬起头，指着头顶忽然间变色的夜空，脸色大变，“这……这是什么？月亮呢？这是什么东西？”

一道巨大的黑色影子，正在慢慢地横亘过他们头顶的水面，仿佛一片可以遮蔽天空的乌云——水上传来低沉的鸣动，仿佛云荒大地上正有什么东西在暗夜里起飞，扶摇而上，震动天地。

“迦楼罗！”赤王的脸瞬间苍白，喃喃道，“是迦楼罗出动了！”

冷月下的迦楼罗，仿佛一只可以吞食天下的巨鸟，在瞬间脱离了白塔顶端，终于在蛰伏已久后振翅飞起，迎向了北方前来的冥灵军团！

它一动，那些从帝都地面升起、逐渐向舱底收拢的红线瞬间断裂。

“主人，内丹炼制还只有九成，”在驱动迦楼罗的刹那，金座上的潇发出了声音，语气带着犹豫，“现在就出发迎敌，是不是太……”

“潇，来不及了，”然而黑暗的舱室内，那双金色的眼眸却是直直盯着北方的尽头，看向那里悄无声息飘来的一片灰白色云层，“空桑人已经来了！潇，这将是你第一次真正作战。调适机器，进入全面的战斗状态！”

“是。”潇的声音微微颤抖。

迦楼罗金翅鸟随即发出了一阵奇异的鸣动，金色的外壳瞬间战栗，光华大盛，金色的波光一掠而过，仿佛有极大的力量无声无息地开启了。

那片从北方九嶷腾起的云雾迅速弥漫过来，灰白的一片，其中隐隐浮现出无数没有面目的冥灵战士。似乎也想尽量不打草惊蛇，那一支死去的军队在离开无色城后迅速掠低，在为首的白衣女子带领下，如风一样地贴着水面席卷而来，悄无声息。

整个帝都的军队，居然无人发觉。

“右舷拦截——出发！”云焕低喝一声，金翅鸟化成一道闪电，在冷月下迅速地掠出——没有人能形容它的速度，只是一个眨眼，它便从帝都上空消失，然后紧接着出现在百丈外的镜湖上，贴着水面迅速地迎上来袭军队！

如果说和装备精良的沧流军团相比，空桑冥灵军团的最大优势在于魂魄移动的轻灵和无所拘束，然而在眼前这个庞大的机械面前却已经毫无优势可言。迦楼罗完全突破了“实体”的限制规则，将速度提高到了惊人的、接近虚无灵体活动的极限！

“迦楼罗！”看到金色的闪电滚滚逼近，白璎脱口低呼了一声，却并不慌乱。出发之前他们就做了最坏的打算，但是没有料到多日来一直沉默的迦楼罗会如此迅速地发现了他们——如此及时，仿佛是长久以来就盯着无色城的一举一动一样！

“蓝夏，你带领他们去叶城接殿下！”金色的光芒映照得冥灵如同虚无，白璎在隆隆巨响里回头，对身边同僚迅速下令，“我来阻拦它！”

“可是，太子妃……”蓝夏看到了呼啸前来的迦楼罗，微一迟疑。

“走！”白璎厉斥，反手拔出了光剑，手腕一转，银白色的剑芒便吞吐达十丈。她握着光剑，直视着逼来的恐怖巨物，语气毋庸置疑，“你们先走，我来断后！”

“是！”军令如山，蓝夏无法再违抗。只是一挥手，那些漫天的冥灵战士身形便隐没在夜幕里，迅捷地转头绕开了帝都伽蓝，向着叶城继续飞奔而去。

“咦？”迦楼罗里发出了诧异的声音，“主人，他们的目标不是帝都？”

云焕的目光随着那些冥灵的走势，投向了远处的城市——副都叶城正在炮火硝烟中，赫然成为海岸上最耀眼的一颗明珠。那些冥灵如同一阵烟雾，在夜幕里悄然消散，化为清风直取叶城。

破军心里忽然一动：难道，这些空桑人如此甘冒大险去那里，是为了……

“主人，小心！”潇忽然发出了一声惊呼，“她来了！”

被精确控制着，巨大的迦楼罗在千钧一发之际反转，贴着水面呈螺旋形后退。白光在近处闪电一样撕裂黑夜，整个机械发出了巨大的轰鸣，仿佛有什么割裂了外壳。

“主人小心，对方很强！”潇警告。

白光散开之后，夜幕里一袭白衣浮动，猎猎如风。

“你的对手是我，师弟……哦，不，云少帅。”白衣的女子手执光剑，拦在迦楼罗的前方，声音冷定。浮云和冷风在她身侧掠过，新一任的女剑圣银鞍白马，长发在风中如雪飞扬，宛如神仙中人——那一瞬间，迦楼罗里的人眼神微微出现了一丝变化，竟有一刹那的失神。

空桑这一次的将领……居然是白璎？

夜空中新一代女剑圣风采照人，凌厉决断中带着无限的温柔——很多年以前，那个驰马仗剑行走于云荒的前代剑圣，应该也是这般风采吧？

潇诧异于云焕在这一刻的沉默，但始终不敢催促，只是下意识地将杀气打开，把迦楼罗调适到攻击状态，防卫着对手的忽然进攻。看着不远处那个女子，潇认出了对方是谁，她脸上的表情也很复杂——空桑的皇太子妃……短短数月之前，叶城的西市里，自己还曾被这个人和海皇所救。不料到了今日，转眼却要成为生死相搏的对手！

“潇，”短暂的失神之后，云焕终于开口，“开始。”

金座上的傀儡迟疑了一下，低语道：“主人，潇请求您，就由潇来主导这次的攻击吧。”

“哦？”云焕微微诧异。

潇微微颤了一下，轻声道：“主人心里有犹豫……潇能感觉出来。所以，还是请让潇来吧——空桑的太子妃，当代的女剑圣，也足可当迦楼罗的第一个对手！”

云焕低下头去，眼神在手腕上游移，许久才无言点了点头。

潇毕竟还是了解自己的……不愧是跟随自己多年、了解他内心的伴侣，她虽没有说破，却已经明白自己不愿亲手杀死这个女子，违背师父嘱托的同门相残，让双手染上鲜血。

只是对答的短短一刹，白璎已经逼近迦楼罗。她全身仿佛笼罩在一层极其明亮纯白的光线下，右手上的戒指发出奇异的光芒，那种光芒注入了手里的光剑，剑芒凌厉吞吐而出，宛如闪电骤然划破黑夜，几乎达到十丈！

“‘后土’？！”潇大惊，迦楼罗紧急拉起了右翼，几乎成直角，侧身退避。

白色的闪电从不到一丈之处掠过，强大的力量逼得迦楼罗外层的金色壳子剧烈战栗，宛如一阵细碎的波浪延展。潇随即迅速放平了机翼，迦楼罗以狂风一样的速度飞翔于九天之上，金光从内四射而出，呼啸卷来。

白璎急速勒马，掉转剑芒——金光和光剑相击，发出了轰然的巨响。

好阴毒的力量！只是一击，便能感觉到其中蕴涵的血腥怨气，白璎愕然低叱，眼里露出了真正的杀气。随着心意的转变，“后土”的光芒在她指间大盛，她执剑飞向了空中的金色巨鸟，下手再也不容情。

迦楼罗巧妙地回闪，移动速度甚至在天马之上。

然而，仿佛对于白璎手上神戒的光芒有所顾忌，潇始终不敢操纵迦楼罗过分逼近。她被固定在金座上，眼睛紧闭，然而脸上表情却在不停变化，刺入她身体的金针被激烈的念力驱动，每一根都在微微颤抖，将她脑海中的每一个指令传达给庞大的机械。

几番短兵相接后，双方相持不下，一旁的云焕始终不曾出手，冷眼旁观着事情的进展，眼神微微变化——“后土”的力量融合在光剑里，护之力量和剑圣一门自古相传的精神寸寸融合，发挥出了从未见过的力量，令迦楼罗里的破军都悚然动容。

这样的白璎，已经不仅仅只是空桑的女剑圣……恐怕潇未必是对手。

仿佛也明白对手的强大，潇操控迦楼罗飞翔于夜幕，仿佛下了一个什么决心，刺入眉心的金针微微一动，意随念动，迦楼罗瞬地一个转折，金光忽然大盛，仿佛旭日瞬间燃烧——

金光散开后，夜空里赫然出现了九个太阳！

“九分身？”白璎失声道，看着一刹那将她包围在其中的九个一模一样的迦楼罗——从比翼鸟开始，沧流帝国的征天军团便有了分身攻击的方法，但仅仅限于两重分身而已。然而却没有想到，迦楼罗金翅鸟居然可以一次性分裂出那么多的分身！

一声呼啸，九个迦楼罗展开了双翅，从不同的角度凌厉地扑了过来，每一个的体内，都吐出了一道强烈的光！

“好！”白璎看着来敌，却毫无畏惧，立起了光剑，将银白色的剑柄贴于眉心——剑柄上，那一枚象征着当代剑圣身份的小星发出了光芒，透入她的眉宇之间，她面色慎重地凝聚了全部力量，低声祈祷：“‘后土’在上，历代先师请助我一臂之力！”

祈祷未毕，九股金色的疾风已经卷到。

白璎毫不犹豫地一踏马鞍，整个人从天马上凌空飞起，宛如一缕变幻不定的白色的风，在强烈汹涌的金光里闪电般飞翔。很快，她的身形就被雷霆般到来的金光湮没，只有白色闪电般的剑光不断割裂黑夜，从中四射而出。

剑圣一门最高的剑技：九问——问天何寿？问地何极？人生几何？生何欢？死何苦？情为何物？轮回安在？宿命安有？苍生何辜？

九招直可惊动天地的剑术，被空桑当代女剑圣手执光剑当空而舞，挥洒凌厉，割裂了迦楼罗的金色光芒，宛如闪电从黑暗的穹隆中直击而下！

“叮叮叮……”几声长短不一的金铁交击声之后，金色的云轰然散开。

九个分身一一碎裂，瞬间消失了踪影，迦楼罗失去了控制，再也止不住去势地直跌下云霄！

“主人！主人！”金座上被固定的傀儡竭尽全力想平衡机械，然而却还是急速地坠落。她的脸色灰白，嘴唇剧烈地颤抖——迦楼罗的力量太过于巨大，即便是人机合一的她还是无法在首次自主的战斗中完美地操纵对敌，化为九分身后，竟被佩戴“后土”的空桑女剑圣逐一击破！

整个云荒大地都被惊动，无数人在夜中惊起，仰望夜空——

“九个太阳！夜里有九个太阳！”

“天啊……太阳坠落了！”

“云荒的末日到了吗？”

于一瞬倾尽全力发出九问后，白璎同时力竭，也向着大地坠落。幸亏天马机灵，展翅一个飞翔，急速冲向地面，将坠落的女子负起，重新飞翔。她匍匐在马背上不停喘息，回顾四分五裂的迦楼罗直坠镜湖而去。

很奇怪，虽然方才一击出了全力，她却感觉到“后土”的力量有些衰竭，完全不如前段日子在神庙之上对抗破坏神时的沛然充裕！

这……究竟是为什么？是什么让“后土”的力量衰竭？

然而喘息未平，眼角余光里，她却看到了不可思议的一幕——迦楼罗金翅鸟在分裂成九块坠向镜湖的刹那，在湖水上方不及一丈之处忽然停下，重新发出了盛大的光芒！

水上之日，耀眼无比。

仿佛被某种强大的力量重新操控，裂成九块的迦楼罗在同一时间停住了下坠的趋势，在水面上不足一丈之处停了一瞬，忽然间齐齐反弹，如同九轮旭日迅速升向夜空——只是一弹指，便升到了伽蓝白塔顶端，重新合而为一！

然而，重新凝聚成形的迦楼罗，却没有发出丝毫的金光。

那些原本四射的光芒仿佛都被什么力量控制着，向内反吸而入。那种力量是如此邪异，仿佛能汲取一切光芒，甚至连金属的外壳上都无法反射出此刻高空冷月的光辉来，宛如一个黑洞。

“潇，”端坐在金座上，军人的脸色冷肃，“还是我来吧。”

“是，主人。”鲛人傀儡脸色苍白地坐在他背后，发出了力竭的微颤，脸上的神色羞愧而复杂，“潇令您失望了。”

方才一瞬连出九剑，已然差不多耗尽了全身的力量。白璎伏在天马背上喘息，暗自握紧了光剑，手上的“后土”神戒在不安地鸣动，仿佛提醒着某种可怖的事物正在接近。

这种感觉……这种感觉，到底是什么？

“咔嗒”，轻轻一声响，悬浮于高空的迦楼罗的舱室忽然打开了——巨大的平台缓缓升起，一个戎装的青年将领的身影出现在金色巨鸟的头顶上。

“破军？”她失声低呼，看着那个缓步走出舱室的军人。

“师姐的剑技，实在令人佩服。”云焕现身夜色之中，浮云从他身侧掠过，他的声音却比风更冷，“难怪师父会选择你做新剑圣。”

再度于同门面前说起师父，他的声音却平静而漠然，眼眸也已然变成了璀璨的金色——那一瞬，白璎根本无法把眼前这个握有毁灭天地力量的冷酷军人和沙漠里那个跪在墓前哭泣的同门联系起来。

云焕的变化是如此巨大而深远，令人一眼看去就觉得隐隐惊骇——难道，真的是魔的力量，由内而外地侵蚀了他的心？

“你、你是用什么来驱动迦楼罗的？”白璎勉力从天马上撑起了身子，眼里露出愤怒的光芒，“居然驱使如此阴毒可怖的力量！”

云焕俯视着脚下的万丈大地，漠然道："驱动迦楼罗的，是数十万帝都新死的冤魂——可惜，似乎还是不大够……等回去还要再拿一些来炼炼。"

"住口！"白璎厉斥，眼里露出了杀气，"我要替师父清理门户！"

"清理门户？也对，我都忘了现在你和西京才是当代剑圣。"云焕唇角忽地浮起一丝笑意，侧目看着这个纯白色的女子，"不过……师姐，你所具有的，无非是'后土'和剑圣双方的力量，算起来只是和我勉强相当而已——如今迦楼罗已经极大地损耗了你的灵力，你以为现在和我交手会有胜算？"

他的声音轻慢而冷酷，双眸璀璨如金："我念着师父临终前的嘱咐，才对你手下留情——但如今，除非你弃剑投降，否则少不得我要再违反一次师父的意愿了！"

白璎勉强凝聚起体内尚有的全部力量，傲然抬头："做梦。"

云焕不再说话，只是低低冷笑了一声，缓缓抬起了手来——黑色的闪电在他掌心凝聚，仿佛吸取了天地间所有光华，渐渐凝聚成了一把黑暗之剑！双眸的金光越发璀璨。那种金色的光芒仿佛从他体内盛放而出，每一寸骨骼里都透出了金光，那种光在身体上织成了一套金色的光之盔甲！

那一瞬，处于高空夜幕中的他，宛如远古的神魔重生。

"得罪了！"云焕在迦楼罗上一点足，整个人凌空而起，疾风一样向着白璎掠了过来，再不容情。白璎也是一声轻叱，拔剑跃起，剑芒吞吐而出，竭尽全力凝聚起残余的力量。

疾风闪电般，各自掌握着神魔两种力量的剑圣门人于夜空中相遇。擦身而过的瞬间，两人的身形忽然变得极其缓慢，仿佛时空在这一点上被短暂地停住了——力量在贴身的距离内完全释放，可怖的冲撞令天地的一切瞬间失去了色彩。

高高的天空上，黑色和白色的闪电仿佛纵横交错，密布了夜空。

云焕站在金色机翼的尖端，整个人仿佛要凌空飞去。他的肩上贯穿着白色的光剑，手却停顿在半空——黑色的剑和夜幕融为一体，根本看不出它的所在。然后，在天上地下所有人的屏声静气中，半空里的白衣女子身形一挫，仿佛一枝忽然折断的花，凌空转折，向着镜湖急坠而下！

白色的光坠入了湖中，随即湮没，连一声呼喊都没有发出。

肩上的光剑一抽出，血汹涌而出。仿佛身体内某种黑暗杀戮的欲望已经被激发出来，云焕双眸变成了金色，杀气逼人。眼看对手重伤坠落，他只是回手一按伤口，便追击而出。掠低至湖面，看到那袭白衣刚刚坠入水中，他一挥剑，黑色的剑芒陡然暴涨，眼看便要将重伤的女子碎裂在剑下——

然而，就在那一刻，剧痛却忽然从手腕蔓延到心脏！

手上凝结出的黑暗之剑在瞬间消失。可能是因为刚才的那一击用力过度，手腕上那个结疤已久的旧伤忽然又裂开了，血汹涌而出，炽热而鲜艳，仿佛一道烈火的符咒。就是因为那一刹那的刺痛，令他的剑在最后一刻偏开了一分，斜斜切过白璎的身体。云焕低头凝望着自己的左手，渐渐发抖。

云焕定定地看着那个伤口许久，无法相信那么长久的伤口居然还会在此刻裂开——是师父吗？是师父的在天之灵在他要攫取白璎性命的最后关头，阻止了他？她即便是死了，也不愿看到如今的场景！

那一瞬，他忽然间失去了杀戮的欲望，只觉得心里空空荡荡，刹那荒凉如死。

云焕返身掠回迦楼罗，踉跄地在机翼上跪倒，面朝西方——夜幕下的空寂之山隐约可见，山上无数冤魂的哭声依旧响彻云荒，冷月依然照耀着大漠上那些红棘花。一切都仿佛没有改变，宛如许多年以前。

只是曾经存在于多年前那个画面中的人们，都早已不再。

早已不在了。那个在地窖里拼命舔舐着沙土的瘦弱孩子早已不在，那个于冷月沙风之下苦练剑术的少年早已不在，那个野心勃勃试图打破门阀樊篱的青年军官也早已不在——而凝视着他一路成长的那个人，更早已不在。

可是……为什么他还活着呢？活着的他，又是什么样的一种存在？

耳边有翅膀扑棱的声音，伴随着帝都方向四散而出的血腥味。他知道那是云荒大地各处闻到血腥云集而来的鸟灵，在帝都享用着百年罕见的盛大宴席。

获胜的人跪在迦楼罗上，脸上没有丝毫喜悦，双眸褪去了金色，只余空洞如死。最后出剑的一瞬，在剑刺入白璎身体的瞬间，她望向他，眼里却没有恨。有的只是悲悯，只是自责——是那种眼睁睁看着恶行发生于天地之间，却竭尽全力也没能阻止的悲哀和无奈！

那种眼神，令他充满了杀戮狂暴的心忽然一清，变得寂静下来。

即便是在牢狱里，被辛锥那个酷吏拷问折磨的时候，他也不曾动摇。然而，在长姊来到狱中对着那个酷吏苦苦哀求，甚至不惜忍受对方的侮辱和蹂躏时，隔着一层铁壁的他，将这一切清晰听入耳中——

就在那一刻，他决定要复仇。哪怕成为厉鬼，哪怕万劫不复，无论用什么样的手段，他都要复仇！

那种仇恨仿佛是从地狱里冒出的火，灼烤着他的心肺，沸腾着他的血液，时时刻刻煎熬着他，逼得他不得不用更多的鲜血来把它浇灭——可是，为什么杀死了成千上万的人，给予了成千上万倍的报复，流了成千上万人的血，却始终无法冲洗掉他心中的黑暗和绝望？血的浇灌，只是让那种火越烧越烈，几乎把他的心也付之一炬！

云焕跪在机翼上，捧着流血的手腕，看着同门从万丈高空坠落湖面。

冷月荡漾了一瞬，便再无踪迹。

那一瞬，他心里变得从未有过的寂静。结束了……如今，所有他所恨的、所爱的人，都已经死了。而剩下的岁月还那么漫长——魔的生命没有终点。而他，又将何以为继？难道要在不停的杀戮中，踏着血海走到终点吗？

“不！”他用力将流血的手往身旁砸去，一下，又一下，似乎要把这只染满了无数鲜血的恶魔之手彻底摧毁——不能再这样下去了……不能再这样下去了！再这样下去，自己会彻底被魔物吞噬，消弭了自我！

“主人！主人！”潇的声音焦急而关切，“你……你怎么了？”

“没事……”他沉默了许久，终于挣扎着站起，跃入舱内将身体埋入了金座，疲惫无比，“潇，我赢了，不是吗？”

他举起了手，目光闪烁——刚才一轮自残，将双手弄得血迹淋漓。然而奇异的是那些伤都迅速地愈合了，仿佛有神秘的力量在保护着他的身体。

“主人，”潇轻声道，“是属下无能。”

“这是你的首战，与如此对手对阵，也难免有差错。”云焕的声音疲惫，“早知如此，我一开始就应该和你联手杀了她，不必让你白白受到损耗。”

呵呵呵……内心有个声音发出了无声的冷笑。

云焕，既然在成魔的时候你就已放弃了坚守底线，于今再做出这样自愧自残的赎罪姿态，实在是有点可笑——难道你还想试图当一个好徒儿吗？也不看看自己如今是什么样子！

“住口！”他情不自禁地脱口怒斥，“住口！”

脑海里的那个声音冷笑着沉默下去。云焕在金座上剧烈地呼吸，平复着自己的情绪，眼睛也慢慢恢复为冰族应有的湛蓝。他回头看了看潇，她依然是那样的温顺和安静，仿佛一个白玉雕刻的睡美人，令他的内心渐渐平静。

“潇，”他忽然抬起手，触摸她冰冷的面颊，低声道，“你看，现在你和我都成为怪物了。我们再也回不去了……你想过以后的日子会怎样吗？”

“以后？”潇微微一怔，不明白主人的心思忽然又转到了哪里，“以后……还是和您一起，无论怎样都是如此。”

没有想到会获得如此简单的答复，破军在一瞬间沉默下去。

“是的，”他忽地低低笑了起来，“反正无论怎样过，也都是一生。”

云焕不再多话，重新陷入沉默。他的眼神忽然间又变得雪亮，直视着西方——那是什么？黑夜里从叶城出发、悄无声息向着西方飞行的是什么？是那些冥灵军团？还是……

“潇！”他忍不住开口，“去叶城！”

“是！”迦楼罗应声启动，然而刚刚掠出十丈不到，便是一个剧烈的趔趄。金色的外壳上发出细微而密集的裂响，仿佛有一连串的鞭炮贴地连绵而响。

“主人……迦楼罗损坏了！”潇的声音略微惊惶，“无法再追。”

云焕愤然拍了一下金座，明白在方才白璎一击之下，尚未完全炼成内丹的迦楼罗已经再度受到损害，此刻已经无法操控自如，只得恨恨道：“返回吧！”

“是！”潇随即转动了侧翼，迦楼罗重新缓缓启动。

“不，我下去。”云焕想了一刹那，却打开舱门跃了出去，“你返回帝都，重新积聚力量！”

漆黑的夜里，叶城一片兵荒马乱。外围沧流同族的攻击猛烈，瓮城里的守军在飞廉少将的带领下顽强抵抗——然而，冥灵军团却又在此刻从北方攻入，在瞬间突破了叶城防线！

今夜悄然撤向西方的计划，恐怕已经无法完成了。

“狼朗，你和卫默带着征天军团先走！”风隼已经启动，编队完毕，飞廉在乱兵中下令，“你带着战士们去空寂大营那边，守将宣武已经做好了接应准备！”

“那少将你呢？”同僚不舍。

“我留在这里。瓮城里的镇野军团不能没有统领，我不能扔下他们。”飞廉弃了比翼鸟，忽地跃下地面，“我去组织外城的军队，突围向西——我们在空寂大营会合！”

“做梦吧你！”然而，狼朗一声厉喝，毫不客气地打断了他的话，“少将，你以为你能带着陆军杀到空寂大营？你以为你可以在破军的追击下穿越博古尔沙漠千里行军？别做梦了！你留下来只是送死罢了！”

飞廉怔了一瞬，看到来自空寂大营的军人伸出古铜色的双臂来，声音干脆：“走！跟我们一起撤退！今晚之后，叶城肯定保不住了！这里所有的军队和百姓，明日便要被云焕清洗！留在这里只是白死，你要和我们一起走！”

飞廉却摇了摇头，翻身上了一匹骏马：“不，我不能扔下他们。镇野军团的兄弟至今还在瓮城苦守，只为让我们这边可以从容撤退——我可以扔下巫罗，但绝不能扔下他们！”

飞廉的眼神是如此坚定，让狼朗也不由自主地顿住了双臂。

“也罢……既然你是这样的人，我不勉强你。”他叹了口气，挠头道，“这样吧，我在府邸后院留一架比翼鸟给你——这是我们仅有的三架比翼鸟之一了。希望你运气好，能全身而退，我们在空寂大营等着你。”

“好，再会！”飞廉勒马冲入了人群，对着天空上方密密麻麻结集待发的军队微微致意，举起一只手，朗声——

“各位，全力出击，向西方出发！”

在叶城中的征天军团突破重围，往西方撤退的同时，天马的双翼掠过了夜风，空桑的冥灵军团在战火中悄然降临，直奔叶城某处而去。

“哎呀，你们可来了！”那笙推开地窖的门跳了出来，欢喜万分地迎了上去，“快快，把臭手带回去——这一下我可算功德圆满了！”

“多谢那笙姑娘。”蓝夏翻身下马，率领所有战士齐齐躬身，“此次大功告成，空桑上下感恩不尽。”

“不用谢了，”那笙依然是一受恭维就笑得见牙不见眼的性格，“你们快点把它带回去吧……如果天亮了，你们就回不去了。”

“是。”蓝夏伸过手，想接过包裹着的那只左手。

“不，”然而那只断手却忽然动了，拍开他，“我不能跟你回去。”

“殿下你说什么？”所有血战前来的冥灵战士都齐齐吃了一惊。

“炎汐，你带着我的左臂从镜湖水路返回。如今城中大乱，水道应该把守不严。”真岚的声音响起来，镇定而毋庸置疑，“蓝夏，你带着这个空匣子原路返回无色城——小心一些，我估计路上必然会遇到沧流帝国军队拦截。”

“是！”明白了皇太子殿下的暗度陈仓之计，蓝夏连忙领命，“属下带着空匣子，吸引破军的注意力。”

“我也去，我也去！”那笙跳了起来，连忙跟紧了炎汐，生怕封印全部解开后她就会被这群人抛弃，“不许扔下我！”

“好，你跟着炎汐。”断手做了一个同意的手势，然后指向了红衣的霍图部部长，顿了顿，“叶赛尔姑娘……离开叶城后，你准备带着族人去哪里？”

叶赛尔怔了一下：“神，我们当然追随您！”

“好吧……”断手做了一个无奈的姿势，“那我交给你们一个任务。”

“听凭吩咐！”叶赛尔一行大喜。

“霍图部的各位，”断手指向了西方，声音冷定，“请你们替我去往乌兰沙海的铜宫，面见盗宝者之王——音格尔少主，告诉他当日在九嶷山下，他曾以白鹰之羽许诺，在我需要的时候他将不计代价地助我一臂之力——而如今，已经到了他兑现诺言的时候了！”

真岚一字一顿：“我将在一个月内发起全境的战争，与冰族作战。请他联合西荒所有力量，助我倾覆沧流帝国！”

“是！”叶赛尔听得热血沸腾，欣然领命。

“去吧……拜托你们了。”断手摆了摆，看着霍图部的一行人转身离去，忽地开口，语气带着不同寻常的关切，“叶赛尔姑娘，请务必保重自己。”

“是。”叶赛尔有些意外。

“请神放心，我们会誓死保护族长的！”旁边，人高马大的奥普挥舞着拳头，回头大声宣誓，“霍图部的儿女，每一个都是大漠上的英雄！”

“那么，再会了——英雄。”真岚的声音带着微笑，做了一个送别的姿势。

马蹄如雷，西荒人转眼消失在混乱的城市里。

“我们也该各自走了。”断手喃喃道，自动跃入了炎汐的怀抱，“还有一个多时辰天亮。蓝夏，你赶紧率队先返回，吸引各处兵力——我和炎汐好趁机从水路暗中离开。”

“是，属下告退。”蓝王率领冥灵军团领命撤退，然而走到一半忽地又被叫住。断手轻叩着，迟疑地发问：“怎么……怎么不见太子妃？”

蓝夏躬身禀告：“太子妃留下断后，在与迦楼罗战斗。”

“什么？！”真岚的声音一顿，骤然转为惊骇，“她、她一个人与迦楼罗战斗？这……”

话音未落，只听半空雷霆般的一声巨响，金色的光芒如同闪电照彻了整个云荒！一行人不由自主仰头，却看到虚空里九轮烈日直坠而下，带着某种末日的恐慌和错觉。

“糟了！”断手迅速抓紧了炎汐胸口的衣服，声音急促，“快！快带我出叶城！”

白衣女子如同一羽折翼的鹤，从万丈高空坠入镜湖，万顷如银的月影砰然碎裂。

方才云焕的那一击是如此可怕，她手中的光剑被震飞，整个人刹那失去了知觉。甚至没有发出一声呼喊，就这样直直地坠入了水里，向着深不见底的水下沉去，一路上身形被红色的血雾笼罩，拖出一缕红色烟霞。

镜湖多异兽，闻到血腥味立刻群集而至，水族巨大的身影包围了单薄的女子。“后土”神戒微弱地闪着光，试图驱散这些魔物。然而，白璎衰竭之下已经没有了丝毫防护的力量，就这样紧闭着眼睛，沉向了漆黑的水底。

一路上无数怪兽尾随而至——只等她一断气，就准备群起而上地享用。

她脸色苍白地闭着眼睛，宛如一朵隔着血雾的纯白色花朵，不停地下沉、下沉……仿佛就要沉入一个永远不能再醒的梦境。

当她沉入湖底的时候，水面下有一行人忽然停了下来。那个原本只是路过、匆匆朝着入海口疾行的人仰头看向水面，骤然脱口惊呼了一声：“是白璎？！”

“海皇陛下！”旁边的红衣女祭失声道，“你不能……”

然而话音未落，黑暗的水底里，忽然有一点儿蓝莹莹的光亮起来了。那一瞬，仿佛有什么惊骇的力量逼近了，所有尾随而至的怪兽悚然一惊，舍下了血食，纷纷掉头而去。水流忽然发生了奇异的变化——白璎的躯体无意识地随之转向，朝着最深处漂去。

蜃怪！今日并非开镜之日，然而蛰伏在镜湖最深处的蜃怪却被这个不寻常的血食吸引，竟破例睁开了眼睛！

水流越来越急，卷成了一个巨大的漩涡，将重伤的女子朝着黑洞里卷去。她依然是毫无知觉，随着水流漂向最深的水底，眼看就要葬身于怪物的腹中。

“哗啦！”忽然间，一道黑影急掠而来，闯过了激烈的水流，不顾一切地俯身探手，将那个即将葬身于蜃怪之口的人生生夺了下来！

水底深处发出了巨大的怒吼，蜃怪被激怒了，整个镜湖瞬间颤抖。

那个披着黑色斗篷的人抱着白璎在水里疾行，然而身形却渐渐滞重，仿佛也已经力竭。身后急流急卷而至，将他连着白衣女子一起重新包围。

“蜃，闭眼吧！”一个红影翩然而至，挥舞起手中的法杖，“如今不是血食之日！给我回去！”

随着她的声音，法杖顶上忽地冒出一点儿奇异的火光，一挥而落，悄然漂落在急流的中心——那是非常奇异的火，居然能在水底燃烧！

“嘶！”水仿佛被这一点奇怪的火给点燃了，瞬间发出了沸腾的声响。仿佛怕烫一样，那些水急速地退却，宛如千万条无形透明的蛇，向着镜湖最深处收回。只是一个瞬间，水底那一只蓝莹莹的眼睛就悄然地关闭。

握着法杖的红衣女祭轻轻松了口气，回身看向同伴。方才那一刹，她几乎都无法相信这个衰竭到那种地步的人，居然能如此身手迅捷地从蜃怪手里夺走那个女子。苏摩陛下……你真的是为了这个空桑人不要命了吗？

披着黑色斗篷的鲛人将怀里的女子轻轻平放在镜湖的水草里，试图为她身上的伤口止血。然而不知是否被她身上骇人的伤势震惊，那双枯瘦的双手始终未能结出完整的手印，血还是雾气一样地不停漫延。

“海皇，您不能再动用灵力了，”溟火叹息了一声，看着他不停发抖的双手，劝告，“否则，您可能连抵达哀塔的力量都没了——让我来吧。”

苏摩退开了一步，看着红衣女祭挥舞法杖，轻轻点在白璎的伤口上。一点红色的火落在了伤口上，顺着伤口一下子燃烧。然而那道火却和方才灼烧蜃怪的火大不相同，带着温柔守护的力量，舔舐过碎裂流血的肌肤。火焰转瞬即灭，被灼烧过的伤口只留下了淡淡的红印。

“多谢。”苏摩叹了口气。

“不必，我只是治好了她体表上的伤。”溟火蹙眉摇头，“那一剑太过可怕。横贯她的身体，震断她的筋脉，恐怕需要很久的时间才能恢复。”

苏摩长久地沉默，凝视着水草里那张苍白的脸，眼里露出复杂的表情。手指微微地探出，似想触碰她冰冷的脸颊，却终于还是停住。

悄然离开的决心是在昨日下的，却在看到她的一刹那再度动摇。本以为此去万里，离开云荒，离开一切，便是永不再回来。却不料尚未离开镜湖，却看到她浑身是血地落入湖中！

他低头看着她的脸。白璎还在重伤里昏迷，眼角眉梢却依旧带着决绝和无畏——如今的她已经有了战士的风采，和百年前那个娇怯怯的优柔贵族小姐判若两人。这样的她，已经让人很放心了吧？就算以后不在她的身边，她也有足够的力量可以保护自己。

更何况……如今她也早已有了其他人。

“海皇，不如别去哀塔了吧。”溟火看出了他的动摇，趁机低声再度劝阻，“或许有别的方法也未必。”

苏摩的神色有略微的松动，然而忽地觉察到了什么，唇角浮起了一丝冷笑：“不，自然会有人来守着她的……我们该走了。”

不等溟火回答，他忽地俯下了身，轻轻吻了她的眉心，然后起身决然地离去。溟火愕然，然而海皇走得非常快，她也只好扔下了昏迷的女子，连忙跟上，两人转瞬消失在镜湖深蓝色的水底。

转头之间，远处的水底已经有影影绰绰的人影赶来。

“哎呀！太子妃姐姐掉在这里了！”苗人少女佩戴着辟水珠蹦蹦跳跳走在前头，在那片水草旁停了下来，声音诧异而响亮，“天啊……炎汐，臭手！快来看！太子妃姐姐居然躺在这里！”

“快来啊……不得了，她好像伤得很重！”

白璎觉得自己做了一个很长很长的梦。

时空仿佛在一瞬紊乱了。她一生都在不停地下坠，从伽蓝白塔的顶端，从苍梧之渊的结界，从镜湖上空的战场……不停地从一个时空坠入另一个时空，始终处于失重的飞坠中，一次又一次，周而复始。

依稀中，她又看到了那张被尘封在记忆中的脸，慢慢近在眼前。

鲛人少年的容貌完美如天神，暗淡的深碧色眼睛深不见底，他走近来，用双臂拥住她，吻在了她的眉心，阴柔而强悍，带着不容拒绝的诱惑力——她没有挣扎，只是宿命般地闭上了眼睛。

交出初吻的瞬间，却只是充满了祭献般的苦涩和肃穆。那个阴暗桀骜的少年需要一个确凿的证明，所以，她只能献出了自己，然而接下来的，却是被欺骗、被背叛、被所有人指责、被全族唾弃！她选择了那个鲛人奴隶，却最终失去了一切，包括尊严和爱。

一切终结于那一场盛大奢华的婚礼。她从万丈高塔上一跃而下，而他在一旁看着，盲人的眼睛空洞而漠然。

“你后悔吗？”恍惚中，却又听到他的声音——转眼间，他已经是年轻俊朗的男子，十指上戴着牵引傀儡的戒指，在镜湖上空拦住了她。

她轻轻摇了摇头。忽然间，冰冷的唇重重地压了上来，仿佛要掠夺走她的灵魂。那个吻激烈而绝望，冰冷如雪，却又仿佛有熔化岩石的热度，她感觉到他叩开了她的唇齿，似乎有什么东西立即注入了她的嘴里，迅速溶去。

那是……鲛人冰冷的血！

星魂血誓！她惊惶地抬起眼，却立刻望进了近在咫尺的另一双深碧色的眼睛里。那一瞬间，她的灵魂都战栗起来。只是一刹那，无数的往事穿过百年的岁月呼啸着回来了，迎面将她猝然击倒。

苏摩，苏摩……她在一次又一次的坠落中，呼喊他的名字。

恍惚中，她仿佛看到他又出现在自己面前，俯下身默默凝视着沉睡于水草中的她，冰冷修长的手指滑过她的脸颊——然而黑色斗篷下的那张脸却是陌生的，如此的苍老不堪：湛蓝的长发灰白如雪，深碧的眼眸深陷暗淡，处处透出死亡来临的颓败气息。

不……那不是他……那、那怎么会是他？

是幻觉吗？她吃惊地想睁大眼睛分辨，然而身体里所有的力量仿佛都被那一剑斩断，恍惚中无法挣扎分毫。那个苍老的人静静凝视着她，陌生的脸上有熟悉得刻骨的表情。最终，什么也没有说，只是俯下身将冰冷的唇印在她的眉心，然后离去。

那一吻，落在眉心的同一个位置，呼应了许多年前那一场缘起，仿佛是一场轮回的终结——结束了……记得要忘记。有一个声音在心底向她传话，如此的平静而沧桑。

那是多少年前她曾经对他说过的话？为何，如今竟然由他重新向她说起？

苏摩！苏摩！是你吗？你要去哪里？

看着那个模糊的背影渐行渐远，她竭尽全力想要大呼，咽喉里却发不出丝毫声音。她不顾一切地挣扎，想要唤回他，然而，那两个字仿佛被诅咒了，无论如何也是无法说出。急怒交加中，胸膛忽然一阵剧痛，一口血从口中急喷而出。

“白璎，白璎！”耳边有人急切地唤着她的名字。

意识渐渐转醒，沉沉撑开的眼帘里，映入一袭金色的帝王冠冕，以及冠冕下那双布满血丝的眼睛——她靠在那个人的怀里，有温热的药被送到唇边。

清醒后的一瞬，梦里的那一句呼喊就被冻结在咽喉里。她勉力转过头，看着身畔的人，迟疑了许久，终于还是吐出了另外一个名字：“真岚？”

“嗯。”他用右臂将她抱起，左手的银匙盛了药递过来，声音疲惫，“你总算醒了……快喝吧。你已经不再是冥灵，有了和普通人一样的身体，更需要小心才是啊！”

她凝望着近在咫尺的人，微微一阵恍惚——原来，一切都是幻觉吗？原来是真岚救了她，一直照顾她到如今？她全身忽然放松，靠在了那温暖坚实的臂膀里，乖乖地张开了嘴，吞下了苦涩的药。

“白璎，你看，”他的语气是少见的欣喜，同时双臂缓缓收紧，拢住妻子的腰身，“我的左手也回来了！如今我终于可以成为一个完整的人了——也终于可以拥抱你。”

第六个封印终于合并完毕，恢复了原貌的空桑皇太子在光之塔下举起了双手，缓缓拥抱自己的妻子，在她耳边温柔地低低微笑。白塔的倒影在头顶荡漾，光影从高空落入水中，仿佛给这个重生的帝王披上了一件辉煌夺目的长袍。

“白璎，不要担心，好好养伤吧……我已经和慕容修拟订了新的计划，等这个计划施行完毕，便能有效地遏制破军。”

“我以我血发誓：空桑必将重生！”

第四章

群雄

沧流历九十二年三月二十五日，持续了数天的叶城之战，终于以飞廉一方的撤退而告终。据说，有人在城破的那一夜亲眼看到了破军少帅来到叶城，和带兵撤离的飞廉少将交手。

军中双璧的第二次直接交锋，依旧还是以云焕占绝对上风而告终——据目击者说，那一战里，云少帅以个人之力，几乎将叶城里的镇野军团消灭殆尽，却偏偏不杀作为统帅的飞廉。

到了最后，温文尔雅的贵公子全身沐血，势若疯狂。然而，他的力量和破军相比无异螳臂当车，云焕的黑暗之剑几次切过他的身体，然而仿佛有意容情，每次都没有深入要害，只是尽多地给予痛苦。不一会儿，飞廉身上已有十数处大小伤口，整个人仿佛血池里出来一样可怖。

瓮城里的军队已经奔逃一空，剩下满地尸首狼藉。云焕站在一地的尸首之中，掉转剑锋架在了最后一名少年战士的咽喉上，定定地看着同僚，唇角浮起一丝冷笑。飞廉踉跄着站住，满脸都是血和汗，眼神慢慢变得颓败而绝望。

“放了他！”他忽然大声吼了起来，目眦欲裂，“云焕，你这个疯子！杀这样的无名小卒，不嫌污了你的手吗？放了他，来杀我吧！”

然而云焕根本没有理睬他，只是将剑锋一寸一寸地割入那个少年战士的咽喉，眼里充满了阴暗而璀璨的金色光芒：“我就是不杀你，我就是要在你面前杀光你的同伴——如何？”

“疯子！”飞廉厉喝一声拔剑刺去，竟似已不顾生死。

“真的想死吗？”云焕看着他，低低吐出几个字，冷笑道，“可是求死不得的滋味，你还没体会够呢！”他看着昔日的同僚，金色的眸子里杀气充盈，“真厌恶你总是以这样的姿态站在我眼前……废了你的手，就不会总想充英雄了吧？”

两人的身形，在瞬间交错——飞廉踉跄而过，只觉膝盖再无力气，低下头就看到血从左臂直流下来。

云焕站定，施施然转过身：“接下来是右手。”

他步步逼近。然而，半空里忽地风声大起，一道黑影从巫罗府邸后院无声腾起，压顶而来，银色的闪电细细击下，转瞬抵达云焕的后心！

破军根本不为所动，手一回，手心便凝聚出了另一把黑色的剑，反手割裂了夜空——有金属撕裂声刺耳地响起，那架飞来的银色机械在一击之下便被摧毁，隆隆坠地，化为一团火光，碎裂开来。

“愚蠢。”云焕唇角浮出一丝冷笑，头也不回。然而，他的眼神忽然变了——那架坠落的风隼忽然间碎裂，仿佛镜像，天空中出现了另一只一模一样的银色机械！

比翼鸟？！出其不意攻击他的，居然是一架比翼鸟！

“走！”一道银色的飞索从天而降，精确地卷住了飞廉的腰，在瞬间将那个陷入绝境的人飞速拉起，收入了舱室。

云焕大怒，手心黑暗之剑化为闪电，向着那架比翼鸟投掷而出。比翼鸟一个踉跄，却很快重新稳住了身形，只是一瞬便掠过了叶城的外墙，消失在西方的晨曦之中——对方在空中以精确巧妙的角度折转，操纵之灵活，竟然能和军团第一的潇媲美！

是谁？居然有人驾驶着比翼鸟从他眼皮底下救走了飞廉！眼角余光里，他看到了驾驶着比翼鸟的傀儡。那个傀儡也侧过头，看了他一眼。只是一瞬，他就从那熟悉的眼神里认出了对方——湘！居然是湘！

那个该死的鲛人，居然还活着！

那一瞬，杀气从心中再也无法控制地涌起，目眦欲裂。

“湘？”黑暗的舱室内，飞廉捂住流血的左肩，不可思议地看着面前熟练地操纵着比翼鸟的鲛人——那个奄奄一息的鲛人战士居然在此刻坐到了操纵席上，拖着溃败不堪的身体，比任何傀儡都灵巧地操纵着这一架比翼鸟！

听到他的问话，湘并没有回头，碧色的独眼始终凝视着前方，面无表情。

“你应该庆幸……叶城里本来已经没有傀儡了，没有人可以驾驭这个比翼鸟。”她的声音有掩饰不住的衰弱，在飞离叶城之后动作渐渐迟缓，“而你更该庆幸的……是我还欠你很多人情，飞廉少将。所以，我愿意为了你，再充当一次傀儡。”

太阳跃出慕士塔格的时候，一夜的激战终于结束。

那一战惨烈异常，外有铁桶似的包围，内有强敌入侵，为了掩护同僚从空中撤退，驻守瓮城的镇野军团浴血奋战，直至天亮才撤退。然而，最终能成功逃离叶城进入博古尔大漠的，不过十之一二。

城破之日，这个云荒大地上最繁华的城市一片狼藉，三分之二成为废墟。外城、瓮城里层层叠叠都是军人的尸体，城内街道上也是萧条无比，到处都有空战后坠毁的风隼残骸，一些繁华的街坊被战火烧成了一片白地。

当迦楼罗缓缓盘旋于叶城上空，巨大的双翼遮蔽住日光时，幸存的百姓们纷纷从地窖里走出，在被战火熏得乌黑的街道上匍匐下跪，将双手举向上天，向凌驾一切的破军祈求自己的性命——那些下跪的人中，也包括重伤在身无法逃离叶城的巫罗。

然而破军少将始终不曾走下迦楼罗，只是在半空里望了一眼便返回了帝都。他回到了帝都，却把他的旨意贯彻到了这一座被征服的城池上。按照他的命令，十巫中仅剩的巫罗继续成为叶城的负责人。这样的决定多少让人有些吃惊，然而，在列队进入叶城的帝国将领们见过巫罗后，才恍然大悟。

十巫之一的巫罗坐在府上，眼神却是呆滞的，手足僵硬，每一句说出来的话都刻板如鹦鹉学舌。在看到巫罗身侧站着的那个帝都密使时，所有将领恍然大悟：昔日高高在上的巫罗大人，如今竟然成了一个被傀儡虫控制的傀儡！

沧流历九十二年三月，叶城重新落入了破军的控制，扼守的门户被打开了。经过一轮血腥的洗牌后，新十大门阀诞生——那些少壮派的年轻人掌握了帝都的军权和政权，列队跪于迦楼罗下听命，有着不同于昔日旧门阀的勃勃野心和杀意。

演武堂开始大量地招收新生，打破门第的界限遴选精英，培训新的战士。十大门阀在平定了族内的纷争后，为了在新政权里出人头地，纷纷开始积极表现自己，主动请缨出征，试图在战场上建功立业。

四月开始，帝都的调令一道道签发，十大门阀的子弟依次被派往云荒各地，分别和冰族乱党、鲛人复国军和空桑人作战。那一群群年轻的虎豹被一只充满毁灭力量的巨手从牢笼里释放出来，扑向了四方作战。而另一群魔物鸟灵，则云集在了帝都破军的金座之下，俯首帖耳听从调遣。每一次都跟随这些军队出击，然后在战后狂欢地享用着血肉的盛宴。

在帝国创立后的百年里，它们还是第一次吃得如此肆无忌惮。

整个云荒都在战火中燃烧，局势错综复杂。

在东泽，龙神带领复国军和空桑的西京将军一起作战，中州来的珠宝商慕容修出任了幕僚和智囊，虽然这个年轻人从未有过战场经验，然而饱读史书、自幼熟知权谋的他缜密冷静，做事绵里藏针、滴水不漏，几次应变下来，竟是运筹帷幄，令人刮目相看；而北方九嶷郡的局势也比较稳定，青塬虽然年纪尚小，却将属地管理得有板有眼，不让沧流人有可乘之机，几次战役下来局面暂时占优，控制了镜湖东侧的半壁江山。

到了晚上，局面则更加有利——空桑的冥灵军团在皇太子的带领下每夜从无色城出击，在夜色的掩护下飞驰各地，对沧流帝国的军队进行狂风暴雨般的打击，然后天亮之前在陆地上友军的掩护下撤退，弄得沧流人日夜枕戈待旦，疲惫不堪。

然而，在西荒，因为缺乏空桑和复国军的兵力安排，帝都的军队却长驱直入，追击从叶城撤退的部队，深入大漠上千里，几乎将其一举歼灭。但在关键的时刻，盗宝者之王音格尔忽然带着人马出现，在博古尔沙漠深处突袭了帝都的军队，打乱了追兵的步调。在盗宝者的帮助下，狼朗和卫默趁机带着军队突围，带兵连夜奔到空寂山下的古墓，背靠空寂之山排出阵形，对着天空里密布的军队发出了开战的信号。

奇怪的是，不知道接到了什么命令，破军麾下的军队居然不再追击，反而齐齐撤退了一百里，不敢再推进一步，仿佛那座古墓里藏有什么可怕的武器。

一时间，天下群雄并起，各路烽烟燃遍。

战斗进入了相持阶段，数月之中，整个云荒都笼罩在战火中。

沧流历九十二年七月十五日，满月之夜。

冷月下，沙风呼啸过耳，狼朗带领战士在古墓前长久地守着，日复一日——无论是飞廉还是他，都已经知道了这座古墓的重要意义，所以不惜一切力量将其控制在手里。

多么可笑……他的一生似乎都被这座冰冷的古墓所牵制，仿佛有一种神秘的力量，令他无论走出多远，都会回到这个地方。

多么奇怪的羁绊……仿佛他一生的宿命只在于此。

月光照在冰冷厚重的玄武岩上，狼朗抬起手轻轻摩挲古墓的石壁，脸上的神色复杂无比——只不过半年不到，重新回到这里却已经恍如隔世。那一袭纯白如羽的华衣还在眼前飞舞，伴随着闪电般雪亮的剑光，宛如在漫天雷霆之中当空而舞，如此高洁夺目，令人心生自惭，只能仰望而不敢接近。

快三十年了吧……他一直默默观望着她，哪怕一年只得见上一面也觉得心满意足。可直到合上双眼，墓中之人却始终不曾知道他的存在。

对这片大漠而言，他是一个过客，而不是归人。而对她和破军之间传奇的一生来说，他，也只不过是一个旁观者。

狼朗在墓前合起了手掌，默默祝颂：墓中之人，请原谅我们惊扰了你的长眠，以你来要挟了破军……但是，能让这一片土地暂时免于战火，对你来说也是欣悦的事情吧？所以，请宽恕如今我们的不敬。

“队长，到底这里头有啥？”旁边的战士看了很久，忍不住低声道。

狼朗睁开眼睛，不出声地回头，看向了东南方密布的战云——那是帝都派出来的军队，已经压到了博古尔沙漠的边缘。纵然是远隔百里，他都能感受到扑面而来的肃然杀气。

“老大，我也真想看看这座墓里到底有什么！”副队长同样大惑不解，顿足道，“那天帝都的军队都快要打到空寂大营了，可是一到这里，全部又回撤到大漠另一头！难道这里真的有什么女仙保佑不成？”

狼朗点了点头，放下了合十的双手：“你猜得不错。”

“什么？”副队长和所有冰族人一样一向对神鬼之道嗤之以鼻，不由得吃惊。

“你难道忘记了吗？当日云焕奉命追回如意珠，那些曼尔戈人躲入古墓，他却始终不敢攻击。”狼朗笑了笑，意味深长，“别问原因，反正，只要守着古墓便是安全的。”

“哦，是。”副将讷讷地领命。

耳边忽然传来熟悉的祈祷声，惊慌而颤抖。诸人转头看去，却看到一群衣衫褴褛的牧民，拖儿挈女地赶来。仿佛是害怕有军队驻守，这些牧民们远远跪着不敢靠近，只是对着古墓不停地合掌祝颂。

“又是这群杀不尽的沙蛮子！”副队长不耐烦，啪的一声抽了个响鞭，“找死。”

狼朗抬起手拦下了他，摇头道：“算了，让他们也来这里躲躲吧……现在到处都在打仗，各个部落都不安定，也只能来这里祈祷了。”

“那些沙蛮个个不安分，不如全杀了干脆！”副队长蹙眉，愤愤道，“听说还有很多暴民投奔了乌兰沙海的那群盗宝者，里头还有霍图部的余党！时局一乱，这些家伙都无法无天了，再这样下去西荒都要变成那群强盗的天下了！”

“冰冻三尺，非一日之寒。”狼朗点头叹息，“百年积怨，一朝爆发啊。”

说到国内时局，一队人便各自无语，心头沉重。苍天瀚海，冷月下寂静无声，只听到沙子一粒粒吹打在铁甲上的声音，长短不一，铮然有声。半晌，副队长忽地一拍脑袋：“对了，老大，明天宣武将军成亲，你准备送什么？”

“成亲？”狼朗一怔，才想了起来，有些愕然，“和谁？”

“和那个帝都逃难出来的巫即一族小姐啊。”副队长笑道，“听说是远房亲戚，来投奔宣武将军的——真是一个美人儿，可让那个家伙捡了个大便宜。”

“是那个女人？”狼朗吃惊道，“听说她不是疯了吗？那家伙还真的好意思逼婚？”

“呵呵，宣武那家伙有什么不敢的。”副队长冷笑道，有些不屑，“他的德行大家都知道——那个小姐如今落了难，逃到了这里，虽然惊吓过度，变得疯疯癫癫，但还是帝都有名的美人。他肯放过才有鬼了。”

“那原来可是破军的未婚妻啊……宣武胃口倒是大。”狼朗喃喃道，“也不怕撑破了肚子。”

“没关系，据说是破军不要的女人，想来捡了回来也不打紧——何况破军还放了她一马，显然还是有点顾惜这女人的……”他冷笑起来，“宣老四算盘打得精呢，把这个走投无路的女人捡回来，将来无论帝都赢还是飞廉少将赢，他都摸了一张好牌在手里。”

狼朗蹙眉，露出厌恶的神色：“那……飞廉也肯吗？”

“少将没什么立场反对吧？毕竟那个女人也不是他什么人，宣武是人家远房亲戚，不嫌她疯癫肯照顾她，他如果硬要反对也太说不过去了。”副将啐了一口，吐出被风吹到嘴里的黄沙，露出轻蔑的表情，“何况那个女人水性杨花、朝三暮四，几次订婚又反悔，实在是对少将不起——如今大敌当前，飞廉少将好几天没回空寂城了，哪里还管得上她死活。”

狼朗重新沉默下去，回头看着帝都上空的冷月。

数月前，飞廉少将能从叶城摆脱破军的追杀脱身已经是奇迹。一到空寂城，少将就投入了紧张的军情之中，连日都工作到通宵。一方面要提防东方逼来的云焕手下的叛军，另一方面因为空寂之城孤悬一地，必须要尽可能地取得外界的支持。

然而西荒本来驻守的靖野军团分为三个大营，除了空寂大营之外，其他两个大营倒有一半倒向了帝都叛军，剩下的也在观望之中。能驰援空寂城共同对敌的，更是十中无一二。这几日，飞廉少将又带领人马悄然潜行出城，想必也是四处寻求支援去了。

狼朗看向帝都的方向，眼神复杂。

伽蓝白塔已经被撞毁了，然而即便是如此，在云荒大地的各处依然可以看到它——夜色下，迦楼罗悬浮于其上，远远看去就如一片乌云笼罩。

在迦楼罗的映衬之下，那月光看上去竟也是血色的。

狼朗叹了口气。乱世里人命如草芥，即便是如明茉这样出身贵族的弱女子，也身不由己地卷入了这样的乱世急流里，只怕也只能被激流扯得粉碎罢了——可怜这样的朱门绣户王侯之女，到最后却被庸人所欺。

狼朗想起自己的身世，不由得对那个女子生出一点同情来。

“说起飞廉少将，也是命大啊，”副队长因为无聊而喋喋不休，“独自留下断后，谁都以为他死定了——谁知道竟然还被比翼鸟从破军手里救了回来！”

狼朗点了点头：“是命大。”

“听说救他回来的是个鲛人？”副队长好奇道，抓了抓头发，“那么赤胆忠心，倒是和破军的那个潇有一比……只是面目全烂掉了，也不知道是哪个的傀儡。”

狼朗无语。比翼鸟分裂后，一半坠毁于云焕手里，另一半却带着飞廉少将穿越了一路烽火，千里来到空寂大营。在最后脂水燃尽迫降在沙漠时，重伤的鲛人从比翼鸟里爬出，冒着大漠炽热的风沙拖着受伤的冰族军人行走了上百里，终于来到了空寂大营。

在狼朗看到九死一生归来的飞廉时，他身旁的鲛人已经因为脱水和衰弱而昏迷。她伤得那样重，已然面目全非。一直到飞廉恢复，她还是处于深度的昏迷中。醒来的飞廉少将长久地站在那个鲛人病榻前，神情复杂，什么也没说，只是吩咐军中大夫好生照看。

“飞廉少将向来善待鲛人，当有此报。”狼朗只是淡淡说了一句，便再也无语。然而，不等他回过神，耳畔忽然听到了一声长长的马嘶，城上士兵大声欢呼。

“怎么了？”闲谈中的将官们齐齐抬头，却看到空寂城下烟尘飞扬，似有大队人马赶到，为首的白衣男子赫然是出城多日的飞廉少将，但他身后带着的队伍却是黑压压一片，在夜色里看不清到底是哪一方的军队。

飞廉抬头对城上高声吩咐：“开城！”

随着一声命令，沉重的门闩被十名士兵合力抬起，高达十丈的城门缓缓打开。人似虎，马如龙，一行人马疾奔而入，旌旗半卷、马蹄翻飞。

“不对！”狼朗身边的副将忽地惊呼起来，“这、这……是盗宝者啊！看他们的马，上面都有银色的萨朗鹰标记！”

狼朗也是一惊，瞳孔骤然收缩——不错，他也认出来了：这一支飞廉少将星夜带回的队伍，居然是纵横大漠的盗宝者！

“我回城看看，”他低声吩咐副队长，“你好生看守这里。”

不出所料，飞廉少将将西荒盗宝者迎入空寂大营的做法遭到了过半将士的反对——特别是那些从帝都千里血战而来的门阀子弟，更是激烈地表示绝不肯和这些贱民同处，如果少将非要安排这些人作为战场上的搭档，他们宁可放弃战斗。

狼朗知道事情棘手，却更明白飞廉的苦心。第二日，受了委托，他不得不硬着头皮走入卫默少将的房间，去游说那个帝都来的门阀子弟。然而，自从他一走进门口开始，那个贵族少年就对这个同僚冷言冷语。

“唉，请你们也体谅一下飞廉——他是在竭尽全力为平叛而奔走，”他看着脸色铁青的卫默少将，摇头叹息，“破军力量太强，我们根本没有取胜的机会，如今盗宝者愿意和我们合作，也是一个反败为胜的机会。”

卫默倔强地仰着下颌，冷笑道：“凤凰与野鸟，怎可同槽而食？”

“那么，你是宁可死了，也不愿意接受异族人的帮助？”狼朗神色渐渐严肃，看着这个帝都里来的骄傲公子，“想想吧！父母的死、兄弟的死、族人的死……那么多人的血，难道还比不上你们的脸面和骄傲？！”

卫默冷哼一声侧过脸去，不屑道：“你这个被流放西荒的贱民，也配和我说这些？”

狼朗眼里亮光一闪即逝，控制住了自己杀人的冲动——这些帝都的纨绔子弟不知道，在二十年前，他也曾经是十大门阀之一，甚至比这些人身份更是高贵显赫。

“你引以为傲的是什么？血统？门第？还是那一堆堆写在纸上的谱牒？”狼朗冷笑起来，决定不再给眼前这个家伙留面子，“卫默少将，我想你该清醒一下了——如今风水轮流转，这里不是帝都，没人会买血统的账；这里是西荒，是弱肉强食的地方！”

惊讶于对方骤然强硬的语气，卫默诧然转头，却看到一只被太阳晒成棕色的手臂霍地伸过来，一把捏住了他雪白的衣领，用力之大几乎把他从地面上提起。

“干吗？快把你的脏手拿开！”贵族青年惊怒交加，却挣扎不脱。

“血统？血统算个屁！云焕血洗帝都后，现在人人都恨不得撇清说自己不是贵族，你却还在这里做梦！”狼朗冷笑道，雪白的牙齿森冷如狼，看着手里粉团似的贵公子，“告诉你，如果你死在了这里，巫谢一族便是彻底完蛋了——你如果不想让巫谢一族的血脉在这里断绝，就得和一切可能合作的人合作，明白吗？”

“咳咳、咳咳……”卫默剧烈地挣扎，却无法挣脱那只铁一样勒紧的手臂。

“明白吗？”狼朗再度逼问，眼神狠厉。

那一瞬，卫默明白只要他不点头屈服，那个野蛮的同僚只怕要将自己勒死——而在这一天高皇帝远、风沙酷烈的西方大营里，只怕死了也不会有多少人会在意。

“明白了吗？”狼朗第三次开口，手指越来越紧，“帝都来的少爷？”

咽喉几乎要被捏断，在巨大的恐惧之下他颓然点头，急促喘息，眼神又是愤怒又是屈辱。

“那就好。”狼朗看着他发青的脸，眼里露出讥诮的光，“听清楚，并永远记住——决定一个人是否高贵的不是门第，也不是血统，而是他自身的品质。明白吗？”

卫默连连点头，只痛得眼泪都沁出。

“所以从这个标准来看，你还远远不合格。”狼朗讥诮道，松开手，看着瘫倒在地的纨绔公子——真是欺软怕硬的家伙，平日装出那么一副趾高气扬的屌样，结果真的一被人卡住喉咙就软成这样？

“好了，快回去收拾一下，”他放下手，拍了拍卫默的肩膀，“今晚是宣武将军的大喜日子，飞廉也会去——到时 候你要带头出来，当众表示对西荒盗宝者们加入的支持，知道吗？”

卫默微微一愣，露出愤怒和不屑的神色，然而狼朗的手毫不留情地又勒紧了他的脖子，刀尖在他的动脉上摩擦。

“明白了。”他觉得气短，连忙回答。

“还算是个知道好歹的家伙。”狼朗冷笑转身，喃喃道，“我也该去准备一下了……贺礼还没打点好呢，真是令人头痛。”

大概因为是在战时，空寂城里那一场婚礼进行得悄无声息。

宣武副将出身于巫即的远房，算不得显贵，戍边多年不得回到帝都——但也因如此，恰好逃过了这一场大劫。在如今十大门阀嫡系几乎为之一空、庶出弟子纷纷占据高位之时，这个远在西荒久不得志的人感觉到了命运转机的到来。

宣武为人向来乖觉，南昭将军一死，他便迅速抓住时机上位，一举成为空寂大营的主将——而此刻，他再次伸出手去，试图抓住第二次机遇，迎娶流落西荒的明茉小姐。

那是具有风险、但也可能带来巨大回报的举动。毕竟那个被送到空寂大营投靠自己的疯癫的女子曾经是飞廉少将的未婚妻，更是当今帝都里那个主宰者的弃妻。但在既怀着投机心理又贪婪于美色的宣武看来，这无疑是一次利润巨大的赌博。

当然，事先他试探过飞廉的口风，吐露自己想要照顾这个疯癫的远房亲戚的意愿，而对方没有明确反对。宣武知道飞廉少将最近内外交困，奔波于诸方势力之间，试图联结一切力量对抗帝都的破军，已经没有精力顾及那个女子。

于是他便下了决心，准备要好好赌这一次。

但是这个精明的赌徒同时也明白其中的风险，为了给自己留一条后路，以便将来风头不对可以撇得干净，所以没有大张旗鼓地明媒正娶，一抬软轿便接了那个帝都的天皇贵胄之女进门。只有几个高层的将领接到了请帖，被邀请出席一个只有十数人参加的酒宴，便算是草草办了婚宴。

然而，谁都不知道那一场如此低调进行的婚礼，还会出这样的大乱子。

那个喝下了大量的不知什么汤药、被药性弄得昏沉的疯癫女子，一直都痴呆安静地被牵引来去，让她走就走，坐就坐，叩首就叩首，没有丝毫反抗。

不料，却在被送入洞房之前忽然再度疯癫了。

“魔鬼！魔鬼！”她忽然间一手掀了红盖头，然后看着自己手上的红帕和身上的红衣，发出了歇斯底里的喊叫，“血……血！都是血！魔鬼，魔鬼……滚开！”

在众人目瞪口呆时，刺啦一声，新娘子将身上的嫁衣撕裂。

不知哪里来的力气，明茉用纤细的手指生生将红绸扯裂，几下就将身上的衣服全数脱下撕碎，扔在脚下，也不顾只穿着亵衣，只是惊惧地看着堂内满眼的红色，全身发抖，一步步地后退，眼神绝望而疯狂："血……都是血！都是血！"

宣武将军脸上一阵红一阵白，不敢相信自己的新娘竟然在那么多人面前出如此大的丑，连忙疾步上前去拉扯她："别闹了！快把她弄回后堂去！"

"可是，将军，还没拜天地呢……"主持婚礼的傧相低声提醒。

"还拜什么天地？"宣武恼羞成怒，顿足把她往里面推，"嫌不够丢人现眼吗？快替我把这个疯女人弄回去关起来！"

"魔鬼！"她却看着他尖叫，一伸手，尖利的红指甲抓破了新郎的脸，撕裂他的喜袍，"别碰我！滚开……都给我滚开！"

"贱人！"宣武彻底恼了，反手便往她脸上扇去。

那个疯癫的女子却灵活得如一条鱼，转身就溜了开去。他一个踏步上去，准备扯住她的头发。然而手上一疼，雪亮的刀子已经在他胳膊上划出一道血痕。明茉咧嘴对他笑，得意地扬着手里的一把匕首，上面鲜血淋漓："魔鬼，别想抓到我！"

旁边的人一起惊呼，连忙上来夺她手里的凶器。毕竟是个不会武功的弱女子，没几下便被夺了匕首，惊惧地退到喜堂一角，看着堂上诸人，全身发抖地缩成一团。

"魔鬼！魔鬼！"她看着道贺的诸位军人，厉声诅咒。

宣武惊魂初定，上去一把拉起她，一掌便想把这个疯女人打清醒过来。然而，他的手刚扬起，却被人凌空抓住，几乎捏断他的骨头。宣武脱口痛呼出声，正要扭头怒斥，却发现霍然站起扣住他手腕的，居然是一直都没有开口的飞廉少将！

在满堂大乱的时候，他居然不避嫌地站了出来维护以前的未婚妻。那张一贯温文儒雅的脸上带着少见的怒意和杀意，瞬间刺得宣武不敢开口说话。

"宣武将军，明茉小姐有病，你也是早知道的，应该体谅她。"飞廉一字一字开口，凝视着他，眼神凌厉，"你承诺过不嫌弃她的病，会好好对她——如今大喜之日，却在喜堂上打她？"

"可是……"他看着衣不蔽体的疯癫女子，气不打一处来。

难道自己计算错了？这个女人的失心疯居然到了这种地步，远远超出他的想象。和这样怀揣匕首的女人共处，真是需要冒着生命危险，如果真的娶了这个疯婆子，看来这一生恐怕是没有好日子过了。

“看起来，你不是真心想照顾她，”飞廉淡淡道，“她也不喜欢你。”

宣武讷讷道，发现那个文雅温和的少将有时候说话也甚为不留情面。

“既然如此，不如就此放手，如何？”飞廉定定看着他，眼神明亮而犀利，“否则这样闹下去，迟早要出人命——你的命，或者她的命。”

宣武看着自己流血的手，打了个寒噤。

“魔鬼，魔鬼……”披头散发的女子看着他尖叫，却不知何时躲到了飞廉的背后，瑟瑟发抖地拉着他的衣襟不肯松手，探出头来看着周围的一片红，喃喃诅咒，“都是魔鬼！”

“好吧。”宣武叹了口气，嘟囔道，“反正也还没行大礼……”

“如此甚好。”飞廉笑了笑，松开了他的手，“快下去包扎吧。”

他脱下外袍裹住了明茉雪白的肌肤，拍了拍她的肩膀。出乎意料地，那个疯癫的女子在他身边乖得出奇，宛如一头羔羊般听话地任凭摆布，不叫也不挣扎。飞廉回头看了看旁边愕然的诸人，摇头笑了笑：“真是让大家扫兴了……不过既然都来了，还是继续喝完这一席吧。”

诸人看事情平息，都松了口气，纷纷坐下继续，然而已经没有了胃口。这时有喜婆上来试图将明茉带下去休息。然而刚刚安静下来的女子又开始尖叫，狂乱地挥舞着手臂，歇斯底里，不肯离开飞廉身旁半步。

“好了，好了，没事的。”飞廉连忙让喜婆退下，安慰着明茉。

疯癫的女子紧紧抓住他的衣袖，双眼警惕地看着身侧所有军人，流露出恐惧、惊慌之意，靠在他身侧瑟瑟发抖。看到这样的情状，卫默先冷笑了一声，侧过头去不屑地喝酒，青辂嘴唇动了动，但终究没说什么。

同样出身门阀，深受礼仪训导，飞廉此刻也觉得不妥，然而看到她的眼神，终究不忍将她推开，叹了口气，吩咐左右给她加了碗筷，然后将菜夹到了她面前——应该是几日来饿得狠了，明茉埋头猛吃起来，他布菜的速度几乎赶不上她吃的速度。

“别那么急，慢慢来。”飞廉看着她满脸的汁水，轻叹，眼里有怜惜的光。他一直记得她曾经是一个多么矜持而高贵的女子，艳名播于帝都，令多少王孙公子拜倒裙下。然而，此刻她却仿佛把自幼的教养训导忘记得一干二净，和西荒那些贫贱出身的女子没两样。

前日帝都激变，血流成河，听说她甚至一度和“那个人”举行了盛大的婚礼。

然而，那场婚礼最终变成了血腥的屠杀。

那之后她的遭遇没有人知道，只听说巫姑和巫即一族并未因和破军结亲而得到优待，照样没有逃脱被血洗的厄运——在破军眼里，这个女子只是一颗无足轻重的棋子，在走过了那一步后便失去了价值。

多么可笑啊……是不是所有女子都有这样单纯不切合实际的幻想？总是容易被那些带着毁灭邪恶气息的男子吸引，却又盲目地相信爱情的力量，以为自己就是与众不同，只要出现在对方的生命里，就可以用真情来拯救那些黑暗孤独的灵魂。

多么天真啊……她不过一介弱女子，却一度试图伸手去救援一个拥有毁灭力量的暴君！于是不自量力的她被洪流卷起，抛入了惊涛骇浪之中，被撕扯得支离破碎——旖梦碎裂后流落边荒，这个天之骄女如今居然会落到这样的地步。

飞廉在心里轻叹，想起当日她不顾一切去天牢探望云焕的情形，眼神柔软下来。无论如何，她的本心总是善良的，就算她的所作所为纯粹是深闺少女不知好歹的白日梦，但那个梦，在森冷残酷的帝都里也显得如此的温暖。

任何一个善良的人，都不该得到这样的下场。

飞廉看着她狼吞虎咽地吃着东西，想起自己一直以来忙碌于军政，竟然疏忽到不知道她已经忍饥挨饿多日，不由得心中暗自愧疚。忽然，他眼角瞥见她的腰带内侧有寒光一闪，竟是还掖着一把匕首，不由得脸色微微一变。

她……原来竟是这样地防备着所有人吗？不像是一个丧失神志的疯子，更像是一个无可依靠、不知所措的孩子，在陌生的地方独自面对着大群的恶狼。

“慢点吃。”他柔声劝着，拿起一块帕子替她擦去颊边溅上的汁水，她很听话地抬起头来配合着他，秀丽的脸在温柔的擦拭下有了血色。明茉一只手抓着筷子，另一只手却始终不敢放开他的衣袖，仿佛生怕一松手这个人便会消失，自己便又要被魔鬼包围。

酒席还在继续，然而气氛变得暧昧而沉闷，满堂议论纷纷。

“咦，那个飞廉少将真不错呢。”堂上一角，应邀出席的一个少女对着旁边的少年低声道，眼睛明亮，“音格尔，你说呢？”

那个少年看了她一眼，眼神甚为古怪，隐约有怒意。

“好啦，这样也生气，真是的！”闪闪哭笑不得，“我喜欢他，因为他是个好人——和这里很多人都不一样。你说是不是？”

盗宝者之王没有理睬她，只是低下头去自己喝酒。西荒人的酒量都很好，这个看似瘦弱的少年也不例外，一大碗烈酒转瞬倒灌入喉，苍白的脸颊上腾起微红。他又抓起一瓮，淋漓倒了一大碗，旁边的沧流军人都不由得为之侧目。

闪闪无可奈何道：“好啦好啦，我不喜欢那个少将了，行了吧。”

“不行。”递到唇边的酒碗顿住了，少年的眼睛从瓷器边缘看过来，毋庸置疑，“因为我也喜欢他——盗宝者不会和自己不喜欢的人做朋友，他的妻子也不能不喜欢丈夫的朋友。”

闪闪一时无语，暗自叹气：唉，音格尔的脾气有时候实在霸道得很……西荒男人是不是都这样大男子主义呢？和九嶷青族那些温柔文弱的男子完全两样呢。

一碗酒再次被一饮而尽，音格尔重重把酒碗放下，仿佛借着酒劲，忽地大声道：“飞廉，不如你娶了她吧！”

一语既出，满座耸动。在座的沧流军人纷纷回头，看着这个突发狂言的西荒盗宝者，脸上表情惊愕。飞廉的手不由得一颤，杯子里的酒溅出了一些，也愕然回头。

音格尔皱了皱眉头，大声道：“飞廉，你娶她吧！”

盗宝者独立于满座军人之中，眼神雪亮，有着西荒人独有的烈性，指着那个无依无靠的女子：“否则她在这里少不得就要被人欺负——你看，她那样喜欢你，你也不讨厌她。如果你是个男人，就好好娶了她吧！”

西荒人直率的话掷地有声，让在座的沧流军人相顾失色。从诞生起就被打上烙印，冰族一直在诸多苛刻的规范条例下成长，从诞生到死去，无不受到种种拘束。在过去门阀和血统主宰一切的时代里，他们不但无法选择出身，无法选择职业，更是无法选择婚姻。此刻盗宝者说出这样的话，无疑石破天惊，令满堂寂静。

寂静中，连疯癫的女子都不再出声了，只是睁着明亮的眼睛，不知所措地看着身边正在为自己搛菜的少将。飞廉的手到中途顿了顿，仿佛也被那一席狂言震惊。然而，随即只是继续轻轻将菜夹到了她的碗里，手轻而稳，不动分毫。

然后，他松开了揽住明茉的手，转头看着音格尔，若有所思。

“飞廉，你娶了她吧！”音格尔再次道，声音直率，“肯与不肯，也就一句话而已——反正她未婚你未娶，你们冰族又哪来那么多的规矩？”

飞廉看了看他，又低头看了看明茉那双明亮而不知所措的眼睛，笑了笑，忽然开口，清清楚楚地回答了一个字：“好。”

什么？！满座发出了低低惊呼，诸人几乎不相信自己的耳朵，却听得飞廉再度清晰地重复：“好。”然后他低下头，看着那个愕然睁大眼睛的女子，柔声：“明茉小姐，你愿意让我来照顾你吗？”

疯癫的人脸上忽然露出某种复杂的表情，似是不敢抬头，只有两行泪水从颊边如珍珠滚落，簌簌落入碗里。

“你愿意吗？”飞廉继续温和地问，“我尊重你的意愿。”

“呵……”堂内有人发出低低嗤笑，显得分外刺耳。卫默捏着酒杯冷笑：“问一个疯子愿不愿意？你看上她了就娶呗，如今这个空寂城里也不会有人敢反对你的决定，是不是？”

“住嘴！”狼朗愤然拍案，怒视道。卫默冷笑不语。

然而，只听一声脆响，碗碟纷纷坠落在地。穿着飞廉外袍的女子霍然站起，转身紧紧拉住了飞廉的手，一扫平日的疯癫痴狂，看着所有人，用清晰而确定的语气回答——

“是的，我愿意！”

众人愕然，还没明白过来原来那个新娘子竟然一直在装疯卖傻。只有音格尔大笑起来，用力击掌，狼朗第一个反应过来，也带头喝起彩来。

掌声刚开始是零零落落，然而渐渐地大家都反应过来，知道空寂大营里毕竟还是飞廉做主，想想这其实也算是完璧归赵，能再结前缘也算是一段佳话。于是满堂的宾客都发出了恭贺的声音，湮没了这一对新人——却无人看到新娘埋首于飞廉肩头，泪水已经无声地湿透了重衣。

原来，童年时的预言是灵验的：她是一个幸运的女子，将会得到一个很好的归宿。即便是在沧海横流的乱世中，当旖梦破碎、流落天涯之后，历经了那么多的磨难，竟还能找到一枝良木可依。

她应该感谢上苍的仁慈，也将以余生来回报。

不同于西荒那一场热闹而一波三折的婚礼，在和空寂之山相距千里的帝都内，入夜后却是一片寂静，仿佛一座死城。

金色的迦楼罗披着月光，在上空凝定不动，无数红光从刚刚血战完毕的叶城升起，如缕不绝，最后消失在迦楼罗的底舱内。密集的乌云簇拥在周围，仔细看去，却是无数匍匐于下的鸟灵。

“啪！”寂静中，手再度狠狠拍在金座上，留下深深印记。

“主人，请息怒……”潇的声音微微发抖，带着怯意，“都怪潇没用，不能帮你阻住飞廉。”

云焕冷哼一声：“不关你的事。”他的手渐渐握紧，指甲刺破了掌心，低声咬牙，“只是，湘这个贱人，居然在我面前带走了飞廉！她居然还活着！居然还敢出现在我面前！”

潇不敢答话，沉默。

“可恨！那一群家伙还逃往空寂之山，拿师父来要挟我！”云焕只觉得心里有无数声音在呼啸，那种杀气几乎要冲破他的躯体，将他彻底吞噬。他颤抖着抬手按在心口，眼神变幻——血洗帝都之后，那种虚无和茫然差一点将他击溃。然而，此刻一念及此，心底里的仇恨再度被激发出来，杀意凛冽。

那群该死的家伙，居然敢拿古墓来要挟他！

他不敢想象飞廉和狼朗去了西荒后会把那座古墓怎样。如果……如果师父的遗体遭到丝毫损坏，如果他们敢对其有丝毫不敬，他发誓：就是把整个云荒都毁灭，也要让每一个参与过、哪怕触碰过一块墓石的人得到报应！

云焕颓然将手捶在座位上，嘴角抽搐了一下。

“潇，你的情况如何？”他压低声音问。

“修复接近完成，”潇回答，声音略微颤抖，“又……又要开战了吗？”

“是！”云焕侧过头，“追击帝国余党的事暂时放在一边。明夜开始，集中兵力与空桑、海国交战——务必要在三个月内平定东泽局面！”

“是……”潇默默点头，暗自咬紧了牙。

“我下去一下。”云焕站起了身，“在这里睡不着。”

“是。”潇知道他要去哪里，只是默默点头——主人并不喜欢这里，更少在迦楼罗里过夜，连日来他都要回到被重新修复好的含光殿去。

在他离开后，她寂寂地坐在黑夜里，许久不动。一滴泪水从眼角滑落，铮然落地为珠。主人走了，她又将独自陷入无穷无尽的噩梦里……面对着一张张死去族人的脸。

今夜，那些文鳐鱼还会不会飞来呢？会不会带来那些指责和咒骂？在族人看来，自己定然是千古未有的叛徒吧？

她俯身看向大地。大地上，无数的生灵在死去，那些人的魂魄如缕不绝地从地面被抽取，渐渐融入迦楼罗的内舱，在红莲烈火里炼化，成为这具杀人机械的原动力所在。力量每增加一分，她就觉得心中的苦痛增加一分——为什么？为什么在与迦楼罗合二为一、成为旷古未有的杀人机械时，不把她的心也一并变成铁石呢？如果这样，在面对这种与故国开战的命令时，也不会感到如此生不如死吧？

湘……你我虽然并称军团两位最高水准的傀儡，但我们的目的和信念却完全不同——或许在别人看来，你崇高，我自私，但我们却同样曾背弃了无数人，伤害了无数人，只为自己心里认定的那个信念血战到底。

但，如今你却在战火中不惜一切地救了飞廉！复国军的女英雄啊……是否在你的心里，也曾经有过如此苦痛的挣扎和取舍？

在破军少帅的命令下，帝都调集了最好的工匠夜以继日地开工，所以重修这座含光殿只花了两个多月的时间。如今这座位于皇城西北角的宫殿又恢复了原来的华丽齐整，宛如从未遭受过兵火一般。

云焕悄然踏入了庭院，轻轻推开门，回到了熟悉的地方。

然而，景物依然，人事却已全非。再也没有长姐温柔宁静的笑容迎接他，也没有活泼任性的小妹躲闪着在门后看他。重新回到这里的他，早已是一个天地背弃的魔。

他悄然走过花园，眼里的金色光芒一寸寸地暗淡。在推开最后一道内堂的门时，他的手顿了一下，垂下了眼睛，在门外恭谨地低语：“师父，徒儿来看您了。”

在通报过后，他才小心地推门入内。

门一开，室内一灯如豆，无数帷幕在夜风中飘飘转转，宛如千片白雪。千重帷幕背后，一张素白如莲的脸藏在光下，宁静而恬淡。那个人仿佛是在轮椅上睡去了，闭目不答，面容安详。长长的头发直垂到地上，在帝都清冷的风里一动不动。

云焕踏着一地的月光走进来，在十步开外驻足。

这一幅画像出自于帝都最好的画家之手，美丽宁静，栩栩如生——重新修建含光殿，是为了给自己过去所珍视的人留下一个纪念。殿堂里供奉着那两个女子的画像，一个是与他血脉相连的长姐，另一个则是他毕生无法忘记的引导者。

巫真云烛的相貌，帝都里见过的人也并不少，所以很快便能画得栩栩如生。然而对另一个从未谋面的女子，画家们却始终无法顺利绘制——然而暴虐的破军却出人意料地耐心，不厌其烦地一次次对绘画者描述，每一次的语调都温和而舒缓，似乎沉迷于某种难得的美好回忆里。

然而毕竟不曾亲见，画者的笔下始终缺了那种独有的神韵，不是过于美艳，便是苍白寡淡。居上位者在愤怒之下一连处死了多位画家，直到最后一位才觉得稍为满意——而那个聪明的画家，是在计穷之下直接使用了神庙里创世神的雕像为原型。那样宁静悲悯、幻化万物的神色，和记忆里那张莲花般的素颜居然不谋而合。

有一个玉石的香案放在画像面前，上面陈列着诸多世上罕见的奇珍异宝，而居中却赫然是一盘桃子，颗颗饱满，如新采下般鲜嫩。

“师父，”他屈膝跪倒在香案前，将供品双手放在案上，低头轻声喃喃，“您知道吗？事情已经无可挽回了——我杀了白璎师姐，还要杀西京师兄……我最终要把空桑和海国都灭了。”

“您说过的话，徒儿终究一句都做不到……您的在天之灵，能不能闭上眼睛不要看？您的徒儿，如今已经变成了您最痛恨的模样了……可是，如果不这样，我早就活不下去了。我不甘心就那样死……师父，我不甘心！您知道吗？”

他轻声喃喃，眼里的金色光芒渐渐熄灭。

冷月的光斜斜照入，帷幕在夜风里无声飘转。戎装的军人终于睡去了，和衣卧倒在案前，安静得宛如一个孩子。

海皇的骤然离去，给正在进行战斗的复国军带来了措手不及的慌乱。

远在东泽的龙神听闻这一消息，立刻舍下了前线的同族战士临时返回，和复国军大营里的诸人会合商议。这一来，才发现除了一起消失的溟火女祭，竟然连药师治修都不知道海皇离去的原因。

“已去往哀塔，勿念。十月十五之夜，当归来并肩战于镜湖之上。”

炎汐的手里托着一张信函，上面疏疏朗朗一行字，却是海皇的手笔——十月十五之夜？为什么会选择这样一个半年后的日子作为归来的日期？龙神看着那张信笺，沉吟了很久，摇了摇头，仿佛明白了什么，却终究没有说话。

“通知空桑这个消息了吗？”他问。

“已经通知了。”虞长老回答，“空桑也非常吃惊。”

“那边如何回复？”

“禀龙神，真岚皇太子来大营里看过，只是……”炎汐顿了一顿，“只是皇太子妃白璎据说在和破军交手后身受重伤，并不曾前来。”

“重伤？”龙神神色肃穆，微微摇了摇头。

炎汐回答：“为了迎回最后一个六合封印，太子妃与破军狭路相逢，力战不敌。”

“原来是那一战啊……我在东泽也看到了，”龙神发出了低吟，感慨道，“九个太阳坠落镜湖，末日一般的景象，太可怕……不能再容许魔的力量继续扩大了！要知道，魔可以在杀戮中汲取力量，越是久战，它的力量就会越发强大！”

“是。”诸人悚然，手握紧。

“既然如此，在海皇不在的时间里，还请碧统领复国军，去往泽之国和西京将军会合，”沉吟过后，龙神有了决定，“左权使，请你留在复国军大营，主持大局。”

“是！”碧和炎汐双双屈膝对神祇下跪。

然而，此刻却听身后一个声音低低道：“龙神，请让我也回东泽去。”

所有人诧异地回身，却看到了一个瘦得脱了形的女子——如意夫人不知何时已经站在了后面，面容苍白而憔悴，只有眼神熠熠闪亮，仿佛一个热病患者。日前高总督在息风郡遇刺，如意夫人受到极大的打击，精神几乎崩溃，不得不将其迎回大营休养。然而想不到刚到这里没几天，她却已经执意要返回前线。

龙神微微一怔：“你刚回到大营，尚未得到真正的休息。”

“我不需要休息！”如意夫人苍白着脸，声音颤抖，“大家都在战斗，为什么我要躺在这里休息！我没有受伤，我想要回到东泽去！”

“不，我不能答应你。”龙神的声音悠长而低沉，带着悲悯，“如今你心里只有死的意志，去了那里也于事无补……我不能让你去送死。”

如意夫人低下了头，肩膀剧烈颤抖：“那么，您就让我在这里等死吗？”

“如意，海皇走之前的最后一个命令，就是把你接回大营来，”龙神叹息，低声道，“他很担心你……海皇看似无情，对在意的人却用心极深——你曾亲手带他长大，应当明白他最后的苦心，不至于辜负。”

如意夫人全身一震，终于忍不住发出一声啜泣，以手掩面。

“少主他……”如意夫人在水底跪倒，发出了再也无法掩饰的痛哭，“他、他心里的苦，比我更深万倍——如意、如意我又怎敢自毁自伤？”

龙神俯视着水底痛哭的女子，长长叹息。

那笙抓着如意夫人的手，不知如何安慰，只觉得心里也是酸楚难言，忍不住鼻子发酸，哽咽起来——来到云荒不过一年多，然而这一路，却看过了太多的悲欢离合。为什么其他所有人，不能像自己和炎汐一样好好地在一起呢？

“那笙，麻烦你带她下去休息吧。”炎汐低声对少女嘱咐。那笙听话地点了点头，将如意夫人搀扶起来，悄然退了下去。

龙神重新把精力聚集回了正事上：“西荒方面如何？”

“禀龙神，破军追击叶城门阀军队，已经将对方围困在空寂山脚下，”碧负责着西方的战场，当下出列禀告，“不过不知为何忽然停住了军队，不再推进——眼下飞廉少将执掌空寂大营，与其相持不下。”

在说到那个名字的时候，她的声音出现了细微的波动，随即紧紧咬住了嘴唇。

“能令破军收手，实在令人诧异……”龙神若有所思。

“此外，盗宝者之王音格尔也带领人马离开乌兰沙海的铜宫，参与了西荒的角逐。应该是真岚皇太子与其结盟，达成了守望相助的协议。”碧调整了一下情绪，继续禀告，“龙神，属下还打听到一个消息……”

她顿了顿，压低了声音：“湘……如今也在空寂大营。”

大营里所有鲛人战士悚然动容，连龙神都变了表情。

湘，作为复国军在沧流帝国里埋伏最深的一颗棋子，一直在军方最高层里活动，十几年来送回许多珍贵情报，挽救了无数族人的性命。而这一次在夺回如意珠的行动中更是居功至伟，作为族里最强的女战士，令所有族人都为之赞叹和敬仰。

然而，在叶城的海魂川猝不及防地被覆灭后，湘就和大营失去了联系。甚至后来真岚、炎汐双双入城，救出了霍图部一行人后，也始终不见她的下落。所有人都以为当时已然身负重伤的她必定是和其余战士一样殉国了——却不料，居然出现在大陆另一端的空寂之山！

“是被扣押了吗？”龙神低声道，“定然要不惜代价地营救。”

“不，不是扣押。”碧轻声道，迟疑了一下，“听说……是她亲自驾驶着比翼鸟，从破军手里救下了飞廉少将。”

此语一出，全场皆惊。长老们面面相觑，不敢相信。

“湘，救了一个沧流冰族吗？”龙神沉吟道。

“是。”碧回答。

龙神有些微的好奇：“为什么？他是一个怎样的冰族？”

“禀龙神，他是一个……”碧的声音再度出现了波动，将身体深深伏下，终于一字一句回答，“飞廉少将他是一个好人，和其他门阀贵族都不一样——我想，湘也是这样认为的，所以才救了他。”

那样的话从暗部队长口中吐出，不由得让饱受冰族欺凌的鲛人吃惊。联系起多年来她和飞廉的关系，一时间水底窃窃私语四起，各位长老眼神复杂，有鄙夷、有怀疑，交头接耳。

“冰族里也有配得上被称为‘好人’的吗？”

“我看啊，她们八成是被人迷了心了！也不想想汀是怎么死的，又有多少族人死在征天军团手里！怎么个个都变成潇那样的叛徒了？”

“是啊，潇是这样，想不到连湘和碧也……唉，女人终归是女人。”

在四起的议论中，龙神长久不语，不置可否。

"连最坚定的战士都做出了这样的评价，可见他真的与众不同。"龙缓缓开口，周围一片肃静，"要知道，冰族里出了破军这样的魔，自然也会有飞廉这样的人，没有任何一个民族可以被全数彻底地否定——碧，我很高兴你能大胆说出真正的想法，起码，你和湘都没有被仇恨蒙住眼睛。"

长老们愕然，一个个抬起头，看着族里最高的神祇。

龙神……居然认同碧的看法？这个被囚禁了几千年的神，说起宿仇的时候，语气却如此坦然而平静！

"诸位，你们可曾知道——数千年来，我被困在苍梧之渊，日夜为子民忧心。"龙神盘旋在复国军大营上空，声音响彻水底，一字一句送入每个人心底，"我忧心的，并不仅仅是你们的肉体会遭到怎样的摧残，更忧心的是数千年的压迫，会不会让仇恨蒙蔽了你们的眼睛，扭曲你们的灵魂？"

长老们在雷霆般的声音里惶惶然下跪，俯首聆听。

"看看苏摩，你们的海皇！他是如此强大，但曾经一度，他也被打垮了！

"打垮他的不是肉体的痛苦，不是生活的艰辛，而正是这种沉积了几千年的仇恨——因为对整个空桑民族的仇恨，他曾经试图报复一切，不择手段地伤害所有可以伤害的人，却不敢正视自己的内心……结果呢？在获得强大力量的同时，他被打垮了！

"海国的子民啊……你们可曾明白？什么才是一个民族真正的消亡？不是肉体的痛苦，而是精神的毁灭！

"绝不能忘记旧日的仇恨和伤害，要极力反抗一切加之于我们的压迫，对于宿敌，有怨报怨，有仇报仇。这些都是理所应当的——但是，却记得要始终保持一双清醒的眼睛，不要让仇恨蒙上你们的眼睛！

"当你们的眼睛被仇恨蒙蔽的时候，才是海国真正消亡的时候！"

龙神盘旋于水底，大营上空如有金色闪电密布，神祇的声音响彻水底。

诸人在雷霆般的声音里微微战栗，低下头去："谨遵神的教导！"

"你们记住就好。"龙神巨大的身体在水底盘旋，"事情就这样定了——我先去和真岚皇太子见面，商议日后打算。眼下各方要竭尽全力地合作，才能遏制住破军！"

金色的飓风在水底倏忽远去，然而方才那一席话还在每个人心头回响，如滚滚春雷。

然而，神祇是超越了生死和时间的，大道无情，最深的慈悲有时候看起来也接近于冷酷——但对于挣扎在泥沼里痛苦了上千年的子民来说，龙神的话，却并非一时一刻可以理解和接受。

要多久的时间，才能把这沉淀了几千年的仇恨洗去?

无色城里的人知道海皇不告而别的消息，已经是在一个月之后。

按照六王和大司命的意思，本来是要等她痊愈之后再婉转告知，皇太子真岚却觉得不忍，背了众人偷偷告诉了病榻上的妻子。然而白璎听了，却是默然无语，许久只是轻轻吐出一口气："也罢……他向来如此。"

真岚松了一口气，低声道："等你好一些，我陪你去复国军大营看看吧。"

"不必了，"白璎默默摇头，"海皇已经走了，去那里何用。"

他拍了拍妻子肩膀，然而转眼又瞥见她白发下隐约残留的那一个五芒星印记，不由得眼神又是一肃：这个东西……到底是什么?

真岚默不作声地伸出手，在妻子的后背上一掠而过。等收回手，将那个神秘的符号已经全数印入掌心。

"如今战局激烈，可惜我身体弄成了这样，帮不上什么，"白璎试图凝聚体内的气脉，却发现身体里空空荡荡，那些力量仿佛消失得无影无踪，不禁惨然一笑，"真是没用啊……在要紧的关头却先倒下了，一直都无法好起来。"

"不要这样说，"真岚回过神，握住了她的手，"如果不是你，我恐怕还被困在叶城。"

白璎摇了摇头，片刻沉默后才道："你要小心。"

"嗯？"真岚不解。

"破军……如今实在太厉害了。"白璎叹息，抬起自己伤痕遍布的双手，"他不仅有破坏神的力量，而且兼具了剑圣一门的剑技，以及迦楼罗那样毁天灭地的凶器——无论你我，均非他之对手。"

"这点我清楚。"真岚点头，"所以我和海国结盟，寻求龙神的帮助。"

白璎默默点了点头，轻声叹息："也是，只有海国和空桑联合，才能是沧流的对手——只是破军能从杀戮和毁灭里汲取更多力量……如果不及早消灭他，时间久了对我们越发不利。”

“说得是。”真岚也是蹙眉，眼里有深思的表情，“可惜冥灵军团只能夜里出动，云荒战场纵深广大，一夜即便杀敌无数，白日一到还是不得不退回，前功尽弃……而复国军又不善于陆上作战，单靠西京的兵力不足以巩固每一个攻下的城池，”他摇了摇头，“这样下去，的确不是办法。”

两人一时间默然相对。

“当时在师父灵前就该杀了他！”白璎低声道，双手绞紧，“没想到今日他会变成这样——师父在天有灵，只怕也不会瞑目。”

“魔由心生，但没人愿意一开始就舍弃一切。”真岚点了点头，半晌却道，“他做的事，的确百死而难赎其罪——但把他逼入如此绝境的冷酷世情，也难辞其咎。”

白璎有些愕然，失笑道：“你倒是为他开脱？”

“不是开脱，要杀他的时候我照样不会留情！”真岚肃然，“只是一路看着破军出世，觉得有些感慨罢了……这个云荒，如今变成了一个催生魔王的修罗场啊。”

“也是，这个云荒有谁可以说自己双手干净，没有丝毫罪孽？”白璎叹息，“杀一人为寇，杀万人为王，若是这回让他赢了天下，百年后的青史上，破军也会被称为一代雄主吧？”

“我不会让他赢的。”真岚微微一笑。

那一笑淡然却深远，带着某种睥睨而自信的气度，让白璎一时间失神——什么时候，那个桀骜不驯的逆反少年、嬉皮笑脸的没正经皇太子，眼里居然蕴藏了如此的光芒？是因为他身上深藏着的帝王血统，终于在历经百战之后显露出来了吗？

“你看，我虽然不是一个好皇位继承人，但总比那个破军要强些，”真岚合上手，俯视着手指上的“皇天”神戒，神色肃穆，“白璎，我不愿意去争夺天下的权柄——但是，我却不能将其交到破坏一切的魔的手里。你明白吗？”

白璎点了点头，将手放到他的手上，轻轻握紧。

“后土”神戒和“皇天”神戒相互辉映，放射出璀璨的光华。

“苏摩真不该这个时候走……此刻如果他还在，局面也会好一些吧。”白璎最终还是忍不住，轻声埋怨，“总是这样一意孤行啊……也不管族人和国家，只是逃避责任。”

真岚沉默片刻，仿佛斟酌着言辞，缓缓道：“他在白塔顶上回来后，据说伤势一直不曾好起来，而且阿诺趁机在他体内作祟，病情越发不能控制。如今他就算留下，也未必有用……他去哀塔，恐怕也是有苦衷的吧。”

“一直不曾好起来？”白璎却是一惊，霍地坐起，“怎么会？那一日，他不曾和魔直接交手，怎生会受了那么重的伤？”

真岚摇了摇头，眼神也是复杂：“我不知道。”

他转过头看着她的眼睛，一字一句：“但是，你我都应该相信一点，海皇他不是逃避责任的人——他会竭尽全力去做他想做的事，哪怕用的是别人难以理解的方式。”

白璎浑身一震，仿佛这句话击中了心底，忽然剧烈地咳嗽起来。

“是的，你说得对……你说得对。真岚，没有想到，你竟是了解他的。”她用冰冷的手指握紧他的手腕，不再掩饰内心的恐惧，说出了心底的话，“我很担心他……他、他这样决然地离开，大概是意味着不再回来了啊。”

真岚无语低头，却想起白璎背上的那个逆位的金色五芒星，眉梢蓦地一跳，心里有沉沉的声音响起，滚过耳际——

“殿下……治修和我说，曾在海皇手心里看到过一个正位的五芒星符咒。”

正位和逆位两枚一模一样的五芒星符咒，以及周围环绕的万字形花纹……这样的东西，似乎来自于上古某个隐秘的咒术。

他苦苦思索，却始终想不起那个咒术的真正含义。

万里之外，茫茫的碧海上只有海风呼啸。

一叶小舟如同浮萍一般漂流海上，仿佛被某种无形的力量推动着，向着一个地方浮去。在短短两个月里，他们从镜湖出发，已经渡过了万里的路途，穿过了传说中无人可渡的怒海区域，一直漂到了这个除了海鸟和鱼类之外没有人类足迹的地方。

一路颠簸，舟上居然还是如此平稳干净，甚至有人在日光下躺在船头和衣而眠，面容宁静，长发飞扬。

“海皇，哀塔已经快要到了。”小舟上，执桨的红衣女子低声道。

躺在舟上的人睁开了眼睛，低声道：“到了？”

“嗯。”红衣女子放平船桨，任凭一股暗流将小舟带往礁石之中，“到了。”

船上一直昏睡的人醒了，挣扎着试图坐起。枯瘦苍白的手抬起，握紧了船舷。然而身体里的力量已经枯竭，用力许久，才将身体抬起少许。

“到了吗……”他放弃了努力，深碧色的眼睛里没有任何光芒。抬头四顾，眼睛却是一片空茫。白色、灰色、黑色……层层叠叠映入视线，却模糊成一片，组不成任何成形可辨的形状。苏摩在怒海之上四顾，极力想看到这片被称为鲛人圣地的海域是什么样的景象——然而，力量的衰退甚至使他看不到任何东西。

侧耳细细听去，只听到海风从耳边温柔掠过，阳光温暖地晒在身上，远处有海鸟清脆的叫声，有鱼类不断跃出水面的声音，那种陌生而亲切的声音仿佛前世听到过，数百年来一直令他魂牵梦萦。

“到了吗？”他靠坐在船舷上，喃喃道，“为何我看不见？”

“是的，到了。”红衣女祭眼眸深邃如大海，带着宗教般肃穆的气息，“海皇，您已经回到了一切的缘起之处。”

他怔怔地靠坐在船畔，长发在海风中飞扬如雪。

万顷碧海之中，扁舟一叶漂泊无定，如此渺小，却如此自由。

“是吗？到了？”他忽地大笑起来，伸出手去捕捉阳光下的风，已然苍白如雪的长发在风里飞扬——是的，到了……到了！他终于回到了海国的圣地，然而，他的眼睛却已经再也看不到故国的种种！

这，又是多么可笑的回归？

红衣女祭横桨于膝上，静静看着在碧海旭日下大笑的海皇，眼神静谧而复杂。

小舟被暗流带着，在礁石间漂转，渐渐迷失在巨大而嶙峋的黑色石头之间。海鸟欢跃的叫声渐渐不闻，鱼类的游弋也绝踪，空气中出现了浓重的血腥味，周围海水的颜色不再是碧蓝，而呈现出可怖的深黑色。

凭栏而望的人虽然衰弱，却也感觉到了什么，霍然抬头。

阳光从头顶消失，巨大的阴影在这一刻笼罩下来，正好落在了他的脸上——小舟一个转折，漂入了礁石中的阴影区域。礁石嶙峋，形态各异，每一块都仿佛黑黝黝的浮出水面的巨兽，怒海的水流在此反复回旋澎湃，发出巨大的声音。

小舟一到此处就失去了控制，随水四处漂荡，几次都似乎要撞上石头化为齑粉，却仿佛有神奇的力量守护，都在最后千钧一发的关头及时转折。似乎有一种神奇的暗流在引导着海国的王者，冥冥中将他带往这被封印千年的禁域。

一叶小舟颠簸于怒海暗礁之上，曲折回环，漂向了阴影最浓重的地方——那里，一座黑色石塔伫立在最大一块礁石上，嵯峨清秀，宛如开天辟地时便已存在。

在看到塔的那一瞬，溟火女祭深深跪倒，俯首船头。

这座塔，有着神祇一样的威严。它甚至比云荒大陆上的伽蓝白塔更古老，亘古多少的事情，都被记录在这座看似不起眼的塔里。云浮翼族，海国鲛人，云荒空桑……万年来，碧海之上的这座塔见证了天地间所有种族的一切兴亡，更是记下了鲛人一族的无数血泪。

它名为哀塔，千万年来，始终在哀痛生灵涂炭之中沉默，仿佛无言的史碑。

那一瞬，即便是最离经叛道的海皇也不自禁地折服于历史的巨大呼啸中。小舟被笼罩在那片浓重的阴影里，苏摩默默抬起了双手在胸前合拢，合上了眼睛。

大海啊，我终于在这一刻回到了你怀里，请你……完成我最后的愿望。

第五章 暗涌

沧流历九十二年九月二十日，云荒大陆上烽烟四起，各路人马相互厮杀，冰族、空桑、海国、西荒人、东泽人，甚至九嶷的青族遗民……都纷纷加入了战团，整个大陆到处都是战火，几乎没有一处可以幸免。

这段时间以来，云荒上的战局处于胶着状态。

沧流帝国在一开始的时候处于被动，不仅内部有着激烈的矛盾，外部更是遭到了几路力量的夹击。空桑、海国、西荒、东泽，甚至加上了空寂大营的前门阀势力……这些本来散落各处的力量被聚集在了一起，拧成了一股空前强大的绳索，勒住了新生的沧流帝国咽喉。

这些，都让刚刚经历过惨烈内乱、国力大为减弱的冰族人一时间措手不及，在整个大陆上步步退缩。如果不是迦楼罗金翅鸟几度亲自出击，离开帝都平息各处叛乱，新帝国恐怕很快便要遭到覆灭。然而，随着帝都政局的重新稳定，新一代门阀贵族的重新产生，一切又产生了微妙的变化，沧流人在破军的带领下，一步一步地扳回了局面。

天平两端在微妙地摇动，然而，每一次摇摆，便会洒落无数的鲜血。

泽之国的梦魇森林旁，又一场恶战刚刚结束。

面对着镇野军团的第四次围攻，那些由中州平民和当地叛军组成的队伍在西京的带领下取得了艰难的胜利，终于在十几日的僵持后发动了反攻，将前来围捕的沧流军队击溃，破围而出。

血战连日，杀阵连云，一时间白骨蔽平原，昔日富庶的东泽变得荒无人烟，只有碧绿的青水依旧静静流淌——然而就连这溪水也在这样的乱世里发生了变化。水不再清澈，鱼不再欢跃，依旧碧绿的水里死气沉沉，幽深如鬼眼，散发着不祥的气息。

在溪水旁，堆着小山一样高的腐质，散发出刺鼻的气息，令所有人避之不及。那些从水里打捞上来的湿淋淋的藻类居然还在微微蠕动，叶片上有一粒粒红色的东西，宛如人的眼睛，时不时地微微翕动。

“好恶心！”苗人少女侧过头，忍住了呕吐的冲动。

“别靠太近，孢子会沾上肌肤。”旁边的中年男子一把拉开她，将手里的火把投入了水藻堆里——刺啦一声轻响，一股黑烟冒了起来，整堆水藻活了一样开始剧烈地扭动，火迅速蔓延开来。然而那些火却是幽蓝色的，发出奇异的焦味。

那些水藻如同人的手臂一样挥舞着，从火海里探出，试图攀住周围的树木，那一粒粒红色的孢子在四处滚动，仿佛一双双眼睛。男子拔出长剑削去，剑光如同匹练闪过，伸出的藻类纷纷断裂，被扔回了火堆之中，无一逃脱。

“天啊……它们、它们是活的吗？”那笙脱口惊呼。

“嗯。”西京小心地看着蠕动的火堆，防止再有东西逃脱，“幽灵红藫是介于植物和动物之间的一种怪物……它不但会动，而且有剧毒，还会吃人。”

他用剑扒拉着那堆燃烧的藻类，里面到处缠绕着森森白骨，有人类的，也有鲛人的。

前几日，碧带领复国军与他联合作战，经过艰苦的争夺终于攻下了北越郡，将驻守在此处的五万沧流靖野军团消灭。然而，他们这一方也付出了惨重的代价——不但陆地上的军队折损过半，在水路作战的复国军更是受到了幽灵红藫的攻击，许多鲛人战士被这种水中的恶魔吞噬，只余白骨。

“就是这个东西把整条青水变成了赤水吗？”那笙喃喃道，露出憎恨的神情，“那个云焕真是个坏透了的家伙……他一定会有报应的！”

西京叹了一声，想起了自己那个同门师弟，微微摇头：“好了，这边水域里的幽灵红藫清除完了，我们走吧，慕容修还在等着我们回去呢。”

那笙看着那些战士们用刀剑扒拉着火堆，让火向更深处烧去，剧毒的藻类在火里哀嚎，发出刺鼻的味道，她不由得蹙眉转开了头去，跟在西京后面，向着官道上走去。

这里是与九嶷郡交界的北越郡，刚刚进行过一场战斗，尸横遍野。那笙跟着西京，小心翼翼地避开地上那些尸体和血迹——这几个月来，她不甘于待在镜湖底下无所事事，便闹着来到了泽之国，和西京、慕容修他们相会。她努力地做着一些力所能及的工作，然而却也看到了前所未有的死亡景象。

出门何所见？白骨蔽平原。云荒兵祸之烈，竟然已经和中州不相上下！

无数的尸体倒在这一片刚刚结束战斗的大地上，大都是双方的战士，也有当地无辜卷入的平民。乌鸦一群群地飞落，叼食人的血肉——到了晚间，恐怕更有大堆的鸟灵会循着死亡的气味前来，吞噬那些新死的魂魄。

那笙停下脚步来，用脚尖沾着血，在地上画了一个符咒，喃喃念了几句，最后轻轻一跺脚。只是一转眼，地面便裂了开来，将那些就地横尸的士兵们埋入了黄土，然后重新闭合。她停下来，在这一片崭新的坟茔上默默合掌祈祷。

“不错嘛，几个月不见，术法竟然长进了那么多。”待得她祈祷完毕，西京在一旁点了点头，难得地夸赞了一句，“看来你还真的挺有慧根。”

“那当然！”那笙得意扬扬，跳跃着跟在他身后，“你说过我每学会一种法术，就教炎汐一招剑法的——如今我已经把那本《术法初窥》上的八十一种术法都学会啦，你是不是该把所有剑圣门下的剑法都教给他？”

西京愕然回头，没有想到这个小丫头如此较真，也如此聪颖。

“怎么，你难道想反悔？”那笙看到他的表情，不由得急了，一把扯住他的衣襟，“你是剑圣，不能说话不算话的！”

“好好，”西京笑起来了，抬手摸了摸她脑袋，“人小鬼大，就只向着你的如意郎君。”

那笙满脸不高兴：“我都快二十岁啦，不要乱摸人家的头！你到底教不教？”

“当然教，我几时说话不算话？”西京放下手，笑了笑，“等战局平定一些，我就抽空去一趟镜湖大营，把九问上写的剑技全部传授给复国军。”

“哇，”那笙惊呼起来，“酒鬼大叔，你真大方！”

“没什么大方的，”西京摇了摇头，“空桑人欠海国太多，这点又算什么？”

两人前后行来，一路向北。沿路都是战火的痕迹，十室九空，一些村庄全部没人了，只有尚未熄灭的残火在断壁残垣之间暗暗燃烧，乌鸦和鸟灵的欢呼声在风里四处传播，分享着死亡的盛宴。那笙看着这般凄惨的景象，心里更加难过。

“那个破军，真是罪该万死。”她喃喃道，“希望龙神和臭手能早日打败他。”

西京却是满脸忧虑：“没那么容易，他太强了……不但继承了破坏神和剑圣的两种力量，还是迦楼罗的拥有者——最可怕的是，魔可以从杀戮和毁灭里汲取力量。战争进行到现在，他的力量已经比一开始提高了许多！”

那笙不可思议地回头看着西京：“那么，现在没人能打败他了吗？”

空桑剑圣眼神沉重：“一对一，整个云荒已经没有人是他对手——他的剑技与我相当，灵力与真岚相当，再加上可以与龙神抗衡的迦楼罗金翅鸟，以及不断从死亡里新汲取的力量……你想想，要多少人联手才能勉强与其相抗？”

那笙虽是不懂什么天下大事，然而听了如此简单明了的分析，也是倒抽了一口冷气，低头看着脚下土地，半晌不出声。

“真可怕啊，”她轻声道，“一年前在桃源郡遇到的时候，谁知道他会变成这样？”

西京苦笑道：“如果一早知道，我当初无论如何也要将其斩杀。”他拍了拍腰畔的空酒壶，叹息道，“剑圣一门传承数千年，还是第一次出现这样的师门败类……只可惜慕湮师父去世了——如果师父还在，说不定会有办法。”

“是吗？”那笙诧异不已，“连你和臭手、龙神加起来都没办法，她能有办法？”

西京还是摇头：“一个人的强弱并不是以力量来衡量的，丫头。对破军来说，这世间所有的一切加起来，都比不上慕湮师父的轻轻一句话。”

“啊？”那笙不解。

“你不会明白。”西京叹息。

“切，最讨厌你们这些活了上百年的家伙装深沉了。”那笙再次觉得自己被轻视了，不由得微微生气起来，“你怎么知道我就不会明白？！”

西京有些无奈地看了她一眼：“其实我也不是很明白……”

他抬起头，看向了天际，脸色有些茫然：“说实话，我真的不了解这个同门的师弟——白璎或许比我更了解一些吧，人心和感情是微妙的……而我只是一个大老粗。”

说到这里，他心里忽然一痛，汀死之前的那些话言犹在耳。

汀，汀……的确，我是如此粗心的人，在你活着的时候，一直不曾明白你的心意，直到你死去，却已经无可挽回……如今的你已经化为白云归于天上，是否也在看着大地上这一场血战，为自己的族人和我忧心呢？

“西京将军。”走了一程，便有军士牵马上前，“慕容公子请您尽快去往九嶷紫台。”

紫台？西京心下一惊，回过神来。这是九嶷首府，也是青王的官邸所在。青塬如今是冥灵之身，白日里只能待在帝王谷的黑暗之中，到了晚上才能出来——所以这一段时间，自从高舜昭总督遇刺后，中州人慕容修便离开了息风郡首府，来到了紫台辅助年轻的青王。在整个东泽，西京是军事上的实际指挥者和执行者，而慕容修就成了运筹帷幄的军师，直接听命于无色城里的真岚皇太子。

如今慕容修要他尽快去往紫台，到底又发生了什么事情？这个中州来的珠宝商、空桑的军师，做事一直是这样神龙见首不见尾啊。

“我跟你去！”当他沉吟的时候，那笙却跳了起来，“我好久没见到那个家伙啦！”

“怎么，想他了吗？”西京忍不住笑起来，想起这两个人曾经是一同抵达云荒的同伴——那时这个小丫头看着俊美公子的眼神里带着花痴的表情，让他一眼便看了出来。

“什么嘛！”那笙跺脚道，“不许胡说，被炎汐听见就糟了！”

西京失笑道：“左权使还在复国军大营，怎么听得见？”

“那也不许乱说！”那笙红了脸，有些急了，“没有的事！我才没有想别人呢！我、我想的就只有炎汐一个！你再说我就不跟你去啦，哼。”

西京看到她发了恼，便适时地住口，牵过了马："好啦，不和你胡扯了。丫头，我们上路吧！"

两人翻身上马朝着北方奔去，不一会儿便到了两郡的交界处。

此刻天色已经转暗，暮色深浓，周围景致渐渐模糊。无数的星辰在头顶的夜幕里逐渐亮了起来，如同细碎的钻石洒满天空，璀璨而美丽。

"翻过这座山，前头就是九嶷的驿站了，"西京举起马鞭指了指前头黑乎乎的一座大山，安慰夜行的少女，"要不要休息一下？"

"不用，"那笙一仰头，洁白的牙齿在夜色里闪耀，"看谁先跑到山顶！"

她挥鞭一抽，骏马一声惊嘶撒蹄狂奔，转瞬沿着山道消失。西京摇了摇头，苦笑着看着这个活力四射的女孩，眼里流露出赞赏的神色——真是一个奇异的女子，从一个战乱的世界来到另一个战乱的世界，却没有沾染上任何血污和尘埃，依旧拥有一双纯净无瑕的眼睛。

这样的人，和破军处于明暗两个极端，就如光和影一样对比强烈。

西京随后策马，胯下乌骓闪电般驰骋而出——他从军半生，一身骑术也已经出神入化，虽然比那笙晚起步，但不到三里地便已经逐渐拉近了距离。然而，他却忽然看到前方的白马忽地停下来了，那笙仰起头，凝望天空某处。

"怎么了？"西京警惕起来，顺着她的视线看向山顶。

"有什么东西在那里……"那笙喃喃道，抬起纤细的手指指向黑暗，"你看到了吗？好像有星星掉到了树林里，一闪一闪的，好漂亮。"

"星星？"西京顺着她指的方向看去，却只看到山林里一片浓重浑浊的黑暗。

"你没看见吗？"那笙急了，手腕一抖，催促白马向着山顶奔去，"真的！就在那边啊……有无数纯白色的光的碎片，很漂亮的！"

西京连忙策马跟上她，一边劝她慢些，一手悄悄探出，握紧了光剑——这里已经是云荒北方的云梦泽区域，以前曾经因为女萝的出没而成为梦魇森林。如今虽然女萝们已经被龙神度化转生，但东泽局势动荡，也无法保证不会遇到突袭和意外。

然而，疾奔到山顶的两个人，却什么都没有发现。

那笙和西京顺着山路登顶，在天荒坪上双双勒马四顾。然而，漆黑的树林里只有风行的声音和夜枭的啼叫，一片伸手不见五指的黑暗。西京翻开随身携带的行囊，捏出了一颗辟水珠，柔和的珠光顿时照亮了方圆一丈之内。

“怎么会呢？”那笙喃喃道，“我明明在半山腰的时候看到这里有光……”

话音未落，她的脸色忽然变了，蓦地抬头看向半空：“快看！”

西京顺着她的视线看去，这一次，连他也被震惊了——果然，在漆黑的夜幕下，山林的上空竟然浮动着一片淡淡的纯白光芒！那种光仿佛是从地面上升起的，渐渐飘向林间树梢，升上夜空，凝成了一片薄薄的雾气。

然而在薄雾之中，却有白光闪烁，仿佛不知有多少颗星辰在闪耀。

“这是……”西京吃惊地喃喃，却反而松开了握剑的手。没有敌意，没有杀气，那一片纯白的光芒仿佛从天上落下，带着温暖而无瑕的气息，令所有看到的人都心里平静。有些意外地，他感觉到了光剑在微微地鸣动——那种鸣动不是出于嗜血的杀意，也不是提醒大敌的来临，而是出于激动的战栗，仿佛见到了自己的主人！

“这不是星星。”那笙抬头看着林间浮动的光芒，轻轻开口——这几个月内，她的术法进步神速，此刻也能感觉到林间弥漫着的是什么样的气息。她诧异地伸出手去，仿佛想捉住那些白色的光芒，喃喃道：“这不是星星……”

那片薄雾在她指尖消失，雾里那些纯白的星辰一颗颗闪烁，却无法被触及。

“天啊……这、这种感觉，好像是……”她闭上了眼睛，凭着灵力慢慢分辨，惊骇之情溢于言表，“好像是……魂魄的碎片！”

“魂魄的碎片？”西京大惊，追问。

“是，是最洁白的灵魂碎片……”那笙喃喃道，“这不是普通的光，这里有一个最洁白的灵魂快要转生了呢。”

话音未落，九天里忽然有一阵风吹来，仿佛被某种力量召唤，那些星辰一齐从林梢冉冉升起，向着天空凝聚！

那笙站在山顶往下看去，冷月之下梦魇森林连绵无尽，直通向最北方。然而，这片森林却焕发出一种奇特的荧光，仿佛无数薄薄的碎片在聚集，形成了若有若无的烟雾。那种光极其纯净柔和，仿佛春风一样洗涤着人的心灵，在森林上空如同烟火一样地流动和凝聚，渐渐凝聚，依稀成了一个人的形状。

然而奇怪的是那个人形手足俱全，却在头部和肩部缺了三块，留下三个小小的黑洞。

“咦，是魂魄还没有完全凝聚吗？”那笙回忆着书卷上的记载，叹气道，“真惨啊，这个人死的时候肯定被人击碎了三魂七魄……不过如今看来，也已经重新凝聚完毕，快到转生的时间了。”

西京无语，却只是勒马四顾：“我们走吧……就算是魂魄也不稀奇，这里是通往北方九嶷黄泉之路的必经所在，所有魂魄都会通过此处。”

“这个魂魄非常不一样呢。”那笙叹了口气，“这样美丽……整个森林都在发光！”

“就算是如此，也和我们无关。快走吧……天明的时候最好能到九嶷。”西京没有她这样的闲情逸致，而腰畔光剑的不断鸣动也让他觉得反常，不想再耽搁，便再度催促——然而，话到一半却戛然而止。他的眼睛同时看向天上，露出了不可思议的表情。

有风从九天卷舞而下，巨大的翅膀遮蔽了星月之光——三女神！冷月下，乘风而下的比翼鸟上，坐着的居然是云荒三位女神！

曦妃、慧珈和魅婀，三位凌驾于云荒苍生之上的女神们乘着比翼鸟从九天之上降临，停留在这一片梦魇森林的上空。她们身上披拂着冷月的光华，在森林上空散开，各占一角，双手伸出，不停变换手势，仿佛在虚空里进行着什么仪式。

“天啊，她们、她们在帮那个灵魂成形！”那笙低声惊呼起来。

夜空里出现了一道道耀眼的金色光芒。那些光从女神的手里发出，萦绕在森林上，三个女神手里捧着三枚晶莹的碎片，和森林上空那个灵魂的空洞之处一一吻合。她们携带着搜集来的碎片从天而降，修补着这个破碎的灵魂。

那笙目瞪口呆地看着这一幕，直到三女神之一回头对她凌空一笑。

“呀！是你？”她脱口惊呼起来，认出了那是一年前在天阙山上见过一次的魅婀。夜色里，三位女神的长发发出彩虹一样七色的光泽，飞舞当空，炫目闪耀。那笙情不自禁地伸出手来想去触摸那夜色里飞扬的长发，却听到一个声音从风里悠悠传下来。

“又见面了，小姑娘。”魅婀微笑，“你长大了很多呢。”

“你们……真的是神吗？”那笙怔怔看着从九天上飞舞而下的三位女子，讷讷而不知好歹地问，“你们在做什么？”

“嗯。许一个心愿吧，小姑娘。”魅婀对着她微笑，“或许我可以替你实现。”

“哎呀，真的可以？”那笙眼神里闪烁着喜悦，脱口而出，“我希望这个云荒不要再打仗了，可以吗？”

“这可太难了。”比翼鸟上的三位女神对视一眼，笑道，“云荒是云荒人的云荒，我们只是守望者而已。”

曦妃张开了手，她手上的那一片白色碎片已经消失，弥合在了那薄薄的雾气中。大女神回过头，看着北方上空渐渐凝聚成形的魂魄，眼里露出了意味深长的表情：“不过，不必担心，这一切很快就要结束了……当新的魂魄从北方尽头的归墟诞生时，破军的黑暗光芒也将会得到遏制。”

“新的魂魄？”那笙吃惊地看着森林上空那片薄薄的雾气，“这……是谁的魂魄？”

“是我们一个落入凡间的同伴。”慧珈叹息，眼里含着泪水，“她放弃了永生，选择落入永远的轮回，陪着这片大地一起枯荣盛衰。”

三位女神齐齐松手，退后——瞬间，那一片薄薄的雾气仿佛被风吹起，向着更高的天空飘去。

“看吧……她已经重新凝聚，去往北方尽头的归墟。”慧珈目送着那一片浮云在夜风里远去，神色也是宁静而庄严，“当她重新诞生的时候，破坏神的力量也将会得到控制。你的愿望，也就可以实现了。”

“那要多久呢？”那笙忍不住追问。

“她转生成长后，便会成为这个云荒的守护者，”慧珈微笑，“这片土地很快就会平静下来了——只要二十年，或者更短。”

“二十年！”那笙失声道，“那么久？”

“二十年不过是一弹指里十二个刹那都不到的时间啊……不必担忧。”三位女神挥了挥长袖，比翼鸟振翅腾空，向着九霄飞舞而去，转瞬消失在璀璨的星空中，“小姑娘，你很勇敢……你会获得幸福和美满的。”

“天啊……在她们看来二十年当然很短！可对我们凡人来说，如果云荒还要打二十年仗那也太可怕了！”那笙怔了半天，转过头看一旁的同伴，愤愤道，“大叔，你说是不是？她们真是站着说话不腰疼！”

然而西京仿佛比她更吃惊，竟然还在看着自己手上的佩剑出神，眼色变得极其奇怪。

“酒鬼大叔，怎么了？”那笙反而被他吓了一跳，“看到女仙，吓坏了吗？”

“光剑在鸣动……”西京看着手上的剑圣之剑，低声道，“它在呼唤着主人。”

“主人？”那笙吃惊道。

“剑圣之剑是有‘灵’的，知道吗？”空桑的当代剑圣勒马，缓缓走向下山路，“几千年来，历代剑圣的剑气凝聚不散，幻化为剑上之灵。所谓的‘继承’，并不仅仅是继承一个名号那么简单——而是说，剑灵承认了新的主人。”

他侧过剑柄，给那笙看那一颗闪烁着光芒的五芒星：“这就是剑灵之眼——在慕湮师父去世之后，它转移到了我和白璎师妹的剑上。”

“什么？”那笙明白过来了，惊呼，“你说刚才那个魂魄……是你的师父？”

“嗯。”西京低声道。

“呃……那么说来，也是云焕的师父？”那笙喃喃道，渐渐明白过来，“真奇怪，你们这几个师兄妹年龄相差了百年呢。”

“是的，”西京点了点头，缓缓道，“他才是真正意义上慕湮师父的徒儿——师父曾经抱病亲自指点他的剑技，一手造就了他。”

“咦，那她肯定是很喜欢这个徒弟啊。”那笙觉得吃惊，“这是怎么回事？你们空桑人的剑圣，居然收了一个冰族的徒弟！”

“是啊……”西京叹息，“连我当初也不明白。”

他看向西方尽头，那里，遥远的空寂山只是一抹隐约的淡墨色影子：“谁会想到呢？这已经近乎禁忌……如果不是那座古墓竟然挡住了十万雄兵，我也不会明白在那个人的心里，竟还存在着这样一个死结。”

“什么死结？”那笙听得云里雾里。

西京没有回答，只是倒转长剑将剑柄抵住眉心，在苍茫的星空之下深深俯首——剑上的五芒星发出耀眼的光芒，似乎冥冥呼唤着星空里那一个乍现又离去的影子。

“师父，”当代剑圣闭上了眼睛，轻声祈祷，“请保佑空桑，保佑云荒……在您再度降临到这个世上之前，弟子会竭尽全力地战斗、阻拦破军！”

他向着天空行礼，然后勒马沿着山路急驰而下，再不停留。

那笙抬头看了看天空，发现那一片奇异的纯白光芒已经消失在北方尽头，有些不舍地转开了视线，连忙策马跟着西京下山，直奔九嶷。

暮色里的原野仿佛被夕阳染上了血色，展露着战乱后触目惊心的伤痕。

那笙跟着西京策马奔驰，马蹄不断地踩到一些横倒在路旁的尸首。她只觉得心惊，不忍地避开视线，看向远处的漠漠平林。这是一片较为偏僻的林子，依稀还有一些村落升起炊烟，显示出从兵祸里逃脱的幸运。

落日挂在林梢，宛如一个大大的咸鸭蛋黄，温暖而诱人。

那笙被自己这个想象逗得笑了起来，心情总算好了一些。

然而，忽地听到有人喊：“晶晶，晶晶！吃饭了！”

晶晶？她蓦地一惊。回头看去，却看到一群小孩子呼啦啦地从河里爬起来，每个人手上都捏着几条活蹦乱跳的小鱼，一溜烟地朝着村口跑去——在那群人里，她看到了一个扎着小辫子的布衣女孩，背影隐约熟悉，仿佛是半年前自己在九嶷郡遇到的孩子。

“晶晶？”她试探地开口喊了一句。

那个孩子的脚步略略停了一下，回过头看了看她——夕阳里，孩子的脸庞晶莹红润，宛如玫瑰花瓣。她只是回头看了那笙一眼，似乎没有认出她是谁，只是咧嘴笑了笑，然后头也不回地奔开去。村口上一个穿着粗布衣服的农妇挎着篮子站在那里，一把将她搂进怀里。

天……真的是晶晶！是那个龙神出世后就再无消息的晶晶！

那笙看得发呆，几乎喜极而泣。晶晶走丢后，自己一直为不曾照看好这个孩子而内疚，觉得愧对她姐姐闪闪，却不料她早已经回到了族人的怀抱，过着平静温暖的生活。

“怎么了？”前头西京勒马回顾，看到她侧头看着远方的村落。

“没什么。”那笙笑起来了，牙齿晶莹雪白，“大叔，我终于不用再怕见到闪闪了！”

两人来到九嶷郡首府紫台时，已经是第二日的傍晚了。

在看到年轻的青王出现在离宫时，西京忍不住吃了一惊——青塬是冥灵之身，最为惧怕日光。白日应该都在帝王谷的黑暗墓穴里才对，怎么才傍晚时分就出现在了这里？难道九嶷郡出了什么大事？

“西京将军回来得正好，”他刚要开口，慕容修却抢着上前一把将他拉住，“借一步说话，我有事情跟你商量。”

仿佛有什么极其重要的事情，慕容修顾不得礼仪，不由分说地将他拉下，也不管失魂落魄的青王还在一边，便转入内室议事去了。

他们两人一走，便只剩那笙站在殿上，左顾右盼观察了片刻，终于好奇心占了上风，忍不住对这个陌生的王开口：“你……你怎么啦？你的眼睛里都是血丝，整个人精神也很不稳定呢……出什么事情了？”

青塬坐在王座上，定定地看着虚空，眼神茫然，似乎没有听到她的话。

“你怎么啦？”那笙不忍，上去摇晃失魂落魄的人，“生病了吗？”

然而，她的手却握了一个空。她吃惊地低头，看着自己的手指从年轻王者的手臂里对穿而过。

“哎呀，你是冥灵！”她叫了起来，恍然大悟，“你和太子妃姐姐是一样的？”

“不错，我们都是六王……是早在百年前就死去了的各部之王。”终于，那个茫然的年轻人开口了，语气空空荡荡，“你现在看到的我，只不过是一个不人不鬼的幻影罢了。所以，放心，我是不会生病的……如果可以，我倒是真想替离珠生这一场病啊。”

“咦？离珠？”那笙的手指停留在他手臂里，感觉到他的灵体在剧烈地波动，不由得撇了撇嘴，“身体不会生病，可是心照样会病啊！你遇到什么难事了？”

青塬终于回过了神，看着这个异族少女。显然她已经不认得他了，他却还记得天阙上那匆匆一面。而一年多后重见，这个当时什么也不懂的天真少女显然已经长大了很多——果然不愧是“皇天”一度的持有者，这个少女身上有着一股令人舒服欢跃的力量，让每一个被她靠近的人都不由自主地报以友好。

“离珠、离珠她快要死了……怎么办啊？”他喃喃道，把头埋入双手，压抑至今的情绪终于失控，失声道，“我救不了她……救不了她！”

那笙歪着头看他：“离珠？哦，我知道她！她怎么了？”

半年前她来过九嶷，犹自记得那个叫离珠的女子是一位绝色美人。那种夺人心魄的美丽甚至几乎可以和苏摩相比，难怪这个年轻的青王如此难过。

“她……”青塬颓然点头，低声道，“她昨日在花园水池畔戏水的时候，被幽灵红藻缠上了！那该死的东西，居然都已经蔓延到了九嶷！”

“幽灵红藻……”那笙想起前几日在青水里看到的可怕藻类，激灵灵打了一个寒战。

什么？那样美丽的一个女子，居然也被幽灵红藻吞噬了吗？她正不知道如何安慰青塬，却听得旁边一声帘响，是慕容修引着西京重新走了出来。两人不知商量了什么，彼此的脸色都是颇凝重，快步走向青塬。

“青王，请让我去看一下伤者。”西京对着青塬拱了拱手。

“离珠还在昏迷，”青塬摇头喃喃道，“中毒太深，整张脸都溃烂了……她一向爱美如命，只怕宁死也不要别人见到如今的模样。”

“青王，”慕容修上前一步，沉声道，“如果你还想救她，就让西京将军入内一试。”

“什么？”青塬霍然抬头，眼里放出狂喜的光来，“你说什么？她、她还有救？”

“是的。”慕容修微笑，气定神闲，“容貌未必能恢复，但性命应该可以保住。”

“不，不，怎么可能……”青塬随即颓然坐下，摇头不敢相信，“我竭尽全力地试过了，用一切术法也无法阻止幽灵红藻毒素的蔓延——将军又怎能做到？”

“是的，在术法上，我和青王自然不能比，”西京点头，沉声分析，

“但是术法和武学相比，亦有不能及之处。我听慕容公子说过病情，大致有把握——只要用内力将离珠体内的毒素逼在一处，再将染毒血肉削离，便可以保住性命。”

“是吗？”青塬听着，眼里神色渐渐变了。西京尚未说完，他已经一把拉住了他的手臂：“来！快来！”青塬狂喜地对他说，带着死马当活马医的态度拉着他往后宫急奔，顾不得礼仪，将慕容修留在了原地。

慕容修看着两人的身形消失在巍峨的宫廷深处，嘴角不由得露出了一丝意味深长的笑容来，摇了摇头——果然，一切都如计划那样进行着，又一个隐患被平息了。然而嘴角笑容未敛，回头却看到了一双明亮的眼睛，不由得怔住。

“那笙？”此刻才注意到了和西京一起来的是谁，他又惊又喜，上前了一步，“是你啊？好久不见了，可好？”

然而，那笙却看着他的眼睛，下意识地退了一步。

“你……”她皱着眉头看他，“变了。”

“是吗？”慕容修敏锐地觉察到她的退缩，也站住了脚，只是微笑，“当然。到了云荒那么久，怎么能不变呢？就像小丫头你也是变得让人有点不敢认了呢，长高了，也漂亮了。”

那笙却没有被他的赞美动摇，只是一瞬不瞬地审视着他。她看得太过于认真，以至于让慕容修都有些不自然起来，有些腼腆地微微侧过了头，借着端起案上一盏茶来细品，避过她的视线。

“嗯，我确信了。看了那么久，脸也不红心也不跳，果然没事了。”半晌，那笙终于重重舒了一口气，一字一字地开口，“现在，我已经完全不再喜欢你啦！”

慕容修那一口茶含在嘴里，差点呛住。

“我说嘛，我本来就只喜欢炎汐的！那个臭酒鬼大叔分明是胡说，诬陷我，哼。”那笙却是欢天喜地，仿佛验证了什么似的放下了心上一块大石头，开始如平日一样活泼，“慕容，那么久没见你，都在干吗？有没有和你爹一样，在云荒拐到一个漂亮老婆啊？”

她扯着他的袖子，唧唧呱呱，慕容修只是无可奈何地笑。

“唉，我现在日日忙得不可开交，哪里像你一样逍遥？”他苦笑，然而看着这个女孩子的脸，无端也觉得放松起来，“你呢？你的炎汐还好吧？”

“嗯，还好！”那笙高高兴兴地回答，和故人汇报着这一年来的辉煌战果，“一切都很顺！他的族人也都不再恨我啦，因为龙神和苏摩都赞同我们的事呢！我准备将来和他一起回碧落海……就像你娘当年跟你爹回中州一样！”

“噢，那可真了不得，”慕容修又惊又喜，不由得暂时放下了心头那些纷繁复杂的天下大事，只是全心全意地哄她开心，“小丫头，去那么远的陌生地方，可需要很大的勇气啊。”

“我不怕！”那笙笑了起来，见牙不见眼，“我都敢一个人来云荒，怎么会怕和炎汐回碧落海呢？”然而笑着笑着，她仿佛又想起了什么，忽地收敛了笑意，抬头看着他的眼睛，再度重复，“不过，慕容，你变啦。”

“嗯？”慕容修微微一怔。

“你的眼神和刚来云荒的时候大不一样呢。”那笙蹙着眉，再度细细地打量他，“慕容，你刚来的时候只想着早日赚钱回中州，可现在……”她顿了顿，终于叹了口气，“你的眼睛没那么简单干净了，让我看不到底啦！”

慕容修一怔：这个小小的丫头，居然能有这样的洞察力？他回忆起自己在踏上云荒后做的种种事情，那些阴谋阳谋，那些杀戮决断，那些取舍和牺牲……都一一浮现心头。这些日子来，他虽然没有亲手杀过一个人，然而，运筹帷幄之下，他的手上又染了多少鲜血呢？

自从在桃源郡做出抉择之后，他应空桑皇太子之邀参与了这一场天下的谋夺。从息风郡控制高舜昭总督开始，他被卷入了天下洪流之中，手上早已染尽了各种颜色。而渐渐地，他发现自己除了经商还有更多的天赋，而他可以获得的也远远不只是珠宝金银、一时之利——他是一个可以谋夺天下的人，和中州古时那个传奇商人吕不韦一样！

他的心里也有了更多的欲望，不仅仅对于财富的渴望，更加萌生出了对权力的渴望、对征服这个天下的渴望！

而那种欲望，便叫作野心。

云荒这片传说中的土地仿佛是一个大染缸，让所有踏上的人都身不由己地改变：那笙变得更加纯澈，而他，却是变得越来越复杂深沉。

“嗯……”慕容修苦笑起来，摇了摇头，“是的，我变成一个坏人了。”

“才不呢！”那笙看着他，又笑了起来，“你是一个好人，慕容——就像我第一次在天阙看到你时一样。因为你的笑还是这样干净温暖啊……你在谋财的时候也没想过要害命；那么在谋国的时候，又怎么会祸害天下呢？”

慕容修一怔，看着她无邪澄澈的眼睛，心里忽然重新平静。

“嗯，”那一瞬，他忽地笑了，抬手摸了摸她乌黑的长发，昔日腼腆的慕容公子显然也在一年后变得成熟练达，甚至学会了调侃，“我还真有点后悔了，当初为什么没有发现你是这么美的女孩子呢？”

那笙的脸唰地飞红，侧过了头，嘟囔道：“真是的，什么时候你也变得和臭手一样油嘴滑舌……我说过啦，我只喜欢炎汐一个人，你不许再说这样的话了，否则我要生气了！”

话没有说完，却听到后殿一阵脚步声传出，两人连忙截住话头，缩回手来。然而看到两人这样亲密的举动，西京的脸上却依然浮起了促狭的笑，不肯放过他们：“怎么，我才走开一会儿，这边又有新进展吗？看来我原先料想的果然没错啊……”

“住嘴！”两人同斥一声，都露出尴尬的神色。

西京没料到这两个人忽然变得同仇敌忾，倒是一愣，只好识趣地住口，看看慕容修、看看那笙，都是少见的紧张态度，便不再乱开玩笑，一个人找了个座坐下，给自己倒了一杯茶，一饮而尽，露出疲倦的神色来。

“怎么？治好离珠了吗？”慕容修定了定神，开口问。

“嗯，”西京点点头，意味深长地看着他，“青塬正在寝宫陪着她。我用剑削去了她脸上的腐肉，保住了她的性命却毁了她的容貌——如你所愿。”

那笙却惊呼出来：“什么？那她一定难过死了！我得去看看。”

“喂，丫头，别去！”看着她拔脚就往后走，西京不由得脱口而出，“离珠正在难过，最不愿别人看到她如今的相貌，你去了会被打出来的！”

然而，那个丫头却头也不回地跑了出去。

“算了，让她去吧，”慕容修却摇摇头，露出笑意，“这个丫头现在算是出息了。她好像有一种奇特的本领，能让人的心安静下来——或许她能安抚离珠的情绪。”

西京想了想，出乎意料地没有反驳，只是拿起茶壶又倒了一杯。

“慕容公子，”四顾无人，他压低了声音，眼里露出复杂的表情来，“你这一步棋，走得实在是又巧妙又凶狠哪……在下佩服得紧。”

“不敢。”慕容修只是微笑，“奉皇太子之命办事，在下敢不尽力？”

西京也只是微笑，眼里却露出针一样的冷芒——离珠被幽灵红藫袭击是在今天下午，然而慕容修却早在一日之前便通知了远在北越郡的他，令他能够及时返回帮忙控制毒素的蔓延，“恰到好处”地救了那个女子一命。

这般安排，显然是早已布好的棋局。

“如今这般，岂不是皆大欢喜？”慕容修笑笑，“青王自此永远留住了离珠，离珠也找到了一个不因容貌而爱她的如意郎君，从此也该定下心来老老实实过日子……将军，你说，还能有更好的结局吗？”

西京默然，眼里的寒芒渐敛。

是的，他也承认，没有比这个更妥当的安排。那个前代青王的宠妾离珠，本来就是一个不安于室的女子，野心勃勃，不甘心只做被男人所爱的普通宠妾。在征服了年少不知事的青塬，令其死心塌地言听计从后，这个妖艳女子甚至渐渐开始染指九嶷郡的内政，和辅政的智囊慕容修处处作对。真岚皇太子远在无色城，却对这一切了然于心，已经为此感到忧心。

这样一个危险的女人实在是祸水，万万不能留，然而，却更不能杀——因为一旦杀了她，势必乱了青王的心神，也影响了复国的大业。

所以这个中州来的商人安排下这样一箭双雕的计策，既摧毁了那个女子最后的骄傲和底气，也保留了年轻王者的痴情和尊严。

本来离珠那样的女人唯一所恃的只是天下无双的容貌，而如今，在唯一的骄傲被摧毁后，她心里那点野心和不甘也该随之消灭殆尽了，从此便可以安分很多。

这，说到底已经是最两全其美的安排。

西京久久不能回答，耳边只回荡着那个女人被毁容后的哭泣——那是一个人被夺去了最珍贵东西的悲伤，那种撕心裂肺的痛苦让他不忍目睹。无论她本质上是一个怎样不堪的女子，这种痛苦都是深刻而真实的。

有一个刹那，他甚至对慕容修那种运筹帷幄、揣测人心的冷酷感到厌恶起来。

“多谢慕容公子用心。”最终，他只能那样回答。

然而慕容修只是微微一笑，忽地倾身向前，用几乎耳语的声音道：“不过，西京将军，我这次请你来的目的不是为了离珠，我还有另一个更大的计划需要和你商量。”

“什么计划？”西京一惊，抬头却看到对方的眼睛。

慕容修微笑。这个中州商人的眼睛深而莫测，闪烁着某种魔一样的亮光。“西京剑圣，破军是你的同门，”他忽然微笑，“你们有一个共同的师父，是吗？”

西京心中微微一怔，知道慕容修心思缜密，深得真岚信任倚重，虽一直居于东泽却对天下大事的脉络走向了然于心，只是默然点头，不做回答。然而慕容修的下一句话却让他瞬间变了脸色——

“听说破军的唯一弱点就是你们的师父慕湮，不是吗？”

“什么意思？谁和你那么说的？”仿佛被触及了一个禁忌的话题，空桑剑圣情不自禁地变了脸色，“我师父已逝，请勿擅议亡人！”

“在下万万不敢对先代剑圣有丝毫不敬，”慕容修肃然端坐，眼神并无讥诮，“只是这个计划不仅仅关系九嶷一隅，更关系到整个云荒——而其中令师是举足轻重的关键，所以在下不得不冒昧提及。”

西京口气稍微缓了一缓：“我师父已经去世了，再说这个有何用？”

“当然有用。她是这个世上唯一能约束破军的人。即便仙逝，影响力也不会因此而削弱半分。”慕容修的声音轻而冷，缓缓吐出下面的字句，仿佛一柄收藏已久的绝世利剑一寸寸地拔出，森冷锋利，“所以，我和真岚皇太子秘密磋商了很久，最终决定实行这个计划——我希望能取得空桑、海国，甚至空寂大营里冰族三方面的全力协助。”

“因为只有这样，我们才能击碎星辰，毁灭破军！”

这一日，被后世称为“定乾坤”的一日。那一日，随着这一极秘密的计划拟订，云荒乱世之幕终于开始缓缓合拢——而亲手拉下了乱世大幕的，正是这个被载入云荒史册的外族人——慕容修。

第六章

秘密

镜湖之下的无色城，在白日依旧是一片宁静。

一望无际的白石棺材排布在水底，昨夜血战的冥灵战士已经在日出之前归来，重新化为灵体沉睡。然而，那些石棺上却出现了无数的裂痕，显示着里面的许多灵体在昨夜那一场的激烈战斗中已经受到了损害。

大司命和诸王在光之塔下焦急地等待，不时地抬头看着头顶离合的水光——因为他们的王，至今尚未归来。

不知等了多久，正当大家心急如焚的时候，只听一声水响，有什么东西从万丈高空坠落水面！无色城上空立刻起了一阵波动，冥界城门应声打开，巨大的漩涡里一个人直坠而落，一头栽倒在光之塔下。

“殿下！”所有人一起惊呼，拥上前查看。

那个狼狈的王者跌落在塔下的玉座上，束发的玉冠歪斜，手里的辟天长剑也飞了出去，劈碎了旁边的黄金莲座。看到下属和大司命拥过来，真岚挣扎了一下，似乎想起来，然而受伤的手臂无法支持，只能颓然放弃。他仰面朝天地躺在镜湖最深处，感觉四肢百骸都痛得仿佛裂开，似乎又经历了一次车裂。

“殿下，您总算归来了！”赤王红鸢第一个开口。毕竟是女人，她的眼眶有些发红，声音颤抖——昨夜那一场仗实在惨烈，她和玄王在日出前领命紧急撤退，却回头看到真岚皇太子提剑独自面对巨大的迦楼罗，为冥灵军团断后。

那一瞬，她甚至有再也见不到皇太子的恐惧。

“嗯……没、没事。”真岚没有力气站起来，脸上却依旧挂着惫懒的笑，“我命大得很，放心。”

大司命上来搀扶，然而脸色忽然变了，脱口而出：“殿下，你、你的肩膀！”

“怎么？又裂了吗？”真岚吃力地抬起左手，抚摩了一下自己流血的肩膀——然而只听喀喇一声轻响，他勉力抬起的左手居然齐肩而断，落在了地上。而右肩上也裂开了一道深深的血缝，赫然见骨。

空桑诸王一时间惊呆在当地。

“真是的，居然弄成这副样子，”他苦笑，露出自谑的表情，“太丢脸了……看来白璎的女红实在是欠缺火候啊！”

“殿下不要这样说，”大司命喃喃道，“能从魔的手里返回，实在太不容易。”

“是啊，真可怕。”真岚喃喃，眼神变幻，“破军越来越强大了……比诞生的初期拥有更大的毁灭力量！再这样下去的话……”

魔可以从杀戮和毁灭里汲取力量，再这样下去的话，整个云荒将会被黑暗笼罩！到底有什么方法可以阻止他？越早越好！

“皇太子殿下回来了吗？”有侍女出来，恭谨地行礼，“太子妃请您一回来就去见她。”

“噢。”真岚怔了怔，“马上去。”

等侍女离开，真岚忽地转过头对赤王急急开口：“糟了，红鸢，我可不想让她担心——快替我把断了、裂了的地方缝上。”

“好吧，属下遵命。”赤王笑了起来，有些无奈，“可是我的女红实在一塌糊涂，比白璎还不如，缝歪了殿下可别怪我。”

“顾不得了，”真岚抓头道，“快点缝好就行，你们站着干吗？快来一起帮忙啊！”

“是！”诸王不由得苦笑。

白璎躺在镜湖的最深处，默默看着头顶离合的水光。那些光芒从九天之上洒落，被最深的水面折射扩散，一波一波地荡漾离合。在无色城里看去，仿佛变幻无常的宿命。

她听到外面远远的声音，知道是真岚终于返回，然而却无力站起迎接。侍奉的宫女连忙出去替她传话，她颓然闭上了眼睛，眼角沁出一滴无形的泪——是的，她恨自己。她曾经发誓为空桑战斗到死，发誓将自己的余生和所有力量都献给国家和族人，然而在这样的时候，她却躺在这个地方，甚至无法握起剑来！

为什么？为什么？为什么身体会变成这样？

她忽然觉得前所未有的狂躁，狠狠抬起手砸着自己的腿——没有知觉！还是没有知觉！在镜湖上空和云焕交手之后，她的身体就每况愈下，甚至到了无知无觉、不能移动的地步！到底是为什么？她明明已经休息了很久，身上的伤也已经愈合大半，然而健康反而每况愈下，仿佛有无形的黑洞在不停抽取她的生命，令她渐渐衰竭。

难道，是当时的魔对她使用了什么诡异术法吗？

不，不……她忽然颤了一下，一个可怕的念头浮现在脑海里，蓦然挣扎着坐了起来。难道是……白璎的眼神忽地凝滞了，直直地看着头顶上方变幻莫测的光，脸色变得雪一样苍白——难道，是因为星魂血誓？这个咒术，令她的生命和另一个人相连，一荣俱荣，一损俱损。

自己如今那么衰弱，莫非是因为那个人此刻也……

“别动了，”忽然间，一个声音在耳畔响起，“快躺下休息。”

“真岚？”她惊喜交加地侧过头，看到了血战归来的人。真岚裹着一袭黑色斗篷，脸色一如平日，对着她微笑，语气轻松：“我来帮你捶捶腿，你别动了，身体还没好呢。”

塔里等待他归来的太子妃惊起，看着他的模样，松了口气：“你没事？”

“嗯，当然没事。”真岚在她身侧坐下，按住她肩膀让她躺回床上，开始替她按摩僵硬的腿，带着歉意，“被云焕拖住了，所以回来得晚了一些——让你担心了。”

白璎细细地看着他，直到确信他平安无事才松了口气，颓然靠回了软榻上：“不，应该说对不起的人是我。”她侧过脸不看他，声音却在颤抖，“所有人都在拼命血战，而身为空桑太子妃，我却不能和你并肩战斗……实在对不起。”

轻轻捶打她腿部的手停住了，真岚抬起眼睛看着病榻上憔悴的女子，语气严肃：“不要说这样生分的话，白璎。你是竭尽了全力的，无论是神庙里那一战还是镜湖上对迦楼罗的那一战——你不要总是对自己太严苛。”

她没有再说话，沉默下去。

“苏摩……回来了吗？”沉默了片刻，她忽地轻声问了一个不相干的问题。

“苏摩？”真岚怔了一下，眼神有细微的变化，声音却是平缓，“尚不曾——复国军大营失去他的消息也已经好几个月了……只是听说他走时留下了话，说十月十五那一日必然会归来，和大家并肩战于镜湖之上。”

他声音温和地安慰：“所以，你也不要太担心……再过一个月他也该回来了。”

白璎没有说话，不知在想什么，脸色忽然苍白得可怕，整个人忽然坐了起来，抬头看向镜湖上方——无边的光影映照在她雪白的脸上，显得明亮而忧伤。

那一瞬间的气氛极其诡异，真岚被她的眼神震慑，一时间不敢开口打断她的沉思，只是默默坐在榻旁看着她。

她的神色很反常，到底出了什么事？

“快点找到他……”白璎忽然开口了，猛地转过头，“一定要快点找到他！真岚，你们一定要快点找到他！”她眼里充满了恐惧和担忧，握住了他的手。她握得如此用力，那种痛似乎可以从手上深入他的骨髓，她的声音一瞬间也飘忽，恍如梦呓。

然而真岚没有问为什么，只是默默点了点头：“你放心，我一定尽力。”

“他……他一定出事了。”白璎脸色苍白，喃喃道，“一定是。”

她抬起头来看着真岚，失神地呓语：“我刚刚才明白过来，为什么我的伤会变成这样——真岚，这是因为星魂血誓的缘故啊！星魂血誓让我们气脉相通，我的身体如今在不受控制地枯竭损耗，肯定是因为他也在遭遇某种不测！”

她的眼神渐渐变得恐惧：“是的，他在遭受某种不测！他在衰弱！真岚，真岚！一定要快点找到他！”

真岚的脸色在她的呓语里变得苍白，显然“星魂血誓”这四个字击中了他——从神庙里那一场神魔之战后，归来的太子妃竟然脱胎换骨，获得了新的躯体，摆脱了冥灵的身份。这种巨大的转变曾经让无色城里的所有人感到惊骇，连他也不例外。然而，一贯坦诚以对的她却三缄其口，没有对任何人做出解释，甚至对他也是一样。

他们是那样聪明而相敬如宾的夫妇，对于一方的沉默，另一方也会沉默以对，绝不会多问一句——直到这一刻，她吐出了“星魂血誓”这四个字。

他曾以为是苍梧之渊里“后土”力量完全觉醒的结果，令她逆转了生死获得了新生。然而却不料，竟然是经由“星魂血誓”那样的术法获得！

终于是……无法挽留了吗?

“那个人”是如此不顾一切，做出了如此疯狂的决定，终于在瞬间把她渐行渐远的心彻底拉回去了。

但是他什么都没有问，只是回答：“好，我立刻去找龙神商量，一起派人出去，尽快把海皇找回来！”

“一定要快……否则，来不及了……”白璎喃喃道，感觉神气又再一次耗尽，“真岚，他、他一定是出了事！如今我衰竭到什么地步，他也会衰竭到什么地步！你们……你们一定要找到他！”

她开始咳嗽，身上那种僵冷感又开始蔓延，逼得她无法呼吸。

“你先休息吧。”真岚轻拍她的后背，扶着她躺下，“你要好好的，才能看到他回来啊。”

在那一瞬，穿过她雪白的长发，他第二次看到了她背上那个逆位五芒星的符号。那一瞬，他的手颤抖了。他忽然想起了一个上古卷轴上的说法，明白了这代表着什么。

是的，那是转轮！

她重新在水底睡去，因为枯竭和伤病而显得如此苍白虚弱，身子蜷缩在一起，宛如一个孩子。在睡梦中眉头还是紧锁着，眼角有依稀的泪痕——这个要强的女子，在醒着的时候拼命克制着自己的情绪，一直到睡了才会像个小孩子一样。

他凝视着她，目光褪去了平日的从容笑谑，吐出无声叹息，站起身离开病榻，一袭黑色斗篷在水光下犹如猎猎的风。她握紧时的痛感还留在手上，撕裂了他仓促缝合的伤口，然而她却丝毫没有觉察。

“苏摩……苏摩。”他听到昏睡中的人发出呓语，恐惧而焦急。

结束了吗？他在转身离去的瞬间，感觉心中荒凉如死。

星魂血誓。她在惊慌之中吐出的那四个字仿佛是禁咒，将他心里的热度在瞬间冻结。她一直没有向他提过这件事，想来她也是知道这意味着什么，知道一旦说出，将会深深地伤害到他——是的，在听到四个字的那一瞬，他心里的震撼不亚于百年前在婚典上看到堕天发生的那一瞬。

他知道那是什么样的术法，也知道施行这样可怕的咒术需要多大的勇气和决心——那个人，是不惜一切要得到她的！那个背天逆命的傀儡师甚至可以不顾天地轮回、星辰宿命，用了全部的血和力量来缔结这个盟约，只为换取和她同生同死的权利，弥补少年时的错过。

从此，他和她无论身在何方，将永远不会再分离。

多么可怕的想法，多么狂暴而不顾一切的举动！她的心，在百年的相守后或许曾经一度是偏向他的，但是那个人却以如此狂暴不顾一切的行动将她拉了回去，从此再也不能离开。

多么可笑……不久之前，在她为自己缝合躯体时，他曾经以为自己已经得到了她，从此可以举案齐眉、相互扶持地度过一生！

真岚在无色城里独自行走，只觉头痛欲裂，满身的伤还在不断渗出血来，他却浑然不觉。他茫然地走着，黑色的斗篷拂过满目的石棺，那里面沉睡着一个个无法见到天日的族人，那些受苦的灵魂的呻吟穿过了石棺传到他耳畔，让他混乱的心渐渐平静下来。

是的，他是这些人的首领，是空桑一族最后的皇子。他的心应该放在这里，而不应被拿去放在猜忌和苦痛的烈火上灼烤，被私情所困。

他长长地叹息，在光之塔前回身，看着铺满了水底的无数灵柩——是的，为什么到如今他竟然还会被这种事困扰？在戴上冠冕的那一天起，他的心，本来就应该被挖出来，祭献给国家和民族。

“我的先祖，我的子民，我的国家，”将双手握在了辟天长剑上，他缓缓对着那些受苦的灵魂弯腰，致意道，“因为我的无能，才让大家百年不见天日——但是请相信，空桑一定可以再度出现在日光之下。”

“是的。”忽然间，他听到一个熟悉的声音接口，“我相信你，真岚。”

他愕然抬首，身周却没有一个人影，只有声音一直传到耳畔。

“西京？”听出了是远在东泽的故友，真岚不由得站起身来，“你在哪儿？”

“我在城外的水里。”西京的声音凝聚一线抵达耳际，显然是用了武学心法，“真岚，我和慕容修有重要的事情需要和你面谈，但却无法进入无色城。”

“重要的事情？”听出了这个酒鬼朋友语气里从未有过的慎重，真岚脸色也是肃然，“稍等，我立刻出来见你们。”

黑色斗篷如风拂过，立刻消失在无色城的光影中。

看到西京和慕容修的时候，真岚略微吃了一惊。这两个人都显得有些狼狈，身上还都溅了血迹，仿佛为了某种急事匆匆赶来，却在一路上遇到了不少麻烦——而且，也不见那笙在他们身侧。

“怎么了？”真岚把片刻前的软弱情绪迅速压制，振眉看向多年挚友，“我的大将军，你不在东泽坐镇，却把我们的军师也拉到水下来了？”

“不，皇太子见谅，是我拉着西京来的。”慕容修却是上前一步，身上带着辟水珠，上前行礼，“因为有要事需要万分火急地禀告。”

真岚看着这个中州来的商人，发现他身上伤痕累累，显然从九嶷郡到镜湖的这一路走得颇为艰难，不由得惊讶：“到底有什么事让你们两个这样大老远地跑来？如果要商量，用水镜传话也是可以的啊。”

“不能用水镜，”慕容修摇摇头，“水镜毕竟是术法，万一被破军察觉就不得了。”

真岚看到他说得如此郑重，不由得更加吃惊：“到底什么事？”

西京上前一步，将手按在他的肩膀上，脸色凝重地开口：“事关重大，还请皇太子和我们一起去一趟复国军大营请出龙神，和海国方面一起商议。”

“到底什么事？”真岚被他拉着走，还是一头雾水。

慕容修侧过头，俊逸的脸上忽然露出一个莫测的笑容：“殿下，我想到了击溃破军的方法。这是可以扭转天下大局的计策——但，必须要得到海国、空桑、西荒人甚至冰族人的全力支持！”

在无色城里的女子逐渐衰竭的时候，万里之外的怒海上惊涛骇浪翻涌。

漆黑的大海在喃喃的祈祷声里狂怒起来，无数如小山般高的巨浪在黑色的海面上来回移动，相互撞击，发出巨大的轰鸣，飞溅的水花遮蔽了天日，愤怒的涛声回荡在天地之间。

“天地间的所有神明，九天上的日月星辰，七海之主如今向你们献上最尊贵的血，以此来换取您的庇佑——”

“请给予我们力量，听取我们的心愿！”

红衣女祭站在哀塔的顶端，对着苍穹伸出了双手，用某种上古的语调日夜祝颂，召唤天地间的一切力量。七日七夜的不眠不休已经让她的双目变得血红可怖，长发在风里蜿蜒如蛇——随着仪式的进行，这一片大海在她的呼唤下变得愤怒起来，汹涌澎湃，发出了令天地战栗的声音。

七千年前，她曾经用过同样的仪式，付出了被封印千年的代价，向着九天上的神祈祷，令海皇的力量在灭国后得以保全。没想到七千年后，她居然要第二次施行这样的咒术！

黑暗的塔心室内充斥血的腥味，赤红色的血在地上涂抹着，画出了一个诡异的符号。而在血的符咒的中心，有更多的血正在漫延而出，仿佛一条条蜿蜒的小蛇朝着四方爬去，从塔的四面窗口渗出，仿佛有生命一般，无声无息地爬入了这一片大海，和怒潮融为一体。

而在那个符咒的中心，一个人静默地躺着，面容静默苍白。他的手足全部被钉在了黑曜石的地面上，金色的长钉刺穿了肢体，血从其中缓缓涌出，无休无止，被涂抹成各种诡异的符号，布满了他的身体周围，形成了血的咒术大阵。

而他胸口的正中，却钉着女祭尖利的法杖，从心脏部位直刺下去！

嘶哑的祝颂声还在延续，渐渐和这一片大海一样变得疯狂：“请接受这血的祭奉……天地之间的所有神明啊，请享用血食，然后听取我们的心愿！”

血从黑塔里无穷无尽地漫延，仿佛藤蔓一般爬满了这一座上古伫立的黑色高塔，然后融入了大海。那血液似乎浸透了整片大海，令大海狂怒。

这是万古之前，星尊大帝远征海国时候的最后一个战场，在这里曾经有成千上万的鲛人死去，整片大海一度都成了血红色。而在星尊帝将海国彻底摧毁、将无数财富和奴隶掠夺一空后，这里成了一片死海，在血的海洋里，只有无数愤怒的灵魂在游荡，千年之后犹自发出呼啸和呐喊。

女祭站在死亡之海上，仰天祈祷，声音渐渐尖厉。

仿佛回应着她的祈祷，这片大海开始沸腾，只见黑色的浪越来越高，宛如一座座小山在大海上急速地移动着，撞击着，发出恐怖的呼啸。在冷月下看去，整个一望无际的大海上仿佛有无数巨大的可怕的怪兽在来回驰骋，向天怒吼！随着祈祷的进行，那些黑色的巨浪越发汹涌，仿佛一只只巨手从海面上升起，不顾一切地向着天宇拍击而去！

“海皇……”黑暗的塔心室内，女祭低头看着禁咒中心的人，缓缓跪倒在他身侧，声音颤抖，“已经到了第四十九天了……真的还要继续吗？”

黑暗里的人睁开眼睛看了她一眼。那样妖异绝美的碧色双眸里闪着冰冷决绝的光，令她不由自主地低下头——这个可怖的咒术施行到了如今，已经耗尽了他身上的大半精血，让躯体枯竭到了无以复加，如今只怕不会有人再认得这个光彩夺目的鲛人之王了。然而，唯独这双眼睛还是保留着惊艳天下的风采，即使在黑夜里也可以夺人魂魄。

“继续。”苏摩的声音枯涩沙哑，随即闭上了眼睛。

溟火身子一颤，终究不敢违抗，缓缓将手扶上了那柄直插心口的法杖，喃喃念动了咒语，然后，手腕猛地一顿，尖利的法杖再度向下戳进了一分。

新的血从心口涌了出来，刺心的疼痛让那个人的眉头蹙了一下。

然而，始终没有一句呻吟。

溟火看着符咒中心那个被钉住的祭品，再也忍不住，眼里的泪水长滑而落——作为一个活生生的人，怎么能忍受这样的痛苦呢？居然可以不顾一切到这样的地步？纯煌……你的后裔，是一个多么可怕的人啊……

还有二十多天，这一个空前的术法就会结束了。

等到第八十一天，阵中的人全身鲜血便将流尽，融入苍茫的大海，然而他却不会立刻死去——通过这个仪式，他将获得前所未有的力量，将天地间所有“水”的潜能发挥到极致，甚至可以通过血脉来操纵七海！

然而，这样可怕的力量不会持续太久，很快他就会彻底地枯竭死去。

既然他舍弃了全部的血，那么就等于斩断了以共享血脉缔结的盟约，同时也解开了星魂血誓的束缚——在死去的那个瞬间，他的星辰将解除与她的星辰的捆绑，向着黑色的夜里独自坠落，从此再无交集。

红衣女祭轻轻叹了口气，在鲜血图画的大阵之外合起了手掌，对着被钉在中心的那个王者深深行礼，眼中含有热泪——为什么这一切，都和七千年前那样相似？

苏摩，苏摩……寂寞吗？

如果生和死都只是一个人的话。

在怒海呼啸的那一刻，万里之外的龙神发出了一声长吟，仿佛有什么感应。

“怎么了？”正在镜湖大营一起商议的诸人齐齐抬头，看着盘旋而去的海国之神——龙神化为一道金光跃出了镜湖水面，腾上九霄，远远地凝望了碧落海那头一眼。然后在惊动迦楼罗之前，又骤然落回了镜湖的最深处。

金帐里的诸人面面相觑，不知所以。只见龙神在水底盘旋，显得有些心神不定。片刻，还是虞长老忍不住开口，将方才说到一半的话题继续下去：“那么，神，您认为慕容公子提出的这个计策，是否可行？”

真岚和西京都是肃然，回头等待海国最高神祇的最终答复。

龙神沉吟许久，明月般的双目依次扫过在座两国当权者的脸，最终缓缓点了点头，首肯道：“是的，我认为空桑方面提出的计策可行——如果要灭破军，也只能用这样的手段了。”

这样一锤定音的答复，让来访的空桑贵客齐齐松了一口气，然而炎汐却霍然站起。

“龙神！真的要这样做吗？”向来温和的左权使脸色苍白，似乎有不平之气充塞胸膛，直视着神祇，冲口而出，“请您三思！这样做手段也太低劣了！”

碧低着头，虽然没有开口反对，但神色也是惨然。

只有虞长老厉声喝止：“左权使，坐下！你怎可这样对神祇不敬？”

然而龙凝视着炎汐，声音却是平和的，仿佛完全明白对方愤怒的由来：

“是，我又怎么不知道这样何其残酷——但是，对付破军这样的魔，这样的手段还只恐不够。”

神祇侧过了头，看着来访的空桑一行，点了点头：“慕容公子，就按你说的办吧……我希望在十月十五日的前一夜行动——因为离开时海皇曾经说过：在那一天，他将会返回云荒，和我们一起并肩战斗。”

如今已经是九月二十七日，离开那个约定的期限不过半月。然而真岚迟疑了一下，看了看西京和慕容修，却见来自中州的年轻人出列行礼，对龙神许诺：“好。我们会在那之前完成这个计划！”

“那就好……”龙神盘旋在大营上空，吐出承诺，“至于你们提出的要求，海国会尽力协助。”

“多谢。”真岚轻轻吐出一口气，三人一起俯首称谢。

“碧，”龙神转向了暗部的队长，“此次事关重大，这一次你就陪同慕容公子和西京将军他们去一趟西荒吧。”

“我……”碧的嘴唇微微颤抖了一下，脸色苍白，仿佛那是一个比死更可怕的命令。

“是。”然而停顿了片刻，她终于还是低声领命。

在一切都商议妥当之后，这个最秘密的计划便无声无息地开始。

西京和慕容修从复国军大营走出，翻身上了天马，从水底急行而去——在他们身后，绿衣女子紧紧跟随，脸色却是苍白的，仿佛竟是赴死般苦痛。

“碧。”在她离开时，听见了背后左权使的声音。

一柄锋利的匕首递到了她的手心，炎汐的手也在微微颤抖，显然极力克制才不至于让情绪失控：“拿着这把分水匕，下手的时候，利落一些。”

“嗯……”碧低声应道，纤细的手握紧了刀柄，身子战栗。

“难为你了。”炎汐握紧她的手，眼里有一个战士对另一个战士的了解和鼓励，“去执行这样的任务，你可以做到吗？”

“可以！”碧却是傲然仰头，“左权使，为了海国，碧没有什么做不到的！”

“好。”炎汐微微叹息，松开了手，“那你去吧。”

“是。”碧向着他行礼，然后决然翻身上马，“请在大营等我们的消息！”

三骑如风一样在水底远去，只余水波荡漾。

金色的迦楼罗里，寂静如死。

戎装的青年元帅在金座上静静睡去，呼吸平稳而细长，紧抿的唇角依然露出某种暴烈残忍的气息——在背向而坐的金座上，那个鲛人女子静静听着身后之人的呼吸，眼神里露出宁静和满足的神色。

是的……这样便足够了。

可以在他身畔，不离不弃，并肩战斗到最后一刻——这就是她梦寐以求的归宿。像她这样一个被天地抛弃的人，还能再奢望什么？

“师父……师父。”身后的呼吸忽然紊乱，惊恐地低语，“不！”

“主人？”她失惊道，知道对方又陷入了梦魇。

然而她被金针固定在座位上不能回头，只能听凭身后的人在梦境里战栗——很多次了，在睡去的时候，这个君临天下的最强者都会露出醒时从未有过的恐惧和脆弱，一次一次地在梦里发出惊呼。而在最近的一个月里，也许因为战争的持续白热化，他做噩梦越发频繁。

“主人？”潇担忧地低语，却无法回头看，“醒醒啊。”

“呵呵。”忽然间一个陌生的声音冷笑起来，在舱室里显得寂静森冷，“没事，就让他继续做梦去吧……人还真是个软弱的东西啊，连破军也不例外！”

潇一震，全身忽然间僵冷——又一次听到这个声音了。

“迦楼罗，”那个陌生的声音无视于她的惊骇，继续发出指示，“别管他了，给我转向西方——你看到有三骑人马从镜湖出来吗？立刻杀了他们！”

声音消散了，然而迦楼罗还是没有动。潇垂头坐在金座上，对于身后的命令毫无反应。

“鲛人奴隶，聋了吗？”陌生的声音暴烈起来。

“我只听从主人的命令，”潇的声音平静，“而不是占据他身体的魔。”

“喀嚓”，一只手忽然从后面伸过来，扼住了她纤细的脖子——金色的眸子熠熠生辉，魔的表情狰狞而可怖，“什么？一个卑贱的奴隶，居然敢违抗我的意志！”

那只左手拧住了鲛人的咽喉，在一瞬间让潇喘不过气来。满身的金针发出细微的裂响。迦楼罗剧烈地颤抖了一下，从万丈高空失衡下坠，冲向了帝都的地面。潇竭尽全力地和那只试图侵入她意志的魔之手搏斗，已经无法再控制迦楼罗。

地面上，无数人看着金色的巨鸟失去控制地下坠，发出了惊骇的大呼。

“住手！”忽然间另一个声音响起来了，另一只手伸过来，用力掰开了那只扼在她咽喉上的左手，“该死的，滚开！”

“主人！”听到了熟悉的声音，潇在得以喘息的瞬间发出惊喜的低呼。

金座里沉睡的人瞬间睁开了眼睛，抬起右手，死死扼住了自己左手的手腕——双手互搏交握，眼眸里的金光盛了又衰，仿佛一个躯体里的另一个灵魂苏醒了，在争夺着控制权。

“这是我的鲛人、我的迦楼罗，轮不到你来下令！”终于，云焕的声音清晰传出。右手用力将左手按回了金座扶手上，蔓延的烙印慢慢消退。

“是吗？还那么要强啊，破军。”魔的声音模糊传来，带着冷笑，“你连自己的身心都已经祭献给我了……你的一切，迟早都是我的。何苦还要挣扎呢？”

魔渐渐隐去，迦楼罗的舱室里重新恢复了寂静。

潇剧烈地喘息，在第一时间重新操控了迦楼罗——金色的巨鸟在离地面三十丈的地方堪堪止住去势，重新上飞。巨大的翅膀擦着大片民居的屋顶，发出了刺耳的声音。

在重新稳住机械后，潇听到了身后急促的呼吸声。云焕松开了扼住自己左腕的手，看着上面的烙印和一圈乌青，眼神变得空茫而暗淡，抬头看着迦楼罗的顶舱，长时间地沉默。

“主人？”潇有些担心地低声道，“要追镜湖里出来的那三个人吗？”

然而云焕那一瞬似乎有些恍惚，没有及时做出回答。于是潇只能迟疑着，看着那镜湖里出来的三个人乘着天马离去，迅速化为微小的白点，消失在西方大漠的黄沙里。

那一行人，要去西方空寂之城？

“潇，你说，我吃了那么多苦，到最后，得到的又是什么？”忽然间，背后的军人开口了，发出了低沉的问话，带着一丝茫然，“只是报复时的快意吗？”

潇吃了一惊，不知如何回答，只是轻声道：“主人，整个云荒都是你的。”

“整个云荒？”云焕忽地笑了一下，带着一种奇特的表情，“是啊，听起来是多么的可观，我手里握着这个天下！可是‘整个云荒’说到底又是什么呢？看似庞大却空无一物。我的手能抓到的，还只是虚无而已。”

他侧头看着舱室外面——大地上所有的一切，都已经在他的脚下。

“为了获得力量，我把灵魂献给了魔物。”破军眼角露出一丝冷睨，声音低沉，“而所有一切权势富贵，在生命被剥夺的瞬间都会显得微不足道——多么可笑啊……而我却付出了后者去获得前者！”

“主人！”潇真正地惊慌起来，为他这种前所未有的语调。

这一年来，破军发出了夺目的光华，站到了天地间的巅峰——所有的仇人都被消灭了，甚至连着仇人的后代都已经被从这片土地上清除。他获得了这个国家、这片大陆，拥有无数的财富和子民，所有战士都崇拜，他仰视他，在他无与伦比的强悍里战栗和服从……

一切，仿佛都如了他的意。

而一开初那种愤怒的爆发，也在不停的杀戮里消失了。自从半个月前凌迟处死了辛锥后，他心里的那种不甘和报复也慢慢地被血冲洗而去，归于沉寂——而失去了最初的那一点憎恨和愤怒，帝国的主宰者居然变得无所适从起来。

原来杀戮和毁灭不能持久，憎恨和报复不足以支撑人的一生。

那么，如今把一切献祭给了魔的他，又将何以为继？

“潇，魔正在渐渐侵蚀我的意志。”云焕仰起头，看着金色的舱顶，声音冷漠，“记住，如果到了那一天，当我已经不再是我——那么，潇，你的主人就已经死了，你便是自由的。”

潇的脸色唰地变得苍白，颤声道：“不！您不会败给它的……您是这天下最强的人！”

云焕微微笑了一下，没有回答。

“是的，”终于，他闭上了眼睛，开口道，“我不会败给它。”

青水静静地流淌，战火刚刚消散，这个侥幸逃脱的偏僻村落依旧平静。

惦记着前几天路过这里时看到的那个孩子，那笙一个人从紫台来到了这个青水旁的小村庄，在村口四处张望。不知找了多久，当夕阳落山的时候，她终于看到了一群从嘉禾园里跑出来的孩子，这一回看得真切，那笙忍不住张口高呼了一声：“晶晶！”

那个青衣小女孩愕然回头，大眼睛里闪着明亮的光。

“咦？”哑巴女孩侧头看着这个来到村里的陌生人，仿佛觉得有点眼熟却一时想不起来，咿咿呀呀地比画，却还是说不出一句成型的话来。

“哎呀，真的是你！”那笙却是惊喜交加，上去一把抱起了她，“晶晶！我可找到你了！”

小女孩似乎认出了这个曾经救过她姐姐的人，也不怕生，反而欢喜地笑了起来，伸出手揽住了她的脖子，笑眯眯地将手里的一串嘉禾递了过来，发出一个单音节：“吃。”

“你没事可真太好了，我都担心死了。”那笙抱着这个粉团似的孩子看了又看，又惊又喜，“那天我忘了带上你，回头你就不见了！可吓死我了……我、我都不知道怎么和你姐姐交代，唉……幸亏你福大命大，平安无事。”

她摸了摸晶晶的头，满心欢喜：“这下可好了，我可以带你去见闪闪了！”

听到姐姐的名字，晶晶眼里露出狂喜的神色，张大了小嘴啊啊地叫着，用力点着头。那笙想了想，又觉得奇怪：“对了，你这个小家伙到底去了哪儿啦？满地都是战火，你居然能躲到了这里？是被村民收养了吗？”

晶晶眨了眨眼睛，露出一丝奇怪的神色。

“怎么了？”那笙感觉出小女孩的反常，抱紧了她，“你……遇到了什么事情？那一天后，你跑去哪里了？我之前在九嶷郡问了一圈，都说一架帝都来的风隼带走了一个当地的孩子——他们说那就是你。”

晶晶抬起头，看着远处发出了低低的咿喔声。那笙随着她的视线看去，却看到了那一座伫立在暮色里的白色巨塔，虽然被拦腰撞断，但依然还是整个云荒的中心。

“什么？”她大吃了一惊，“你真的去过帝都？”

晶晶点了点头，孩子的眼睛澄澈无邪，仿佛不安，又仿佛伤心。

“天啊……”那笙喃喃，“难怪我四处找不到你——你居然去了那里！可是、可是现在你怎么又回到九嶷了呢？是谁把你送回来的？”

晶晶身子微微一颤，仿佛想起了什么可怕的回忆，眼睛顿时暗淡下去。

许久，她玩着手里的嘉禾穗子，轻声说了一个字：“碧……”

黄沙漫漫，沙风呼啸。

入夜，博古尔沙漠一片寂静，只有风在旷野上来去的声音。大漠的尽端，空寂之山如巍峨的屏障伫立。山下灯火辉煌，却是驻扎重兵的沧流大营。

灯下，一个秀丽明朗的少女托腮看着北方的夜空，轻轻叹了口气。旁边正在磨剑的少年斜看了她一眼，露出关切的神色，却没有开口。

“不知道我妹妹怎么样了。”闪闪眨着眼睛，露出黯然的神色，“我离开家乡那么久了，都没有时间回九嶷去看看……也不知道那笙姑娘有没有找到她。”

“嗯。”音格尔轻轻应了一声，“等事情定了，我们回一趟九嶷吧。”

“事情定了？”闪闪苦笑道，“这时局恐怕要乱很久，等定了不知道要什么时候。”

“说得也是。”音格尔想了想，道，“或者我派手下去九嶷暗中察访一下，说不定可以找到一些线索，也免得你在这里日夜悬心。”

“真的吗？你太好了！”闪闪眼睛亮了一下，发现这个沉默腼腆又霸道的少年实在是一个体贴的人，忍不住凑上去在他颊上亲了一下。音格尔的脸忽地红了，手一震，磨着的短剑割破了手指。

“哎呀。”闪闪心疼地叫了起来，连忙拉起他的手，含到了嘴里吮吸。

“别这样……会被人看到的。”音格尔低声道，脸更加红了。

“嘻嘻，我才不管。”闪闪露出促狭的笑意，轻轻舔着他的手指，眼色盈盈。她最喜欢音格尔的这种表情了。很多时候，这个纵横大漠的盗宝者之王都是冷漠镇定的，指挥着一群豺狼一样的手下，有令人不敢质疑的决断力，霸道而独断——但在独处的时候，他就变成了一个腼腆的孩子，脸红的时候非常秀气可爱。

她伸出舌尖故意舔了舔他的掌心，咯咯地轻笑。音格尔脸颊浮出了淡淡的红，忽然反手扣住她的手腕，将她拉入了怀里——就在他快要吻到她的一刻，帐子被突然撩开了。

“请问……咦？抱歉抱歉！”进来的人一看里头如此暧昧的景象不由得吃了一惊，抬手挡住眼睛下意识地退出，却砰的一声和后头进来的人撞了满怀。

闪闪没料到这个时候会有人不告而入，大吃一惊，顿时满脸通红，一下子闪到了音格尔后面。音格尔脸上的血潮却在刹那褪去，霍地抬头看着闯入者，眼里腾起了冷意——他一只手将闪闪拉到背后，另一只手已经握紧了那把刚磨好的短剑。

“怎么啦，慕容？”后面进入的人被退出的那人踩了一脚，不满地推搡着他进帐，“见鬼了吗？踩到我了！音格尔少主不是在里头吗？”

音格尔看着那个俊秀文雅的陌生公子被推进来，眼里杀气已经弥漫。然而不等动手，猛地看清了他背后的第二个来人，失声道：“西京将军？！”

“是啊，九嶷一别，好久不见了，”西京朗朗一笑，看着盗宝者之王和躲在他背后的少女，“闪闪也在？咦，怎么脸那么红？”

闪闪本是个羞涩的少女，只在自己的那位更腼腆的情郎面前才如此活泼，此刻看到两个男人直闯进来，早羞得一溜烟躲到了帐后死活不肯出来。慕容修来自中州，颇重礼法，此刻也觉得尴尬，便咳了一声带开了话题：“将军……”

“哦哦，对了，说正事儿！”西京回过神来，猛地一拍手，大马金刀地在帐中坐下，目光炯炯地看着音格尔，“少主，你来到空寂大营也算有段时日了，觉得飞廉怎样？”

“飞廉？当然不错，是个好汉子——”音格尔愣了一下，脱口回答，“难怪真岚殿下飞书与我，要我出兵相助空寂城。当初我还想着为何要出手帮一个沧流冰族。”

“噢……”西京似乎松了一口气，转头看旁边的慕容修，两人不约而同地点了点头，似乎达成了什么共识，“果然。”

“怎么了？”音格尔蹙眉，有些怀疑地看着他们两人，“你们千里迢迢，半夜前来，难道只是问这个？”

“嗯。”西京一拍桌子，回头看着慕容修，“慕容，你看怎样？以前碧那么说，未免有私心的嫌疑。如今连少主都那么推许，看来我们料得应该没错——飞廉这个人，可以合作。”

慕容修缓缓点了点头：“那么说来，计划的可行性又大了一分。”

“什么计划？”音格尔极是敏锐，立刻看了过来。

“合作对付破军的计划。”慕容修轻声开口，声音冷而锐，看着音格尔脸色刹那一变，“是的，我们是来和你商量一个绝密的计划的——你也知道对方的可怕，若是让他获得云荒，各族都只有死路一条！如今只有联合所有的力量，才能对付他！”

“怎么？”音格尔还是不明白，西京便侧过头，附耳在他耳边低声说了几句。“嚓”，一声轻响，音格尔手里的短剑直坠落地。盗宝者之王脸色一变，抬头看着站在一旁的中州人，眼神凝聚，“是你的主意？”

慕容修无声地鞠了一躬，眼神凝定。

“呵……呵！”音格尔发出了轻轻的冷笑，不知是惊诧还是愤怒，“不愧是中州来的商人，这种主意你也想得出？”

“不敢。”慕容修笑了笑，眼神不动，“少主莫非想骂在下一顿？”

“啪”的一声，金色长索闪电一样卷来，将他脸侧的帘子抽得粉碎。音格尔冷冷看着他，声音冷酷：“你可知道，你的提议违反了盗宝者最重要的准则？我们只取宝，不惊动死者；要我去做这样的事，实在过分！”

“我知道是过分。”鞭子在脸侧一寸之处掠过，慕容修不躲不闪，俊秀的脸上依然保持了微笑，“但少主是个明理的人，应该也知道在下这个计划也是不得已而为之——不这样，怎能除去那个破军？”

音格尔冷笑道：“活人做不到，就要去惊动死者吗？”

“是，”慕容修反而坦然，丝毫不以为耻，“活人是做不到了——这个云荒上的活人里，已经找不到可以压制破军的；而唯一能牵制他的人，已经在这个古墓里死去——所以，我们必须借用‘那个人’的力量！”

音格尔沉默，脸上神色复杂，道：“凡事不可做绝。”

“是，但若对破军留情，便是给我们自掘坟墓了！”慕容修继续点头，声音沉稳有力，一步步地开始说服盗宝者少主，“这个计划虽然代价极大，但也有相当大的把握，只是若得不到少主的支持，便满盘皆输了。”

音格尔垂首沉吟，显然也在权衡轻重，迟迟不答。

“真岚皇太子承诺，此次少主若是有恩于空桑，日后复国，便封少主为大漠王，将霍图部空出来的领地划给少主，”慕容修侃侃而谈，将条件一项项抛出，“到了那个时候，乌兰沙海上的盗宝者便可以安定下来，不用再以掘墓为生。”

音格尔神色微微一动。任何珍宝在他眼里都微不足道，然而，这样一个扭转全族人命运的机会，却是千载难逢！

许久他吐出一口气来：“即便是我答应，湘与飞廉也未必会答应。”

“这个少主不必担心，”慕容修从容回答，“湘和飞廉那边，碧已经过去协商了，相信很快便会有结果——少主只要做一个决定，参与，或者放弃？”

音格尔沉思了片刻，抬起头，少年人的眼睛里有着不相称的冷定和决断，定定地凝视了两位深夜访客半晌，终于吐出了和全族命运攸关的两个字：“参与。”

“好！要的就是这句话！”一直没有开口的西京蓦然叫了一声，按剑而起，“少主快人快语，不愧是大漠上的豪杰领袖！”

“诛魔之事，天下均应同心协力。”音格尔微微冷笑起来，“何况，我欠真岚殿下一个人情，又怎可袖手旁观？”

三位男子在大漠的夜里相对而笑，将手交握在一起，明知此刻开始便是进入了一场有死无生的恶战，彼此眼里却都闪烁着睥睨天下的豪情。

内室帘子一动，闪闪探出头来吃惊地看着外面三个男人：“你们在笑什么啊？”

音格尔一怔，脸上的笑容忽然凝结了，眼里的豪情蓦地暗淡，下意识地转过头去。

“没什么。”音格尔轻声道，语气有些烦躁，“男人说话时女人别插嘴。”

“哼。”闪闪撇了撇嘴，然而也习惯了这个盗宝者之王的霸道，便缩回了帘后，悻悻离去。音格尔却盯着那一片犹自晃动的帘子，有略微的失神。

“怎么了？”西京有些纳闷。

“西京将军，”他看着前方，眼神却仿佛穿越了这片薄薄的布帘看到了极远的地方，声音带着某种空茫，“如果在这次的计划里，我不能生还……你能保证我母亲和闪闪的平安吗？如果我不在，也不要让任何人欺负了她们。”

西京怔了怔，一时没有回答。慕容修递了一个眼色，示意他应该马上答应下来稳住对方。然而空桑的将军顿了顿，却蓦然发出一声朗笑，断然摇头：“这我可不能答应你！”

音格尔霍然回头看着他，脸色苍白：“不能？”

“我才不会替你照顾她们——你的老妈，你的女人，要照顾就自己去照顾！”西京朗笑，拍了拍少年的肩膀，“你如果不放心的话，就算到了黄泉路上也要爬着回来！别妄想别人会替你背这个包袱！”

音格尔一怔，觉得内心有某种热潮涌动，令他无法说话。

慕容修也松了口气，微笑道：“将军说得是。若少主不求生先求死，此次计划便十有八九要败了……而那么多人也将会白白地牺牲。”

音格尔无言点头：“那让我们立刻开始吧。”

慕容修看向了帐外，轻声道：“碧那边，也该差不多好了。”

西京忽地沉默下去，脸色变得沉郁悲凉，看向了西方——那是怎样一个艰难的使命，他都不敢想象此刻那边帐中的惨烈情景。

碧站在飘摇的风灯下，灯光明灭照着她苍白的脸，手里的利刃闪着水一样的冷光。

她已经将那个极秘密的计划和盘托出，讲给了躺在病榻上的同僚听。在叙述到最后的时候，她极力想稳住自己的情绪，然而脸色却比刀光更苍白，手开始不受控制地颤抖。榻上那个人面目溃烂，四肢皆腐，只有独眼里闪耀着狠绝的光，定定盯着她，却比她更镇定。

“动手！”湘勉力仰起身子，侧头看着同族，“快杀了我！还迟疑什么？”

“叮”的一声，匕首从碧手里落到了地上。

“我做不到！”暗部的队长发出了绝望的嘶喊，抱住了自己的头，“我做不到啊……湘，我怎么、怎么能对一直并肩战斗的人下手！”

“是，我们一直并肩战斗——所以这一次也是一样！”湘的声音却冷定得毋庸置疑，“碧，不要迟疑，砍下我的头来！既然你们需要它，就马上砍下它！”

碧战栗着俯下身，从地上捡起了匕首，脸色苍白如死。

“咳咳，堂堂暗部的队长，对着一个残废的同族，怎么会怕成这个样子。”湘低哑地笑，轻声鼓励，“碧，不要有任何负担。你是了解我的，应该知道我是为能有这样一个死法而欢喜的……这样死去，总好过不人不鬼地残废过一生。”

碧的眼神慢慢变了，她和湘相识百年，自然也是明白这个同僚的刚烈决绝的性格，也知道在此刻这样的情况下，她已然是心甘情愿地牺牲自己的性命。但是……

“那么，湘，冒犯了。”碧深深吸了一口气，握紧匕首，踏了一步上前，一手握住了湘的头发，一手便转过锋利的刀刃，贴着颈部肌肤切入！

“记住，一定要杀了破军！”在刀光割入咽喉的瞬间，湘厉声吐出最后一句话，“否则，我便是白死了！”

“好！”寒光在颈侧一闪即没，碧下手干脆而利落，只是一刀便将头颅割下。

血从腔子里喷涌而出，有少许溅到了她的脸上——鲛人的血是没有温度的，然而那一瞬，冷冷的血却仿佛烫穿了碧的心脏。她伸手接住湘掉落的头颅，看着溃烂面庞上那只犹自睁着的眼睛，不由自主地跪倒在地，发出了再也无法控制的低声哭泣。

她们二人，同为复国军战士，几度出生入死，上百年的艰苦岁月里结下了外人无法了解的深厚情谊——没想到到了最后，却是由她来动手斩下她的人头！

她抱着湘的头颅在飘摇的风灯下哭得全身颤抖，却没发现背后的帘子悄然撩开，一个人走了进来：“湘，今天的药吃了吗？你……”

话语终结在一瞬，来人怔在了原地，不可思议地看着她：“碧？！”

即便是不曾回头，他依旧第一眼就从背影里认出了她。她……她怎么会在这里？这个复国军的女间谍，不是已经在得手后背弃他回到镜湖去了吗？怎么会三更半夜地出现在遥远西荒的大营里！莫非是他又做梦了？

所有话冻结在咽喉里，飞廉只觉得眼前一切都变得模糊了，无数喜怒从心头呼啸而过。直到她转过身来时，他才从震惊中醒来，竟不能语。

“飞廉，”她却远比他平静，似乎早就做好了重逢的准备，“好久不见。”

“你……你来这里做什么？”他不可思议地看着她，发现了她手里割下的那颗头颅，猛然一怔，“你杀了湘？你、你来这里的目的……竟是杀她？！”

碧回头看着他，缓缓点头，眼神悲哀而沉重。

她的回答显然如一桶冷水泼灭了他心头残余的一线希望和温情，飞廉定了定神，努力克制着心里汹涌的情绪。他的眼神冷了下去，往帐篷里踏进了一步，眼里涌起了怒意：“为什么？！她是你们的英雄，不是吗？为什么你要千里来取她的首级？”

“她是甘愿就死的，”碧嘴角噙着一丝奇特的笑意，“这是任务。”

“任务？”飞廉看了她很久，忽地一笑，轻声道，“我真的不懂你……碧，你既可以出卖我，也可以对晶晶下手，甚至可以残杀同僚——只因为那是‘任务’？你难道只为‘任务’而活的吗？人说鲛人的血是冷的，果然不假。”

碧脸色苍白地看着他，却没有丝毫为自己辩解的意图。

飞廉叹息：“碧，你到底是怎样的人啊……我真是愚蠢，相处数年，却对你一无所知。”

碧看着他，嘴角牵起一个勉强的笑意：“不必了解，因为我们是敌人。”

飞廉定定看着她。半年多没见了，这个女子依旧温柔甜美，然而眼神却变得如此遥远，再也不似曾经在帝都朝夕相对的那个人了。他曾为之忤逆长辈、几度和门阀制度抗争的那个温柔鲛人女子，早已泯灭了痕迹。

“无论如何，很高兴你在内乱里活了下来，”碧微笑，镇定地看着空寂大营的统帅，“所以到了今日，我们还有机会合作。”

“合作？”飞廉诧异于这样的用词，眼里涌现出戒备的光。

“是的，飞廉少将，”碧的笑容仿佛一个无懈可击的面具，侃侃而谈，“我奉龙神之命前来西荒，就是为了谋求合作——少将，我们也听说了那一场剧变，你们十大门阀被破军血洗，不得不逃离帝都，论处境，如今比我们鲛人也好不到哪儿去吧？”

飞廉没有说话，只是在灯下定定看着昔日的枕边人，不敢相信那个温柔贤惠的女子居然会变成如今这样的情形，蹙眉道：“你……到底想说什么？”

碧却只是微笑：“少将，事到如今只有我们通力合作才能除去破军！”

飞廉一怔：“通力合作？”

“不错，如今他已经是我们三方共同的敌人，不是吗？”碧看着他，绿色的眼睛里露出某种复杂的感情，“龙神和真岚殿下都认为你是一个可以合作的伙伴，而我……也是那样认为的。所以，我今日受命来到这里，和你商量合作的计划。”

飞廉无话可说，尚未从这一猝然而来的消息中回过神——空桑和海国，居然会向冰族伸出手？他们……到底想要做什么？要什么合作？要怎样才能除去那个破军？其中是否有什么阴谋？

“所以，可以拜托少将抽出一刻钟，来听一听这个计划吗？”碧柔声开口，声音柔婉一如往昔，令他无法拒绝，“西京将军和慕容公子也已经来了，正在音格尔少主的帐里密谈——飞廉少将是否愿意移步一见？”

“哦，好……”他脱口回答，忽然间回过神来，记起了如今的身份，“不，等一等，我得先回去一下。太晚了，我出来太久明茉会担心。”

明茉？一下子听到这个名字，碧不由自主地怔了一下，露出复杂的表情——那个门阀小姐，难道不该在帝都吗？怎么也到了这个荒僻的西部沙漠？

“明茉现在是我的妻子。”飞廉凝视着她，轻声解释。

碧微微笑了一下，脸色苍白：“恭喜。”

“有些事，真的是天注定。”飞廉低低叹息。

“所谓患难见真情，更是难得。”碧柔声道，“少将当珍惜。”

“是。乱世动荡，命如朝露，当珍惜眼前人。”飞廉微微一笑，拂帘而出，回头道，“稍等，我回去和明茉说一声，便来音格尔少主帐中与你们商议。”

他的背影消失在西荒的风沙里，冷月下，瀚海无垠，泛着金属一样的冷光。

碧抱着湘的头颅默默目送着他，身形微微颤抖。飞廉的身形隐没在不远处一个点着暖黄色灯火的房间里，有一个秀丽的女子侧影迎上来，为他拿下肩上披的大氅，两人侧首殷殷低语，如此温暖而和谐。

身经百战的复国军暗部队长忽然间有再也无法控制的悲哀，跪倒在风沙中，哀哀哭泣，将战友的头颅紧紧抱在了怀里——两个女子冰冷的脸庞紧贴在一起，泪水和血水混合着渗入了黄沙，迅速泯灭无痕。

生为乱世人，宿命如飘蓬。

将毕生奉献给了民族的解放大业，这些为自由而战的女战士，披上了冰冷坚硬的铠甲和面具终身血战，是否永远也无法得到一个普通女子该有的爱和温情？

没有人知道，那一夜飞廉和来自空桑、海国方面的使者达成了什么样的协议。因为那些半夜到访的外族人在天亮前便已悄然离开，并无第二人知晓——天亮后，飞廉少将照旧从自己房里走出，音格尔少主照旧在磨着自己的短剑……空寂大营里一切都和往日一样。

唯一不同的，就是那个身受重伤的鲛人女战士死在了帐篷里，而且失去了头颅。然而几乎没有人在意她的死活——毕竟一个鲛人在西荒的沙漠里随时随地都可能死去，何况她本身就已经伤得如此之重。

她死得无声无息，仿佛一滴水渗入了大漠，随即消失无痕。

直到镜湖上空那一战爆发，世人才明白在那一夜里，三方达成了什么样可怕的协议。也明白那个鲛人女战士，一直到生命的最后一刻还在不顾一切地战斗，献出了自己所能献出的一切，没有一丝妥协，也没有一丝犹豫。

那是一个令破军都动容的、拥有钢铁一样意志的女子：湘。

她的名字，将永远流传在海国人众口相传之中。

第七章 盗墓

沧流历九十二年十月初七，云荒战事依旧频繁，诸多势力纠缠争斗不休。龙神在白日里率领族人作战，真岚皇太子则在入夜后带领冥灵军团和征天军团周旋——而更多的时候，他们双方必须通力合作，才能应付那个操纵着迦楼罗翔于九天的破坏神。

然而出人意料地，虽然魔的力量在战乱中迅速提高，破军却反而沉寂下去。

除了偶尔出来战斗，云焕越来越多地躲在迦楼罗里，高高居于帝都上空，不愿出来见他的下属和战士，甚至最获重用的帝都禁军总管季航也经常见不到他一面。而他的举动也越来越反常，脾气反复多变，口谕朝令夕改，指挥战争也不如一开始那样条理明晰，反而开始频频出现急进或者怠惰的现象。

原本该高歌猛进、一扫天下的沧流军团，也因此而陷入了轻微的紊乱。如果不是冥灵军团无法白日作战，而鲛人复国军陆上战斗力又有限，极大地克制了对手相互配合的话，沧流的形势恐怕就会极为不利。

没有人知道，破军的内心，正在进行着一场艰苦卓绝的天人交战。

“师父！师父！不是我……不是我！”

戎装的元帅从金座上醒来，睡梦中额头冷汗涔涔而落，醒来的时候右手尚自紧紧握着左手的手腕，在原本那道陈旧的烧伤痕迹上又勒出了一道乌青的印记。喀喇一声，他的左手腕骨居然被自己捏得断裂！

“主人！”迦楼罗里，潇的声音担忧而惊慌，“醒醒啊！”

破军在金座上醒来，右手犹自紧紧握在左腕上，捏碎了骨头。

“潇……魔有没有又趁机出来？”他睁开眼的第一句便问。

“没有。”潇轻声道，“你死死压住了自己的左手。”

“那就好……”云焕吐出一声叹息，困倦地将身子靠回了金座，仿佛累极——这几日，为了防止在昏睡时候再度被魔控制，他几乎不眠不休地坚持着，“我这次睡了多久？”

“主人三天也只不过睡了一个时辰，”潇的声音痛心无比，“可即便睡着了，也都在做噩梦。”

“是吗？我做梦了吗？”云焕抬起手掌覆盖在自己脸上，他的左手仿佛有极大的魔力，虽然腕骨被生生捏碎，却已经在急速地自我痊愈，很快又能行动如常。他厌恶地看着这只魔之左手，喃喃道，“为什么我醒来就记不得了？我又做了什么梦？是被那些死人缠住了吗？”

潇迟疑着，终归还是坦然开口：“主人的噩梦永远都是同一个。”

云焕怔了一下，忽地轻笑：“是么……潇，也只有你敢和我如此说话。”

“大概因为这个天下，也只有潇不怕主人吧。”潇微笑，神色宁静而坦然。

仿佛心上涌起了某种平日罕见的波动，帝国少帅忽然从金座上站起，走到了另一侧俯下身看着鲛人傀儡的脸——潇虽然不能睁开眼睛，但却能感知他的一举一动。所以在他的手落在肩头时，整个迦楼罗都发出了轻微的战栗。

“潇，”帝国元帅看着自己的武器，语音里带了叹息，“被那群家伙弄成了这个样子，很痛苦吧？为什么从来不见你抱怨过一句？”

潇的声音轻微而战栗：“不，我不在意变成了什么模样——只要对主人有帮助。”

“是吗？说这种话，听起来还真像是一个无意识的傀儡呢……”云焕闭了一下眼睛，仿佛钢铁一样的心里也有一丝震动。他的手落在傀儡纤瘦的肩膀上，那只拥有毁灭力量的手却是前所未有的温柔，俯身在她耳边轻轻道，“你的愿望是什么呢，潇？趁着我还有控制这个天下的力量，告诉我。我一定替你实现。”

“如果……如果潇还能有保留一个愿望的权利的话，那么，就是……”潇的唇角微微动了动，鼓足了勇气，说出了那个曾经被驳回的请求，“主人……求您放过我的族人。”

云焕的手顿住，那一瞬，那只凝聚了魔之力量的左手仿佛骤然散发出杀气。他定定地凝视着被金针固定在迦楼罗里的鲛人傀儡，眼神复杂地变化，而每一种光芒的转换都仿佛是一柄利刃在缓缓翻转。

“呵，别说这些无用的了。”他终归不曾发怒，只是短促地冷笑了一声，“提一个和你自身相关的愿望吧！傻瓜。”

自身相关？一丝微笑从鲛人女子的唇角泛出——自从下决心不顾一切地跟随他之后，她已经没有“自我”了，又能有什么“和自身相关”的愿望呢？如果说真的有某种私心的话，也只是卑微不足与外人道的——

她希望能被某个人需要，能被某个人珍视，即便天地都背弃了她，那个人也不会将她驱逐。只是如此而已。

而这些，他都已经给予了她。唯独不能给予她的，大约便是真正的感情罢了——那种东西对于他来说实在太奢侈。所以，她也已经不再奢求。

潇脸上浮起了微笑，柔和的叹息响彻了机舱内部：“主人，潇的愿望，只不过是和您并肩战斗到最后一刻，同生同死罢了。”

云焕低头看着她闭合的双眼和微微颤动的睫毛，脸色渐渐柔和。她的声音，即便是化为机械音传出，依旧带着无法掩饰的暖意和依恋——他并不是一个愚钝的人，在拥有一双染满血的手的同时，他也有着一颗敏锐而骄傲的心。

只可惜，他对此早已无法回应。

“好，”他忽然叹息，低下头轻轻吻了吻她光洁的额头，“那就如你所愿吧……”

“潇，我们永远在一起，”他轻声许诺，“直到最后。”

当主人轻吻她的额头时，迦楼罗在一瞬间战栗。

“直到最后……”这架可怖的杀人机器发出了轻柔的叹息，仿佛从这短短两个字里预见到了某种终结，低回无限——但愿永远不要有最后。

她在心里轻轻道。

云荒最西端，空寂之山静静伫立在夜色里，冷月下沙漠荒凉如瀚海。

“将军，飞廉少将找你有事，”一骑绝尘而来，却是大营里的传令兵，对着驻守古墓的军人挥动旗帜，“速回空寂城！”

狼朗愕然，不明白大半夜的飞廉还有什么事情找自己，只能暂时离开，留下一队战士在西荒冰冷的夜里守卫着那座可以保住一方平安的古墓，因为困倦而昏昏欲睡——那些冰族战士伫立半夜，却没有觉察那座守卫森严的古墓里已经有人潜入。

地下的沙子在不易觉察地波动。如果把盾牌平放在地上，就能发现盾牌上的沙粒在缓缓地滑动，显示出地面下方有什么正在潜行。有经验的牧民往往会判断，这是博古尔沙漠底下的沙魔在醒来。然而奇异的是这个震动太过于微弱柔和了，却不像是暴烈的沙魔的行为。

那是盗宝者正在地底潜行。

“到了。”沙漠深处，忽地传来闷闷的声音，随即有石块移动的声音。

咔嚓一声，火光在黑暗的墓室里亮了又灭。

“太黑了……简直封得一丝气都不透。”伴随着喃喃声，地底潜行而来的一行人依次冒出地面，为首的老人在空荡荡的墓室里点起了火把，四顾道，“这里好像没什么珍宝啊，少主——到底为什么要在飞廉少将的眼皮底下做这等营生？万一被他知道了……”

“九叔，不必多言。”随之出来的是音格尔，低声嘱咐，“此次行动极秘密，只有您和莫离两人知道——请不要问任何问题，也不要对任何人提起。”

“是。”毕竟是见多识广的长者，九叔立刻明白过来，点头道。

“你和莫离在这里守着，我们进去一下就出来。”音格尔看到随行的人都已经到达，低声嘱咐同伴，“千万小心，不要被外面的军队发现了。”

“少主放心。”九叔和莫离齐齐低声道。

后面的人犹如幽灵一样无声无息地冒出地面，却都是不认识的陌生人：一个是武人装束，另一个却是文质彬彬的书生模样。那几个人显然另有目的，跟随着他们一起潜进了这座空寂山下的古墓，也不开口说话，点燃了火把就开始往里走去，仿佛在寻找什么。

西京走在这一座封闭已久的古墓里，火把跳跃的光映照出冰冷的石壁。他回忆起数百年前和师父在一起的情形，暗自叹息。他从来没有想到过，自己居然还会在某日挖墓前来，在这样的情形下回到师父的面前！

走入古墓之前，音格尔肃穆地合掌祝颂。大漠上都传说这座墓里住着的是女仙，所有牧民都会来朝拜，祈求一年的平安，视其如圣地。如今若不是大势所逼，即使作为盗宝者的他，也绝不敢贸然前来打扰此地的安宁。

忽然，西京在某处停下了脚步，长久地凝视。

“怎么了？”慕容修跟在后面，微微惊诧，“这是……”

火把映照着一个简陋的石室，一个石雕的莲花灯台缺了一个角。

西京的神色严肃起来，看着断口缓缓点头。这是被剑削过的痕迹，已经很陈旧了。他侧过头，看向黑暗墓室的深处：“果然，这里是当年慕湮师父教云焕剑技的地方。”

慕容修往前走了几步，忽地失声道：“血！”

火把的光芒赫然映照出了无数淡红色的血迹！那些血是呈喷溅状洒落的，大片大片，将墓室内部染成了地狱，似乎曾经有无数人在这个古墓里死去。仿佛曾经有人来擦过，地上的血迹淡了一些，然而墓顶、四周依旧像被血池浸泡过，根本擦不完。

“一年多前，女仙去世，曼尔戈部被追杀的牧民曾在这里避难，结果还是被破军少将屠戮殆尽。”音格尔回过头，轻声道，脸上没有表情，“只有极少幸存者逃了出来，流落各方。此后破军就封印了这里，再也没有人可以接近。”

“罪不可赦，”西京吸了一口气，低声道，“竟然在师父陵前开杀戒！”

火把的光从室内一掠而过，他却被一角里的某物吸引了。

那是一卷掉落在墙角的纸，上面凌乱地画满了各种图案——只有剑圣门下的人才能看得懂，那是“九问”里头的剑招拆解。墨迹已经陈旧了，上面有明显的两种笔锋：一种是柔和洒脱的，而另一种则是稚气倔强的。满满一卷纸上全部都是这两种笔迹，仿佛一个耐心的教导者一直在和年轻的弟子无声地讲授。

西京的眼里忽然有些湿润。慕湮师父的身体一直不好，隐居大漠后更加是极少露面，即便是教授课业，多半也是以纸笔为主，甚少亲自握剑。然而，她对于最后的一个弟子，却是呕心沥血到这般地步。

可是师父是否知道，她却教出了怎样一个魔鬼啊……他草草翻着这一卷纸，心里诸般感叹，慕容修不作声地在他身后站着，同时细细审视。

“等一下。”忽地，慕容修开口止住了他，“看最后一页。”

西京愕然，不知道这个中州商人想做什么。他依言翻到了最后一页，上面依旧是纵横凌乱的笔迹，然而仔细看去，这些笔迹却又比前头的新一些，仿佛一两年前才写上。而且不同于前面几页，只有同一种笔迹。

刚硬凌厉的笔，在上面似乎茫无头绪地画着，涂满了整张纸，而上面写的却是与笔迹完全相反的诗句，低回怅惘——

君生我未生，我生君已老。

西京猛然呆住，不敢相信地看着上面潦草的字。满纸只是重复着这两句话，刚开始字迹是慎重而颤抖的，仿佛小心翼翼；然而写到后来就渐渐失控，纵横凌厉，铺满了整张纸，仿佛写下的那个人也陷入某种入魔的境地，不可自拔。

“果然如此。”慕容修轻轻吐出一口气来，带着莫测的笑意，“果然如此。”

“什么果然如此？”西京却霍然回身，暴怒地厉喝，“你知道什么？”

“息怒，息怒，我并无对剑圣一门不敬的意思，”慕容修连忙收敛了笑意，安慰空桑的剑圣，“我只是在揣测破军的心——觉得验证了这个猜测，对下面的计划更加有把握而已。”

西京克制住自己的情绪，渐渐平静，不再说话。然而视线落在那张纸上，脸色还是不自禁地一沉。那一瞬，他忽然想起了在桃源郡和那个同门的生死一战，想起白璎跟他说过的师父陵前的那一面。

慕容修的确是对的，那个聪明的商人在没有看到这张纸，就准确地猜中了那个晦涩难解的答案！

“别看了。”慕容修伸过手，扯下了那张纸，“走吧。”

“快来，”走在前头的音格尔蓦地顿住了脚，回头发出了声音，“在这里！”

最后一道门，通向墓室的最深处。里面有微微的水流声音，似有冷泉从地底涌出。音格尔执着火把站在水畔，眼神恭谨，看着水中央那个静静坐着的人。

一个白衣女子，静静地在黑暗的古泉之中沉睡。古墓寂静，她仿佛只是靠在轮椅上睡去了，长发直垂到水面，面容宁静安详，唇角依稀还有淡淡笑意，令人不敢仰视。火光在水波上跳跃，宛如万点烟火，映照得冷泉中心那个白衣女子宛如梦幻——即便是满心权谋的慕容修，一时也因那样的景象怔住，居然不敢大声呼吸。

西京用剑柄抵住了眉心，缓缓跪下："师父。"

在他跪下的同时，音格尔举起右手按住胸口，也在水边单膝下跪，深深俯首，那一瞬只觉心里前所未有的安静。

"师父，弟子大不敬，今日竟然来惊动您的安眠。"西京跪倒在水畔，低声祷告，"请您在天之灵明白弟子的苦衷，原谅弟子的冒犯。"

寂静的石墓深处，那个在水中央的女子依旧宁静安详。西京跪了许久，竟是始终不愿起身去惊动她——然而外面天色渐亮，长夜即将过去，已经是箭在弦上不得不发。

顾不得再想，空桑当代剑圣站起身来，涉水而去。

来到了轮椅旁一步之遥，西京恭谨地行礼，然后俯下身，将师父的遗体连着轮椅一起抱起——入手沉重，竟不似血肉之躯，而宛如一座玉石雕像。

那是因为幽灵红藫的毒素在体内发作，让肌体石化的缘故吧！

音格尔在水边看着他将前代剑圣的遗体移上来，恭恭敬敬地弯腰，铺开了一张巨大的柔软毯子，上面金色的驼绒长达一寸，是盗宝者用来收藏最珍贵的宝物所用的。

"咦，这是什么？"慕容修一眼看到玉像衣襟上的一物，微诧道。

那是一只蓝色的狐狸，毛色苍老干枯，静静伏在玉像的膝盖上，已经死去多时。三人不知道这座被封死的古墓里哪来的狐狸，下意识地想拿走这个东西，却发现那只蓝狐虽然已经枯饿而死，化为白骨的爪子却依然死死抱住了慕湮的手腕，竟是不能扯开。

"算了，"西京低叹，"就这样带走吧。"

他回头最后望了一眼这座漆黑封闭的古墓，想象着慕湮师父生命中最后的一段时光是如何度过的，心里依旧有止不住的震动，竟是不能再深想，硬生生转开头去。

在看到少主和西京一行从古墓深处搬出裹着驼绒的东西，九叔忍不住惊诧，却想起音格尔此前的叮嘱，终究没有发问。

“立刻从地道离开，我已安排人手在赤水旁接应，”音格尔转头看着莫离，“莫离，你连夜回空寂大营，带着那里的族人立刻离开空寂城！一刻都不能停留！”

“怎么？出什么事情了？”莫离失惊——几个月前盗宝者的部队入驻空寂城，和飞廉领导的沧流军队一起对抗破军，一直相处得还算顺利，没有道理忽然间说撤就撤，连招呼也不打上一个。

“不要问为什么！”音格尔的语气转为严厉，“立刻去！否则来不及了！”

“是！”莫离一怔，立刻低头领命，迅速离开。

“少主，已经来不及了吧？”在高大的西荒盗宝者离开后，慕容修微微叹了口气，“飞廉那边，应该也已经开始行动，清剿空寂城里的盗宝者了——出了这样的事情，总要给族人一个交代；即便是为了把戏演得像一点，也一定要实打实地来一场追杀，否则帝都那边也不会轻信这个消息。”

“闭嘴！”音格尔脸色苍白，被这个中州商人漠视生死的语气激怒。然而慕容修却是正色：“少主息怒，要知道凡事总是有得有失——盗宝者的血，绝不会白流。”

“走吧！”西京不想再听下去，低叹。

一行人抬起毯子裹着的玉石雕像，从地道静静离开。远处的出口处，早已有一辆马车停在夜色里等待，只等一行人得手，便立刻飞驰向乌兰沙海的铜宫。

后世中被称为“诸神黄昏”的惊天计划，由此正式启动。

深夜，狼朗受命来到空寂城，发现飞廉居然还在军中等着他。

“有什么事那么急？”狼朗踏入帐中，看到里面灯火通明，包括卫默、青辂在内的几位将领居然都到了，不由得诧异地调侃，“我说飞廉，你怎么又搞这种半夜紧急会议的事情？新婚没几天就冷落明茉，实在也说不过去吧？”

“狼朗，出大事了！”飞廉却霍然抬头，脸上一点儿玩笑意味也无，“我刚刚接到密报，那群西荒盗宝者并不是真的来帮助我们抗敌的！他们另有图谋，私下还在和帝都叛军勾结！”

“什么？”狼朗吃了一惊，“你说……音格尔他们不怀好心？”

卫默倒是冷笑了一声，不以为意：“那一群贼无利而不往，又怎可能真心来帮我们对付破军？”

狼朗没心思和他斗气，只是迟疑：“可是……他们图的是什么？”

“我也在想这一点，”飞廉摇头，在灯下蹙眉，“不知道他们不远万里来这个空寂大营，又是为了什么……”

话音未落，忽然听到了外头一声响，似有无数的人马在朝着城外奔去，猛烈地撞击着入夜后紧闭的城门。守城的军队也被惊动了，一队人下来查看，却遭到了出乎意料的突袭，一时间火把通明乱成了一团。

“怎么了？”帐中的将领们齐齐失声道。

“禀、禀告少将，不知道为什么，那群盗宝者们忽然间想要离开空寂城！”有一名士兵气喘吁吁地过来，“半夜城门不开，他们、他们居然疯了一样地撞开了门夺路而逃！”

帐中将领大惊而起，又见另一个士兵在夜色里匆匆而来——却是守在古墓前的那一队士兵。

“禀告少将！”那个人奔得气喘吁吁，脸色苍白，“盗宝者……盗宝者偷偷挖掘了古墓！守墓的队伍发现后，正在拼命地追他们回来！”

“什么？”帐中人一起大惊，仿佛明白了什么似的霍然站起，相顾失色——原来，这群盗宝者千里迢迢从乌兰沙海下来，并不是真的为了援助他们对抗破军！他们真正的目的，竟然是那座足以震慑破军的古墓！

“该死的狗杂种！居然想拿这个去换取荣华富贵！”飞廉铁青了脸，吐出平日罕有的严厉命令，“立刻点起人马，追！把这群强盗都给我击毙，一个也不许逃掉！”

“是！”帐里发出了一片暴烈的应和。

在下属各自提兵出阵去讨伐那一群卑鄙的盗宝者后，飞廉一个人待在帐子里，看着跳动的火光，忽然长长叹了一口气——外面人声鼎沸，不停传来刀兵的交击和嘶哑的惨叫，盗宝者和追杀而去的镇野军团激烈交战。

空寂大营里这一次动乱，恐怕要持续到天明。天明之后，那些盗宝者的尸体便会被钉在空寂城高高的墙头，而那一群人将会带着从古墓里得到的东西远走高飞——不到三日，空寂古墓被盗的事情将传遍云荒，也会传入帝都那个人的耳朵里。

而这个庞大而惊人的计划，他只能参与到这里。剩下的事，就已经不再是他能够预料和控制的了……包括空寂大营的安危。

“为什么叹气？”忽然间，身后有温柔的问话，柔软的手按在了他的肩头，“飞廉，你在为那些盗宝者的事情担心吗？”

他的新婚妻子在灯下对他微笑，手里端着熬好的汤。历经波折，她已经不再是那个懵懂娇惯的少女，褪去了昔日的那一层耀眼光芒，反而显得温婉沉静起来，看着自己的丈夫，眼里有担忧的神色。

“不，不是为了他们，”飞廉笑了笑，拿过她手里的汤，一饮而尽，“是为了其他事。”

“是吗？”明茉轻声问，“可是……如果古墓被盗，空寂大营就会面临很大危险——博古尔沙漠那边的帝都军队会大举进攻，我们……能支撑得住吗？为何你不为这个担心呢？难道还有更大的事情？”

飞廉愕然抬头，看着自己年轻美丽的妻子。没想到，这个门阀贵族出身的大小姐，居然还是这样一个聪明的女子。

“是的，失去古墓的庇佑的确是一个严峻的问题，”他点了点头，“即便是得到了西荒几个部落的支持，我们的力量也无法和破军对抗……但是，事有轻重，如果不能完成那个计划的话，空寂大营，甚至整个云荒迟早都会灭亡。”

“那个计划？”明茉吃惊道。

“不要再问了……这是我和破军之间的事情。”飞廉摇了摇头，对妻子微微笑了一下，“你回去休息吧，我还要在这里等待最后的结果。”

破军……再度听到这个名字，她依然微微战栗了一下。

然而，这一次不是因为爱慕和思念，而是因为入骨的恐惧——为什么……为什么无论逃到了哪里，她的人生都无法摆脱那个人的影响呢？

果然，刚到第二日，空寂大营发生动乱，盗宝者盗掘空寂古墓之事便传了出来。空寂城头血淋淋地钉满了未曾逃脱的盗宝者的尸体，一个个遍布刀痕，死态可怖，然而他们的少主却已经带着从古墓里挖出的珍宝顺利逃离。

只是，没有人注意到在那一夜里，有一具鲛人的尸体也被静静地安葬入赤水。

“湘，安息吧。”夜色里，复国军女战士站在沙漠边缘，轻轻对着冰冷水底那一具无头的尸体道，手里的匕首微微颤抖，“相信我，我们一定不会让你白死的！”

碧轻轻抚摩同僚和女伴的尸体，泪落成珠。

怀里那颗被斩下的头颅独眼圆睁，犹自透出愤怒和不甘的神色，死不瞑目。

“我们一定会把你的心带回大海，”碧剜出鲛人的心，用鲛绡小心地裹起收入怀里，“在复国那一日，你的心也会跟随我们一起回归碧落海……我们绝不会忘记今日你所做出的一切。”

赤水旁，鲛人女战士低声哽咽，静静祈祷，直到同僚的尸体沉入水底。

“走吧，不要再哭了。”身后的同伴发出了低低的劝告，按住她剧烈颤抖的双肩，“我们要马上去乌兰沙海的铜宫安排接下来的事情……否则我们的计划就要来不及了。”

“你应知道，她是心甘情愿做出这样的牺牲，以一个战士的姿态死去的。”

“而我们，一定要让她死得有价值。”

远离云荒大陆万里的碧落海上，黑色的波涛在呼啸。

哀塔顶上站着的红衣女祭长袍飞扬，乱发舞动如蛇。她已经在这里对着天地祈祷了整整七七四十九天，祝颂声连绵不断响起，直到声音嘶哑、口角流血，却始终不敢停下来。这是一个可怕的术法，包括了“斩血”和“黑天”两步——

而每一步，都是惊天动地的骇人术法。

在第四十九天的时候，她返回了黑暗的塔心室，凝望着那个被钉在符咒中心的人。地上纵横地流着海皇的血，画成了一轮密密的咒术围绕着他，渐渐干涸。那些从他身体里涌出的血液无声无息地从哀塔四周沁出，渗入了广袤无垠的大海，与之融为一体。

在斩血这一步完成后，他身体的衰竭已然达到了极点，长发变成了苍白，肌肤变得枯萎，一切都已经和昔年那个宛若天人的俊美海皇迥异——然而，只有那双眼睛，还是这样的清澈湛碧，宛如一泓冷月下的深泉。

“海皇，”她跪在他的身侧，将头俯在他耳畔，以便让自己的声音可以抵达他衰弱的神志，“还要继续吗？”

那个人已经没有力气回答她，只是微微闭了闭眼睛表示首肯。

溟火的手微微抬起，颤抖地握住了插在他心口的法杖，却不停地战栗，难以移动丝毫——只要这一刺下去，就再也无法逆转接下来的命运了！

在她迟疑的瞬间，海皇忽然睁开了眼睛，眼神冷冽。

“继续！”低沉嘶哑的声音从苍白的唇边吐出，衰弱的人竭尽了全力怒吼，“给我继续！”

红衣女祭全身一震，忽然仰起头，静默地看着漆黑的屋顶，仿佛在积累着勇气和力量——塔心室的顶上还有烈火燃烧过的痕迹。那是七千年前，在星尊帝麾师入海之时，为了保留海国一脉，她不惜以身赴火向天地神明祈祷时留下的痕迹。

七千年的封印和禁锢，换来了今日的重生。然而，刚刚获得自由不久的她，居然要再一次亲手施行这样可怖的咒术吗?

“纯煌，纯煌啊……”她握着法杖，在心里喃喃，回忆多年前那个温柔亲切的王者的脸，“请给予我力量……让我可以完成这一场艰难的跋涉。”

大海在怒吼，黑色的波浪仿佛一座座小山，朝着哀塔聚集。

“海皇苏摩……告诉我，你最后的愿望是什么？”在天地涛声里，红衣的女祭终于平静下来，睁开了眼睛，静静地俯视着符咒中心那个枯萎的鲛人，“一旦法杖钉入您的心脏，咒术就开始生效——您将在这个术法里渐渐耗尽全部的生命和力量。鲛人没有轮回，也没有来生，一旦做出了决定便无可挽回……请您再次告诉我，是否心意已决？”

那双深碧色的眼睛里闪过了微弱的笑意，有亮光一闪即逝。

“愿望？”那一瞬，脑海里浮现出无数碎片，那些记忆在一瞬间几乎动摇了他此刻的决心。然而，随即他就紧闭了眼睛，不再去回顾那些往事，低声吐出了最后一句话："我……想回到大海之中。"

"好。"溟火闭上了眼睛，细碎的珍珠从她眼角铮然而落。纤细的手指渐渐不再颤抖，握紧了那支尖厉的法杖，猛然一抬头，低低吐出了一串咒语，"九天之上的神啊，听从我的祈祷，海皇已经切断了所有命运的丝线，如今，请让他回到大海之中！"

红衣女祭拄杖垂首，声音渐渐凄厉无比："让天地间一切水的力量，都经由他来支配！让他在愤怒的风暴里重生，化为七海的怒潮席卷天下！为此，我们献上所有的血！"

随着最后一个字，法杖用力往下一刺，洞穿了胸膛！

随着那最后夺去性命的一刺，一道黑色的光忽然从海皇即将被洞穿的心口里涌了出来！仿佛体内有某个深藏的魔物被驱逐到无路可退，仓皇地想从这个躯体中逃离——然而，那个黑影却在接触法杖的瞬间发出了惨叫，拼命挣扎，在法杖金色的光芒之下滋滋地融化。

"净化之光，请扫除所有阴暗吧！"溟火看到了那个可怖的黑影，却并无惊讶，发出了最后的祈祷，"让他内心的所有阴暗邪恶都扫荡一空，让他的血恢复到最初的洁净纯粹——让我，给您献上最高贵无瑕的祭品！"

随着刺穿心脏的一击，那一缕无处可逃的黑影被钉死在金杖上，在净化的光芒之下嘶声挣扎，却如冰雪一般消融。

很好，终于……是完结了。苏摩垂下眼睑看着这一刻，脸上浮现出一丝奇特的笑容，眉心那个火焰状的刻痕悄无声息地消失——阿诺，看来，在这一场上百年的争斗里，到最后，赢的还是我。

再见了，我的孪生弟弟。

血无穷无尽地从鲛人的心脏深处涌出，从哀塔四面渗入了黑色的海面，渐渐融为一体。怒吼的大海忽然安静，然后，仿佛受到了某种控制，忽然间向着天上拍击而去！

巨大的黑色巨浪如同一只只愤怒的巨手，向着天空不停击打，一波比一波高，一波比一波猛烈，苍穹之下回荡着可怖的巨大涛声，仿佛七海在一瞬间沸腾，想要扑向天宇，把这一片苍天用黑色的波浪埋葬！

那是极端可怖的景象、恍如末世的噩梦——

整片大海，被一种莫名的力量操控，正在从大地上向着天宇扑去！海水在天地尽头上卷，形成了一道黑色的水墙，不停地朝着天上升去！

在海浪遮蔽天空的刹那，夜空里，那两颗并轨的星辰悄然脱离。仿佛被无形的力量斩断了彼此之间经由星魂血誓产生的联系，一颗依旧停留在原处，而另一颗，则向着苍穹缓缓滑落！

在法杖刺入心脏的那一瞬，万里之外的镜湖水底，空桑太子妃霍然惊醒。

“苏摩！”白璎脱口惊呼，捂住了自己的心口。一种极其深切的痛在瞬间刺入了她的心脏，几乎让她窒息。那种痛并不是肉体上的痛苦，而是来自极遥远的地方，仿佛某种血缘被瞬间割断的刺痛！

“苏摩！”仿佛猜到万里之外正在发生什么可怕的事情，她脸色死一样的苍白，不顾一切地从病榻上坐起，“苏摩！”

“太子妃殿下！”侍女吓得连忙扶住了她，“您还不能动！”

“水镜！拿水镜来！”白璎一反平日的文雅温和，对着侍女大喊，“快去！”

侍女不明白出了什么事情，不敢违抗，踉跄着朝外奔去，遇到了正在光之塔下的大司命。

“怎么了？”看到惊恐的侍女，大司命蹙起了花白的长眉。

“皇太子、皇太子殿下在哪里？”侍女惊恐不安。

“和诸王一起离开无色城作战去了，大概还要等一会儿才能回来。”大司命回答，蹙眉看着惊慌不安的侍女，“出什么事情了？”

“皇太子殿下不在？”侍女们更加不安，“太子妃她、她非要看水镜……”

“水镜？”大司命吃惊道，“她那样虚弱的身子，怎能再用水镜之术？”

老人将书卷一扔，立刻随着侍女返身而去。然而刚踏入内宫，却看到了太子妃已经自顾自地从病榻上坐起，披散着长发，径自踉跄奔到了放在光之塔下的水镜旁！

“太子妃！”大司命大吃一惊，“您还不能开水镜！”

然而，白璎已经伸出手，打开了水镜，将灵力凝聚在双眸之间——多日的重病令她极其衰弱，甚至连坐起身都困难。然而，此刻仿佛却有一种巨大的力量在支撑着她，让她奇迹般地从床上站起，打开了水镜！

“啪”，只是看了一眼，她的手就颓然而落。盖子重重地落下，将水镜重新笼罩——白璎神色在一刹那大变，仿佛看到了什么极其可怕的东西，全身微微战栗起来。

“星辰已经断裂了，”她喃喃道，脸色煞白，“他、他现在……到底怎样了啊？”

“太子妃殿下！”大司命看到她可怕的神色，暗自担心，“您快些回去休息。等一下真岚皇太子就会回来了，要是看到您这个样子他会不安的！”

“真岚？”白璎微微一怔，喃喃道，仿佛想从这个名字里汲取某种力量，身子摇摇欲坠，“对……他为什么不在？我要去找他，我要和他说……和他说……”

“说什么？”忽然，头顶透明的结界裂开了，无数战士乘着天马飞落。当先的皇太子勒马落地，一个箭步跳了下来，扶住了妻子的肩膀，“你怎么了？身体那样虚弱，居然还不好好躺着休息？”

然而，白璎只是眼神恍惚地回头看他，仿佛用了很长时间才认出那是自己丈夫。

“真岚……”她抬起手，颤抖地指向了水镜，声音轻微如梦呓，“星辰……星辰断裂了。星魂血誓被割断了……那是斩血，斩血啊！”

听得“星魂血誓”四个字，真岚的眉宇为之一动。他扶着白璎，无声地打开了水镜，只看得一眼，脸色也已经骤变——

水镜里不知照着何处的天宇，镜里的天空正在慢慢变得漆黑可怖。仿佛有巨大黑色幕布，正在将整个苍穹一分一寸地遮蔽！而在这样一片黑暗的天幕下，有两颗星辰仿佛被一种力量牵制，正在缓缓分开，是有无形的利刃缓缓斩落，将它们从同一轨道上分离！

真岚默不作声地倒抽了一口冷气——星魂血誓居然被割裂了！那是什么样一种力量？居然能割断和解除如此可怕的术法！

“不，不……苏摩，苏摩他一定是出事了！”白璎的身子摇晃了一下，脸色苍白如死，“他一定是出大事了！你、你们……有没有找到他？”

真岚沉默了片刻，摇了摇头。

“为什么还没有？”白璎忽然爆发似的喊了起来，“几个月了……为什么还没有找到？这样下去他会死的，你知不知道？”

“白璎，冷静一些！”他抓住了她的肩膀，试图让她安静。她眼里的神色刺痛了他——长久以来，还是第一次看到她这样的愤怒和不知所措。他克制住了自己的情绪，“我们已经尽力地去找了！无论是海国还是空桑，都已经尽了最大可能派人四处搜索了！”

“可到了现在还是找不到！”白璎喃喃道，“还是找不到！”

“我们心里也着急，白璎，毕竟这个时候空海之盟非常需要他的力量。”真岚扶住了她，低声道，“不过你要相信，他很快就会回来了。”

“回来？”白璎一怔。

“是的，你忘记了吗？海皇在离开的时候曾经说过，到了十月十五日这一天，他将归来和我们并肩战于镜湖之上！”真岚缓缓开口，一字一句复述，看着她的眼睛，“我相信苏摩一定会实现他的诺言，他一定会回到云荒！”

“十月十五日……”白璎仰起头，眼神恍惚。

“是的，还有九天。”他低声道，“很快了。”

“是吗？”她长长叹了一口气，觉得全身所有的力气都随之消耗殆尽。白衣女子宛如一缕风一样倒在了虚无的城市里，脸色苍白，长发如雪白的纱。

“太子妃！”随后进来的侍女发出了惊慌的呼声。

“让她睡吧。”真岚看着昏迷的妻子，眉间有再也无法掩饰的疲倦和困顿，“再过几天，等那个人回来，她应该就不会有事了。”

他的声音在瞬间停顿，因为又看到了妻子长发掩盖下的那个金色符咒。那个逆位的五芒星隐秘地被印在了白璎长发下的衣衫上，金色已经渐渐暗淡，不止白璎从未觉察，连侍奉她的侍女都被其屏蔽——然而每次看到它，真岚眼里都会出现苦痛的神色。

那是斩断一切的象征。而这种决绝，往往只意味着一件事。

“怎么会有这样疯狂的行为啊……苏摩，你的心里，到底又是怎样的一片天地？”空桑皇太子抬起头，看着万丈之上的水面，吐出了轻声的叹息。

是的……无论如何，都该做一个了断了。

在哀塔上那一场血祭进行的同时，云荒的某个角落，另一个诡秘森严的术法也在悄然无声地进行之中。九十九头牛、九百九十九只羊的血洒满了冰冷的祭坛，染得沙海的中心一片血红——那泼地的大片鲜血，居然在黄沙上绘出了狰狞可怖的鬼脸。

那是一种大漠里才有的秘术祭祀，而且，是最隆重、最盛大的级别。

盗宝者之王带头匍匐在沙和血之上，同萨朗秘教的大巫师一起祈祷。血海之上，大巫在喃喃念咒，面前的金盘里放着一颗被斩下的头颅。

那颗头颅情状可怖，整个脸溃烂得可以见到森然白骨，一只眼睛已经被挖出，而另一只却愤愤然地怒睁着，似乎蕴涵了无限的不甘。

巫师霍然伸出手，用枯瘦的手指蘸了一点儿朱砂，在那颗头颅的眉心抹了一抹。然后一边念动咒语，一边抓起地上血红色的沙子，细细洒落。在他身侧还跪着两名少女，各自的眉心里也被抹了殷红的朱砂，神色肃穆，一言不发地仰着头，眼神居然隐隐有祭献的决绝。

“天神啊……请收去这些血的祭祀！”咒语念到了最末，黑袍巫师忽然振臂大呼，跪倒在沙海中间的祭坛上，睁开了猩红的眼睛看着上苍，“我，西荒的萨朗大巫师腾格尔宗，祭献出无数的牲灵鲜血，以此发出诅咒：诅咒那个人的血枯竭，诅咒那个人的力量衰微，诅咒那个人的国家动荡，诅咒那个人的民族消亡！”

那样刻毒的咒语，从巫师嘴里一字一字吐出，带来了猛烈的沙风呼啸。

“天神啊，如果您听到了我的祈祷，就让这一颗头颅来替您回答吧！”大巫声嘶力竭，手里捧起了大把被血染红的沙，细细洒落在那颗被斩断的头颅上——血沙如水一样倾倒下来，渐渐将那死不瞑目的头颅掩盖。

然而，在血沙堆积到鼻尖时，那只眼睛居然动了一下，湛碧色的独眼睁开了，看了一眼天，又看了一眼地，露出一个莫测的神情，然后缓缓闭合。

大巫和那只独眼只对视了一瞬，霍然跪下，双掌深深合起。

“多谢天神。”他喃喃，将手中的血沙撒入篝火，刺啦一声奇特的响，一道火光冲天而起，仿佛有无数的灵魂被投入了火中淬炼！

仪式完毕，他转身看着身后一直跪在那里的两位少女，握起了一把弯刀，森冷地开口："你们是否已经做好了准备？是否真的不悔？若有半分悔恨之念，这一场法事便全然无效！"

"是！"两个少女同时回答，重重叩首，"绝不后悔！"

"那好……"大巫眼里露出某种冷酷的表情，将一把刀扔到了这两个美丽的少女面前，"来自曼尔戈的央桑和摩珂，这里有一把刀，而我只需要一个人。你们之中的一个人拿起它跟着我走——另外一个，则需要现在就献出生命，作为血之契！"

"什么？"两姊妹失惊，齐齐抬头，脸色苍白。

自从一年多前曼尔戈部被破军少将屠戮后，她们从苏萨哈鲁一路流亡，然而西荒诸部都不敢收留，最后不得不到乌兰沙海的铜宫投奔盗宝者。虽然还是十七八岁的盛年，然而这一对原本美丽非凡的曼尔戈姐妹却好像苍老了十岁。

大巫冷冷看着这一对姐妹，带着某种恶意，仿佛也想看到手足相残的悲剧。出乎意料地，央桑在姐姐尚未从震惊中回过神时就抢身扑出夺到了刀！

"妹妹？"摩珂的声音因为吞炭而嘶哑，不可思议地看着央桑——在答应大巫作为祭品参与这个仪式时她已经将生死置之度外，然而，却始终不曾想到自己会死在最亲的亲人手里。然而在下一刻，摩珂的眼眸就因为惊骇而碎裂，央桑对她微微一笑，毫不犹豫地倒转了刀柄，一刀深深刺入了自己的心口！

"妹妹！"摩珂发出了嘶哑的惊呼，不顾一切地扑过去，"不要！"

刀已经从心口拔出，炽热的血箭一样喷出，落在了她衣襟上。摩珂扑上去抱住妹妹时，央桑的脸已经苍白，她紧紧握住了姐姐的手，喃喃道："姐姐，我的脚已经废了，行动不方便，会拖累你们……所以，我愿意成为祭品。"

"妹妹！"生命在迅速地消失，央桑抬起头，看着湛蓝的大漠天空，仿佛回忆起了无数往事，爱憎如涌。终于，她眼里的种种神色都消失了，只留下了纯粹的憎恨。她闭上了眼睛，在摩珂怀里轻声说了最后一句话："姐姐，替我们去报仇吧！死也不要放过破军！"

"是！"摩珂紧抱着她，血泪纵横，"姐姐一定为你报仇！"

大巫冰冷的眼神终于一动，跨前了一步，看着在姐姐怀抱里逐渐死去的红衣少女，将手按在对方额头——央桑合上了眼睛，在大巫的奇特的咒语里逐渐死去，然而脸色却反而渐渐红润起来，犹如花朵绽放。

一直旁观着仪式的几个盗宝者首领也低下了头，这一变故多少出乎他们的意料。曼尔戈的姊妹花曾经是大漠上最负盛名的美人，即便是居于乌兰沙海的盗宝者也有所耳闻。如今这样的绝色，居然就这样无声无息地凋零了。

那个破军，做下了多少的孽啊！

簌簌一声响，铺着厚厚褥子的椅子上有人站起，音格尔对着那一对姊妹低下了头，缓缓屈膝行礼——周围的盗宝者们看到少主如此的举动，也纷纷放下了刀剑，随之向着尸体行礼。

帝都的那个魔鬼啊……你的身上，到底凝聚了多少憎恨？如今，你大概也没有料到昔年积累下来的仇恨，正要汇聚成一股洪流把你吞噬吧！

“妹妹，你看到了吗？”摩珂喃喃道，“音格尔少主承诺你了……我们一定会竭尽全力，齐心协力杀了那个魔鬼！”

“天神看到了她的祭奠！”大巫断然回答，声音忽然尖厉，举起了双手仰首苍天，“她付出了血的代价，天神必然会达成她的愿望！”

萨朗鹰在湛蓝的高空回旋，发出凄厉的长短鸣叫，想要等待天葬的举行、分食新死的尸体——然而，大巫没有为这个女子举行大漠上的葬礼，反而一个回头，将刚刚死去的妹妹从姐姐怀里拉起，迎风而举！

血从红衣上流下来，染得衣服更加血红，如一朵盛开的红棘花。

曾经一舞倾倒大漠的绝色少女心口插着匕首，纤细的双足被折断，眼睛死死地看着天空，充满了不甘和憎恨——她正在死去，三魂七魄也逐渐从躯壳里消散，然而那种愤怒、那种憎恨却不曾消散，反而越积越浓！

“新死的魂魄，黄泉不是你要去的地方！如果听到了我的召唤，就请绕着这圣火三圈！”大巫伸开了手，厉声招魂，周围的盗宝者齐齐俯身于地，寂静无声——仪式已经进入了最关键的时候，谁都不敢大声呼吸，生怕打扰。

仿佛有风瞬间凝聚，祭坛上燃烧的火焰忽地一晃，明灭三次。

“好，既然你愿舍弃转生的机会，沉沦魔道去复仇，那就去吧！”大巫念动咒语，忽然指向祭台正中垂挂着的帷幕，厉声道，“去那里吧！听从你内心憎恨的召唤！”

风忽然呼啸，尖厉得刺破所有人的耳膜，那环绕着火堆的风凝聚起来，宛如一支利箭射出，转瞬消失在帷幕背后。

没有人敢抬头，包括摩珂在内。风仿佛从冥界而来，骤然而起，骤然而落——整个祭台上瞬间恢复了平静，只有圣火还在熊熊燃烧，大巫俯下身去将央桑的尸体投入火中，口唇翕动，喃喃念动咒语。

那具少女的尸体被火舌舔着，仿佛活了一样扭曲抽搐，渐渐化为焦炭。然而美丽的双眼一直怒睁着，映着火光直视蓝天，有着无限不甘和愤怒。

帷幕后，一座石像静静而坐，一双眼睛悄然睁开，瞬间又闭合。

“感谢神……答允了我们的请求。”大巫的声音疲惫而兴奋，双手合十，跪倒在火前，“您的仆人将永世侍奉您。”

所有人在此刻才松了一口气，不管是否明白这个仪式的含义，都向着圣火深深俯首。

西京和慕容修站在人群外围，看着这个盛大而神秘的仪式结束，也不由得吐出了无声的叹息——西荒永远是他们不能了解的。黄沙广袤，民风复杂，特有的宗教和术法体系更是让所有外人都为之目瞪口呆，居然还能用这样的术法将新死的灵魂控制住。

“结束了？”慕容修低声道。

“嗯。”西京的眼神却是复杂的，“接下来，就看音格尔的了。”

慕容修点头：“少主应该不会让我们失望。”

“是的，这个计划一路施行到如今，每个人都不曾令我们失望，”西京看着火堆里燃烧的尸体，眼神却是肃穆，“他们一个一个地站出来，祭献牺牲，予取予求，竟然没有一个人后退——上天是站在我们这一边的，慕容。”

“是啊。破军杀戮实在太多，足为天下人敌。”慕容修颔首，抬头看向东北方。帝都上空黑云压城，金色的迦楼罗和白色的巨塔伫立着，仿佛标志着天下的核心不可动摇。然而，那些积聚在上空的腥风血雨，是否会将那座坚不可摧的白塔压倒？

“很快了……”他低声道，“破军知道了古墓的消息，应该很快就会采取行动。”

“是的，空桑和海国也都已经做好准备。”西京点了点头，“计划一旦开始，整个云荒各处都会响应。”

西京悄然绕过了狂欢的人群，走上了祭坛。在垂落的帷幕前迟疑了片刻，终于还是抬起手拉开了帘子——光线暗淡的帷幕后，萦绕着香气，一尊白色的石像静静地坐在黑暗里，闭目沉睡，面容却已经有了隐约的不同。

“师父。”西京喃喃道，缓缓跪倒，“弟子不肖，令你死后尚不得安宁。”

石像微笑不语，眼睛依旧合起。

第八章

孤旅

沧流历九十三年，十月十一日。阴。帝都上空，密云不雨，时有惊电隐隐下击。

迦楼罗停驻在上空，云焕在朱雀大街上一个人走着，任雨前湿润的风吹起他的发梢。因为帝国最高统治者突发奇想地要步行上街，于是军队一大早就封锁了这一带。整条街道都被肃清过，四周的店铺和人家都关了门。门窗的缝隙里，有一双双好奇又畏惧的眼睛闪烁着，偷偷观看门外那个传说中的杀戮之神。

“不必如此，”云焕却是漠然，“让他们如平日一般做事吧。”

然而，又有谁敢和帝国的最高掌权者同路同行?

整条街上只有他一个人，四周寂静无声，十步一哨五步一岗，只有银黑两色军服的战士静静伫立。云焕独自漫步，一直一直地往前走，最后在禁城的玄武门前停下了脚步，回望。三道城墙已经被推翻了，如今的帝都再也没有隔阂，站在禁城外看去，一眼便可看到铁城外的镜湖水面。

走完这条五里长的街，居然只用了半个时辰。

“怎么样，走起来是不是快了很多？”冥冥中，他忽然听到一个声音对他笑。

那个啰唆的家伙，为什么总是要不时地冒出来打扰他？然而一个人站在这条路的尽端，回顾来时路，破军的神色黯淡——不知道出于什么样寥落的心情，居然第一次开口，回答了心中魔物的问话：“是啊，平日恐怕两个时辰都走不完。”

“呵呵，你看，没了那些蝼蚁挡路，走起来就快了吧？”魔在他心里笑，“破军，这才是你的霸者之路啊。”

云焕没有回答，只是抬起头望向禁城里的重叠高楼。十大门阀被血洗之后，又已经过去了半年，但不知为何这里始终还是弥漫着挥之不去的血腥气。这一座城，仿佛成了一座死城，活着的人都在阴影之下战战兢兢地生活。

“通向巅峰的路本来就是寂寞的……如今没有一个人可以再让你滞留了。”那个魔的声音在低低地说——出乎意料，这一次他居然没有觉得厌恶和抵触。

他站在禁城下，回望着来时的道路，长久地出神。暴雨来临前的薄暮里只有风在舞动，湿润而轻盈，拂过他冷冷不动声色的脸。多少年啊……从西荒到铁城，又从铁城到这里，这一路，他走了多少年？

一直一直地往上走，不曾回头，不曾停留。想要变得很强、更强、最强，一直一直地向上攀登，把所有对手都踩踏在脚下……直到某一日，他站到了这里，所有人都不敢再和他同路。

然而，为什么却有一种茫然从心底升起——接下来该怎么办？未来日子那么长，要往哪里去？要做什么事？又要怎样一个人过到死？

他……还会不会死？

“你当然不会死。”魔的声音又在心底响起，带着某种冷嘲和睥睨，“你永远不会死……因为你将灵魂祭献给了我。”

云焕一怔，眼里陡然泛起了金色的光，手指握紧，直到指节发白。

“我知道你不服气，呵呵，”仿佛能够窥探他的心意，魔却含糊地发出了笑声，“以前的御风、怀仞和琅玕莫不如此——只可惜，没有一个能够逃脱……你也一样。你的血肉和灵魂，必将为我所有。”

“闭嘴！”破军低低厉斥，眼中光芒闪现，带着极度的厌恶和憎恨。他几乎是集中了全部的神志，才把那个蛊惑人心的声音压制了下去，再也听不见。

转过头，已经是含光殿。重建的宫殿崭新而洁白，在暮色中宛如圣域。他将手抵在门上，缓缓推开，带着一种归家的渴盼和忐忑，看到了中堂长明的灯火，以及灯火下栩栩如生的画像——画像上，那个人在静静微笑。

云焕抬头看着，忽然觉得心里为之一清。

“少帅！少帅！”忽然间，身后却传来了短促焦急的呼声，有马蹄嘚嘚飞快逼近，“请留步！西荒有紧急军情送到！”

来人喘息着从马上滚落，匍匐着递上了一封火漆密封的信。

“明天再说！”云焕忽然觉得无穷无尽的烦躁，厉声道。

乘坐风隼从西荒万里奔来的信使急促地喘息，脸色苍白，看到门重新闭合，知道少帅脾气暴烈，动辄杀人，却还是不顾一切地嘶声大喊：“紧急军情，少帅！空寂大营内讧了！盗宝者挖掘了古墓逃走，整个空寂城都乱了！”

门在剩最后一条缝隙的时候停顿，然后霍然洞开。

“你说什么？！”云焕站在洞开的门后，眼神亮得可怕，“古墓怎么了？”

“古墓被盗宝者挖掘了！”信使脸色苍白，隐隐带着激动，“空寂大营内乱了！少帅，前方将士等待您一声令下便可以趁机攻入！”

“古墓……被盗了？！”然而，破军根本没有顾上他后面那句话，只是一把伸出手揪住了信使的衣领，将他整个人从地上提起，厉声道，“你说什么？那群盗宝者、那群盗宝者居然敢动古墓？我要他们全都死无葬身之地！”

金色的烙印从他左手开始蔓延，渐渐覆盖了他的整个眼眸。

破军的眼神一瞬间狠厉如狼，散发出死亡的气息。那个刹那，不知道是被勒得喘不过气，还是被那样的神色惊吓，那个信使不由自主地噤声，发出了微微的战栗。

“传令下去，集合帝都所有的征天军团！”云焕一个箭步从门内踏出，随手将那个战栗的信使摔落在朱雀大街上，扬声吩咐，“一个时辰之内在白塔下聚集完毕，不到者，杀无赦！立刻出发，剿灭乌兰沙海铜宫里的盗宝者，自上及下，一个不留！”

“是！”轰然的应和声，响彻了帝都。

无色城里，一片寂静。

然而水面上方，云荒各个方位正在发生的风云变化，却还是通过水镜一一呈现在了诸王面前，除了白璎、青塬之外的四位王者面面相觑，倒抽了一口冷气。形势急转直下，四处蔓延的战火忽然集中到了一处：帕孟高原上乌兰沙海里的铜宫。

那个盗宝者的聚集地，忽然间就成了破军不惜一切也要覆灭的对象！

“十月十五日，大家准备好了吗？”真岚却是不动声色，仿佛一切都在计划中。

“是。”诸王齐齐俯首。

“六部战士从十四日开始均需枕戈待旦，随时出发，”真岚缓缓看着跟自己并肩战斗了上百年的诸王，语气是前所未有的沉重，“这是最后定乾坤的一战，由我来率领，诸王包括青塬都将被从九嶷召回——这一次，一定要出尽全力，毕其功于一役！”

“是！”诸王被这样的语气感染，声音同时提高。

“但是……”蓝夏有些迟疑，“为什么要在十月十五？”

“因为按云荒历法来说，这一日正是黑夜最长、白昼最短的一日——最有利于我们冥灵军团作战。”真岚低头看向水镜，淡淡道，“当然还有另外原因。”

“可是，再长的夜也有破晓的时刻，”玄羽喃喃道，有些怀疑，“毕其功于一役？皇太子认为可能在一夜之间摧毁沧流的军队主力吗？万一不成功，天亮后来不及撤回就会遭到极大损失。到时候，还不是把战果拱手让给那些鲛人？”

“玄王！”真岚蹙眉道，第一次以帝君的威严喝止了藩王的无端猜测，“凡事尚未开始，便掂轻怕重寻思退路，这一场仗不必打便先输了！”

从未见过温和的太子如此严厉的语气，玄王不由得噤声。

“我和海国早有密约，自当相互协助，相信海皇也会在当日如约归来助战。”真岚放缓了语气，“诸位不必瞻前顾后，凡事总有一拼。如果信任真岚，便各自尽力就是了——空桑复国，就在此一举了！”

“听凭太子殿下吩咐！”诸王一齐屈膝。

真岚对藩王一一回礼，眼神肃穆庄严：“天佑空桑。”

“天佑空桑！”大司命举起了手，在光之塔下仰头大呼，花白的长发和胡须在水底飘扬，“国祚绵长！”

无色城里，所有的白石棺材都发出了剧烈的震颤，仿佛内中沉睡的子民同时受到了震动，无数个声音从各处响起来，渐渐汇聚在一处，响彻了整个水底——

九嶷漫起冥灵的雾气，
苍龙拉动白玉的战车，
神鸟的双翅披着霞光，
拥有帝王之血的主宰者，
从九天而下，
将云荒大地从晨曦中唤醒。
六合间响起了六个声音：
暗夜的羽翼，
赤色的飞鸟，
紫色的光芒照耀之下，
青之原野和蓝之湖水，
站在白塔顶端的帝君，
将六合之王的呼应一一聆听，
天佑空桑，国祚绵长！

盛大的仪式已经开始，为了迎接三日后的那一场空前血战。大司命带领所有空桑人在光之塔下祈祷，祝颂的声音传遍了整个无色城。

在这样宏大的声音里，她却觉得自己的神志渐渐涣散。

“太子妃！太子妃！您怎么了？”侍女惊慌的声音在耳畔响起，然而却也渐渐显得远离。她想开口，却说不出一句话，身体在不受控制地衰竭下去，冰冷而麻木。那一瞬她甚至有一种感觉——自己的生命已经快要到达终点。

那一瞬，她心里有惊慌，但却不是为了自己——

那个人……是不是也同时到达了生命的终点？

“不要惊慌，”然而，身侧却忽然出现了一个声音，安慰侍女，“你先下去吧。”

所有的旁人都退去了，一下子变得如此安静。白璎觉得一双有力的手臂在恍惚中伸来，将她抱起。她睁不开眼睛，无力地垂下头，靠在了那个人的肩膀上——真岚？

“白璎，我知道如今你已经接近衰竭，必然很痛苦——但你一定不会放弃，是吧？”真岚的声音近在耳畔，镇定而沉着，“你肯定不会就此死去。是不是？”

她在恍惚中轻轻颔首，却不知道自己的身体已经全然不能动弹。

“原谅我不能继续守着你了……我马上要出征去了，今晚就是最后的大战。”真岚轻轻对着昏迷中的妻子低语，声音带了一丝笑谑，“这次和我并肩战斗的除了海国，居然还有冰族——你看，生命总是充满了不可知的因素，所以也总是存在着期望和乐趣啊。”

什、什么？最后一战？已经到了决战时刻了吗？！

“很不甘，是不是？很想此刻就站起来，和大家并肩战斗，是不是？”那个人居然明白她在昏迷中的意志，在她耳边轻轻说，“那么，就要想办法早日好起来啊！白璎，你是剑圣，是‘护’之力量的继承者，创世神生生不息的力量就蕴藏在你的身体里！所以，你绝不会就这样衰竭而死的。”

是，是的……一定要，早日站起来！一定要看到空桑重见天日的那一天！

她无法开口说话，甚至无法睁开眼睛，却感觉到丈夫的手指温柔地拭过她的脸颊，似乎沉吟着什么，终于轻声开口：“白璎，离开之前，还有一件事必须要和你说——非常重要的事，我怕这一战后若无机会再和你说，便会毕生抱憾。”

她有些错愕地听着。真岚……真岚想和她说什么？

“白璎，你还记得神庙上那一战吗？那一战，你和苏摩联手击溃了魔，之后你毫发无伤，当时苏摩并未直接和魔交手，却从此陷入衰竭——你不是一直奇怪他为什么受伤吗？

“我可以告诉你，那是因为他在你身上下了咒术，替你承担了所有伤害！

“是的，很不可思议，对吗？连我都花了很长时间，才能明白其中的奥妙——这种术法从来未曾在云荒出现过……一直到赤王告诉我，治修大夫在海皇掌心也曾看到过另一个正位的五芒星。那一刻，我才想起了某个遥远的传说。是的，是的……那是藏秘相传的转轮枯荣大法！

“是将一个人身上遭受的所有攻击和伤害转移往别处的咒术！”

什么？什么！在真岚的话传入耳际的刹那，她的神志在一瞬接近崩溃。然而虚无的意识无法凝聚，更不能表露出丝毫激烈的感情起伏。

不，不，真岚，你说的不是真的！你说的一定不是真的！

多么可笑的做法！那个人是疯了吗？星魂血誓之后，他们的命运已经紧紧相连，一荣俱荣、一损俱损，怎么可能让其中一人承担所有苦痛，而让另一个人得以保全？

“白璎，你想说星魂血誓，是不是？”真岚却仿佛明白她内心的每一个念头，低声道，“是的，正是因为这个咒术在先，所以也妨碍了我之前的猜测——一开始，我根本没有想到事情的真相会是这样。如果我早些明白，一定不会让苏摩独自离开。

“但事实上，在你走上白塔神殿面对神魔之前，他已经在你身上布下了这个咒术——是以那一战后你得以全身而退；而他却出现了前所未有的衰竭，并在所有人都没有觉察之前，立刻离开了云荒。

“他为什么要离开云荒，在那个时候没有一个人明白。

“不，他不是任性的王者，不是不顾子民的海皇，在这个时候忽然离开云荒远赴海外，必然有他自己的深远考虑和不得已的苦衷——更多的我无法猜测，但其中一点，应该是为了谋求解救族人的方法，以及……斩断和你之间的联系。”

斩断和她之间的联系？

他们的宿命已经相连，星辰的轨迹已经合并，生死同命，怎么可能再斩断？

“你应该也知道，星魂血誓是极其厉害的法术，一旦结下，只有斩血大法才能将其终止——而要施行这种法术，必须要回到其中一方的血脉‘源起’之地……这下你明白了吗？

“我猜测他的意思，大约是要在自己承担所有伤害之后，再斩断和你之间的联系，以免自己的衰竭会同时映射到你的身上，将你一起拖向死亡。”

真岚紧握莲台上沉睡的妻子的手，看着昏迷之人眼角不停沁出的泪水，一贯散漫嬉笑的脸上也露出沉郁苦痛的表情，久久无法再说话。

“白璎，原来他爱你之深，远超出所有人的想象。

“可惜等我明白这一点的时候，海皇已经远离云荒。而战云四起，我辗转其中，也身不由己。”他轻声叹息，为她擦去眼角的泪水，“如今我也要去往战场，和破军进行最后一战。但在走之前，我必须要将这件事和你说一个清楚。

“我不能把这个秘密永远埋葬。”

无色城里一片虚无，然而，却有有形有质的泪水悄然落下。

“你如今心里一定很痛苦，是吗？”真岚的声音平静而自持，在耳畔传来，“可时辰快到了，我必须要走了……我让大司命看着星盘，当你们的两颗星辰彻底分开的时候，你就脱离了危险——从此你拥有了血肉之躯，也有了新的生命。你应该感谢他……当年无论他欠你多少，如今都已经以百倍来回报。”

衰竭的身体无法出声，然而如珠滚落的泪水说明了她内心的种种激烈情绪。

真岚，为何你要说这样的话……每次都是这样。我早已做出了选择，也一直恪守内心的准则，准备为空桑活下去——为何，你却要让我一再陷入这样的混乱？如今的我……如今的我，到底该何去何从？

白璎在极度的衰竭中沉睡，但那个人的影子在心底越发清晰。蓝色的长发如风飞舞，绝美的容颜苍白而憔悴，站在云雾萦绕的白塔之上，回头看着她，深碧色的眼睛里有着她一直无法看懂的表情，然而那张面容却在渐渐老去，一夕之间，青丝尽白。

苏摩……苏摩，为何你从未说起？在步入塔顶神殿、在被衰竭吞噬、在决定远离云荒的时候，为何你竟然一句话都没有说？这么多年来，你可曾对任何人表露一丝一毫内心真正的想法？

如今的你，究竟在何方？

真岚凝视着妻子苍白的面容，唇角忽地露出了微弱的笑意。他握起她的手，轻轻地褪下了她无名指上的那枚“后土”神戒，放在她身旁：“白璎，我如今替你拿下这枚戒指，还你自由——等苏摩从海上归来，你可以听凭内心的想法行动。如果那时你能重新戴上这枚戒指，那么，我就知道你已经做出了选择。”

白璎无法说话，只觉得在这样平静的话语里有惊涛骇浪汹涌，令她几乎不能呼吸。

“禀殿下！军团已经集结完毕！”门外，忽然有战士来报，打破了这一刻的宁静，“诸王都在等待殿下的命令！”

“转告六王，我即刻便到！”真岚抬起头，沉声回答。

“是！”战士退下，室内重新恢复了寂静。

“我必须要走了，白璎。”真岚俯下身在妻子耳畔低语，宛如叹息，“我没有遗憾，因为我是幸福的人，可以和所爱的人共度百年的光阴……我不知道你到底爱不爱我，我只担心自己有没有耽误你，使你错过了最爱的那个人。”

“不过，幸好一切都还来得及。”

真岚将“后土”神戒放在她的胸口，凝视了妻子片刻，低下头，在她冰冷的额上印下了一个温暖的吻，微笑低语：

“再见，睡美人。”

十月十三日。暮色初起的时候，空寂城里枕戈待旦的军队并没有迎来预料中的猛烈进攻，诸位将领登高远眺军情，发现驻守博古尔大漠的沧流镇野军团一夜之间忽然南撤，仿佛接到了什么命令，竟然向着帕孟高原上的乌兰沙海迅速集结。

“这下好了，破军集中力量进攻铜宫，我们这边便可多支撑一段时间。”卫默站在空寂城的城墙看着南方，松了一口气——有大片的乌云正在往那里移动，分明是帝都伽蓝的军队倾巢而出，在迦楼罗金翅鸟的带领下奔赴盗宝者聚集地。

“难说。盗宝者向来是趋利若鹜的人，既然冒了大险，一定会将古墓里盗去的珍宝献给云焕，以求功名利禄。”飞廉站在城头，低声道，“这仗未必会打得起来，大家不可掉以轻心。”

“你看，迦楼罗金翅鸟已经停下来了！”青铬吃惊道，“云焕露面了！”

“什么？破军真的肯和对方交换条件？”有人远眺着，低声喃喃，“怎么可能……以他那样暴烈的脾气，怎么可能亲自出面和卑贱的盗宝者低声下气地谈条件？那个古墓里，到底藏着什么？”

狼朗低下头，古铜色的双手紧紧交握，没有回答这个问题，眼色冰冷。那群盗宝者真是自取灭亡啊……居然敢偷走那样的东西，还以为奇货可居——却不知将会万劫不复！

许久，飞廉才在夜风里点了点头，回顾众人：“无论铜宫之战是否爆发，我们照样要做我们该做的！如今是十三日了，诸位都要做好随时战斗的准备！”

“是！”高城上诸位将领齐齐领命。

十月十四日。帕孟高原上，狂风怒啸，卷起万道黄沙。铜宫伫立在荒原的中心，在血色的夕阳里冷然矗立，发出钢铁特有的冷锐光芒。

然而，很快，夕照就被遮天蔽日而来的军队驱逐了。

在迦楼罗巨大的双翅遮住上空日光时，铜宫的最深处，盗宝者的最高首领正在召集所有部下举行最后一轮的密议，检查着每一步细节的准确性——这次的行动事关重大，若有一个微小不慎，都会导致全盘倾覆！

“九叔是不是已经带着妇孺们走了？”音格尔抬起头，问旁边的侍从。

“是，”莫离恭谨地上前禀告，“少主，今日一早，九叔就带着夫人和闪闪还有其他家眷从秘道离开了。”

“那就好，”音格尔忽地想起，“对了，那一些霍图部的人呢？”

“呃……”莫离显得有些犹豫，“禀少主，今日一早就看不到他们了——霍图部那些人连夜就不告而别，天亮时发现连帐篷都拔走了。”

音格尔略微一惊。几个月前，那一群由女首领带来的霍图遗民，手持那片白色羽毛前来谒见，传达了空桑皇太子的意图，要他出兵支持空寂城，和飞廉结成暂时的联盟。然而如今大战就要开始，这一队霍图人却不知所终。

“算了，本来也就不能指望他们什么，走了也好。”音格尔终于舒了一口气，将身体靠入厚重的猞猁靠背，曲肘于扶手，撑着额头——盗宝者之王其实还是一个不到二十岁的少年，在没有部下簇拥的时候就显得有些苍白单薄，完全不像那一群虎豹的领袖。

头顶有低低的鸣动，刺穿铜宫厚实的墙壁传到耳膜，低而锐。

他知道，那是征天军团特有的杀戮之声。大量的风隼云集在乌兰沙海，宛如一群等待高空扑下攫食的恶鹰。而它们的头领，那巨大而可怕的迦楼罗金翅鸟却是无声无息的，宛如死亡的阴影。

音格尔将脸埋在手心里，感觉手心滚烫而脸颊冰冷——那一瞬间他几乎有个错觉，以为是童年起就缠绕他的毒又发作了，令他全身无力，不能呼吸。然而，他清楚地知道，自己只是在如此的重压之下第一次产生了恐惧之意而已。

他历经生死浑然不惧，但今夜所背负的压力，却几乎令他崩溃。

“音格尔少主，破军少帅已经到了。”背后的帷幕里，有人缓步走出，手按光剑，却是空桑的大将军西京，“你还在这里等什么？身体还好吗？”

“没事，我已经派出使者和他交涉了……”音格尔没有抬头，闷闷道，“我和他说，盗宝者愿意用古墓里这尊玉像和他做一个交易。”

“交换什么？”西京身后的慕容修饶有兴趣地问。

“摆脱奴役，自立为王。”音格尔短促地冷笑了一声，“说实话，这可是我们盗宝者数百年来的最大心愿。”

“好大的要价，”慕容修沉默了一下，“云焕会答应吗？”

“按道理应该会的。毕竟师父的遗体在这里，他绝不敢弃之不顾。”西京低声道，眼神有些奇异，“但是，按情理说，这是绝对不可能的——他绝不会容许拿他所珍视东西做‘交易’的人再存在于这个云荒！”

“也是。”慕容点头道，“不过既然破军已经如所料地来到了这里——那么，现在我们就开始按计划进行后面的事情吧！”

“沉住气，慕容公子，”音格尔脸色苍白而阴郁，轻声道，“慢慢来，等待破军的回复。毕竟盗宝者的举止要像个盗宝者，我若不趁机讨价还价，岂不是太不像话了？”

慕容修很快恢复了镇定，默然点头。

西京伸出手：“我要的东西准备好了吗？”

音格尔点了点头，探手入怀，摸出一物递给西京：“这是隐墨珠——和辟水、柔火、定风、驻颜并称的宝物。暂时借你佩着，用完了还我。”

西京打开白玉的匣子，看到红绒上放着的一颗淡墨色珠子，心知这便是传说中的至宝——他刚刚探手拈起，整个人便忽然间消失了踪影！

"怎样？"音格尔看着虚空，"适应吗？"

"很好，"西京的声音从原处传来，身影却已经凭空消失，"不愧是盗宝者之王啊……简直搜罗了天下各种奇珍异宝！"

"其实也都是从你们空桑皇帝那里弄来的。"音格尔淡淡道，眼神却凝重，"不过也要小心。以破军之能，就算你隐了身，恐怕他不过片刻就能觉察出来。"

"没事，只要那个'片刻'就够了，"西京收了隐墨珠，身形赫然出现在房子另一头，"这本来就是瞬间定胜负的事，不成功便成仁，绝无第二次机会。"

密室里，三个男人静默地相对，眼里都有一种剑锋一样的亮光。那一瞬，三个来自于天涯各处的男子伸出了手，默默交握——那些手坚定如铁，仿佛在风口浪尖紧握命运之轮！

然而就在此刻，莫离的声音从外面低低传来："禀少主，破军给的回复到了！"

"怎么说？"音格尔脸色一肃，从靠椅上直起了身子。

"破军看到了您送去的信物，非常愤怒，"莫离在门外禀告，声音冰冷，"竟然将我们派去的使者杀死在迦楼罗里，将头颅从高空抛下！"

"哦？"音格尔冷笑道，"我还以为他看到礼物会很高兴。"

"但是，破军很快就平静下来了，"莫离复述，语气诧异而莫名，"他居然反过来派出使者，说愿意接受您提出的那些条件，封您为王，只求您保证古墓里的人不受任何损害。"

密室里的三个人迅速交换了一下目光，神色复杂。

"那好，你回去和破军说，"音格尔也是不动声色，开口道，"封位仪式就定在今晚，如果破军兑现了他的诺言，他就可以毫发无伤地带走他最珍贵的东西。"

"是。"莫离随即退去。

密室内气氛平静而凝重，三个人的呼吸声交错在一起，各自都沉吟不语。音格尔不停地把玩着手上的短刀，苍白的脸上泛起了某种可怕的神色，纤细的手指紧握刀柄，用另一只手无声地拭过刀锋——非常快，一滴血沿着刀刃滚落，随即消失不见。

西京的手也扣紧了腰畔的光剑，低头看着上面那一颗银白色的小星。

沉默只持续了片刻，西京便抬起头看向慕容修，打破了沉默：“慕容，你可以暂时离开了——接下来是我和少主的事，你帮不上忙。”

明知接下来是极其危险的局面，留在此地的同伴不知道会遭遇什么样的不测，然而来自中州的商人没有犹豫，只是点了点头：“那好，我先走了。”

西京摆了摆手，看着那一袭白衣消失在门口。

盗宝者少主看着中州人的背影，发出冷笑：“真是好伙伴啊，在这个时候就这样轻轻松松走了！你们空桑人怎么会结交到这样的朋友？”

“哪里，”西京却是毫不介意地坐下，“慕容只是个商人而已。”

“商人？”音格尔诧异。

“是啊，你们盗宝者应该和这种中州来的商人打过很多交道。”西京摇头笑了笑，“商人重利，何况他谋划的又是天下——所以你又怎能指望他在此刻留下来和我们一起送死？谋士只是谋士，杀人这种活儿当然是我们的本分。”

不等音格尔再说什么，空桑的名将抬起头，闭目静静听了听半空里风隼的鸣动声，仿佛在默默预测着这一回来的军队有多少。越听脸色越是严肃，过了片刻，忽地睁开眼睛，看着对面的盗宝者之王脱口而出：“有酒吗？”

“酒？”音格尔诧异，“大敌当前，将军却要喝酒？”

“当然要喝！”西京扣了扣腰间那个空了的酒葫芦，长笑道，“越是大敌，越要一醉！汀死后我再也没有喝过一滴酒，今日与破军一战之前，可真要好好痛饮一番了！”

音格尔看了他片刻，仿佛想从这个活了上百年的前朝名将脸上看出一些什么来，然而最终只是默默颔首，挥了挥手：“好。铜宫里自酿的‘大漠红’也算佳酿，希望能入得将军法眼。”

“好！”西京一拍光剑，大笑道，“那就先来五坛！”

在空桑剑圣重开酒戒，在万里之外的风沙瀚海里痛饮的时候，绿水青青的九嶷郡里，那笙正在紫台青王的离宫内，在初起的暮色里，看着那一面空白的碑发呆。

望乡台上往生碑。这是空桑人追忆亡灵的神物，凝聚了千百年的血泪。那是有着无数“过往”的东西，一眼看去，那笙的视线就被那面空无一字的碑面吸引了，久久凝视。

“嗯？”旁边的晶晶觉得无趣，拉了拉她的衣角，指向天上。

暮色已经开始降临了，然而霞光漫天，依旧可以视物。奇怪的是南方的天际，在天地交界的地方却有一线黑色，仿佛一块巨大的黑色幕布正在地平线以下缓缓升起，在彩霞满天的夕照里显得反常的诡异。

但那个黑暗还只有一线，被霞光漫射后看起来实在不明显，所以除了这个哑巴的小姑娘以外谁也没有多注意，连那笙也没有被这样的提醒惊动，还是直直地盯着前方。

那个光洁的碑面上……似乎有血泪交织而流，蕴藏着无数辛酸痛苦。仔细看去，那些血泪却又幻成了猎猎的战火，火焰里有无数人奔逃惨呼，纷纷倒下化为枯骨——那笙悚然一惊：这、这些景象，是在回放着上千年来云荒大陆上的种种惨象，还是在预示着即将到来的大难？

然而，她的手指一接触到碑面，上面的种种幻象就全部消失了，只有碑座下那个骷髅依然空洞地睁着眼睛。

那一瞬间，仿佛是幻觉，九嶷山谷深处响起了一阵低沉的叹息。

“谁？”那笙吃惊地抬起头四顾，然而帝王谷里雾气重重，空无一物。只有黄泉瀑布不停奔流，逆着山涌向帝王谷，然后注入九冥——那一声森冷低缓的叹息回荡在风里，清晰地传入耳畔。是九嶷亡灵的叹息吗？是那些即将进入轮回的亡灵，在为这个大陆生灵涂炭的悲惨命运叹息吗？

她抬起头看向北方，忽然看到帝王谷黄泉之路的尽头腾起了一片白光。

“天啊……”那笙喃喃道，看着那一片奇特的光华从黑色的密林里升起，渐渐凝聚成一片，在夜色里如雾气般飘浮，宛如洁白的海洋浮起在九嶷上方——那是什么？那是什么？那分明是数天前，她在天荒坪的梦魇森林上看到的那种光！

那笙惊得呆住，定定地看着那片光从帝王谷上空漫起，皎洁柔和，如雾气一般弥漫着，渐渐往这边流动。仿佛明媚山岚般，无声无息地从北方的深谷里吹来，将青王的离宫笼罩。

这、这是什么？是那个纯白的魂魄吗？她吃惊地喃喃，感觉身边的晶晶也害怕地将小小的身子靠了过来，牵紧了她的衣角。

“晶晶，快去躲起来！”那笙下意识地把孩子往后一推，右手急速地捏了一个诀——上一次因为粗心没有保护好这个孩子，这一次，可无论如何都要对得起闪闪的托付。

然而，不等晶晶跑远，那片白色的光已经随风而下，笼罩了这个庭院。那笙目瞪口呆地看着这一片皎洁如雪的光，不知不觉地松开了捏着诀的手——那种光是如此平静安详，没有任何杀戮的气息。

“唉……”风里，她又听到了一声轻微的叹息。

有什么落在她的脸上。一滴，又一滴。

下雨了吗？不等她抬手擦去脸上的水迹，忽然在那片明丽的光芒中看到了一张脸——那张脸浮现在虚空里，渐渐凝聚，恍如一朵莲花的绽放，俯视着大地。有晶莹的泪水从眼睛里落下，坠入风中。

“咦……你为什么哭？”那笙看着那个从白光里凝聚的魂魄，不知为何不再感觉害怕，反而忍不住开口，“你不是被三女神送去转生了吗？”

那双眼睛凝视着她，虚空中的人似乎发出了轻微的叹息。

“你为什么回来？”那笙吃惊道，指着黄泉之路的方向，“轮回的时间是有定数的，如果错过了时辰，就要再等二十年才到下个轮回呢！三女神都说，要等你转生到这片大地的时候，云荒战乱才能平息——你还不快去？”

半空里零落的雨水停止了。风在庭院里回旋，洁白的光芒在风里凝聚，那个纯白色的女子在虚空里成形，站在云端上凝望着这片大地，莲花一样的素颜上有忧戚而悲悯的表情，风里传来低低的叹息：“杀戮之风从南而来，云荒就要成血海了……我怎么能安心？”

那笙诧异地看着她。因为不安心，所以才放弃了轮回的机会，从黄泉返回了吗？这个女子到底是谁？为什么连三女神都说她有那么大的力量，可以终止云荒这一场空前的战乱？

“可是……可是你如果不赶紧去彼岸转生，这场仗就还要多打二十年啊！”她讷讷道，“不管怎么样，你总该早点去投胎。”

“唉……”虚空里的女子低下了头，凝视了她许久，忽地开口，“孩子，你有着非常干净明亮的灵魂，曾经推动过这个云荒的历史之轮……或许，如今你可以帮我一个忙。”

“什么忙？”那笙回答，不知为何，她并未觉得一个陌生鬼魂对自己提出要求有过分之处，反而有一种雀跃的感觉，脱口承诺，“我帮你！”

虚空里的白衣女子没有说话，忽然间伸出一只手来按在了她的额头上。

那双手没有温度，仿如湿润的风。那笙忽然间只觉得一阵恍惚，似乎有一道明亮的光从眉心射入，瞬间充盈了她的七窍六蕴。手上忽然一阵炽热，她吃惊地低下头，看到了自己手心忽然凭空凝聚出了一道光华，宛如一把虚无的光剑。

那一瞬，她听到那个温柔宁静的声音在心底轻轻道：“孩子，我的灵魂只能凝聚很短的时间，无法独立行动。请以最快的速度，带我去寻找我的躯体——我不能等二十年，我需要即刻回魂返回人间，来阻止这场灾难。”

“请你务必帮助我。”

战云最密集之处，停息着巨大的金色机械。迦楼罗悬浮在乌兰沙海上空，羽翼遮蔽了铜宫上空的夕阳。身侧簇拥着无数的风隼，汇聚成一片遮天蔽日的乌云，散发出凛冽的杀气。

宁静的舱室中，这架拥有媲美神魔力量的杀人机械却发出了低微的叹息。

“主人，”潇的声音低低响起，“晚上真的要去举行那个封王仪式吗？”

“嗯。”坐在金座上的军人简短地应了一声，眼神却始终投注在手里的那件东西上——那是方才盗宝者的使者送来的一卷破旧羊皮卷。不知道为何，在看着这一卷书时，军人冷酷暴戾的眼神忽然变得柔和，全神贯注。

“可是如果主人要下到地面的话，潇就无法陪伴您了。”迦楼罗忧心忡忡，“您会被沙蛮和盗宝者包围，不如不要去铜宫吧。”

“嗯。放心，我会小心……”云焕还是翻看着手里的东西，语声忽地停止。已经翻到了最后一页，粗糙的羊皮纸上，凌乱写满了字。那样熟悉的笔迹，仿佛一瞬间将时空逆转。

君生我未生，我生君已老……翻来覆去只有这样两句话，被狂乱地涂抹在了粗糙的羊皮纸上。笔迹一开始是拘谨的，然后渐渐恣意，越到后来越肆无忌惮，满纸凌厉的笔锋里有一种窒息般强烈的感觉扑面而来。

云焕猛然合上了手里的书页，紧紧闭上了眼睛。是的，是的……这是他一年前在封墓之前留下的东西！看来，那些盗宝者果然是进入了古墓的，并非大言诓骗。

大军集结在铜宫上空，乌兰沙海上却是一片篝火通明。

云焕放下了书卷，从金座上长身而起，眼神冷彻："传令三军，今夜我将去往乌兰沙海铜宫，册封少主音格尔为大漠之王！"

"主人！"迦楼罗发出了轻微的战栗，脱口而出，"不要去！"

然而云焕只是回头漠然地看了金座上的傀儡一眼，并未对这样的请求有所动容。他走向舱门，拉开，大漠上的冷风顿时席卷而来，充斥了整个冰冷黑暗的机舱。破军少将站在舱室内，俯视着脚下暮色里的乌兰沙海，神色渐渐转为狠厉。

外面已经有军队在等待他的到来，无数的风隼和比翼鸟簇拥着迦楼罗。

破军少将从金色的机械里走出，抬起手示意征天军团九天的各部将领靠近。九架比翼鸟被鲛人傀儡操纵着，准确地降落在迦楼罗巨大的金色机翼上。

"禀少帅，按照您的吩咐，我们监视着帕孟高原各个方位，入夜前发现了铜宫里有人通过秘道逃去了……"负责监视西方的将军跪下禀告，脸色凝重，将声音降低得很轻。

"很好。"云焕只是短短说了两个字，然后回头对簇拥在周围的将领们低声吩咐了一串指令，"去，跟紧那些逃走的盗宝者家眷，一个不能留！"

"是！"银黑两色军服的沧流军人齐齐单膝跪地，领命而去。

"潇，你在这里等我，"在安排妥当了一切后，云焕孤身站在巨大的金色机翼上，抬头看着这一片黑色的天和地，声音低沉，"等我下去将师父的遗体迎回，就会发出信号。到时候你就毁掉这里，杀光所有盗宝者——这片沙漠上，鸡犬不留。"

他的声音依然是漠然平静的，在说出这样血腥指令的时候恍若无事。

迦楼罗的颤动在一瞬间停止，潇脸色苍白："是，主人。"

"凡是碰过那座古墓的人，都绝不能再活下去。"云焕抬起头，冷冷看着大漠上空的冷月，吐出了最后一句话——那一瞬，他眼里的金光璀璨一片，恍如神魔附体。

在破军少将从万军中降落地面后，天空里所有的风隼都沉默了。那些积聚了杀戮力量的战争机器静静悬浮在空中，注视着自己的主人进入盗宝者的大本营，只有一小队的直属部队跟随。

天已经全黑了，篝火映红了沙漠上空，盗宝者为了迎接这一历史性的时刻载歌载舞，万众欢腾——没有人发现南方的天际隐隐露出一线诡异的黑。

那种黑，居然连篝火都无法照亮。

“来了吗？”

“来了。”

“带了多少人？”

“似乎只有一队士兵跟随他。”

“真是托大而狂妄啊……破军。”

“这样的态度也是应该的——这个云荒上还有谁会是他的对手呢？连掌握了‘后土’力量的太子妃白璎也已经被他击败了。如果不是因为师父的遗体在这里，他肯定会毫不犹豫地摧毁这里的一切，就像碾死一群蝼蚁一样。”

“蝼蚁……你也未免太小看我们盗宝者了吧。”

金帐里有人苦笑，两双眼睛在重重帷幕背后看着从天而降的沧流军人，冷锐而凝重。盗宝者之王放下了手里的短刀，看着远处尚自看不清面目的军人。云焕落在辽阔的沙漠中间，篝火围绕着他，映照着他的侧脸，冷冷地不动声色。

那是音格尔第一次看到这个血洗帝都的破军少将。然而只是一眼，盗宝者之王便感觉到了某种逼人而来的冷酷杀戮气息，一时间语气为之一窒。

西京喝完了最后一坛酒，将酒碗重重摔落在地上，长长吐出了一口浊气：“好！就这样吧！音格尔，你现在反悔还来得及——否则一旦开始，就要和这样的魔物战斗到底了！”

音格尔一怔，将目光从远处那个人身上收回，苍白的脸上忽然泛出一丝冷笑：“反悔？你以为，大漠上的儿女会屈膝于一个魔物吗？”

盗宝者之王抬起手，霍然将面前一直没动的一碗酒一饮而尽。烈酒从喉中倾泻而下，音格尔剧烈地咳嗽起来，苍白的脸颊迅速浮起红色的酒晕，然而这样俊秀如女子的少年，眼里的神色却是亮如闪电，令所有人都不敢轻视分毫。

他抬头看着从天缓缓而降的沧流元帅，双手渐渐握紧，站起身来。

“开始吧。”他对身后的西京开口，“从现在，战斗到最后一刻！”

空桑的剑圣也是霍然抬头，看着盗宝者之王，无言缓缓点头，眼神凝重而雪亮。他将手探入怀里，抽出了银色的光剑，看向了远处人群中间的那个昔日同门。另一只手却握住了锦囊里的那颗隐墨珠。

“保重。”西京低声说了最后一句话，将隐墨珠握入了掌心。

一瞬间，仿佛有无形的网覆盖下来，他整个人从原地无声无息地消失！

音格尔看着西京消失，脸色却是淡淡的。他从席前站起身来，将短刀收入怀中，将金索绕上手臂，整理好了衣襟，抬头看了看远处被众人簇拥的破军，唇角露出了一丝冷冷的笑意，缓步走了出去。

“少主，破军少帅已经到了。”门口的莫离低声嘱咐，“请您立刻出门迎接。”

“知道了，”音格尔回答了一句，继续往外走去，“都准备好了吗？”

“是。九叔已经带着妇孺们从秘道离开了，如今估计已经下了高原，”莫离低声回答，脸色凝重，“留下的兄弟都做好了准备。”

“做好了准备”——音格尔脸色沉了一下，似乎被这一句话背后蕴藏的血腥意味震撼。盗宝者多年来纵横大漠，为了生存不得不做尽各种险恶阴毒之事，过的都是刀头舔血、提头卖命的日子，是故成年男子罕有活到四十岁之后，然而，纵然是这样一群悍不畏死的亡命之徒，对于即将来临的一切还是心有恐惧，早早做好了最坏的打算，可见今日之战的惨烈和残酷。

音格尔默默握紧了袖中的长索短刀，微一点头，便撩开金帐走了出去。

兄弟们，我会竭尽全力，绝不让你们白白牺牲。

第九章

诛魔

铜宫外人声鼎沸，一丛丛的篝火如同盛开的红棘花，在夜幕下热烈地燃烧。族里的青年人围绕着篝火载歌载舞，以盛大的仪式迎接帝都贵客的到来。

在沸腾的人群头顶上，却有巨大的阴影笼罩。金色的迦楼罗金翅鸟带领着无数的风隼，如阴云一样浮动在乌兰沙海上空，冷冷俯瞰着这一群狂欢的盗宝者们。

在篝火和人群的正中，一个身穿银黑两色军服的沧流帝国军人默默而立，身材挺拔，面容冷肃。他的身侧随侍了一队沧流军人，那一队人马不过一百名，在喧闹的大漠里仿佛一滴微不足道的水滴——看着周围粗犷强悍的盗宝者们，那些军人虽然脸色不动，但手却握紧了刀柄，上面青筋毕露，随时准备拔刀而战。

只有那个穿着元帅服饰的青年没有动，只是侧首望着黑暗里的一丛丛篝火——那里，有身穿华丽衣饰的大漠少女在火里旋转起舞，赢得喝彩无数。

那样的舞姿飘逸如梦，似乎令帝国元帅回忆起了什么，眼神在一瞬间变得辽远莫测。军人笔直的肩背无声地松懈了下来，杀气似乎也有了微妙的缓解，他定定地看着黑暗里的大漠歌舞，又低头看了看自己手腕上的某处烫伤痕迹出神。

很久很久以前，他也曾在大漠里看到过一样的歌舞。

那时候，师父尚在他身侧。

"抱歉，让帝都的贵客久等了！"忽然间，耳畔听到一个洪亮的声音。

铜宫在火的映照下如同璀璨的黄金，巨大的宫门无声开启，魁梧精悍的男子大踏步走出，抬手对外示意——只是一个瞬间，整片大漠便陷入了寂静。所有盗宝者都停止了喧闹，纷纷单膝点地，低下了头："莫离大人！"

莫离朗声宣布："少主出帐，恭迎元帅！"

"拜见少主！"整个大漠爆发出了一阵欢呼，盗宝者将酒碗举过了头顶，对族里的英雄表示最大的敬意。男性粗犷嘶哑的声音犹如风暴席卷而来，震撼了黑暗的沙漠。

整个大漠里，只有这一行帝国军人犹自伫立不动。

周围随行的战士握紧了刀，警惕地簇拥着主帅，仿佛身陷一群咆哮悍勇的沙漠野蛮人之中。然而云焕却是毫无表情，只是随着众人的视线一起转身，看向了那扇幽深不见底的巨大宫门——黑色的穹门下渐渐出现了一个苍白瘦弱的影子，少年披着金色的猞猁裘，缓步行来，静静站在了深邃的黑暗里，直视着篝火中那个伫立如枪的沧流军人。

那一瞬，虽然隔了上百丈，两人的视线却准确地落到了彼此身上。无论是帝都来的破军元帅，还是统治西荒的盗宝者之王，眼里都露出了略微诧异却深可玩味的神色，一闪即逝。

果然，对方都是不一般的人物。

"贵客前来，有失远迎。"终于，作为主人的音格尔首先伸开了手臂，说出了表示欢迎的词句，"以天神之名，欢迎您的到来。"

在张开手臂的瞬间，一卷红色的光从黑暗的大门内迅速蔓延而来，精准地穿过了喧闹的人群，一路向着沧流军人方向奔来。

"少帅小心！"随行的战士发出了低呼，迅速将云焕围在中间。

"不必紧张。"然而破军却是冷冷按住了随从，"免得令人家笑话。"

也不见他如何动作，那一群战士的剑拔到了一半却忽地停滞，仿佛虚空里有一股无形的力量压迫而来，令他们腕骨发出了喀喇的脆响，拔出一半的刀剑瞬间入鞘——就在那一瞬，红光已经滚到了他们面前。

此刻沧流军人们才看清，铜宫里铺出的居然是一卷华美的红色毯子。不知道用了什么样的手段，居然能一气铺开上百丈的距离，准确地抵达客人的足边！

红毯是用最好的羊绒织成，厚达一指，上面交织着精美的金色花纹，在夜色里璀璨生辉，宛如一条美丽的河流。而河流的尽头，则是一朵金色的巨大莲花图案。

不等那些军人松一口气，那一卷铺到了尽头的红毯里忽然跳出了一个人影！

刺客？想护卫元帅的战士们纷纷上前，却发现手依旧被定在那里，根本无法拔剑。云焕的脸色还是冷冷不动——那一瞬，他们看清楚了从中跳出的不是什么刺客，居然是一个穿戴着金色璎珞的美丽女子！

那个美丽的少女被裹在毯子里，一路滚过来，在毯子铺完的瞬间从中轻灵跃出，轻纱飞扬，宛如一朵花忽然怒放在夜色里。不等沧流战士们回过神来，四周牧民的歌声已经悠扬而起，纷纷手臂相挽，击节踏歌。

“欢迎贵客，以赤毯做金莲之舞。”莫离的声音再度响起。

在篝火旁，那个美丽的少女踏足在金色的莲花上，向来客深深行礼，然后开始舞蹈。

少女的舞姿如梦，金色的璎珞在她蜜色的肌肤上铮然作响，面纱在火光里如同一道虚无的风——在周围的盗宝者纷纷的叫好声里，她舞得越发热烈，用大漠上的肢体语言向来客表达着欢迎。然而面纱后，那双眼睛却是冷冷如冰。

是否……曾经在哪里见到过呢？那一瞬，他有些失神。

歌声和舞步都近在咫尺，熟悉得恍如梦寐。多么像很久以前的某个夜晚啊……他和那个人在一起的最后一个夜晚，他毕生无法忘怀的温暖。

一个恍惚之间，鼓声歇息。

一曲方终，少女匍匐在莲花的中心，双手却捧起了一物，递到了他面前——却是一碗琥珀色美酒——那碗酒一直在她的头顶的金色花冠里，也不知道在方才的一轮疾滚和舞蹈里，她是怎样让这样一碗酒不洒出分毫。

“贵客远来，请满饮此杯。”莫离朗声开口，同时，穹门下的音格尔也捧起了一只金色的酒碗，远远地对来客点头示意。

云焕却只是漠然地看了一眼，手腕一翻，琥珀色的美酒全数洒入了大漠：“抱歉，在下不能饮酒。”

盗宝者一瞬间安静下来，随后有无数低斥发出。西荒人豪爽善饮，客人的这般举止显然是毫不将主人放在眼里，在大漠儿女看来无疑是极大的侮辱！盗宝者都是虎狼一样的脾气，怎生容得下这样公然的挑衅和侮辱?

远处的穹门下，音格尔的手也是顿了一顿，眼神凝聚。

然而，在所有盗宝者都等待着少主一声令下拔刀上前时，却意外地听到了音格尔低低地笑了一声——少年人的声音并不洪亮，但却比莫离中气十足的嗓音更加清晰，每一个字都抵达了大漠上方圆十里内每个人的耳畔。

“是吗？可我的族人却曾经见过少帅饮酒——就在空寂山下的古墓前，”音格尔并未有怒容，唇角噙着一丝莫测的笑，“是否因为今日令师不在，所以少帅便不肯赏脸了呢？那么，莫离，你去请她出来一起聚聚可好？”

“住口！”一声厉斥，黄沙忽然腾起！

云焕眼里的杀气蓦然爆发，刺耳的裂帛声里，那道长达百丈的红毯忽然居中裂开，仿佛被一道看不见的利刃破开，一路划去，朝着穹门下的音格尔逆袭而来！

嚓的一声，仿佛一道闸门落下，无形的利刃在他面前一寸处生生顿下。苍白病弱的少年冷冷站在那里，不闪不避。

远处的篝火中，沧流元帅眼神已经变为璀璨的金色，左手抬起，也不见他拔剑，只是轻轻一挥，便一举撕裂了百丈长的红毯！然而，可怖的力量在他手指中凝聚，却不敢动分毫——黑暗的铜宫里隐约有纯白色的光透出，在帷幕上投射出一个默默静坐于轮椅上的人像。

那样熟悉的侧影，只看得一眼，便让他的手剧烈颤抖起来。

是的……居然是真的！那些盗宝者没有诓骗他，他们的确是把师父的遗体给偷了出来！这群该死的卑劣的豺狗，竟然拿这个来威胁他！

“再给少帅满上。”音格尔淡淡开口，脸上没有表情，“客人远来，无酒不欢。”

这一兔起鹘落的交锋，令旁观的盗宝者们惊骇无比，根本没有明白到底发生了什么。只有那个披着金色瓔珞的少女默然站起，从旁拿起酒壶重新满了一杯，捧到了云焕面前，竟然毫无恐惧之意。

“请。”音格尔重新举起了酒碗，在铜宫的穹门下远远致意。

云焕默默凝望了对手一眼，缓缓伸过手拿起了那杯琥珀色的酒，不作声地一饮而尽，随即捂住嘴低声咳嗽，感觉辛烈的酒气一路燃烧着肺腑，令人欲呕。

“好！”音格尔击节。

将酒一饮而尽，云焕脸上仍然是冷冷不动容，一松手，掌心那只酒碗居然一瞬间化为齑粉——身边的沧流战士无不相顾愕然，眼神里有深深的恐惧。凡是稍微熟悉破军的人，都知道他拥有怎样暴戾残酷的性格，所以无不为他此刻突然的忍气吞声感到诧异。

“请。”音格尔微微侧身，向着铜宫内做了一个邀请的手势。

云焕再不看任何人，大步沿着碎裂的红毯走去。愤怒和憎恨在他心中急速累积，令他的眼眸变得璀璨如金。魔的声音又在内心深处蠢蠢欲动，呼唤着他释放那种毁灭的力量，让这一群大漠上的蝼蚁为自己的大不敬付出代价！

然而，铜宫深处那个隐约的白色影子压制着他，令他不敢轻举妄动分毫。

“把你们从古墓里带走的东西还给我，盗宝者，”一直走到了音格尔身前一丈的地方，他才站住了脚步，单刀直入地开口，声音森然，“否则，你们将会为此付出想象不到的代价。”

音格尔却是微微地笑：“少帅可真是心急。先兑现你对我们的诺言吧——盗宝者只要他想要的东西，只要你如约给予，就不会有人动你的师父一根手指头。”

云焕眼里的杀意急速凝聚，左手再度缓缓握紧。

“哦，请停止。”音格尔眉梢一挑，视线落在了他的左手上，“只要你一动，我立刻便会引爆铜宫地底的火药，让这里所有人尸骨无存，包括你的师父——你不信大可以试试看。”

握紧的左手微微战栗，死亡的力量凝聚到了极点，却无法释放。那种竭力克制的愤怒和杀意，令云焕整个人都如同绷紧到了极点的弓。

“放轻松，少帅，”音格尔转身向内，引导来客入座，“何必剑拔弩张？”

云焕冷冷斜视音格尔，仿佛想从这个脸色苍白的少年身上看出什么来。然而最终他只是松开了手，短促地回答了一个字：“好。”

“那么，请立刻举行仪式。敬告天神——从此帕孟高原上的盗宝者将获得自由，不再受到任何人的统治，”音格尔坐上了铺着狻猊皮的座椅，示意云焕入座，“同时请将你的人马从半空撤走，后退一千里，离开西荒的边界。”

"好。"云焕欠身入座，声色不动。

他抬起了头，伸出左臂平举，掌心向上，也不见他开口说任何话，悬浮于上空的迦楼罗金翅鸟仿佛就明白了主人的心意，忽地发出一声呼啸，如巨大的浮云一样消失在帕孟高原上。然后，云集的征天军团仿佛同时也接到了号令，分成九部迅速后退。

只是片刻，遮天蔽日的军队便撤得干干净净。云焕放下了手，侧头冷冷看向盗宝者之王："现在是否可以开始仪式了？"

"好。"音格尔微微一笑，"少帅做事真是干脆利落。"

"那么，"云焕声音冰冷，"在你获得想要的东西之前，是否该让我看一眼我想要的东西是否安好？"

"理应如此，"音格尔微笑颔首，知道对方此刻心里纠结着诸多的愤怒和猜疑，但他却始终按兵不动，"只是在此之前，我们还为少帅准备了一份非常珍贵的礼物——我相信少帅看了一定会更加满意。"

云焕蹙眉，看向音格尔，不明白这个苍白的少年到底要做什么。

"这是我们特意准备的。少帅看了，便会知道我们盗宝者是有诚意的，也是很公平的。"音格尔忽地收敛了笑容，肃然开口，"要知道，我们是准备拿少帅最珍贵的东西，来换取我们最重要的东西。"

"最珍贵的东西？"云焕冷冷反问。

"少帅如今富有天下，又有何物不能拥有？但世间总有一些东西并非力量可以换回，比如人的感情。"音格尔看着宫门外族人载歌载舞，面色悠然地说出了这样的话，浑不顾一边的沧流元帅脸色骤变，又有怒意云集。

"爱与恨都是最珍贵的东西。所爱的，自然会在契约完成后交给你带走……但所恨的，"音格尔轻声开口，忽地击掌，"也可以令你现在便一笔勾销。"

随着击掌声，方才那个舞蹈的少女走了上来，低首屈膝，双手捧出了一个锦盒。云焕却没有动，看着面前的东西，只是冷冷开口："打开。"

少女低着头，毫不犹豫地抬手打开了盒子，毫无惧怕。

没有任何异常。在盒子打开的瞬间，看不到机关，也看不到术法结界，那个充满诡异气息的锦盒只是如所有普通盒子一样地打开了，露出了里面装着的东西。

然而云焕却在一瞬间从椅子上站起，脸色瞬间剧变！

“这是……”他无法控制自己的表情，不顾一切地伸出手去，一把拎起。

握在他手里的，是一颗溃烂不堪的头颅——然而人虽死，那一只独眼却怒睁着，碧绿的眼珠仿佛深邃的大海，充满了不甘和愤怒，直直盯着眼前的沧流军人！如此熟悉的面容，如此熟悉的眼神……仿佛一把利刃，瞬间刺入他的心脏。

那一刻，他只觉得窒息。那是另一种刻骨铭心的感情，那种憎恨，即便是他走到生命的尽头也不会忘记！

湘！这竟然是湘的头颅！

“这是我们好不容易找到的礼物，”音格尔面色不变，微笑着喝了一口茶，“听说这是少帅在这个世上最憎恨的人——所以那一日我们离开空寂大营时，顺便也将这个鲛人的头……”

“唰！”语音未落，一道黑色的闪电忽然凭空而起，架在了他颈中——云焕眼里有再也无法控制的杀意，回头盯着这个盗宝者之王，已经完全是杀戮者的眼神！

“为什么？为什么！”破军眸中金光璀璨，几乎是低声嘶吼，“为什么杀了她？你们……你们竟然敢在我之前杀了她！该死！”

“什么？”音格尔露出了惊诧的神情，“我还以为少帅会……”

“该死！”云焕厉声低吼，愤怒得全身都在战栗，“我要亲手报的仇，要亲手杀的人，你们居然敢抢在我前面！”

然而，手里凝聚的那把黑暗之剑却始终不敢真正落下去半分。

莫离侧身于帷幕背后，幕后烛光盈盈，映照出那个坐在轮椅上的影子。他侧目冷冷看着破军，脸色凝重：“少帅，请入座，少安毋躁。”

云焕眼里爆发的杀意在一瞬间冻结。他颓然退了一步，重新坐入了铺着狻猊皮的座椅中，看着手边的那颗腐朽头颅，脸色苍白得可怕，无声地急速喘息，似乎正在极力克制着内心某种失控的情绪。

明白对方内心是怎样的一种复杂情绪，一丝冷笑从音格尔眼里闪过。

“真是抱歉，”音格尔抚摩着喉咙，喘了口气，微笑道，“我还一直以为这个人的头颅是珍贵的礼物呢——少帅难道不是一直想杀了这个鲛人吗？我们可是用了很大的力气，才把这个人杀了替您报仇的，还以为少帅会开心。”

云焕没有说话，只是伸出手拎起了那颗头颅，指尖微微发抖。那颗溃烂不堪的人头被他拎在了手中，那个鲛人用仅有的一只独眼和他怒目相对，气势居然不输生前丝毫。

湘啊湘，大漠一别后，却不曾想到我们会在今日以这种方式见面！

多少次，他都想象着找到这个鲛人时的情形：挖出她的眼睛，斩断她的四肢，用尽人世所有的手段折磨她，但却绝对不能让她就这样死去……他一定要让她遭受比自己更深十倍百倍的痛苦，要把这一切都报应在这个始作俑者身上！

在看到师父死去的时候，在帝都大牢里被酷刑拷问的时候，在看到姐姐自尽的时候，他都靠着这个念头活了下来——复仇，要复仇！向她，向十巫，向门阀贵族，向整个云荒复仇！

然而，却竟然有人在他之前砍下了这一颗头颅，夺去了他最大的期待！

云焕看着湘的人头，眼里的杀意渐渐凝聚，又渐渐消失。

“你们，”破军终于开口了，声音却是空洞的，“杀了我最想杀的一个人。”

音格尔转头看着这个夺得了云荒霸权的军人。对方的眼里居然失去了平日那种咄咄逼人的锋芒和神采，变得颓丧而虚无。他和那颗死不瞑目的人头对视着，似是自语，眼神却极其可怕。

音格尔眼里闪过隐秘的冷光——是的，他们已经如计划安排的在一步步地摧毁他的神志，那个杀戮成性的人正在逐步陷入混乱和不受控制之中……破军内心并不是铜墙铁壁，只要找准了缺口，只要轻轻一击便能让他崩溃。而他们，无疑已经捏准了他的七寸。

外面的盛典还在继续，从帝都带来的宣礼官正在有条不紊地按照册封程序，一道一道地举行仪式，只等由最高掌权者进行最后的移交仪式。

然而破军却在铜宫内出神地注视着那颗可怖的头颅，对身外的一切置若罔闻。手指渐渐收紧。随着手指握紧，掌心那颗头颅渐渐扭曲，竟然被无形的力量一分分地化为齑粉！

“你们居然敢杀了她！这是我毕生的大仇，你们怎么敢替我报？该死！”破军收紧十指，将鲛人女战士的头颅捏碎在掌心，忽然间厉声咆哮，长身而起。那一瞬他眼里的神色极其可怕，金光璀璨犹如妖魔，完全不像平日的模样。

在对方雷霆一怒、将要翻脸的瞬间，音格尔断然厉喝："莫离！"

"是！"得力下属心领神会，用力一卷，撩开了铜宫深处的帷幕。

孔雀金的厚重丝绒帷幕背后，无数明亮的烛光散射出来，一瞬间映照了这座恢宏森冷的铜质宫殿。柔和的光线仿佛从天庭洒落，驱散了铜宫内森冷阴暗的空气，刹那间将剑拔弩张的两个人笼罩。

云焕眼里的暴戾杀戮之气刚刚爆发，却被帷幕后的光芒震慑了。他定定地看着烛海之中的某处，仿佛被这样骤然而来的光耀住了眼睛，下意识地退了一步，抬起手挡住了眼睛。

重重帷幕背后，烛光如海，皎洁明亮，照耀一室。而在万支烛光中间，一袭白衣静静坐在轮椅上，面容宁静，仿佛只是睡去了——那一刹那他只觉无法直视，如雷轰顶地踉跄着后退，跪倒在地。

然而心里有另一种渴求和希冀在逼着他上前，想再看一眼那张莲花般的素颜。在这样的冰火交煎之中，魔一样强悍的沧流元帅居然不知如何是好，手不受控制地发抖，最后在光芒中踉跄跪倒在烛光之下，不敢仰视。

"师父……师父。"云焕正要拔剑而起的手忽然僵住了，他失神地喃喃，在刺眼的光芒里下意识地朝着石像膝行而前，伸出手。

音格尔静静地站在一旁，看着来自帝都的破军在这一刻的失措，眼睛里终于露出了惊诧的神色——原本，他对慕容修的计策还是有些不以为然的。那样叱咤天下、杀戮成性的人，怎么可能会被一个死去的人羁绊，落入他们的陷阱？

然而，此刻看着事情一步步发展，却发现慕容修的判断是这般精准。仅仅只是古墓里的一尊石像，居然就有了摧毁破军的力量！在这座石像面前，魔一样强悍的破军居然失去了控制力，就这样一步一步陷入了被动，被牵引着走到了他们设下的计划里！

这……到底是怎样一种感情？他完全不能理解。

盗宝者的少主一瞬间也有些恍惚，居然忘记了如今已经到了千钧一发的时刻，任何一点儿的差错都将导致整个计划的全盘覆灭，导致整个云荒命运的转折！

"少主？"莫离低声在旁提醒了一声。那一瞬，仿佛有冰雪从头顶泼下，音格尔眼神一肃，立刻凝聚了全部的精神！

“动手！”他发出了一声低喝，右手一扬，一道金光射出，长索啪地一卷，击中了烛海中心的那支巨大的莲花状白烛，火光瞬间燃起。

在那支蜡烛应声燃起的瞬间，整个烛海忽然间就动了起来！

咔咔几声，密门打开，三十六名黑衣的萨朗巫师从铜宫大殿上无声降落，只是一个刹那便守住了烛海的三十六个方位。各执法器，以血涂面，迅速开始念动咒语——在祝颂声里，石像附近排布的烛火仿佛活了一样，迅速地开始旋转，将破军围在了中间！

“少帅！”随行的沧流军人看到变乱骤起，立刻按剑冲了过去。

然而莫离一击掌，铜宫内外正在参与典礼的人群骤然安静下来，每个本来正在喝酒喧闹的沙漠牧民忽然间将酒碗一摔，从长袍底下翻出了明晃晃的刀剑，厉声咆哮。那一队跟随云焕前来的沧流战士转瞬便被人海包围，只能聚成一团，背对背地对抗着周围数以百倍的大漠盗宝者，进入了殊死的搏杀！

但是这突如其来的变乱，却没有让破军的眼神出现丝毫波动。

云焕跪倒在石像前，久久地沉默，任凭周围萨朗巫师不停念动咒语——那是一群西荒最强的巫师，居然在此刻全数云集在铜宫！

砂之国里上古流传的伏魔阵被三十六位巫师一起发动，数以万计的烛火被咒语操纵着飞速回旋，星辰一样流转，在云焕周身织成了强大的结界。在急促低沉的咒语声里，烛光渐渐不再是透明的，仿佛被咒术凝固，成了有形有质的薄纱，一分分地收紧。宛如巨大的茧，向着阵法中心的破军裹去。

“破！”三十六位萨朗法师齐齐顿首，咬破了舌尖，随着祝颂声，血箭喷在了手里的法器上。法器上迅速腾起了血红色的光芒，三十六件法器在同一时间挥动，整个铜宫都被巨大的力量震颤，发出了金属的低低鸣动。

那一瞬，整个铜宫都被这种力量注入了，金属的宫殿发出了尖厉的啸声，上万支蜡烛在一瞬光芒大盛，化为一团耀眼至极的血红色火球，将云焕包围在内！

然而毁灭的力量压顶而来时，云焕只是无声地抬起头，似是在无声而苦痛地祈求着什么，然后恭谨地低下头去，亲吻那只冰冷的手：“师父，原谅我，又要在您面前杀人了。”

红色的火焰在一瞬间燃烧到极点，然后迅速地熄灭。

那种“熄灭”是诡异的，仿佛凭空有黑洞打开，将那些红莲之火都吸入了另一个空间。火红色的火焰渐渐消失，一种黑色的光从火焰中心透了出来，由内而外地急遽吞噬着。三十六位萨朗法师脸色大变，脚下迅速移动，试图踏往不同方位，操纵阵法转移。然而，仿佛有无形的钉子钉住了他们的脚面，无论巫师如何努力，身形居然分毫不动！

红色火焰逐步被黑色的光芒吞没，火焰微弱后，烛阵里的人重新露出了身形——在这样骇人的集合攻击之下，云焕居然毫发无损，连同他身侧的石像一起，在血和火的沐浴后居然浑如无事！

云焕缓缓从轮椅旁站起身来，一手扶着轮椅，另一手虚握成拳，掌心里仿佛有黑色的洞逐渐打开，将那些红色火焰都逐步吸入吞噬。

“就这样？”破军发出了低低的冷笑，看着音格尔，“你们费了那么大的力气设局，就只有这样吗？”

音格尔脸色也微微变了变，眼里终于有了震惊的表情——这，就是魔的真正力量？可以吞噬一切生命和光明的力量？任何人力在其面前，几如蝼蚁！

“不好！”他听到周围的大巫师发出了一声惊呼，“暗魔蚀月！”

在呼声里，三十六位巫师齐齐一震，用尽了全力，想从阵上离开。然而云焕站在烛阵的中心，脸色冰冷阴沉，宛如渊渟岳峙。他手心里释放出黑色的光芒，正源源不断地将诸位巫师的灵力吸进去！

烛光在剧烈地摇晃，万支蜡烛的光芒仿佛也被这无形的黑暗侵蚀，一分一分地暗淡。大漠上最高强的萨朗巫师在竭力挣扎，知道自己若再不挣脱，全身的灵力便要被汲取殆尽——但越是挣扎，身体里力量流失的速度就越快。只是片刻，他们释放出的红莲火焰已经全部熄灭，而黑色的光还在蔓延。

“不自量力者，死吧！”破军低语道，缓缓握紧了左手，将那些光熄灭在自己的手心，仿佛在掌心捏死了一只蝼蚁。

烛阵外，三十六名巫师身体齐齐一震，如受重击，一口血从咽喉里吐出，不约而同地发出了一声惨呼，身体上忽然腾起了一阵血雾！仿佛噩梦一样的情景出现了：三十六位灵力高强的巫师仿佛被一只无形的巨手捏碎在空中，转瞬化为血肉齑粉，消失在黑色的光芒之中！

真正的“腥风血雨”在铜宫里降临。虽然被强大的力量控制着，朝着一个方向吸入，但几十位巫师的血肉还是有一两滴飞溅开来，落在洁白的石像上，鲜红刺目。

云焕霍然松开了左手，冷冷抬起头，看着盗宝者的领袖。

“音格尔，”沧流帝国的元帅看着苍白瘦弱的少年，金色的眼睛里露出了完全陌生的杀戮表情，忽地一笑，“从一开始，我就知道你请我来必然不会只为了裂土封王而已——盗宝者之王，你，也是属于要置我于死地的那些人之一吧？”

“不错，”音格尔看着沧流少帅，冷冷扬眉，“诛魔亦是我所愿。”

“诛魔？”云焕忽然大笑起来，“你以为自己是谁？不自量力！”

“不自量力的不只是我，”音格尔声音平静，虽然面临着如此可怖的强敌依旧不曾慌乱分毫，“破军，在这个云荒上，想杀你的人实在太多了——当这些力量凝聚在一起的时候，便可以逆转这天地！”

“螳臂当车。”云焕冷笑，带着不屑一顾的表情，“你们知道什么？你们连神都尚不清楚，又知道什么是魔？杀戮最多的那一双手就必定是魔之手吗？”

“这个自然。”音格尔淡淡道，“令天下动荡、苍生涂炭者便是魔物！”

“是吗？”云焕忽地收了笑声，眼神冷肃地看着这个少年，“你不明白，杀人的不是某一个人，而是世道和人心——人心易朽，世道糜烂，这天下每隔三百年必有大乱。与其坐看这世界腐烂下去，为何不摧毁六道，然后再重建万物，还大家一个洁净如初的世界？”

云焕的语调波澜不惊，然而眸子里的金色却璀璨无比。那一瞬，音格尔又觉得有些恍惚，不知道此刻面前站着说话的究竟是云焕本人还是隐藏在他身体里的魔。

“正是因为我对云荒尚有眷恋，才毁灭了这个不洁的世界——因为毁灭之后才是重生。”云焕站在烛光之中，冷然道，“杀尽不平方太平！音格尔少主，你可知道什么是‘大道无情’？”

音格尔被那样出乎意料的一席话震惊，沉默无语。虽然制订了极其严密的计划，执行的时候他也从未犹豫，但这个以暴戾残忍著称的破军居然能说出这样一番话来，却实在出乎了原先的意料。

一时间，他找不到话来反驳对方，竟陷入了短暂的沉默。

“谬论。”许久，他才低声反驳，然而声音明显已经没有了最初的决然和肯定，“以杀止杀，才是魔道！”

“呵呵……我知道你心有不甘，不愿承认。那也无所谓——如果不是你在师父面前如此指责我，我本来也没必要和你分辩这些。”云焕微微而笑，眼神却是冷定而毋庸置疑的，“但是，你要知道，我清扫这个云荒所有罪孽黑暗的目的，只是想令它光彩重生。”

音格尔看着眼前黑暗的破军，忽然间被那样的语调打动。

“那是你攫取这个天下的最终原因吗？”不可思议地，他喃喃道。

“当然是因为我要重建它。”云焕将左手缓缓握紧，在他的手完全合拢的时候，黑色的光芒也随之消失在他的手心，“不过，在那之前，所有阻碍我的人都得死！”

在他身后，阵外的其他巫师齐齐一震，手中念珠颗颗断裂，法袍仿佛吹气一样鼓起，全身血肉瞬间化为无痕！

烛光重新充盈，轮椅上的一袭白衣依旧静静沉睡。

“不！”短暂的失神后，仿佛被血腥的景象刺激，音格尔重新恢复了镇定，厉声道，“一派胡言！什么大道无情？我只知道两句话：杀人偿命，善恶有报！”

厉喝声里，短刀铮然出鞘。铜宫外的盗宝者看到少主示警，立刻一拥而入！

“好一个杀人偿命！天理循环，报应不爽，这倒是最简单的道理！”云焕扬声大笑起来，霍然转身看着无数的敌人，抬起了左手，“不过我倒是要看看，等我杀完了这里所有沙蛮子后，还有谁找我偿命？！”

“少主小心！”莫离看到对方重新抬起了左手，连忙上来护住音格尔。

“不必担心，”音格尔却是镇定，拦住了下属，“方才我们设下的封魔之咒，已经生效了！”

就在同一刹那，云焕忽然发出了一声痛呼，捂住了自己的左腕！

掌心凝聚的黑暗之剑未能凝聚成形，因为剧痛而消散，破军第一次觉得身体出现了难以忍受的痛苦，只觉体内有一把利刃在迅速划开，将他的左手整个切了下来！

“这、这是……”云焕踉跄了一步，捧着手腕，低头看到左手正在变得血红——那些血红色的光是从他身体里浮凸出来的，居然组成一个一个的字样，熠熠生辉，布满了他的整个左手，仿佛一个诡异的封印出现在他手腕上，死死地封住了他左手的力量！

“这是上古九字大禁咒，”音格尔的声音冰冷，“封魔之咒！”

“不可能！”云焕一惊，霍然抬头，“你们什么时候下的咒？！”

“从一开始，”音格尔淡淡道，“那一碗酒。”

话音未落，他身后那个披着金色璎珞的少女越出了人群，默默上前，撩开了面纱，一双眼睛满含着仇恨投射了过来——云焕在剧痛中微微一惊：那张脸依稀熟悉，似乎在很久以前的某处看到过。

“这位是曼尔戈部的摩珂公主。你大概已经不记得了吧？”音格尔看了看云焕，微微冷笑，“可是，她到死都不会忘记你。”

摩珂？云焕看着那个秀丽的女子，努力回忆，却忽然听到了一个嘶哑的声音：“破军少将，你不记得苏萨哈鲁的那次大屠杀了吗？”

苏萨哈鲁！云焕蓦然一惊，抬起了头。

那个美丽的少女却有着可怖的声音，仿佛被烈火焚烧过，沙哑不似人声——已经没有人可以分辨出，这就是当年以歌喉名扬大漠的曼尔戈部摩珂公主！

“魔鬼！当年在苏萨哈鲁，是你逼着我吞下炭火，毁掉我的歌喉；用铁钎敲断央桑的足踝，毁掉她的舞步，”摩珂撩起了面纱，步步紧逼，眼里露出疯狂的仇恨光芒，“你在父亲面前拷打我们，屠杀我们的族人，焚烧我们的村寨——这些，你竟然都忘了吗？！”

云焕终于想起了面前这个少女是谁，神色反而平静下来。

“是你们。”他冷冷道，“你妹妹呢？”

“央桑死了，”摩珂厉声道，“为了报仇，死了！但愿她的灵魂能看到你痛苦死去的那一刻！”

然而，音格尔仿佛担心她会说出更多，开口截断了她：“破军，你知道她是谁了吧？被你屠戮的曼尔戈部幸存者流落到了这里，今日甘冒大险，亲自来向你‘敬酒’，来送你上路！”

“不可能！”云焕摇头，低声道，“那酒如果有问题，我不会觉察不出来。”

“当然没有问题，我不会把一碗有毒或者施了符咒的酒直接端给你——少帅虽然暴戾，但也是个精明的人。”音格尔一笑，看着被封印住了左手的破军，“那酒本身的确是没有问题的，问题是在……”

他的声音顿了一下，看向了云焕的左手。

“湘？”破军一怔，脱口低呼。

“不错。”音格尔点头，眼神冰冷平静，“酒里面只是药引，真正的符咒被施在湘的头颅里！我们早料到你即便如何警惕，在看到她的头颅时，也一定会忍不住亲手拿起来查看——所以在你接触到她肌肤的一刹，左手上便结下了一个秘密的封印！”

云焕摊开了双手，看着密密麻麻的符咒浮现在掌心上。

“湘舍弃了性命，也就是为了这一刻。用自己的头颅，来给你设下最后的陷阱。”音格尔缓缓开口，“当然，这还不是全部——这个封印很隐蔽，除非你首先发动攻击，使用魔的力量，否则这个封印不会真正被启动。”

“所以，你不惜以三十六位巫师的人命作为引子？”终于，云焕低声冷笑起来了，“少主，你也的确是个狠绝的人啊……”

音格尔紧抿嘴角，苍白俊秀的脸上没有一丝表情。

“真是一个狠毒周密的计谋，”云焕捧着手腕，赞叹道，“我真不敢相信西荒人能想出这样周全的计策——甚至一开始为了避免族里伤亡，你就已经派人从秘道里送走了亲眷和妇孺。”

音格尔浑身一震，霍然抬头，脸色苍白。

什么？破军知道了？他……他知道自己疏散了族人？

“但你忘记了，无论做得多隐秘，都很难逃过空中俯瞰全境的迦楼罗的眼睛。”云焕看到他的表情，眼里隐约露出一丝残忍的笑意，“现在来猜猜，你痴呆的母亲和年少的妻子，现在应该如何了呢，少主？”

“破军！”提及母亲和闪闪，音格尔终于无法控制自己的情绪，“你想威胁我吗？”

“威胁？这算什么？”云焕冷笑，“你不也是拿走了我最珍视的东西，逼迫我来到了这里吗？”

音格尔一怔，无言以对。云焕转身看着身侧那一座静静沉睡的石像，眼神复杂地变幻，忽地发出了一声低低的冷笑：“但现在我比你幸运，少主——师父已经回到了我身边，而你珍视的人，却将永不回来。”

“住口！”音格尔情不自禁地脱口，渐渐心浮气躁。

“我在离开征天军团时已经下令，让他们密切监视整个帕孟高原的动静，如有试图离开铜宫的，一概不能放过，”云焕的眼神却愈发冷酷，声音里隐隐带着嘲笑的意味，“如果天亮之前我不能从铜宫返回，那么，整个帕孟高原都会被摧毁——连同你最爱的人。”

莫离脸色也是苍白，回头看向少主。

不放破军，毁灭的是全族；但如果放走破军，毁掉的可能就是整个云荒！在这样的时候，音格尔少主又将如何选择？

“不能放他走！”摩珂看到音格尔沉默，嘶哑地厉呼出声，“绝不可以放这个魔鬼走！我们、我们已经封印住他的力量了……一定要趁机彻底地毁灭他！否则、否则……”

“不要得意得太早，女人。”云焕冷冷道，忽然抬起尚能动作的右手，从背后拔出了一支银制的烛台握在手里——只是一个站姿，便攻守兼备，令人无机可乘。

破军扬眉冷笑：“就算我不动用破坏神的力量，你以为真的能困住我？”

“小心。”音格尔将摩珂拉到背后，低声道。是的，破军同时也是空桑剑圣的传人。就算被封印了魔的力量，依旧具有无敌于云荒的剑术，绝不可小觑！

云焕忽地抬起头，听到头顶传来了一声奇异的啸声。他笑了起来：“听到了吗？迦楼罗说，已经找到了你们转移出去的妇孺，正在等待我的指令。”

此话一出，所有盗宝者的脸色都不由得一变。

如果征天军团返回，哪怕迦楼罗金翅鸟不动手，只要半个时辰，从高空倾泻下来的血和火就能将乌兰沙海覆盖！

留下的盗宝者都是刀头舔血、悍不畏死的汉子，本来已经做好了和少主同生共死的打算。但那些人却同样有着妻儿父母，在得知亲人陷入危险后内心也起了动摇。

“音格尔少主，我想你该从不自量力的梦里清醒过来，好好做一个抉择了，”云焕左手被炽热的封印覆盖，只能用右手执剑，神色冷酷地看着盗宝者之王，“你可以选择和我血战到底，为此赔上所有族人和亲人的性命——也可以在此刻中止你愚蠢的计划，让我带着师父离开。你到底要选择哪一边？”

音格尔沉吟不答，所有盗宝者的目光都凝聚在他身上。

“只要你在此刻放下刀，我依旧会封你为王，”云焕的声音冷静而克制，左手痛得颤抖，握剑的右手却坚定如铁，“我虽视苍生如无物，但凡是我说过的话，还从来没有一句失信过。”

音格尔沉默了许久，听着天空里的啸声，终于抬起眼睛，开口说了一个字：“好！”

“不——”摩珂同时厉声大呼，声音凄厉，“不能放！不能放了他！他是魔鬼！你怎么可以和他做交易？！”

然而音格尔声色不动，只是微微摆手，莫离便上去拉住了摩珂，不顾少女激烈的挣扎，将她从铜宫里拖了出去，只留下一路的惨厉呼声。

“我很清楚，盗宝者不足以和征天军团对抗，我亦不愿自己的族人白白送死。”音格尔静静看着云焕，“但是，我不能相信一个嗜血成性的人——你需在你师父面前发誓，遵守你此刻许下的诺言。”

云焕的脸色微微一变，然而，他还是克制了自己的怒意，回头在轮椅前单膝跪下，低声道：“弟子云焕在师父面前发誓，只要盗宝者让我们安然离开，便赦免他们此刻所有的罪。”

顿了顿，他说了最后一句话：“如有违反，令我死后亦无面目见您。”

石像依旧面容平静，宛如睡去。

音格尔点了点头，明白最后一句话的分量。他看了莫离一眼，轻轻摆手——无声无息地，所有簇拥在铜宫外的盗宝者纷纷收了刀剑，让出一条路来。

云焕站起身来，恭谨地对着石像行了一礼，转到背后，推动了轮椅。

外面已经是黎明前的黑暗，篝火渐渐熄灭，天透露出一种深邃的蓝。不过半夜，那一场众寡悬殊的战斗已经结束。他带来的那一行战士在盗宝者的围攻下全数战死，一个靠着另一个，相互交叠，握刀死在了铜宫门口。

至死，竟没有一个人投降。

云焕在走过他们的尸体时微微顿了一下，站住了脚步。抬起手按在了胸口正中，微微低下了头，对着那一堆血肉模糊的战士行礼致意。然后弯下了腰，将石像连着轮椅一起抱起，面无表情地踏过了堆叠的尸体，竟毫无回顾之念。

他在铜宫前的广场上停下，抬手向夜空，发出了一声呼啸。

远远地立刻传来了一声鸣动，迦楼罗的尖啸声如同滚滚春雷逼近，在瞬间已经接到了主人的命令，带领着整个征天军团返回乌兰沙海，如同大片的乌云遮蔽了此刻头顶的夜空。

“不！不能放了他！不能就这样放走他！”摩珂嘶哑的声音还在夜风里回荡，凄厉可怖，“不能让这个魔鬼走……少主！他会毁掉一切！他会毁掉一切的！”

盗宝者纷纷为之动容，然而音格尔抬头看着天空，苍白的脸上神色莫测而冷淡。所有盗宝者都为此刻少主的隐忍不发而惊诧，毕竟，事到临头背弃盟友，这事是违反了大漠汉子的血性的——然而事关整个部族的生死存亡，在领导者做出了妥协的选择后，其他人也不能随便再质疑。

迦楼罗的返回只在顷刻之间，然而金翅鸟未到，沙风已经被卷起，在广场上空回旋呼啸，带动了居中军人的衣袂和长发。

云焕推着轮椅站在空荡荡的广场中心，抬头看着黎明前的夜空，剑眉紧蹙，眼神复杂。风很大，沙子一粒一粒被吹拂到了他的盔甲上，铮然做长短声。云焕低下头，凝视着那座石像，眼神重新变得温和，消弭了杀戮的气息。

毕竟来西荒这一行没有白费，师父，我终于可以和你团聚了。

在等待迦楼罗到来的间隙里，破军微微俯下身，抬手去擦拭石像衣襟上方才溅落的几点血痕。石像依旧沉默，然而不知是否因为跳跃的篝火映照着的错觉，那双低垂的眼睛似乎忽然微微动了一动。

“是时候了。”

忽然间，身侧的莫离听到了少主嘴里吐出了这样四个字。

什么是时候了？莫离惊诧，然而看到少主眼里一掠而过的雪亮光芒，心下便是猛然一跳！这种目光！这种可怕的目光，只在多年前他为了母亲重返铜宫，推翻兄长一举夺回族里霸权的时候才有过！

那，是孤注一掷、再无反顾的决然杀意！

“少主！”莫离脱口惊呼，知道立刻就要发生可怕的事情——然而不等他惊呼出口，音格尔已经不在原地！

“少主！”莫离在惊呼，看到音格尔恍如一道闪电掠向了破军，手里赫然已经拿了一把新的短刀，凌空下击——苍白的少年在那个刹那仿佛忽然变了一个人，方才的隐忍退让全部一扫而空，眉间燃烧着浓烈的杀意，将全部的力量都集中到了这一击上！

一刀击下，那样的力度和速度，超出了这些年来他的极限！

盗宝者都目瞪口呆，连摩珂都捂住了嘴，不可思议地看着这急转直下的一幕。少主……少主居然动手了！在所有人都以为他已经屈服，已经为了保全亲人性命做出了苟活的决定时，他居然出乎所有人意料地动手了！

这件事，为何没有第二个人知道？他连任何人都没有事先告诉，就这样自己一个人动了手！

那一瞬快如疾风闪电，其他盗宝者还没来得及反应过来，音格尔已经到了破军的身侧。

在刀尖堪堪刺入肌肤的刹那，云焕仿佛背后长了眼睛，霍然转身。

“叮”的一声裂响，他手上的烛台断为两截——那一个格挡非常巧妙，迅捷无比，居然在这样间不容发之际挡住了必杀的一击！

“找死！”云焕眼神霍然改变，璀璨的金光再度笼罩了眸子。他在猎猎沙风中看着盗宝者的少主，眼神冷酷，“本来我还真的不愿违背誓言杀你。但既然如此……我成全你吧！”

他转过手腕，断裂的烛台犹如一把尖利的银色短剑。或许因为压抑许久的愤怒，云焕的出手极其简洁——只是一抬手，就用出了天问剑法中的最后九问！

“少主，小心！”莫离失声道，极力抢身过去。

凌厉的剑气逼人而来，几乎要割裂音格尔苍白的面容。盗宝者之王用尽全力和这样的一击对抗，一声激烈的金铁交击之后，他退开了一步，微微喘息——许多年前，在机缘巧合里他曾经看过空桑剑圣遗留下的一卷剑法，所以在今日乍然对敌的时候，还不曾一开始就被这样骇人的剑法压住了气势。

然而一击未中反而令云焕更加盛怒，他完全不顾已经接近广场的金色迦楼罗，霍然回头，恶狠狠地看着音格尔：“找死！”

啪的一声，一道银光从迦楼罗机舱里射出，钉在了广场石板上。银色长索从金色的迦楼罗里垂落，末端落在云焕身侧。

同时落下来的，还有一把金色的利剑。

“主人，”潇的声音从舱室里传出，呼唤他的归来，“镜湖上空有空桑军队出现，军团在与他们战斗，大家都在等待您的返回！”

然而不等他回答，音格尔第二击已经袭来，云焕反手拔起那把剑，与盗宝者之王开始了搏杀。

风沙猎猎，在迦楼罗巨大的阴影里，两条人影乍合又分。天问剑法如同暴风骤雨一样挥洒而落，精妙凌厉——音格尔手里的短刀被再度击断一截，然而奇迹般的，他居然接下了连续而来的九问！

没有人看清双方交手的具体情形，只知道在一轮迅捷的对攻之后两个人的身形忽然又停住了，宛如两道风忽然凝定。

黄沙还在呼啸，云焕冷冷地看着对手，眼里露出了震惊的表情，缓缓抬手捂住了右肋，猛然一个踉跄。有血从指缝里淅沥而下，染红沙漠。周围的盗宝者发出了一声响雷般的欢呼，虽然谁都没看清楚究竟，但却明白此刻是少主占了上风。

“不愧是盗宝者之王。”云焕低声道，眼神亮如闪电。

音格尔微微苦笑，仿佛想说什么，但刚开口忽然间一口血就从咽喉里急冲出来，喷溅得袍子上到处星星点点。他身子一晃，再也无法支持，踉跄跪倒在沙地上。

盗宝者的欢呼戛然而止，露出震惊的表情。

“主人！”迦楼罗发出了低唤，钉在地上的银索在鸣动，召唤着破军的归去。

然而云焕的眼神已经再度被杀戮笼罩，他顾不上潇的再三示意，甚至也顾不上身侧的师父遗体，右手提起那把金色的利剑，转身大步走向不支倒地的音格尔，毫不犹豫地抬起了手，对准他的后心霍然刺入！

绝不宽恕！对于敢惊动师父长眠的盗宝者，一个都不能宽恕！

“少主！”盗宝者发出了惊呼，不顾一切地奔来。然而，已经迟了——就算是莫离，也无法在这一剑的时间里及时抢身赶到。

尖锐的银器刺入音格尔的后背，血飞溅开来。云焕紧抿着嘴角，眼神冷酷而残忍——那一瞬，他的眼睛是金色的，完全回到了当日屠戮帝都、血洗门阀时的模样！

“少主！”莫离只觉得全身冰冷，踉跄道。

但在那个瞬间，发出痛呼的居然不是音格尔。

“啊！！！”在将要刺穿音格尔心脏的刹那，云焕忽然向前一个踉跄——剧烈的痛苦让他低下了头，看到了从心脏正中冒出的一截白色光芒。那种光芒是极其熟悉的，凝聚了剑气，可以刺穿世间一切虚无和真实的东西。

破军忽然间怔住了。那，是剑圣之剑！

那从背后刺来的一剑，居然是剑圣之剑！

那一瞬，因为极度的震惊和狂喜，破军全身停顿，双手发着抖，垂头定定地看着胸口正中的光剑，无法言语。

仿佛是幻觉，大漠上所有人都看到一幕不可思议的景象——在篝火明灭之中，在少主力竭几乎被杀的千钧一发之际，一道白色剑芒忽然腾空而起，刺穿了破军的心脏！

而发出这一剑的，居然是轮椅上那座石像！

“主人！主人！小心！”只有凌空的迦楼罗清清楚楚地看清楚了一切，陡然射落了如雨的金光，将那些试图围上来的牧民化为齑粉，“快回来！有埋伏！”

云焕却没有动，任凭血从衣襟上直流下来，染红半身。音格尔也没有动，他抬头看着云焕，眼里露出某种冷酷讥诮的表情——那样的表情让云焕忽然间如坠冰窟。

“看啊，”音格尔缓缓开口，一字一字，讥诮而残忍，“连你的师父，都要杀你。”

第十章

返魂

这一句话轻如耳语。然而那样轻冷缓慢的一句话，却仿佛比最锋利的剑还伤人，云焕手指一松，手里的断剑铮然落地。他一寸一寸地往前倾斜身子，脱离了那贯穿身体的剑芒，努力地扭转身。

背后一片空茫。呼啸的沙风里，那座洁白的石像还是静静地坐在轮椅上——什么都没有改变，唯一不一样的，是石像的手里霍然多了一把银色的光剑！剑芒上，有血一滴滴地落下，落在石像冰冷而洁白的衣襟上，宛如血红色的花。

那是他的血。

“师父……”云焕的呼吸不可思议地顿住了一刹那，“师父？！”他忽然间仿佛疯了一样回过身，向着轮椅冲过去。

“不，别过去！”迦楼罗发出了持续的尖啸，潇的声音惊惧而凄厉，一声声回荡天际，“主人！回来，快回来！别靠近它！是陷阱，那是陷阱啊！”

然而，云焕对她的呼唤充耳不闻，狂喜地跪倒在石像脚下，连续不断地亲吻着石像冰冷的手——那只手上，还染有他自己的温热的血。

“师父，师父，是你？”他喃喃道，“是你……醒来了？”

冰冷的手指微微一动，仿佛有生命在那个毫无知觉的石像内苏醒了。

迦楼罗猛然一个俯冲，巨大的阴影急速地贴近地面。在卷起的疾风里所有牧民失声惊呼，千万道龙卷风呼啸而起，将乌兰沙海笼罩！迦楼罗在剧烈地颤抖，显示出操纵者内心正在被前所未有的惊涛骇浪笼罩。

“不要过去……不要过去！那不是你师父！”随着颤声厉斥，一道金色的光从迦楼罗上射落，直击那个轮椅上的石像！

“不！”云焕蓦然一声厉喝，拔剑迎头而上，“给我住手！”

他不顾一切地抢身上去，接住了迦楼罗发出的攻击——那样巨大的攻击来不及撤回，就这样直接落到了云焕身上！

“主人！”迦楼罗发出了尖厉的、类似哭泣般的声音，潇在黑暗里颤抖。

金光击穿了云焕的身体，将他重重击倒在地。

即便是强悍至极的破军，受了那样的一击也无法再站立。迦楼罗上的金光犹自萦绕着他的周身，他张了张口，吐出了一口血，忍下了极其剧烈的痛苦——他努力地控制自己的四肢，从地上挣扎起来，一寸寸地向着那座石像挪去。在看到石像依旧完好的刹那，他舒了一口气，脸上露出安然的神色。

“主人！”潇的声音从迦楼罗上传来，惊惧而慌乱，“快回来！”

“滚开！”云焕身上的血将一整片的黄沙染红，他捂着受伤的左臂，对天空厉喝，眼睛里已经充斥了疯狂的璀璨金色，“不要靠近我师父！”

被主人呵斥，迦楼罗发出了一阵痛苦的颤抖。但终归无法拂逆云焕的命令，潇操纵着机械，在一击之后迅速拉起，重新升回了天际——巨大的机翼掠过了铜宫上空，将那一座铜浇铁铸的宫殿扫落了一个角。

音格尔看着这一幕，眼神微微动容，但随即平定。

“受死吧。”他从地上撑起身子，抬起了手，重新握紧了短刀——虽然耗费了如此大的精力和代价，但封魔的效力只有三个时辰。一旦魔的力量恢复，这天上地下就再也没有什么可以再度克制住破军。如果不尽快将云焕格杀在当地，这一次的计划就将全盘皆输!

然而，在音格尔站起的刹那，云焕霍然回头。一寸一寸地，他握紧了那把金色的剑，将满是血和沙的身体从地上撑起，回头面对着敌手，眼神重新变得冷酷：“可笑，你以为……我会死在你们手上吗？”

他霍然长笑，将金色的长剑置于眉心。

音格尔毫无畏惧，也撑起了重伤的身体，握紧了短刀——两人一步步地走近，杀气在彼此之间如同闪电交错，逼得周围的风沙都凝定起来。

然而，就在双方都凝聚了全部心神准备一击判生死的刹那，云焕的身子忽然一震！

背后有人！

篝火在疾风里剧烈摇晃，明灭的篝火里，石像的眼睛霍然睁开了，一道剑光如同闪电，悄无声息地割裂了黑夜，直刺向破军的后心！

有两行殷红色的血从秀丽的眼眸内直流下来，划过了玉石般的脸颊，留下触目惊心的红——在这样激烈的交锋里，轮椅上的女子无声无息地睁开了眼睛，只是一剑，就将即将交手的两人逼了开去。

所有人都惊呆在当场，不可思议地看着这一幕。

空桑女剑圣握剑站到了他们中间，冷冷侧脸看着云焕，篝火映照她的脸，仿佛给冰雪一样的容颜衬上了一丝血色。

在看到石像从轮椅上站起的瞬间，云焕怔在了当地。

“师、师父？”他踉跄着往前走，血从他身体里疯了一样涌出，他却仿佛全然不觉得痛——即便他拥有了天下无比强大的力量，却依然是血肉之躯，片刻前出乎意料的一击已经对他造成了严重的损害。

“师父！是你？你……你醒来了吗？”他挣扎着走过去，眼神惊喜，声音却出乎意料的低——仿佛，稍微大声一些就会惊破眼前的幻影梦境。

空桑女剑圣没有说话，脸上也没有表情，只是用一双血红色的眼睛，冷冷凝视着自己的弟子，手里的光剑剑芒陡涨，吞吐不定。

“主人！小心！”潇的声音从头顶传来。迦楼罗不曾真正离去，而是徘徊在铜宫周围，不停地阻挡着周围那些试图上前助战的盗宝者，眼睁睁看着底下的一幕，发出凄厉的呼声，“快回来……快回来！”

“师父，”云焕往前走了一步，却是满眼欣喜，“您真的醒了吗？我就知道……我就知道你没有死！”

空桑女剑圣手里握着光剑，静静地站在篝火旁凝视自己的弟子。她的衣襟如雪，长发如墨，在沙风里静静垂落，竟不被吹起一丝一毫。她的眼眸冰冷而漠然，直视着自己的弟子，缓缓一步步地走过去，动作僵硬缓慢，没有呼吸的迹象。

云焕怔怔地看着她走近，篝火映照那张莲花般的素颜，宛若梦幻。

“主人！”潇的声音凄厉，“别过去！那不是你师父……那不是你师父！”

就在声音落地的刹那，站立的石像忽地动了！双手握剑，平举在眉心，做了一个剑圣门下的起手式——然后断然下击，如同雷霆般地向着云焕当头斩下！

一切都发生在电光石火之间，云焕脸上欣喜的表情尚未褪去，光剑已经击下。

九问！那是剑圣门下必杀的绝技九问！

那一定是师父！能施展出九问的，一定是师父！

那一刻，迦楼罗上射落无数金光，阻拦了盗宝者冲过去救援参战的意图，在战团中心，除了重伤的音格尔少主，便只有那座高举光剑的女子。

空桑女剑圣仿佛是真的醒来了，动作忽然变得迅捷，每一剑都犹如闪电石火，切割开了黎明前的黑夜。

问天何寿？问地何极？轮回何在？神鬼安有？生何欢？死何苦？剑光在大漠上纵横而起，九问连绵而来，毫无停滞，直接要将沧流的最高统治者、她的最后一个弟子格杀于剑下！

云焕仿佛是呆住了，看着那光剑当头斩下，一时间居然没有任何反应。

这样的情形实在太过于诡异，而他在那个人面前竟然忘了还手。

“主人！”潇的声音惊惧而凄厉，“还手，快还手！”

然而不知道是太过于震惊还是无法对面前的人动手，云焕还是没有拔剑反击，但出于求生本能，意识虽然没有完全恢复，每一剑落下，他的身体都做出了及时的反应，在闪电般落下的剑势里竭力地闪避。

怎么可能不是师父？对方用的，的的确确是剑圣门下最精妙的剑法！一定是师父在天有灵，无法再坐视他的所作所为，所以选择了这样一个黑夜返回了人世，想要清理门户！一定是！

这样的念头涌入了他的脑海，令他全身的血一下子沸腾，然后迅速变得冰冷。

师父要杀他……师父是真的要杀他了！不同于昔年在古墓前的那一场试探，这一次，还魂归来的师父是真的要清理门户，斩杀他于亲传的九问之下！

脑海里还是一片懵懂混乱，然而身体却因为求生本能下意识地做出了反应。云焕在沙地上腾挪闪避，白色的剑芒一次次从咫尺之处切下，激起了飞沙，沾了他一身。血和沙裹在他身上，令他显得如此狼狈不堪——那一刻，破军的眼里失去了平日压倒一切的杀意，反而露出了从未有过的软弱。

他无法还手。剧烈的挣扎和犹豫之中，身上的伤越来越多，血越流越快。云焕第一次感觉到了身心双重的衰竭，多日来一直支持着他血战前行的所有勇气都消耗殆尽。他的闪避渐渐慢了下来，看着白光中那一张莲花一样的素颜，忽然失神。

还是那样的表情，冰冷而温暖，保持着最后一刻的神态。

然而，却有血一样的泪，从眼中长滑而落。

师父……你是在痛心吗？是为了这样的我而痛心吗？他望着那迎头斩下的光剑，那一瞬颓然松开了手，看着当头而落的光剑，忽然间再也不闪避。

其实……如果是这样结束的话，倒也不错……反正如今他的生命也已经变得凋零颓败，几乎无可眷恋。有这样一个终结，好像也很不错。自从寄生魔物以来，他从未想过自己还能获得这样的结局——能够逆转了时间，再一次回到大漠，安然死在师父的剑下。

看着忽然放弃了抵抗的对手，空桑女剑圣却没有丝毫犹豫。手中的光剑化为闪电，直刺他的心口——苍生何辜！在最后那一式里，她用的是苍生何辜！

那一剑正中他胸口，从璇玑穴刺入，直透背后，将他钉在沙漠上！

“主人！”迦楼罗发出了凄厉的声音，机翼一转，准备俯冲而下。

“别过来！”然而云焕霍然抬起了手，阻止了傀儡的意图。血从他的手指间一滴滴落下，渗入沙土，左手的封印依然火一样炽热，封住了他所有的力量。石像脸上的表情依旧没有变化，仍然带着那种淡定和温和，从他胸膛里血淋淋地抽出剑来，再度当头斩落——

这一次，竟是要将他的头颅彻底切下！

拥有了魔的力量，却依旧只是凡人的身体。如今身体内魔的力量被暂时封印，受了如此重的伤的身体无法及时修复，只要这一剑落下，刺穿心脏，斩断头颅，他的生命将要彻底地结束。而他身体里的那个魔，因为来不及找到下一个寄主进行转移，也会被困在这个死亡的躯体上。

如果是这样的话，这个云荒……是不是就从此太平了呢？

师父……这就是你死后还念念不忘的事吗？他再不闪避，看着那一张素白宁静的容颜，忽然间有一种终于走到终点的坦然。

光剑如同闪电，切开了黎明前的黑暗。

四周的盗宝者发出了狂喜的欢呼，天上的征天军团却齐齐失声，迦楼罗的鸣动响彻天际——在远处，还可以看到前来援助的空桑军团的影子，以及从空寂城赶来的沧流同族。

那颗给天下带来动乱和杀戮的星辰，破军，就要陨落了！

天上地下，在这一刻一齐为之风云变色。

“主人！”在千钧一发之际，忽然间有一道银色的风席卷而来，准确地卷住了他的身体，一把将他从沙上拉了起来！在生死交界的一线之间，半空徘徊的迦楼罗忽然违抗了主人的意愿，不顾一切地贴近了地面。机上的傀儡操纵着巨大的机械，在间不容发之际发出了这一击！

银色的光卷起了重伤垂危的人，将他急速向着舱内拉回。

“潇，滚开！这是我的事！”然而他却用手去格挡这从天而降的救助，厉斥道，“你回去，不要管——你自由了！”他回过头，对着黎明天际那个令天下悚然的巨大机械怒吼，“听见了吗？你自由了！”

然而潇没有回答，银索紧紧卷住垂危的主人，越来越急地往舱室内收去。是的，在这一刻，她实行了自主意识，不顾一切地违抗了主人的命令，冲出去救护，不肯让他就这样死去！

云焕终于忍不住狂怒：“潇，给我滚！一开始我就说过，保留你的意志就是为了在某一日让你可以自己离开——现在是时候了！快给我滚！”他忽然凝聚起了最后的力气，手指一挥，指尖吞吐的剑气将银索铮然划断！

在看到主人重新跌落大漠的瞬间，迦楼罗发出了一阵低低呼啸，仿佛由内而外地颤抖。

“她不是你师父！不是你师父！”迦楼罗发出的哭声响彻天际，悲愤交加，“那是邪灵！主人，不要被蒙蔽了眼睛——那是邪灵啊！”

“你看看她的眼睛！那是恶灵的眼睛！”

“你再看她手里的剑！那把剑！那是当代剑圣之剑，不是你师父的剑！”

云焕跌落在沙地上，因为严重的伤而无法移动半分。然而，看着眼前一步一步走过来的石像，他忽然怔住——不对！那把剑……那把光剑，上面明明刻着一个“京”字！那、那不是师父的剑圣之剑！那应该是……

潇的声音仿佛醍醐灌顶，将他从迷雾之中一下子拔出。

“主人，不要被她骗了！”迦楼罗的声音尖锐而愤怒，“您仔细看看她啊！”

云焕霍然回过头，看着那个有着熟悉面容的女子。一模一样的脸上，却再没有昔日那种特有的温和清平的气息，双眸如血，带着某种冷酷憎恨的表情，步步逼近。

“受死吧！”那个石像忽然开口了，一个陌生女子的声音响彻大漠，手里的光剑发出了尖锐的锋芒，刺向了重伤垂危的云焕，“破军，死在你所爱的人手里吧！”

央桑！在听到那个声音的刹那，外围的摩珂霍然抬头惊呼！

在她身侧，大巫发出了低低的叹息：“是的……你现在明白了？”

在那个仪式上，她的妹妹心怀仇恨，自愿舍身，把自己新死去的魂魄附在了这座石像上！她的怨毒是如此深刻，复仇的意愿是如此强烈，化为恶灵后居然可以操纵死物！她借了慕湮的遗体复仇，而破军以为是师父复活，刹那为此神志大乱，被她趁机得手。

“主人，小心！”迦楼罗再不客气，瞬间释放出了强大的金光，向着敢于对主人动手的妖物迎头击下，“小心啊！”

“不！”眼看金光就要将石像化为齑粉，云焕脱口惊呼。然而就在那一刻，石像挽起了一个剑花，于一瞬间硬生生地接下了迦楼罗的巨大攻击力量。

“住手，潇！”云焕厉声道，“不许损害师父遗体！”

“恶魔！恶魔！我要杀了你！”仿佛被迦楼罗巨大的力量震了一震，虚空里传来什么东西裂开的声音，石像忽然间停止了动作。石像待在原地，再无生气。只有女子尖厉的声音在风中响起，一声声呼唤，满含怨毒和不甘。

看得出，央桑的魂魄在竭尽全力地想让石像再动起来，然而受了那样剧烈的一击，靠着术法勉强凝聚的魂魄被震碎，这个寄居的躯体逐渐恢复了沉重冰冷，无法再移动。

“师父！”他看着石像的手腕上裂开一条缝，光剑从冰冷的指间跌落，不由得失声道，“你受伤了？”

然而奇迹般的，那把跌落的光剑没有落地，反而在虚空里一个翻转重新浮起。有星星点点的血，从石像背后的沙漠里凸现出来，凭空凝聚，洒落在地——那一条血线虚空划过大漠，直奔他而来。跟随着那一条血线一起的，还有那一把吞吐着剑芒的光剑！

苍生何辜！那一瞬，云焕仿佛认出了那个看不见的对手，脱口低呼：“是你！原来是你？！”

仿佛忽然间获得了求生的力量，破军用尽全力一按地面，整个人贴着剑芒滚了出去，只有一缕长发被截断——是的，他可以选择死亡，但也要死在师父手里，而不是就这样死在这些人手里！

刻不容缓之际，迦楼罗重新俯冲而来，掠到最低点的时候投下了银索，卷住了云焕的腰身，瞬间将破军卷起：“走！”

“师父！”在被拉起的瞬间，云焕伸手去拉那座石像，试图将其一起带走——然而如此严重的伤势已经令他无力握紧双手，冰冷而沉重的石像只是微微动了一下，就从他染血而衰竭的手里滑落，重新落回了大漠之上。

“师父！”他失声喊，极力伸出手，身形却急促地被拉向了天空。

剧痛令他眼前一片空白，在飞速的上掠中他眼睁睁地看着无数明火执仗的盗宝者赶来，簇拥在少主和石像身侧。在火把明灭下，那座被恶灵附身的石像静静回到了轮椅中，抬头看着他，双眼是可怖的殷红色，充满了憎恨和不甘。

那一瞬，他只觉心痛如绞。

迦楼罗救走了主人，倏忽远去。狂风卷起飞沙，迷住了所有人的眼睛。

在风沙散去后，音格尔挣扎着站起，捂住流血的伤口，长长叹了一口气：“还是被他走脱了……用尽全力，也只做到如此。”

“已经很不错了，”大巫喃喃道，凝望着天际，“这一次连受重创，就是以破军之能也至少需要一年的时间——而这一年，足够我们扭转局势。”

大巫师双手默默合十，微微叹息，走上前将手按在了石像的额头，掩住那一双流血的双眼，低声祝颂："时辰已到，去往彼岸转生吧……请闭上你的眼睛，央桑公主。"

"不，不！我要杀了他！"央桑的魂魄犹自恋恋在石像上不肯离去，在虚空里尖厉地呼喊，睁着一双血红色的眼睛，"我要看着破军死！"

"已经没有可能了，"大巫轻轻摇头，"你已经做完了你要做的，请不要耽误转生的时间……瞑目吧，去黄泉之路。"

"不！我不去！"央桑的魂魄愤怒地呼喊，"不看到那个魔鬼死，我绝不瞑目！"

"你要永不超生吗？"大巫的语气严峻起来，"难道你要做空寂山上那些恶灵？快走！"

"我宁愿永不超生！"央桑的声音几近疯狂。

大巫叹了一口气，回头看着音格尔，无奈地轻轻摇了摇头——手掌下的那双眼睛依然怒睁着，有鲜血沁出，久久不肯瞑目。

"妹妹！"音格尔尚未回答，却见一个女子拨开了众人，踉跄奔过来，一把抱住了石像，"别这样啊……妹妹！"

"姐姐。是你？"在姐姐的抚慰下，央桑似乎在虚空里微微叹了口气，有一股小小的旋风在她身侧绕起，轻抚摩珂的发梢，仿佛一只灵巧的手。

"去吧，去吧……妹妹，去投入轮回。"摩珂泪流满面，抚摩石像流血的双目，"央桑，求求你，去吧，把这一切都放下，重新开始你的人生——你已经做完了你能做到的，剩下来的，就让我们来做吧！"

"不，姐姐，我一定要——"央桑犹自固执。然而摩珂霍地站起，往后退了一步，看着附身石像的妹妹，忽地反手抽出了身侧一个盗宝者的刀，架在了自己的脖子上！

"去！"她怒视着那双流血的双眼，厉声道，"立刻去！否则我就比你先走一步！我会下黄泉来带你走！"

"姐姐！"央桑发出了惊骇的呼声，"不要！"

"那你立刻离开这个躯体，去转生！"摩珂收紧了刀，刀锋在她脖子上割出了深深的血口，"立刻去！我数到三，如果你还不走，我就立刻化成鬼魂来拉你一起去！一！"

“姐姐！”央桑无措地呼喊，“别这样！”

“二！”摩珂毫不容情，刀锋更加收紧。

“姐姐！”央桑的声音已经带了哭音，方才语气里的憎恨怨毒全不见了，一瞬间重新露出了一个少女的无助和茫然，“我……我不想就这样死去啊……我一定要看到那家伙……”

“三！”摩珂厉声说出了最后一个字，刀锋蓦地往里一割。

在众人的惊呼声里，一道风忽然卷起，仿佛有什么无形无质的东西发生了移动，倏忽远去——在风起的刹那，轮椅上的石像的眼睛忽然闭上了。风沙还在呼啸，然而那具石像失去了生气，重新坐入了轮椅，将握剑的手缓缓放下，恢复了宁静沉默的模样。

“姐姐……”远去的风里，依稀还传来央桑带着哭音的呼唤，恋恋不舍。

黄沙漫漫，裹着魂魄向着云荒的北方滚滚而去，消散在远处。石像的双眼重新闭上了，眼角沁出最后一滴清澈的泪水，冲走了脸颊的血迹。

“来世再见吧……妹妹。”放下了刀，摩珂轻轻望着远方，抬手轻轻擦去了石像脸上冰冷的泪水。是的，央桑，若有来世，我们一定可以再做姐妹。只要能重逢，哪怕就是如这一世的艰苦坎坷也绝不会后悔。

这世上，唯一能化解恨的，唯有更深的爱。

“天神保佑。”大巫合掌，喃喃念起了往生咒，“让苦难的灵魂得以解脱，往生彼岸。”

众人一起俯首，为这个英勇牺牲的女子祈祷——在祝颂声里，却有什么东西从虚空中簌簌落下，化为粉末，洒落在大漠上。

“咳咳，出来吧，隐墨珠都已经被震碎了……你也伤得很重了吧？”音格尔微弱地咳嗽着，看着石像背后虚无的空气，“你、你还想藏多久啊？”

随着话音，一个男子的身形在黎明黛青色的天光里渐渐浮凸，宛如雾气的凝结。周围的盗宝者们发出了一声惊呼，下意识地拔出了刀，然而少主摆手阻止了下属，踉跄上前，握紧了对方的手：“西京，你……咳咳，还好吗？”

“你说呢？”西京将光剑握在左手里，右臂已然软软垂落，满身是血地苦笑，“一个破军也罢了，再加上迦楼罗，实在是可怕啊……你放心，震碎了隐墨珠，最多赔你一颗辟水珠好了……咳咳，那个东西我倒是在地宫里拿了一堆。”

“都这个时候了，谁还和你计较一颗珠子？”音格尔不由得苦笑，打量了一下他的手臂，咳嗽着，“还好，只是断了而已。”

是的，在刚才那一轮交手里，和云焕对阵的并不是央桑，而正是当代的空桑剑圣！

央桑不惜献出生命，化身恶灵附于石像上，操纵石像移动；而西京用隐墨珠藏去了身形，用本门的剑法去格杀那个不可一世的破军。

在诸方合力之下，计划一步步展开，破军逐渐踏入这个由云荒各方力量共同布下的局中——这样精密的计划、巧妙的配合，无数人不顾生死的牺牲，才换来了让那个魔头暂时被封印。

只是，可惜到最后还是功亏一篑，未能将其当场击毙。

血战结束，盗宝者们一拥而上，将他们两人簇拥回铜宫休息养伤。西京躺在了椅子上，感觉全身的骨头都碎裂成了一千片。

“我的天啊，”西京喃喃道，“剑圣门下的剑技，一旦混合了破坏神的力量，那真的太可怕了……刚才云焕如果不是被封印住了魔之左手，又被我虚张声势地吓住，我恐怕在他手上走不过十招。”

音格尔看着他身上被迦楼罗击出的深深伤痕，不由得苦笑：“看来你也是吃了大苦头啊……快，去叫大夫拿药来！”

“药就不必了，有上好的烈酒赶紧来一坛。”西京捂着胸口，咳嗽着，“只可惜，还是让他走脱了……”

“算了，大家都已经尽力。”音格尔叹息，看着一片狼藉的铜宫和浑身浴血的族人，“是天还不让那个魔就这样轻易死了啊。”

西京点了点头，捂住伤口倒吸了一口冷气，忍住疼痛：“也不算无功而返——今夜一战，破军虽不死也丢了半条命，起码为我们赢得了一年的时间。皇太子殿下已经部署好了，今日开始，全境起兵，反攻沧流！”

“今日开始？”音格尔大吃一惊。

“是。已经开始了。”西京大笑，“你以为慕容修那小子是真的逃之夭夭了吗？他是即刻返回了后方，忙着坐镇军中，调度空海联盟一起作战了！”

“是吗？”音格尔越发诧异，“空桑和海国联手作战？”

“是啊，”西京又取过了一坛烈酒，却没有喝，只是缓缓走到了那座石像前，双膝重重跪地。“师父，”他将酒倒在地上，低声道，“弟子……弟子对不住您，实在对不住您啊！”

恶灵离去后，石像的面容恢复了宁静，依旧只是坐在轮椅上静静地睡去。西京不敢抬头去看师父的面容，用力握紧了手里的光剑，插入沙土，然后重重地磕下头去，直磕得额头血红，沙砾嵌入血肉：“竟然让您在死后犹自不得安生……求您宽恕。”

“不要太自责，”音格尔轻声安抚同伴，“令师在天有灵，也会谅解你的。”

“少主，您也该养伤了。”看到音格尔关切的神色，莫离在一旁担心地提醒，“您的身体向来虚弱，无法这样连番恶战下去，去休息吧。”

“不，我没时间休息。”然而少年人单薄的身子却挺得笔直，只是停顿了片刻，便出门翻身上马，“我们得赶紧去找母亲和闪闪——他们被破军的人马截住，如果去得晚了恐怕就完了！”

“不，少主，您不能再硬撑着了！”莫离失声道。

然而音格尔的性格又是极执拗的，一旦决定了要去做的事情，根本容不得别人质疑半分，所以大家也只好跟随他翻身上马，向着乌兰沙海进发。

行出上百里，周围已经是一片苍黄大漠，风沙酷烈。

这里，也是铜宫那条秘道的出口之处，位于一块巨大的沙砾岩下，有大丛的红棘围绕着。不远处就是流光川，从那里沿着水，下了帕孟高原，便可以顺着赤水水路来到叶城——然而，在这样一片荒无人烟的沙海中，他们却赫然看到了几架坠落的风隼。

那一瞬，所有盗宝者的心都揪了起来。破军说的是真的！他没有恐吓他们——沧流军队的的确确已经发现并截击了盗宝者们的家眷！

音格尔脸色苍白，在马上一个摇晃，几乎是一头栽了下来。

“少主，少主！”莫离失声道，飞扑上去扶住了他，音格尔却一把甩开他的手，向着秘道踉跄奔了过去，丝毫不顾那些密集丛生的红棘划破了肌肤。

秘道的门已经被移开了一半，门上溅满了血迹，遍布着刀剑砍削的痕迹。

音格尔脸色惨白，抬手想去推开半掩的石门，然而不知道是血战后力竭还是惊惧交加，他的手不停颤抖，居然推了几次都没能推开。

莫离无声上前一步，用力推开了厚重的秘道石门。踏入的瞬间，有浓浓的血腥味扑鼻而来，他们的脚一下就踩到了软软的尸体。

那是牧民装束的尸体，被刀钉死在秘道门口，双目犹自怒睁。

等火把燃起，只见秘道出口处堆满了老弱妇孺的尸体，大都是西荒盗宝者的装束，死状惨烈，几乎将石门堵塞，所以方才难以推开。

火把掉落在地上，滚了一下，随即熄灭。

一行盗宝者都站在了那里，没有人发出一丝声音。音格尔身子一晃，莫离连忙搀扶住他——然而音格尔在黑暗的秘道内怔怔站了片刻，竟不敢再走远一步，脸色苍白得可怕，猛然间往前一倾，一口血急喷了出来！

“少主！”莫离惊呼。

音格尔只觉急怒攻心，眼前一阵苍白，再也无力勉强支撑，颓然跪倒在黑暗里，肩背剧烈颤抖。族人的尸体堆满了他的身侧——那都是一些老人和妇孺，是他们的父母、妻女、幼子，是那些浴血奋战、悍不畏死的盗宝者心里最软弱的一部分。他不敢再看下去，生怕下一眼看到的就是闪闪或者母亲的尸体。

“神啊，这是我的错……”音格尔跪倒在尸体中，渐渐失神，喃喃道，“是我害死了他们。”

“少主……”莫离不知如何措辞，讷讷道。

是的，他做错了选择。他本该向破军屈服，满足对方的所有要求！破军要带走他师父和盗宝者又有什么关系？他要报复空桑和鲛人，和他们又有什么关系？原本大家都可以好好地活下去……而作为首领的他却选择了这样的一条不归路！

他失神地喃喃，陷入了同时失去母亲和妻子的巨大苦痛：“都是我的缘故！我真愚蠢……真愚蠢。竟然做了那样的决定！”

莫离和其他盗宝者站在他身后，都不知道说什么才好。

少主一向骄傲，少年时返回铜宫夺得族里大权之后，一直独断独行，做了决定就绝不回头。然而这么多年来，还是第一次看到他如此痛悔。

“不，盗宝者之王，你没做错。”

忽然间，黑暗的秘道深处忽然传来了一个女子的声音。

“谁？”所有盗宝者齐齐一惊，铮然的拔刀声响成一片。

“咔嗒”，黑暗深处传来了火石的击响，然后，一个角落里慢慢亮了起来。一个红衣的女子站在那里，满身是血，手里的剑缺了几个口子，然而眼睛却闪亮坚定。

“叶赛尔！”认出了这个人的身份，莫离惊呼起来——这个女子是霍图部的女族长，不久前带着族人一起来到了铜宫，带来了一片洁白的羽毛。正是那片羽毛将少主拉入了他们的阵营，共同制订了昨夜那个惨烈的惊天刺杀计划。

然而，也正是这个女子，在计划真正实行的前夕却带着族人失踪了。

所有盗宝者都对此嗤之以鼻，认为那些几十年来一直夹着尾巴在东躲西藏的霍图部遗民是害怕再一次的战乱到来，所以提前逃之夭夭了——却没有料到，在这样的地方居然再度看到了这个红衣的霍图部女首领！

“音格尔……音格尔，”黑暗里传出了微弱的呻吟，“我在这里。”

那样熟悉的声音仿佛雷电瞬间劈中了音格尔。盗宝者之王抬起头来，张了张口，居然一时间无法发出声音，直到第三次才把那两个字说了出来：“闪……闪闪？！”

“是的。”叶赛尔扶着墙壁，疲倦地哑声回答，“你的妻子很勇敢，一直协助我们战斗，直到最后一刻。”

“闪闪！”音格尔猛然站起身来，踉跄冲过去。叶赛尔让开了身子，她身后是一行浑身浴血的霍图部战士，个个都已经筋疲力尽，却依旧双手紧握武器。

在他们身后是秘道的一个弯角，那里是大屠杀的幸存地，有一群妇孺老人紧紧聚在一起，被战士们手拉着手包围起来，所有试图冲上来的沧流战士都被霍图部战士不顾一切地阻挡在外围，双方的尸体交错对垒，几乎令人无法下足。

叶赛尔示意战士们让开：“你的母亲受了惊吓，暂时昏过去了。”

音格尔冲过那些浴血奋战的霍图部人，怔怔看着劫后余生的族人，不敢相信自己的眼睛。

“我们接受了真岚殿下的指令，暗地里保护你们的人，”叶赛尔的声音疲倦不堪，“但是……征天军团数量实在太多，我们尽了全力，也没能保护周全所有的人……一共死了八十七个人，剩下的二百三十一个都在这里……对不起。”

那些死里逃生的族人看到了自己的少主，顿时发出了一声惊喜的欢呼，纷纷扑了上来。旁边一直守护的霍图部战士纷纷让开了身，看着他们重逢，眼里露出了欣慰的表情。只听扑通扑通连声，那一群霍图部的战士再也支持不住，纷纷拄着剑七歪八倒地靠在了壁上。

音格尔回头看着这一行血流满身的异族战士，看着重伤的红衣女族长，眼里的神色激烈变化，似是感激，似是羞愧，迟疑了许久，终于开口："对不起。”

“嗯？”叶赛尔诧异。

“抱歉，我刚才说了那样的话。”音格尔低低开口，有些愧色地转过脸去，“在你们为一些毫不相干的异族人血战时，我……我竟然说了那样的话。”

叶赛尔微微笑了起来："没事。别忘了，你也曾为不相干的异族人血战。”

音格尔一怔，苍白的脸上浮起了淡淡的血晕，眼神里隐隐有晶亮的光——他似乎是用了极大的意志力，才克制住了自己在这一刻的震动，不至于在下属面前落泪。

“在魔的面前，每个人都应该为所有人而战——不管是霍图部、曼尔戈部、沧流、鲛人还是空桑人。如果大家都抱着独善其身的想法，不愿守望相助，必然会被各个击破，最终无一幸免……”叶赛尔低声地开口，仿佛是对自己说，也仿佛是对身侧所有人说，“少主，我们霍图部，很荣幸能和盗宝者一起并肩战斗。”

“是的，这也是我们的荣幸。”音格尔缓缓点头，用力咬住了薄薄的下唇，霍然转过身，对着身边的族人高高举起了手："各位，决战就要开始了！立刻返回铜宫，清点所有人马，与帝都的那个魔鬼战斗到最后！”

“百年之后，千年之后，我们的后人定会为我们此刻的决定而自豪！”

日出东方，从高空俯瞰下去，整个云荒烽烟四起。

东方的泽之国、西方的砂之国、北方的九嶷，按照事前统一的计划，当地的反抗力量在同一日起兵，与当地沧流军队展开了厮杀。而沧流最精锐的征天军团被云焕带领前往乌兰沙海，云集于一处，一时间无法及时扑灭四处燃起的烽烟，战火在新一天里以燎原之势蔓延。

太阳升起的时候，镜湖上空那一场激烈的战争陡然发生了转折。

征天军团在镜湖上空和空桑人相遇，激战持续了一夜。虽然占了上风，但东方天际一发白的时候，空桑军队便只能全线撤退。仿佛一阵风过，冥灵军团化为一团虚影，朝着北方的九嶷郡方向迅速掠去，消失殆尽。

无数的风隼和比翼鸟停在了空中，密密麻麻地围着唯一的对手：金色的巨龙和巨龙上的空桑皇太子。

九天之上，一时万籁俱寂。

“唉，你看，冥灵就是这一点不好，见光死，”真岚叹气，孤身一人提着辟天长剑看向周围无数的敌人，不以为意，“每次打到正起劲的时候就要拔脚走人——这一百年来，我们练习逃跑的功夫倒是比打仗要多。”

“皇太子，”龙神沉声道，打断了他的废话，“我们要赶紧去找破军。”

“哦，不错！”真岚看了看天色，也严肃起来，“看样子，西京和音格尔那边应该已经结束了行动——接下来就是要看我们的了！快走吧！”

龙忽然发出了一声长啸，响彻天地。征天军团齐齐一震，下意识地往外一退——迦楼罗尚未返回，破军少帅也不曾坐镇军中。失去了首领，九天各部之间相互无法统一配合，也不知该谁先发起攻击。

只是微微一个僵持，金色的闪电破空而出，龙神竟是毫不恋战地逃离，驮着真岚杀出重围，向着西南方的帕孟高原方向迅疾掠去！

行出三百余里，便看到了那一只金色的巨鸟。

迦楼罗金翅鸟从乌兰沙海返回，双翅披着霞光，璀璨无比。朝阳映在它身上，竟然焕发出鲜血一样的光芒——迦楼罗飞得很快，宛如疾风闪电，似乎急于赶回帝都。

机舱里一片黑暗，只有金色的光芒笼罩着金座上昏睡的人。

“主人，主人！”潇的声音一直急切地低唤着，试图将那个重伤的军人唤醒。然而云焕的伤势非常严重，胸口贯穿的剑伤赫然可怖，全身受到多处重伤，鲜血淋漓，被抢回迦楼罗后一直昏睡，竟然对外面一切都没有反应。

“主人……”潇坐在和他背对的那张金座上，声音里已经带了哭音。从来没有看到云焕受到这样的重伤，血流了他半身，那个叱咤风云、睥睨天下的破军少将仿佛靠在位子上睡去了，安静得宛如一个孩子。他的左手上的金色封印还在闪烁，仿佛一个黄金铸造的手套——然而，随着黎明的到来，封魔的力量也在渐渐消散。

舱室内一片寂静，潇操纵着迦楼罗在天空里飞。

风云呼啸而过，凌空俯视下去，整个云荒大地烽烟燃遍，宛如一只充满杀气的眼睛霍然睁开，用血红色的瞳子和苍穹冷冷对视。

云荒……已经变成了这个样子了吗？第一次离开了主人的意志，独自掌控局面的她忽然有一种茫然不知所措的感觉。

“主人？”她再度低声呼唤，然而背后金座上那个人还是没有知觉。

潇不由得惊慌起来。他……他会不会死？受了那样重的伤，如果是任何普通人早已死在当地，主人是非凡之人，但……他是否也会死？迦楼罗发出了一阵战栗，潇竭力想回头去看背后的云焕，却未能如愿。

金色的头盔下，她的脸色在剧烈变幻，然而金座上无数密密麻麻的金针刺入她身体，将她永久地钉在了座位上，和这个杀人机械融为一体。鲛人女子的神志在苦痛焦急中挣扎，身体却一动不能动，只有紧闭的眼角流下泪来。

她向着帝都飞速前进，想把重伤的主人带回安全的地方。

“啊？”眼前有什么一闪而过，她下意识地觉得不祥，全身的金针一起收紧——迦楼罗在一瞬间发出了刺耳的声音，速度从极快立刻降低为零，呼啸的风仿佛被无形的力量瞬间凝定。在停下的瞬间，防护的力量同时打开，金色的光芒笼罩了巨大的机械。

在同一时间，她看清了前面拦住去路的，竟然是一条金色的龙！

“龙神！”迦楼罗发出了一声呼啸，心知不好，立刻侧身飞起。潇容身于这个巨大机械，对其的控制可谓精确入微、随心所欲——在她一念之间迦楼罗立刻改变了线路，速度从静止瞬间变得极快，试图用弧线跳跃的方式绕过眼前这个棘手的敌人。

主人还在流血昏迷，如果不尽快将他送回帝都医治，不知道将会发生怎样的事情！在这种时候，绝对不可以再和这样的对手交锋！

然而龙神已经预料到了她逃脱的意图，长长的身体霍然展开，风云急卷，庞大的龙身宛如一道长城拦在前方，将对方绕过的企图完全堵死。

也罢。潇闭着眼睛，发出了一声轻叹。看来，今日这一战避无可避了……迦楼罗是以凡人的力量极限创造的接近于“神”的作品，先得到了破坏神的力量作为驱动，又从人世汲取了数以万计的魂魄灵力，加上九天军团，如今与龙神一战，也未必就没有胜算——然而黑暗的金座上，作为全权操纵者的潇，脸色却苍白如死。

龙神，请原谅，作为海国的子民，我却要对你如此不敬！

迦楼罗忽地起了一阵战栗，仿佛激动，仿佛畏惧，然后金色的巨鸟忽地退了一步，双翅垂落，轻轻滑出三十丈，侧身，仿佛是行礼，然后振翅而起，长啸一声直冲九霄而去！

金光夺目，然后那个升至极高处的金光忽然散开，化为闪电击向龙神。

“龙，迦楼罗的力量不可小觑。”真岚开口，一手握紧了辟天长剑，回头看着背后，“我们没有后援，而征天军团就要赶过来了，前后夹击，可有点吃不消。”

龙神点头，神色严肃：“事到如今，尽人事、听天命而已！”

“说得是。”空桑的皇太子还是握起了辟天长剑，最后回头看了一下镜湖方向，眼神里带着某种决绝的神色——然后霍然回头，看着逼近的迦楼罗，杀意在眉间凝聚。

在紧握长剑的双手上，“皇天”神戒闪烁着光芒。

破晓的时候，那笙正在沿着青水急行。那一颗灵珠在手心闪烁，映得周围一片洁白如雾气，那些水里的幽灵红藻发出了畏惧的蠕动，纷纷化为灰烬——仿佛所到之处，身侧一切都被某种奇特的力量净化。

“来得及吗？来得及吗？”她不停喃喃，不时抬头看着水上。

那一日在帝王谷看到了从黄泉之路返魂的空桑女剑圣，苗人少女心知此事的重要，没有问对方到底想做什么，她就毫不犹豫地听从了，甚至来不及和青塬细说，便从九嶷郡紫台一路骑马飞奔，穿越了泽之国去往西南方。

空桑女剑圣魂魄凝结出的灵珠在掌心微弱地鸣动，一路指引方向，引导她去往当下战事最为激烈的西荒帕孟高原。冥冥中有一股力量驱使着她，让她有了当初在慕士塔格初遇断手时的同样预感。

——这是命运转折的时刻，她的任何一个选择都将会改变这个大陆的命运！所以，绝不能耽误，一分一秒都要争取！

一路急奔，不知道过了多长时间，她来到了青水入湖口。天马一声低嘶，展翅飞起。伽蓝帝都浮在水面上，白塔的影子投射下来，落入幽深的水底。

那笙乘着天马在空中急奔，俯视着镜湖彼岸激烈的战火。乌兰沙海那边，不知道又是怎样的战云飞卷、血流成河的局面！

灵珠的光在手心浮动，渐渐涣散。那个不肯去往黄泉转生、硬生生逆了生死之数的灵魂在波动，又有涣散的趋势——轮回之门的力量是如此强大，冥冥中仿佛有巨手拉扯，仿佛要将这三魂七魄重新拆开，投掷到这个世间去！

“再稍微忍耐，很快就到了！”那笙紧张地喃喃，同时默默念起了镇魂咒语，用尽了自己所学的最高术法来护住空桑女剑圣的灵魂。

天马急速飞驰，唰的一声从镜湖入海口的叶城上空腾起。眼前一望无际的便是金黄色的沙海，西荒就在前方。

她吐出一口气，忽然间微微一怔。极目望去，旭日初升，天地华彩。然而在湛蓝色的天和苍黄色的地之间，居然有一线诡异的黑正在慢慢升起——就如极远的海上张开了一块极大的幕布，正在被无形的力量一分一分升起。

那……那又是什么？然而再定睛一看，那一道黑色忽然间又消失了，海天尽头依然一片风和日丽。

是幻觉？那笙揉了揉眼睛，还想再看，然而天马一声惊嘶，蓦地降低了飞行的高度。突然间的落差让她一个趔趄，差点从马背上掉落下来——征天军团！居然是征天军团集结在西荒的上空，正在激烈交战！

顾不得多想，她只是控制着马缰，驱使天马放低了高度，从密集的战云下穿梭而过——战云的核心里，巨大的金光不时四射而出，撕裂了沉沉黑云。

“天啊！”她行至战云之下，偶然抬头，忍不住失声惊呼起来——龙神？正在和迦楼罗金翅鸟激烈搏杀的，居然是龙神！

巨大的龙和巨大的金翅鸟在虚空里搏杀，整个沙漠风起云涌，黄沙在巨大的力量下呼啸，凝聚成成千上万的龙卷风，在博古尔沙漠上来回逡巡，宛如拔地而起的梦魇森林。仿佛被罕有的杀气惊动了，一贯蛰伏在沙漠底下的沙魔也忽然暴躁起来，在狂舞的沙风里冒出了地面，化身为巨大的怪兽横冲直撞，袭击所有遇到的活物。

那样可怖可惊的景象，恍如末日。

龙神在迦楼罗和征天军团的前后夹击之下，渐渐开始有不支的表现。那笙下意识地想上前助战，然而此刻，手心的灵珠忽然一阵波动，一个柔和的声音清晰地传入了耳际——

“不，孩子，不要恋战。请立刻带我去往乌兰沙海的铜宫……我必须在魂魄飞散之前，寻找到我的躯体。否则，破军灭世，云荒将陷入浩劫！”

第十一章

诸神黄昏

沧流历九十二年十月十五日，云荒大地上战云急涌，杀机四伏。

而万里之外的碧落海上，黑色的巨浪奔腾翻涌，仿佛一群群被驱赶的怪兽。随着祝颂和咒语的不断进行，黑色的海浪被某种可怖的巨大力量操纵着，居然向着天空里不断涌去！

"愿我之血，化为大海。蔽日夺光，与天同在。"

红衣的女祭站在哀塔顶上，举起双手对着天空喃喃祝颂，双眼流血。在她连绵不断的祈祷中，上古的咒语发挥出了极大的力量，令整个大海都为之沸腾。黑色的浪仿佛一条条从深海里腾出的巨龙在她身边咆哮，争着往天空里飞去。整个碧落海都在狂怒中战栗，海水被一种不知名的骇人力量拉扯着，形成了一道奇异的水墙，往天空升起！

头顶的光，一分一分地暗淡下去了，耳边只有狂风巨浪的怒吼声。

整个七海，都在这个可怕的咒术之下沸腾了。

"海皇将祭献出所有的血，请大海赐予他力量，完成他最后的愿望！"

黑暗咆哮的大海中央，高高耸立的哀塔顶端，溟火女祭的长发在狂风中翻飞，雷电萦绕着她的身侧，她仰起苍白流血的脸，对着黑暗的苍穹厉声高呼，吐出了最后一句咒语：

"请将七海的力量，都倾注入他的血里！"

随着最后一个音节的消散，哀塔里那一支金杖应声落下，彻底贯穿了祭品的心脏！

“咔嚓”，轻轻一声响，他听到尖利的金杖在刺破他心脏前，刺破了某种奇特的东西——他身体猛烈地一动，却没有立刻感觉到生命消散的迹象。仿佛在刺穿他心脏、带走他的生命之前，有什么东西被咒术的力量击溃了，咔喇一声四分五裂。

被钉在五芒星阵里的人勉力抬起头，平视着胸口上那一支刺落的金杖。在他心脏的深处，有一种黑色的光忽然四射而出！

仿佛一个黑色的影子从他的身体里站起，想要逃出，扭曲成各种形状，却被金杖死死钉在了他的身体上。

“阿诺，不要白费力了。”他忽然笑了，失去血色的唇露出一丝讥诮，“和我一起死吧。”

他心口里逃逸出来的黑影在激烈地挣扎，发出一种类似于蛇类吐信的咝咝声——然而，影子的末端仿佛也被金杖钉住，死死地镶嵌在他心脏上，无法逃脱。而随着他流血的加快，影子挣扎得越来越无力，也越来越稀薄。

“真不错，居然还能看到你先我而亡的那一刻。”苏摩的唇角微微弯起，噙着一个恶意而快意的笑，“阿诺……你没有想到吧？我愿意舍弃身上的每一滴血、每一寸骨，祭祀献给上天。所以……当我的身体完全被祭献后，你也将无所遁形。”

“没有了我……你又能去哪里呢？我们本是同生同灭的孪生啊！”

海皇笑着，看着那个从他心口逃出的黑影在黑暗的哀塔内嘶声挣扎，却终于敌不过这毁天灭地的咒术的力量，随着他生气的消散渐渐稀薄，化为了一缕白烟，消失在怒潮涛声之中。

“所以，还是和我一起毁灭了吧！”他低微地冷笑，眼神里却只有寂寞，“一起死了，从此永不超生吧……我的弟弟！”

苏诺，他的弟弟，他毕生的心魔，终于在最后的这一刻得以了断。

那个纠缠了他一生的黑影终于消失了，那遮蔽了他心灵的黑暗也渐渐离去。苏摩躺在空无一人的哀塔里，听着故国涛声如同怒吼一样回荡在天际，灵台空明，眼前渐渐出现了一片空茫而宁静的蓝色，仿佛浩瀚无垠的大海——是否，在他生命里最后的一刹那，竟可以得到一个毕生未有的洁净灵魂？

“诸神诸魔，俱归寂灭！”最终，溟火合起了手掌，仰天吐出了最后一句咒语，脸色苍白如死——漫长的仪式耗尽了她所有体力和心力，在念出最后一句的瞬间，她的身子再也无法支持，从黑色的哀塔顶端直直坠落，那一袭火红色的衣裙瞬间被风浪淹没。

和七千年前一样，她强行施展了这个悖逆天地的仪式，做了超出一个女祭司该做范围的事情。逆天而行施术法的她，在完成仪式之后也将坠入最深的海底，再度被封印。

海皇……作为守护大海和龙神的女祭，我已经尽到了自己的职责。接下来的最后一段路，就请您自己好好地走完吧！

心口里最后的血无声无息地流出，蜿蜒散开，宛如一条条蛇悄无声息地融入了黑色的大海。随着血的消逝，他身体里所有的力量也被带走，融入了外面那一片漆黑的怒海。

长达数十日的咒术终于完成，溟火女祭实现了她的诺言，以超凡的术法超越了血缘的限制，转移了力量。在他献出自己所有血的时候，七海便同时呼应了他的愿望，让他的生命渗入了大海，从此与浩瀚碧海同在。

一切有水有血之处，便是海皇无所不能之处！

在血即将流尽的刹那，他抬起了湛碧色的眼睛看向塔外的夜空。碧海之上的天空里，云层背后，有两颗原本合并在一起的星辰陡然分开了。一颗沿着原轨道运行，而另一颗，却以惊人的速度向着苍穹里急速陨落！

斩断了。黑暗里，苏摩眼里露出了冰冷的笑意——终于，斩血之术完成了。他流尽了全身最后一滴血，亲手斩断了由他自己建立起来的星魂血誓。

从此，他和她之间，再无相干。

那些纠缠在他们宿命里的丝线，终于被一刀斩断！

意识在渐渐消散，从未有过的疲倦袭来，永恒长眠的念头在这一刻攫住了他的心，苏摩静静合起了眼睛，觉得自己的魂魄在渐渐消散，飞入了风暴里，和那些海浪融为一体——然而，在他模糊的视线里，黑暗的最深处，却浮现出了一个白衣少女腼腆洁净的笑靥来。

“记得要忘记啊……”她轻声对他说，然后转身投向万丈的大地，犹如一羽穿云飞去的白鸟。那一刻，天上地下的惊呼声回荡在耳际。

多么可笑，她对他做了那样的事，却还奢望他能够将这一切忘记！

她从未指责过，从未憎恨过——所以，才让他更加地憎恨自己。

“不要走……”在最后的幻觉里，他喃喃道，表露出了毕生未曾露出的软弱和孤独，“不要留下我一个人。”

他对着那片白色的光芒茫然地伸出了手去，说出了百年来始终不曾说出口的几个字，声音轻微得如同叹息——

“是的……我是爱你的。”

“对不起……对不起。”

在灵魂消散的一刹前，他徒劳地向着虚空里的幻影伸出手去，黑暗的哀塔里似乎弥漫着一种清雅芬芳的味道，那个少女的影子遥远而微亮。一切仿佛回到了那个十六岁的夏日。那个白族公主微微闭着眼睛，等待着他的吻，身上散发着白蔷薇一般美好洁净的气息——那是来自另一个世界的阳光和白昼的气息。

然而，用尽最后力气伸出的手，却在空中停顿了一刹那。

一刹那的停顿后，深碧色的瞳孔扩大了，举起的双手缓缓地落在了地面，面容归于宁静，只有泪水从已经合起的眼睛里落下，化为圆润的珍珠。

那，也是他流干了血的身体里，最后的一滴水。

那一瞬，身体忽然轻了，魂魄脱离了垂死衰竭的身体。

巨大的光芒从头顶笼罩下来，那是浩瀚夜空里无数星辰的光，吸引着鲛人的灵魂去往天空——那一瞬，他想起了族里的传闻：每一个鲛人死后，他的灵魂都将化入大海，然后在满月的夜晚升上天际，成为一颗星星。如果在中途遇到了云层，那么就会化成雨，重新落入江河湖海。鲛人没有轮回，他们的宿命永远在水中流转不断。

模模糊糊中，他看到自己的魂魄在风中四散而去——看来，他也要归于大海了……和所有牺牲了的族人一样，化为蓝天碧海之间的长风。

就在魂魄消散之前，忽然想起了什么，他的神志为之一清。

是的，他要回去！他要在今日赶回去！

他曾经答应过族人，要在今日回到镜湖之上和他们并肩战斗。那么，作为海皇，他就一定会说到做到——哪怕身体在万里之外死去，他的魂魄也将会乘着风浪而至，用尽全力呼唤出这天地间所有水的力量，为所有人一战！

虽然如今已经是十月十四日，他却还在万里之外，但这世上，还有什么可以快过魂魄的心念？自己令溟火女祭举行这样的仪式，不就是为了在最后一刹那可以脱离这个垂死身躯的负累，获得空前的力量，可以为族人尽到最后一份力吗？

龙神、真岚、白璎……等着我。我必将归来，和你们并肩进行这最后的一战！而这一战后，我将得到永远的平静。

终于知道了该何去何从，魂魄转瞬消散，融入了大海——海皇合起眼睛的刹那，七海风云翻涌，融入了鲜血的大海骤然变成了黑色，在某种可怖的力量牵引之下扑向了天际，巨大的海啸声响彻天地！

云荒之外，七海尽墨，天地失色。

七千年之后，一场惊天动地的大战即将开始。

在万里之外，哀塔里的金杖落下的瞬间，虚无的城市里一双眼睛霍然睁开。

“太子妃醒了！”侍女们惊喜地叫了起来。

“苏摩！”然而那个骤然醒来的女子却不停地喘息，紧紧捂着自己的心口，仿佛自己的心脏正被什么尖锐的东西贯穿而过——“后土”神戒在她醒来的瞬间发出了一道光芒，护卫着她的胸口，那种温柔和煦的力量汹涌而入，弥补了她因为长久衰弱而缺失的力量。

“苏……苏摩！”她低声呼喊，想起了梦魇里的可怕景象。

她看到遥远的黑塔上一个秘术的法阵正在启动，一支金杖刺穿了他的心脏，将他钉在了那里——他身上流出的血，染红了整片大海。金杖落下的瞬间，那种尖锐的刺痛是如此真切，以至于她骤然醒来。

她浑身颤抖，不顾一切地奔过去打开了水镜。

“不必看了，太子妃，”大司命的声音忽然从身后传来，带着叹息，“那两颗并轨的星辰已经完全分开了——你的那一颗还在轨道上；而另外一颗，在方才的瞬间已经陨落。”

“什么？”白璎的脸色如同死一样苍白，死死地盯着水镜。在黑暗的水面上，已经看不到那颗星辰的存在，唯有她的命星孤零零地待在原有的轨道上静静运行，宛如千年前便已如此孤寂。

“我不知道他用了什么样的方法才解开了星魂血誓，但这实在令人惊叹。”一贯对鲛人苛刻的顽固长者脸上竟也有了敬仰的表情，叹息道，“他不仅还给了你一个新的躯体，也解开了对你的束缚——太子妃，恭喜你，从此你获得了新生和自由。”

白璎的肩膀剧烈地发着抖，她想起了真岚离开前说的那番话，想起了那个人曾怎样不顾一切地为她挡下了所有的攻击，身受重伤，却淡然若无其事地离开。

“不……不！”她低着头，指节紧握得发白，喃喃道，“不可能就这样死了……不可能！”

大颗大颗的泪水从她眼里滑落，击碎了平静的水镜。

“他不可能就这样死了……你胡说！”空桑太子妃忽地抬起头来，“我一定要找到他！我一定会找到他的！”

“太子妃！”看着醒来的太子妃不顾一切地奔出，大司命吃惊地跟在后面，一路疾呼，“你要干什么？你难道要去碧落海？你疯了吗？你不能去！外面如今正在……”

白璎仿佛疯了一样地奔出，根本不顾一路上诸王和战士们吃惊的眼神，牵过一匹天马翻身而上。然而，在她仰起头的一瞬，却忽然呆住了。

一场旷世血战正在她头顶徐徐展开，宛如一幅可怖的图画。

她看到了真岚——搏杀在血和火中的真岚。

九天之上正在进行一场龙凤激斗，风起云涌，天地为之色变！整个征天军团在不休地围攻着同一个目标，龙神穿梭其中，巨大的利爪撕开了密集的炮火，吐出的火焰焚烧了那些逼近的风隼，和迦楼罗金翅鸟在九天上搏杀，翻翻滚滚。

龙发出受伤的嘶吼，真岚的辟天长剑上流下了殷红的血。

大地上无数人抬头仰望着这一场战斗，心急如焚却无法帮上半分——这里面，有那些在镜湖的水域里和靖海军团搏杀的鲛人，也有在东泽和九嶷与镇野军团搏杀的空桑人。甚至，还包括了在空寂城和前来平叛军队厮杀的沧流叛军。

可是，无论谁都不能飞上九天，插手这一场战斗。

白昼的日光射落在镜湖水面上，仿佛最严酷的禁锢，将所有空桑人阻拦在水的另一侧。虽然心急如焚，冥灵军团却只能眼睁睁地看着水面上的那一场激战，看着自己的皇太子和龙神孤身陷入重围。

“太子妃！”在她控缰凝望的刹那，白发苍苍的老人手持玉简奔来，看着她，手指颤抖，“你看到了吧？在这样的情况下，你还要去找那个人？你、你想要一百年前的事重演一次吗？白族之王、空桑的皇太子妃殿下！”

那样的称呼宛如利剑落下，刺得她剧烈一颤。

在遥远的大海之上，那个人在黑塔里缓缓合上眼睛，伸出的手缓缓落下——然而眼前的头顶却是血和火的景象：她的丈夫，正在为了整个国家的生死存亡与最强大的敌人搏杀！

她窒息般地低下头，看到了那一枚银色的宝石戒指。那枚被真岚取下的“后土”神戒发出了柔和的白色光芒，照亮她的容颜；而她手里的光剑也在长鸣，跃跃欲试——她明白了这两者都在召唤着什么。

那是和心的意愿相反的另一个声音，也同样响亮地呼啸在她脑海里。

是的，她不能走——在这样的时候，她绝不能走！

白王深深吸了一口气，仿佛极度苦痛地捂住了自己的胸口，垂头沉默了片刻。然后霍然抬头，拿起了那一枚“后土”神戒，缓缓地也重新套入了自己右手的无名指——在重新戴上戒指的瞬间，一种力量注入了她的身体，令她热血汹涌。

是的，那个为爱而不顾一切的少女早已在百年前死去，现在活着的，是空桑白之一族的王者，是身为六星的守护战士！她重新接受了太子妃的身份，决定舍弃一切为空桑而战！

“大司命，百年前的事，不会再重演。”戴上了神戒，白璎回过头对着长者行礼，雪白的长发垂落到脚踝，面容肃穆而苍白，“多谢您的提点。”

“各部之王，领兵待命！”她勒转了马头，飞驰入军中，对着六王大声下令，“我先驰援太子那边——各部等夜色一起，便立即全数出战！”

“是！”各部的王者齐齐跪下，领命。

白璎勒马转头，天马一声长嘶，向着水面飞奔而去：“天佑空桑！”

所有战士仰望着“后土”的佩戴者手持光剑跃出水面，被那样夺目的光芒和飒爽英姿震惊。一瞬间，所有人都想起了一百多年前那个末日，在皇太子被阵前车裂，所有人都陷入绝望之时，正是白衣的太子妃从天而降，在城头托起了皇太子的头颅高声呼喊。

“天佑空桑！”无色城里爆发出了风暴一样的呼声，“天佑空桑！”

无数双眼睛从地面上仰望高空里的那一场战争，充满了渴盼、期待和畏惧。

但，也有一些眼睛却是逆着这些视线的。

比九天更高的高空里，连飞鸟都无法到达的地方，耸立着无数的尖碑。风从这些沉睡的碑前穿过，发出奇特的呼啸声，仿佛长短不一的音乐。云浮城里还是如此寂寞，连一丝人的气息都没有，上古族人都逐一陷入沉睡和消解，只留下一座空城在天外随风而动。

在空旷的祭台上，三位女神静默而坐，俯首看着下界的风起云涌。

“龙神和帝王之血，是否能遏制住迦楼罗和破军呢？”魅婀首先开口，有些忧心。

“我观测了力量的天平，它还是倾向于破军那一侧。”掌握了世间智慧的女神慧珈闭起了眼睛，缓缓摇了摇头，“破军历经艰难出世，必将灭尽六合八荒，扫荡这个乾坤——可惜它只有‘破’的力量，却没有‘立’的力量。所以，这个天地损有余而补不足，很快就会需要另一种力量来恢复平衡。”

“那么说来……”魅婀喃喃道，下意识地看向云荒大陆的北方尽头，“和平终将到来，却不是现在？”

“是的，还要等二十年。”慧珈点头，掐指计算，“等二十年一个轮回过后，少城主诞生在这片云荒大陆上——等到那个时候，这个失衡的天平才会遇到扶正它的力量。”

曦妃看向了底下血与火燃烧中的大陆，长长叹息：“那么说来，云荒还有二十年的动乱？这个漫长的灾劫，要让多少生灵涂炭啊！”

三位女神都为之恻然，长久地沉默。

忽然间，魅婀看着北方，忽地低呼起来：“看啊！那是什么？”

三女神齐齐惊动，不约而同地看向了北方的九嶷——那里有一道光芒正穿透了密林散发出来，那种光是洁净而素雅的，仿佛可以洗涤一切黑暗。正在沿着青水从九嶷帝王谷急速而下，向着镜湖彼端飞去。

“是她？”魅婀凝聚目力，从九天之上看去，失声道。

一骑白马从九嶷飞驰而下，马上的苗人少女手捧一颗灵珠，那耀眼的光芒就是从她掌心发出的。她紧紧握着那颗灵珠，策马飞驰，正穿过梦魇森林向着镜湖方向急奔。

“那个‘皇天’的持有者吗？”慧珈也有些吃惊，“她手上拿着的是什么？”

那种光芒太过于纯净，居然惊动了九天之上的三位女神。

“天啊！”终于，魅婀第一个叫起来了，“那……那是少城主的魂魄！”

三女神大惊而起，相顾失色。

“少城主……她没有去往彼岸归墟，放弃了转生的时机？！”慧珈喃喃道，脸色苍白。人死后，三魂七魄若不进入轮回，不出三日便会再度飞散，流离于六道之外，直到劫数去尽才能重新凝聚——难道，少城主不惜魂飞魄散二十年，就是为了免去云荒这二十年的灾难？！

少女骑着白马，手握灵珠穿越了镜湖，仿佛受到某种无形的指示，一路向南，披星戴月不肯歇息。

“一定是少城主怀着未了的心愿，从黄泉之路上返回，指引着那笙去往乌兰沙海寻找自己的肉身。”魅婀轻声道，“也只有‘皇天’的持有者，才能接触那么纯净的魂魄，帮助少城主完成她的愿望……唉，这或许就是命中注定。”

三位女神俯视着下界浓烈的战火，相顾叹息。

忽然间，曦妃抬起头来，失声道：“听！又出现了，这种声音！”

云浮城上呼啸而过的风声里，出现了另一种奇怪的声音。那种声音远远地响起来，从四面八方围绕上来，仿佛有战鼓在地底擂起，隐隐震得天地都在动——这种声音前几日便已经出现，然而却时隐时现，微弱不可闻，也没有引起她们的注意。不料才几日过去，这个奇怪的声音不但没有消失，反而逐渐增强到了上达天听的境界！

“是远方七海的海啸吗？”魅婀诧异道，远远地凝望云荒外的大海。

“不，不是海啸。”慧珈重新闭上了眼睛，用慧眼去勘破天上地下的一切，“好像是有某种巨大的力量在汹涌，似乎是……不可能！怎么会是这样？”

她忽然变了脸色，霍然睁开眼睛，失声惊呼。

与她一起惊呼的，居然还有魅婀。

“天啊！这、这是什么？七海，你们看下界的七海！”

三女神齐齐回头，将连日注视云荒大陆的视线投向遥远的南海，脸色顿时苍白——仿佛梦魇一般，那片碧蓝色的大海已经化为一片漆黑！那片黑色起自璇玑群岛的怒海海域，以哀塔为中心，迅速无声地扩散，所到之处海水皆化为墨！

七海在以惊人的速度化为黑色，那些黑色的海浪仿佛巨兽凝结，一排排地从远方海域生成，从四面八方朝着云荒大陆直扑而去！

“那是什么？”魅婀失惊道，“那些海水怎么注入了那么强的念力？谁在操纵着它们？”

“是海皇之血的力量！”终于，慧珈睁开了眼睛，脸色因为震惊而苍白，“是海皇苏摩，在用自己的血操纵着七海！”

黑色的大海在沸腾，从远处朝着云荒扑来。

咚，咚，咚……海底仿佛有战鼓在擂响，摧动着那些可怖的黑色巨浪排山倒海而去，以灭顶之势冲向了那片大陆。

“听到了吗？那是海皇之心在海底跳跃！”慧珈低声道，看着脚底下化为墨色的大海——海皇的血已经散入水里，流遍七海。他以这种可怕的方式祭献了自己，将他的念力遍布整个大海！付出了这样的代价，将自己的力量超越了极限，他……究竟想做什么？

那个曾以星魂血誓改变了所有星辰轨迹的海皇，他这一次，是想用自己的血改变整个天下吗？

三位女神都为之骇然，站在云浮城万丈高空里，凝视着脚下迅速变成黑色的水面。那种墨一样可怕的颜色从远方扩散开来，七海都起了呼应，一起向着云荒大陆扑了过去！东方红莲海，南方碧落海，西方棋盘海，北方苍茫海……那些大海的颜色依次变成黑色，海浪滔天而来，仿佛化成了巨手，一掌一掌地向着天空击来！

“那些海水在扑向陆地和天空！”魅婀失声道，声音里也出现了某种担忧，“到底要做什么啊……那个无所顾忌的海皇！他竟然想超越神祇，做出连云浮人都做不到的事吗？”

从高空俯瞰下去，云荒就如一片漂浮在墨海之上的残破树叶，只要一个浪头打过来就会彻底地覆灭。

然而，那一群云荒人却还在激斗不休，完全不知道来自海上的威胁。

黑暗的机舱内，潇的声音一直持续地呼唤着主人的名字，却没有丝毫回应。

第一次离开了主人独自战斗，她竭尽全力控制着迦楼罗金翅鸟，和龙神在高空搏杀。然而龙神加上帝王之血的力量，毕竟要高出这一驾机械——若不是整个征天军团九部都倾力围攻，辅助迦楼罗，整个战局便要改写。

在极度快速的攻守之下，她不敢分出丝毫心神，但却听到背后的金座上有血一滴滴落下的声音。那个声音无休无止，几乎将她的心冻结——主人……主人一直在流血！他会不会出什么事？

潇看着眼前的战局，只觉心乱如麻。龙神巨大的身体在苍穹里纵横，宛如金色的闪电，毫不留情地吐出烈火——那一瞬，她坐在机舱里看着海国传说里的神祇，看到它离自己如此之近，不由得心生恍惚。

真没有想到会有这样的一日……身为鲛人的自己，竟然要向自己的神祇开战！

“主人……主人，”她在身心双重的枯竭里喃喃，寻求着支持，“快醒醒！”

然而，云焕依旧没有回答她，贯穿身体的伤口中不断滴落着血，在舱室内发出的机械声音，听得人心冷。潇心神大乱，再无法集中心神。只是一个侧飞，便被龙神的巨爪探及。稍微阻了一阻，龙背上的空桑皇太子便挥起了辟天长剑，厉喝一声，全力劈落下来——只听喀喇一声巨响，迦楼罗外壳上燃起了一道火光，整个左翼在巨大的力量下被折断！

“啊！”潇发出了一声惊呼，再也不能驾驭失控的迦楼罗，一头往地下栽去。

征天军团发出了齐齐的惊呼，看着战团中心的主帅座架忽然燃起了大火，折翼坠落！

“少帅！”征天军团九天将领们失声惊呼，银色的比翼鸟宛如九道闪电迅速下掠，各自发出了银索，固定在迦楼罗外翼上，试图将坠落的金翅鸟拉住。然而，巨大的机械从万丈高空坠落，那种可怕的冲力又岂是区区九架比翼鸟能阻拦？银索瞬间一一断裂，迦楼罗以更快的速度向着大地坠毁，大地上的人们发出了排山倒海般的惊呼。

天地在回旋，时空仿佛逆转了。

潇的脸色苍白如死，刺入躯体各处的金针在发出微微的颤动，将一个个操控的命令传达给座架——然而，机械坠落的速度只是越来越快，甚至快得几乎超出了她的承受力。

迦楼罗金翅鸟带着火焰从高空里坠落，直接冲向了苍茫一片的大漠。

舱室里一片黑暗，她极力想回头去看背后那个人的情形，然而身躯被固定在座位上的傀儡却连最后的心愿也无法做到了。她颓然地闭上了眼睛——或许，这样的结果也好。无论如何，她为他战斗到了最后一刻，得以同死。何况……作为一个背叛者，能死在本族的神祇之手，也算是最后的赎罪吧？

那样想着，潇在黑暗里闭起了眼睛，放弃了对迦楼罗的一切控制。只听到风声越来越响，急速坠落中，机身上燃烧的火焰都已经被吹灭，只有巨大的飞鸟如同箭一样地向着大地坠落。

欢呼和惊叫同时响起在云荒大地上。

速度到达极点的时候，出现了一刹那的静止——潇闭着眼睛，知道那短短的一瞬静止之后，到来的必然是彻底的爆炸和毁灭。

然而，她却在此刻听到了一种奇怪的声音。

那种声音从内舱响起来，仿佛是一阵低低呼啸的风，注入了这架机械，让整个迦楼罗由内而外地发出了一阵战栗！潇吃惊地睁开了眼睛，却发现迦楼罗居然还是静止着的——不是坠落到了最大速度时的那种短暂幻觉，而是真真实实的静止！

仿佛被一只看不见的手在半空托住，这架庞大的机械居然在快要坠落到沙漠的一瞬停住了，速度在瞬间降低为零。如此剧烈的变化让整个迦楼罗的机械外壳发出了一阵刺耳的摩擦，金属尽数扭曲。然而，短暂的停顿后，迦楼罗却缓缓地重新飞起。

有新的力量急速注入这架破损的机械，迦楼罗陡然焕发出了一层耀眼的金光，由内而外一阵剧烈颤动。迦楼罗发出了一阵呼啸，仿佛被某种力量推动着，发出嗜血而狂喜的啸叫，忽然振翅而起，重新向着头上战云里上升。

而这一切，居然都没有经过她的指令，仿佛有另一只无形的手越过了她，在操纵着这个迦楼罗！

“谁？”那一瞬，潇有了可怕的预感，脱口而出，“是谁？”

“是我。”黑暗的舱室里，她听到了有人从背后的金座里缓缓站起。一只手按在了她的肩上，稳定而冰冷。

“主人？”她剧烈战栗，惊喜交加，“您……您醒了？”

“不，”然而，那个熟悉的声音却带着冷笑，“他没醒。”

在他开口的瞬间，黑暗的气息扑面而来。潇的脸色转瞬苍白，整个人开始颤抖。那样令人不寒而栗的语气！那不是主人……那绝对不是主人！

是它？难道竟是它？！

“主人呢？我的主人呢？”她忍不住低呼，“你把他……把他怎么样了？”

一声轻微的冷笑，一双金色的眼眸陡然与她对视。背后的人已经悄无声息地移到了她面前，俯下身托起她的头，俯视着与迦楼罗融为一体的鲛人女子。那双璀璨的金色眼睛深处，隐隐有着最黑暗的光芒。

那是属于魔的、毁灭一切的光！

“你的主人？”那个占据了云焕躯体的魔在冷笑，“他死了。被那一群西荒人设计伏击，那个软弱的家伙已经死了……”他回过手，按在了身体那可怕的伤口上——黑洞穿透肺腑，然而却已经不再有血继续流出，仿佛这个毫无生气的身体里所有血都已经流干。

“多么愚蠢啊……破军！拥有了这么大的力量，却还会被那些肉眼凡胎的盗宝者所伤？真是太让我失望了。”顿了顿，魔发出了冷笑，“不过，也要感谢那些不知好歹的家伙重创了他。如今他也终于安分下来，不能和我争夺这个躯体的控制权了——现在，这个躯体是我的了！”

“不，”潇的身体一阵颤抖，发出了撕心裂肺的呐喊，“不！！”

“不必抗争，小鲛人，”魔大笑起来，用左手按住了金座上女子的额头，“从今天开始，你便是魔的仆人——来，舍弃掉你那些无用的小小私情，成为一个彻底的绝代利器吧！作为史上最强的单兵武器，你将光耀千古！”

魔之左手覆盖了潇的额头，她头顶的金盔忽地闪出了血红色的光。那些贯通她全身的金针同时变得血红，潇咬牙，感觉到某种黑暗的力量席卷而来，在一瞬间夺去了她的神志。她竭尽全力地挣扎，然而却无法抵御那种侵蚀意志力的黑暗。

“我不是那个软弱可笑的破军，我不会保留你那点可怜的意志力，”魔的声音在微微冷笑，将左手上的金色烙印覆盖在她额头，“可爱的小鲛人，今天开始，就安心做一个傀儡吧！”

“从此，你将替我征服整个云荒，把太阳都踩落在脚下！”

迦楼罗陡然发出了一阵战栗，潇的眼睛闭上了又睁开——那一瞬，鲛人的眼睛居然不再是碧绿色，而泛出了璀璨的金色光芒！

迦楼罗金翅鸟长啸一声，冲天而起，身上的光芒忽然变成了纯黑色。

“龙神，小心！”在看到迦楼罗异变的刹那，真岚脱口惊呼。龙正驮着他在机翼下飞掠而过，他手里的辟天长剑划开了金色的机翼，几乎把迦楼罗砍下一翅——然而在那一瞬间，一种奇特的力量汹涌而来，几乎将他撞下了龙背。

他看到辟天长剑被黑色的火焰萦绕，那种黑火仿佛有着邪恶神秘的力量，竟然将他的灵力一分分地燃烧殆尽。这种感觉……这种感觉……

“龙，小心！”真岚惊呼，“破坏神！是破坏神的力量觉醒了！”

不等他的呼声落地，天地间忽然间起了一阵猛烈的罡风——在那凌厉的气息里，他闻见了一种邪恶的味道，有无数的翅膀扑啦啦地飞来，迅速凝聚成了大片的乌云。

那，居然是无数的鸟灵和上古邪灵！

仿佛被某种黑暗的力量召唤着，那些蛰伏在天地间的魔物都陡然觉醒了。天空密布了黑色的翅膀，山峦深处响起了魔兽醒来的低吼，广大的沙漠在不停地起伏蠕动，沙土飞扬之中，巨大的沙魔咆哮着露出了地面。

所有的魔物都向着天空中黑色的迦楼罗齐齐行礼，发出了令天地失色的吼叫。

迦楼罗回翔在天际，魔的声音响彻了云荒：“被魔之左手创造出的使者啊，听从我的吩咐，清除一切敢于阻碍黑暗蔓延的力量吧！”

“这个云荒，将是你们的天下！”

在魔占据了破军躯体的同一时刻，那笙穿过了那片战云，落在乌兰沙海的中心。一日之间飞过整个云荒，天马已然累得不能再动。她跳下马背，朝着铜宫方向奔去，炽热的黄沙湮没她的脚背，她却奔跑得不顾一切。

怀里那颗灵珠的消散速度在加快。苗人少女一边低声念着她所知道的最高深的咒语，施展镇魂术护住魂魄，但无论她怎么努力，那纯白色的光芒却在逐渐地微弱。

“等一等，等一等啊！”她低声道，将手捂在胸口那颗珠子上，惊慌不已，“就到了！”

她在沙漠里深一脚浅一脚地奔跑，几度跌倒，几度爬起，渐渐看到那座闪耀着金光的宫殿已经出现在视野里。热风蒸腾得一切宛若虚幻，那一片广场上还残留着昨夜篝火的痕迹，仿佛举行过什么盛大的典礼，然而如今余下的却只是满地尸首狼藉。

有风隼的残骸坠毁在周围，也有从大漠上攻上来的镇野军团尸体，交错着叠在一起，显示出这里不久前曾经有过异常惨烈的战斗。

没有一个人……那么大的广场上，居然寂静如死。

“音格尔，音格尔！救命啊！”又累又渴的她再也无法支持，护着胸口的灵珠踉跄跪倒在沙漠里，对着铜宫呼唤，“音格尔，快出来！快出来救命啊！”

“是那笙！”西京的声音第一个传出来，跳出了帐篷。

还不等奔到那个少女面前，空桑剑圣忽地觉得身侧的光剑起了奇怪的鸣动，银白色的剑柄上，那颗小星发出了刺眼的光——光剑忽然之间跃出了剑鞘，自动吐出了一道剑芒，倒插在了那笙面前的沙漠里！

光剑认主，灵性虽百年而不灭。它如果脱离当代剑圣的身侧，那么，唯一的可能就是还有更久远的主人出现在它面前，正在召唤它！

那一瞬，西京明白过来了，立刻随之跪倒在那笙面前，震惊道：“师父？！”

“快、快些啊！”那笙伸出手，手心那一颗白色的灵珠正在以肉眼可见的速度消弭，四散在风里，“她的身体呢？魂魄就要飞散了！”

西京顾不得身上的重伤，一跃而起，拖起那笙就往铜宫深处奔跑。

“这里！”他来不及和迎出来的音格尔解释，一手撩起了珠帘。

一种柔光从帘幕深处透出，照亮了那笙汗迹斑斑的脸——她低低惊呼了一声，看着珠帘后那个坐在轮椅上的女子。那个白衣女子静静地睡在那里，眉目宁静安详，那种容光仿佛柔静多姿的水面，让人一眼看过去心就为之一清。

奇怪的是，她的肌肤泛着冰一样的奇特光泽，密布无数的细微的冰裂纹，冰肌玉骨，冰冷而无生气，恍非凡间所有。

那笙还没弄明白怎么回事，在珠帘卷起的一刹那，手指间的白色灵珠立刻四散飞出！仿佛被一种力量吸引着，急速地向着一个方向流逝，形成了一个小小的旋涡，绕着石像一周，最后消失在那个女子的眉心。

那种柔光透入的同时，冰雕玉塑一样的眉目缓缓舒展开来，冰冷的容颜开始变得滋润柔缓，仿佛茶叶在水里一瓣一瓣舒展开来，映照得一整杯的水都有了光彩。

那笙惊愕得睁大了眼睛，说不出一个字。

“师父！”西京低低惊呼，拖着重伤的身体踉跄跪下。

“啊？”那笙吃了一惊——这、这个人……就是酒鬼大叔的师父吗？那么说来，也是太子妃姐姐和云焕的师父？这个已经死去的人，为什么宁可错过轮回，也要返回阳世？

石像在缓缓地复苏，然而九嶷至此路途遥远，那笙灵力不够，来的一路上魂魄已经飞散了一部分，所以此刻残缺的神魂凝聚得颇为艰难，石像微微颤动了许久，始终无法睁开眼睛恢复神志，更不用说支配身体。

“冒犯了！”音格尔忽地扬了一下衣袖，打开了一个小盒子。

盒子里瞬间飞出无数白色的东西，细细看去却是一条条小小的无角螭龙——那些螭龙一离开盒子就箭一样朝着四周飞出，追逐着风里那些消散的无形魂魄而去，快如闪电。在那笙没有反应过来之前，那些小螭龙已经返回，各个嘴里都衔着一缕白色的灵光，围绕在音格尔面前，微微摆动尾巴。

音格尔挥了挥手。接到了主人的命令，那些螭龙叼着追回来的魂魄碎片飞舞，旋绕着轮椅上的人一周，似是恋恋不舍地将口中衔着的白光吐出，瞬间飞入女子眉心，湮灭。

“螭灵啖魂，被我们所蓄养，用来压制地宫怨灵。”音格尔简短地解释，

“如今，三魂七魄，全数归窍。”音格尔来到了轮椅前，单膝跪下，“卡洛蒙家族的音格尔，拜见空桑剑圣！”

那笙吃惊地回头，却看到石像的眼睛正在缓缓睁开！

苍白的眼睑底下是一双幽黑如古泉的眼睛，宁静湛然——那个轮椅上的女子睁开了眼睛，缓缓地看了一眼此刻室内的所有人，吐出一口气来，声音缥缈而微弱，似乎从时空另一头传来：“西京……百年未见，你瘦多了。”

“师父！”西京喜不自禁，几乎无法相信自己的眼睛。

那笙吃惊地张大了嘴巴，看着这个回魂的女子，结结巴巴：“天啊……她、她真的活回来了？真的有起死回生这种事？！”

“不，人死不能复生，没有谁可以逆转轮回，”音格尔低声道，看着动起来的石像，“慕湮剑圣已经仙逝，只是尚有极强的心愿未了，所以靠着念力暂时将自己的魂魄凝聚在躯体里罢了——就如回光返照，不能持久。”

那笙愕然地听着，看着这个苍白的女子。

她的神色宁静悲悯，宛如沙漠幽深的泉水，令人一眼看去就觉得清凉舒服，身心俱澈。那个幽灵女子抬起头，穿过重重帷幕看着铜宫外的天空，眼神变了一下，有深重的不安和担忧掠过她澄澈的眸子。

“西京，外面的是焕儿吗？”慕湮轻声道。

“是。”西京低声道，握紧了拳头，面有愧色，“原谅弟子利用了您来对付破军……可惜即便是如此，昨夜依旧还是没能杀了他。”

听到“杀”字，白衣女子微微颤了一下，幽黑的眼眸里有哀恸的表情。

“还是要同室操戈了吗？”她轻声地叹息，“终有这一日啊。”

她抬头望向铜宫上空。如今尚是正午，乌兰沙海上空却遮天蔽日，战云密集。无数的风隼在围绕着龙神攻击。而风隼的中心，一架巨大的机械上下翻飞，闪出了可怖的杀气。

那种气息，居然是纯粹的黑色！

“啊……是的，的确是他，”她凝望空中，唇角吐出了轻微的叹息，“但是，那又已经不是他。”

西京只看得一眼，便明白龙神和真岚如今落了下风，脱口惊呼：“不好！”

音格尔也是吃惊："怎么回事？迦楼罗的力量忽然增强了那么多！云焕昨夜不是已经被我们重创了吗？难道他的复原速度有那么快？冥灵军团如今无法出动，这个时候没法派出援军——实在不行，让龙神他们暂时撤退吧。"

"怎么可能全身而退。"西京叹息，也是一筹莫展。

话音未落，只听九天之上一阵剧嘶，金色的龙被迦楼罗的巨翅扫中，从高空一路飞坠而下。黑色的火焰烈烈燃烧过来，将龙神和他背上的真岚一起吞没！

天上地下都发出了惊呼，迦楼罗振翅而上，呼啸声响彻天宇。

龙神坠落入镜湖，激起了巨大的浪花。但水给了海国神祇无限的力量，龙神沾水立即飞跃而起，扑灭了身上那些黑色的火焰，重新冲向了云霄，和迦楼罗激烈地斗到了一处。而驾驶机械的潇似乎完全泯灭了最初的不忍，毫不留情，对着本族至高无上的神祇发出了狠毒而猛烈的攻击！

"天……迦楼罗的力量似乎反而增强了！"西京喃喃道，"难道云焕已经完全恢复了？"

只听微弱的一声响，一道白光穿帘而入。两人一惊回顾，却是那把光剑受到召唤，自动跃入了慕湮的掌心！轮椅上的女子将剑握在手里，抬起头看着战云密布的天空，眉头微微蹙起——那张宁静温柔的脸上竟然充满了决然的杀意。

"师父，"西京吃惊地看着她缓缓站起，向着门外走去，"您要做什么？"

"西京，你应该知道我为什么回来。"慕湮没有停顿，"不要阻拦我。"

西京一惊，然而明白此去凶险异常，不由得抢前一步："弟子和您一起去！"

"不必。"慕湮已经缓步离开了铜宫，"你已经伤得很重。"

正在休息的天马仿佛通人性，从远处沙漠上奔过来，长长鬃毛飘逸如缎匹，到了她面前前膝一屈，低下头，用独角将女子扶上了后背。慕湮控缰转身，回头看着自己的大弟子："西京，借你的光剑一用——如今的我，要凝气成剑已经很难。"

"师父……"西京还想上前阻拦，但天马已经展翅飞起。

战云如磬，压顶欲摧。那一道微弱的白光，在浓墨一样的云层里一闪即逝。

"不会吧，她、她就这样飞上去了？"那笙看着慕湮的背影，吃惊不已——一个回光返照的活死人，随时随地会魂飞魄散，竟然想以个人之力冲入战团，一人一剑去遏制那个令天下人恐惧的破军？她……她疯了吗？

“好容易回魂过来，难道就是为了去送死吗？”那笙低声嘟囔，焦急地看向天空，想看到九天之上那一场恶战的情况，吃惊地喃喃道，“奇怪，这天怎么越来越黑了？不还只是正午吗？”

然而，忽然之间她眼睛一转，却指着天际脱口惊呼起来了！

“看啊！那是什么？那是什么呀？”苗人少女失声道，眼睛因为惊骇万分而睁大了，“你们快看、快看！是我的眼睛出问题了吗？海那边，有一道黑色的墙？！”

西京和音格尔随着她的手指看过去，看向碧落海尽头的海天相交之处，忽然间也全身僵硬——那样的景象太过诡异，一时间让两个见惯大风大浪的男子都惊呆当地！

“不……”音格尔喃喃道，倒退了一步，“不，那不是墙！那、那是……”

“那是黑色的海浪！”西京脱口而出，因为震惊而脸色苍白，“整个碧落海都变成了黑色！”

“天啊，那是海？”那笙不可思议，“可是，那些海怎么会往天上升起来？”

在她的视线里，云荒外的七海一片漆黑。原本湛蓝的海水变得森冷浓郁，看不见底。被某种奇特的力量催动着，那些墨一样的大海从各个方向向着云荒大地涌来，巨大的浪头化成了各种各样形状的兽类，咆哮着扑来。

在那些黑色的魔兽背后，却有一道水墙正在向着天空缓缓升起。仿佛七块巨大的幕布从各个方向拉起，向着天空正中聚拢，将整个云荒大地上空遮蔽。随着那些巨大的水墙的升起，云荒大陆上空的日光一分分地减少，变得暗淡无光。

“我的天啊……”那笙看到了这梦魇一样的可怖景象，拧了一下自己的脸，“不是做梦……这不是做梦！西京，你看那些水、那些水都向着这边奔过来了！好可怕！”

西京和音格尔也是震惊得无话可说。

云荒外的七海在一瞬间齐齐沸腾，沧海横流，倒注天际，遮蔽了日色，云荒大陆在四面扑来的海浪里微微震颤，仿佛一片暴风中的叶子，就要沉入水底。

“这、这是魔的召唤吗？”音格尔喃喃道，“怎么会有黑色的海？”

“不对……你没看到吗？怒潮在未上岸之前就攻击了沧流的靖海军团！肯定不是云焕干的。”那笙吃惊地盯着那些海浪半天，忽地发现了什么，指着一个扑过来的大浪失声惊呼起来，“你们看……你们快看！潮头上那个人是谁？！”

所有人随着这一声惊呼看去，随即都变了脸色。

头顶的日光在一分一毫地消失，漆黑的海水从四方汹涌扑来，倒灌入云荒——然而，在那一片巨浪里，却有隐隐一袭黑衣迎风而立。蓝发在风中飞舞，俊美的脸庞苍白阴郁，十指垂落的线没入了大海，仿佛牵引着无数狰狞巨兽，在风浪里若隐若现。

“你们看，那是苏摩！那真的是苏摩！”那笙欢喜地叫了起来，拍着手，“他说过要在今天赶回来的，竟然真的回来了！他做到了！他回来和我们一起战斗了！”

黑衣的傀儡师面容苍白，站在潮头，仿佛风一样逼近了云荒大陆。

在他身后，巨浪滔天，云垂海立。

那笙的欢呼冻结在海水扑上大地的瞬间。南方入海口的叶城消失在一个眨眼之间——那些黑色的海浪疯了一样地扑上大陆，倒卷而上，一刹那就吞没了那一座云荒最繁华的城市！

“天啊……”少女站在帕孟高原上，捂住了自己的嘴，不可思议地全身颤抖。

这是做梦吗？这应该是做梦吧？怎么会有这样的事？

“苏摩！苏摩！”她对着远处浪潮上的那个黑衣傀儡师大喊，然而对方根本听不见，“你疯了吗？快把海水停下来啊……你要做什么？”

“他要复仇。”音格尔喃喃道，看着黑色的潮水吞没大地，“多么可怕的憎恨……潮水里充满了这种念力，你没有感觉到吗？”

是的，这是复仇和憎恨的怒潮，几乎要吞没云荒上的一切！

怒潮摧毁了一切陆地上的东西，仿佛咆哮的猛兽席卷了云荒，将所有都化为齑粉——无论是军队还是百姓，无论是官府还是民宅，无论是魔物还是凡人，都在黑色的怒潮下被夷为平地，在水中挣扎着呼救，渐渐沉没。

然而，所有牢笼和镣铐也都在一瞬化为齑粉。在其他民族呼号挣扎于洪流中的时候，在黑色的海浪里，只有鲛人的身影还在自如地跃动。那一刻，这个被奴役了千年的民族得到了前所未有的自由，甚至超出了此刻的任何陆上民族！

"真可怕，"西京不可思议地喃喃，"他、他怎么得到这种力量的？居然可以同时操纵天地间的七海！"

"你看，所有鲛人奴隶都被解放了……"音格尔叹息，俯视着高原下的这一切，"那个海国的预言实现了，海皇必然带领所有鲛人得到自由！"

那笙听见他们两人的对话，却忍不住高声叫了起来："你们别在这里说闲话啊！快想想办法，拦住苏摩啊！不能让他这么胡来，会死很多人的啊！"

音格尔只是淡淡冷笑："放心吧，苏摩想得周到——他自己的族人生活在水里，而空桑的冥灵也不怕水——所有的盟友都不会受到损害。"

"可是，"那笙叫起来了，"会死很多无关的人啊！"

"苏摩才不会管那些呢，"西京叹了一口气，"你知道他的脾气。"

"不行啊……这样下去云荒会完蛋的！"那笙快要哭起来了，拉住西京的手，"大叔，你快想想办法！"

重伤的男子摇了摇头，咳嗽着："傻丫头，我就算不受伤，也没有阻止他的能力啊……"然而，看着露出失望表情的少女，他唇角忽然微微弯起，伸出手握紧了一柄剑，"不过，就算受伤了，我还是要去阻止他的。"

音格尔一怔，吃惊地转过头看着他。

"少主，我其实很想像你这样待在安全的地方看热闹——毕竟这一切和我无关，"西京苦笑起来，摇了摇头，"可是，谁叫我是剑圣门下呢……师父授予了我这柄剑，是命我守护天下所有苍生的，我不能违背。"

"再见。"西京撑起了摇摇欲坠的身子翻身上马，按了一下胸口囊中的辟水珠，便向着高原下的滔滔海浪冲了下去。

"大叔！大叔！"那笙跳起来了，"我跟你一起去！"

音格尔看着两个人一先一后冲下了帕孟高原，苍白的脸上有复杂的表情，久久不作声。

滔天的海浪从四方扑向云荒，因为东、西、北部各自有群山阻挡，所以淹没的速度不算太快，而南方镜湖入海口因为一马平川，已经完全被冲毁殆尽。站在高原上看下去，只是一转眼的工夫，便已经是天下动荡，九地流黄乱注。

“少主，真的好险啊，幸亏这里地势高。”莫离快步走进来，擦着冷汗，“你看到了吗？洪水已经涨到了流光川了！那些西荒人可惨了——水从空寂之山那边的狷之原冲来，艾弥亚盆地都变成大湖了，只剩半山腰上的空寂大营还好些。”

两人站在帕孟高原上遥望西北方的空寂之山，隐约见得大营里也是一片忙碌。

“不过这样一来，我们可算是安全了！”莫离却是高兴，“洪水一来，高原成了孤岛，那些沧流人也不能继续攻上来了。”

音格尔只是默不作声，看着洪水滔天而来，夹杂无数的牛羊和百姓滚滚而去，大漠居然转瞬成了沧海。

“族里还有多少人是可以行动的？”忽然，盗宝者少主发出了这样一句话。

“什么？”莫离怔了怔，“禀少主，这几日连日血战，伤亡很大，差不多八成的壮年都负了伤，只有百十人还能动。”

“也只能这样了！”音格尔握拳在掌心敲了一下，决然吩咐，“把所有能动的女眷和老幼都发动起来，带上羊皮筏子和药物，跟我下高原救人！”

“少主？！”莫离吓了一大跳，看着重伤在身的少年，“要……要去救那些西荒人？他们一贯对我们可不见得友善——如果换了盗宝者死在大漠里，他们也未必会伸出一根手指头来救的！”

“去！”音格尔却只是低声道，“毕竟一脉同根，不能见死不救。”

“是！”莫离终究慑于少主威严，领命而去。

音格尔看着头顶越来越黑暗的天空，脸色也是凝重：“多带一些火把——我怕这日光转瞬就要被完全遮蔽。”

“我也一起去！”莫离正待离去，铜宫深处忽然传来了一声清脆的呼声，一个穿着白衣的少女急奔而出。

“闪闪？”音格尔看着刚刚恢复的少女，“你的伤还没完全好呢。”

“不，我没事，只是一点儿轻伤。”闪闪眨着一双大眼睛，惊惶地看着这忽然间变色的天地，“天啊，云荒要沉了吗？音格尔，我们得下去把那些人救上来！”

她挽起了袖子奔向帐篷，拖出一只羊皮筏子来。很快，另一个红衣女子跳了出来，帮着她一起拖动这些笨重的物品——却是在这里休息养伤的霍图部女族长叶赛尔，带着自己的族人出来协助。

看到两个女子的举动，帐篷里诸多盗宝者也被惊动，纷纷出来相助。

在莫离和闪闪的带领下，所有能动的盗宝者都出来了，齐心协力地将筏子推下高地，手挽着手站在洪水里，一个个地将那些洪水里漂浮的牧民捞起来。那些做惯了杀人越货、挖坟盗宝的壮汉还从来没有做过这样大规模的救援行动，他们和那些妇孺一起配合着，连番将一个个牧民从滔天洪水里拉出。虽然满身湿透，但每个人脸上却有着和盗宝时一样的光彩，仿佛每救出一条生命都胜过得到一件宝物。

音格尔站在铜宫门口，看着高原上的人们，忽然觉得有些庆幸。原来，他和这些虎狼一样的剽悍汉子相处半生，却依旧不懂那些下属真正的心意。

原来施恩和救助，竟是比掠夺和占有更快乐的事情。

“九叔，”少年开口了，用轻微的声音对身侧悄然到来的老人道，“我很惭愧。一直以来，我都是那样自私的人——我用尽全力去追逐力量，只是为了区区几个人，小时候是为了母亲，后来……又多了闪闪。只有我获得了足够的力量，才会觉得他们是安全的。但是……为什么总是有越来越多的人，让我觉得惭愧？”

白发苍苍的老人回望着这个自幼多舛的孩子，露出了慈祥的笑容，叹息道：“不，少主，你从小就是个善良的人，只是后来那些手足相残的阴谋令你的心变冷了——要知道，恨令人坚强，而爱却令人成长。所以，少主，如今你是真正地长大了，懂得了宽恕和守护。”

“是吗？”音格尔微笑道，“那么，九叔，谢谢你一直陪着我长大。”

沧海横流，天地倒卷，风雨如磐。在这样呼啸的风浪里，孱弱苍白的少年肩背挺直，伫立如枪。

第十二章

王者归来

王者自海上归来，伴随着他的是横扫一切的怒潮。

七海在沸腾，仿佛疯了一样地扑向云荒，仿佛想要将这一片黑暗动荡的大陆彻底地清洗一空。天地间的一切水都在不受控制地愤怒翻涌，滚滚怒潮化成了巨大的猛兽，从各个方向卷上陆地，毫不留情地横扫着一切！

在某种巨大的力量之下，七海倒转，倾覆天际。黑色的水墙从各方升起，将云荒上空的日光封闭！

黑暗里，沉默的黑衣傀儡师站在怒潮之上，手牵巨大的海兽，迎风而立。黑色的潮水已经席卷了大半个云荒，从叶城入海口直透入镜湖。

滔天的洪水里席卷着无数的人畜，滚滚而去，到处都是哀号声。然而这席卷一切的洪水却仿佛是砸碎牢笼的巨锤，所到之处摧枯拉朽，将那些被禁锢了数百年的奴隶解放。云荒上所有的鲛人都在一瞬间得到了自由，纷纷脱离了桎梏投身入水，在黑色的波涛里自由地上下飞跃，发出了喜极而泣的欢呼。

镜湖也沸腾了，大营里所有复国军战士倾巢而出，向着南方飞奔而去，准备迎接从远方赶回来的王者。炎汐和碧从战场上中途折返，带领战士们向着浪头上迎上去，欣喜若狂。

是的，海皇归来了！如他走时的承诺：在十月十五日这一天，他从遥远的七海上归来，和所有人一起并肩战斗了！

“海皇！海皇啊！”黑色的巨浪里，无数鲛人纷纷围绕着浪尖上的王，在水中下跪行礼，热泪纷纷落下，化为明珠坠入漆黑水底，“我们的王！”

然而，面对着喜极而泣的子民，怒潮上站着的王者却依然漠然无语，脸色苍白。

“苏摩！苏摩！你疯了吗？”忽然间，有人在大声叫喊，向着那个站在浪尖上的黑衣傀儡师，拼命挥舞手臂，“快停下啊！让海水退回去，你会让所有人都丧命的！”

谁竟然敢对海皇如此不敬？！所有鲛人都顿住了手，吃惊地望过去。炎汐也同时回过头，却看到一匹马沿着劈开的水路飞奔而来。马背上驮着两个人，一个是重伤在身的空桑剑圣西京，而另一个……却是那个他日思夜想的少女。

“那笙！”他脱口低呼，狂喜地转身。方才巨浪席卷而来的刹那，正在和镇野军团战斗的他还曾暗自担心，生怕这个不知好歹的丫头会一个不小心卷入潮水。此刻看得她安然无恙，他心中的大石终于落了地。

那笙分明也看到了他，却出乎意料地没有立刻扑过来，只是勒马对着那个王者叫唤：“苏摩！听见了没？快停下来啊！求你了，快停下来！”

没有人回答他。巨浪高达百尺，苏摩就站在那样高的浪尖上，面无表情地俯视着脚下已经成为汪洋大海的云荒大陆——镜湖也已经被染黑了，湖水与七海起了呼应，整个湖面发出了沸腾一样的呼啸声，怒潮一阵接着一阵地汹涌而来，扑向湖心的城市！

“你疯了吗？”那笙急了，“到底要做什么？”

然而那笙只觉坐骑一轻，身子已经向上升起——原来是一直不出声的西京暗自一抖缰绳，策马沿着一座山麓飞奔而上，站到了和苏摩齐平的、尚未被淹没的山顶。

“奇怪！”这次离得近，那笙一望之下脱口低呼，“大叔，你看！他……他好像以前受的伤完全好了的样子？连容貌都恢复成原来的模样了！”

空桑剑圣勒马望着不远处的傀儡师，心里陡然有某种不祥的预感——这样苍白没有生气的面容，空洞漠然的态度，竟似跟死人无异。

“苏摩！”西京捂着胸口的伤，大声喊，“你停手吧！”

浪尖上的黑衣傀儡师没有回答，仿佛根本没有听见，脸色苍白如死，眼神直直地看着镜湖中心的那座城市，十指忽然缓缓交错着举起，十根手指上指环熠熠生辉，引线的那端隐隐没入水中，只听一声惊天动地的呼啸，他身后的黑色水面哗啦啦裂开，巨大的魔物浮出水面——引线那端，居然牵着十只藏于惊涛骇浪中的洪水猛兽！

“去。”苏摩静默地立于风口浪尖上，手指一指镜湖中心。

巨大的风浪扑面而来，将那笙一行人兜头淹没——可怖的吼叫声里，十只巨兽挣脱了引线，朝着帝都伽蓝飞奔而去，带起了漫天的黑色巨浪。

“苏摩！”那笙失声跳脚道，“你疯了？快停下来啊！”

她顾不得西京，径自跳下马背冲了过去，试图去阻拦那个疯狂的黑衣傀儡师，踏着水波冲到了苏摩面前，伸出手臂去阻拦。

“那笙！”炎汐和西京脱口惊呼，不知道这个大胆的少女会不会触怒海皇。

然而，苏摩仿佛根本没有看到她一样，只是看着远方的伽蓝帝都，继续踏浪前行——黑色的风浪萦绕在他身侧。踏浪而行的人看也不看那笙，与她擦肩走过，宛若陌生。

他径自走过，只余下浑身湿透的少女站在那里，徒劳地伸开手臂。

她的手，竟毫无阻碍地穿过了对方的身体，仿佛遇到了虚无之物！

“西京……炎汐！”那笙站在那里，怔怔地看着自己冰冷湿润的手，忽然间不可思议地大叫了起来，“炎汐！你们看到了没？你们、你们看到了没？”

少女捧着自己的手，望着逐浪远去的黑衣傀儡师，全身颤抖：“他、他……他没有身体！”

头顶的黑暗越来越浓重，云荒之外的七海上，那道黑色的水墙一分分地升起，闭合，仿佛铁一样的帷幕逐渐拉起，竟然将云荒上方的日光全数封闭！在日光消失的那一瞬，浪尖上的黑衣傀儡师忽然睁开了眼睛，举手向天——

“空桑的冥灵军团们，出来一起战斗吧！”天上飞舞的龙神仿佛明白海皇的意思，那一瞬，发出了震慑天地的声音，“海皇为你们遮蔽了天日，出来一起并肩做最后的决战吧！”

苏摩没有说话，只是定定地看着那一座白塔，脸色苍白，他站在猎猎风浪之中，眼神冰冷而锐利，身体被水汽萦绕着，仿佛一个若隐若现的幽灵。

在黑暗完全笼罩的瞬间，镜湖北方升起了一片薄雾——

日夜逆转，阳界和冥界的界限被刹那打破，大批的空桑冥灵军团摆脱了日光的桎梏，从水底无色城一起浮出了水面！

空桑人的皇太子妃乘着天马急奔而来，白衣如雪，长发飞舞，手指间闪耀着某种洁净的光华，在这一片黑暗笼罩的天地之间看来，宛如神仙中人。

她从无色城浮出水面，却看到云荒大地上沧海横流的这一幕惨象。她驱策天马飞行，不断用术法阻挡那些席卷一切的巨浪，建起一堵堵无形的墙，将那些四处肆虐的海浪阻挡住，指引地上的百姓们趁机离开，往高处奔逃。

直到她看到了驱赶着海浪的人、那个黑衣的傀儡师。

所有的表情都停顿了一瞬，她静静望着海天交界处的那个人，一眨不眨，仿佛那是一个交睫便会消失的幻影，一时间竟不知该说什么——那个脸色苍白的人也在看着她，那一瞬，那空洞虚无的目光才仿佛凝聚起来，似是看到了她的存在。

他仿佛认出她来了，苍白的脸上忽然间有了表情，那种柔和的神色取代了原来的肃杀和憎恨，深蓝色的长发在风里飞舞，他动了动唇角，似乎想说什么，面容似悲似喜。

“苏摩！”白璎怔了片刻，便不顾一切地奔向了潮头上的人。然而，刚奔到了离他三丈远的地方，天马却忽然惊嘶着立足，似乎是害怕着什么，再也不敢靠近。

无限的狂喜在胸中回荡，白璎勒住马，一时间几乎要跪下来感谢上苍——是的，是他！他竟然回来了！他遵守了诺言，在十月十五日这一天，真的操纵了七海的力量，随着滔天的巨浪回到了云荒！

然而他却只是遥遥看着她，没有靠近，也没有离开。

在他的身侧，巨浪滔天，沧海横流。

“苏摩……适可而止吧。”沉默了片刻，她却只能以这样一句话来作为开场白，语音微微颤抖，“你回来了……就已经很好。”

他望着她，似是笑了一笑，但没有说一个字。仿佛对她屈服了，黑衣的傀儡师站在浪尖上，忽然松开了交错的十指，引线根根垂落。

巨兽们纷纷消失，漫天风浪也开始平静。

他抬起脸，征询地看着她，仿似在问她是否满意。那一瞬他眼眸里的神色是如此宁静和温和，褪尽了片刻前狂暴的杀意，宛如澄澈湛蓝的天空。

“苏摩？”她吃惊地看着他——那样的目光令她隐隐觉得不祥，仿佛眼前这个归来的人已经并不是离开时的那个。

那个水汽里的人对她伸出手来，眼神渴盼而宁静。风浪围绕着他，却仿佛淹没了他的声音，她只看得见他口唇翕动，却始终无法听见他说的话。

“你说什么？”她吃惊地问，不由自主地上前一步，然而天马却再度惊嘶着后退不止。

她忽然看到他眼里有泪水落下。那一瞬的心痛，令她眼前一阵空白。白璎再也顾不得什么，从天马背上跃下，踏着波浪朝他奔去。然而，他深深地凝视着她，却仿佛在退避着什么，随着一阵风倏忽退远了。

“苏摩，苏摩！”她追逐着浪里的那个影子，嘶声呼唤。

她伸出手去，几度触碰到了他的衣袖，却无法抓住任何东西——他的衣袖，他的手臂，都在她的指尖碎裂成千片，化为冰冷的海浪泡沫飞溅在风中，湿润冰冷，带着咸涩的苦味——宛如泪水。

白璎惊呆在当地，感觉指间抓住的并非有生命的东西。

“太子妃姐姐，小心哪！”那笙远远地迎上来，大声喊，说出了那一句令她魂飞魄散的话，“他、他不是活人！你要小心！他不是活人！”

白璎全身一震，不可思议地看着那个熟悉的人。他站在滔天的风浪里，然而却出乎意料地没有否认那笙的话，只是对着她微微地点了点头，眼神似悲似喜，开口说了一句什么。

然而，仿佛有一堵透明的墙壁隔在他们中间，无论如何，她还是听不见。

直觉地感受到从未有过的刺骨悲凉，有一种不祥的预感攫取了她的心脏，空桑皇太子妃定定地看着风浪里虚无的人，泪水从她眼里再也无法抑止地落下，融入漆黑的水里。

仿佛感受到了泪水的温度，黑衣的傀儡师在风浪中对她微微一笑，那笑容居然没有半点阴郁，明亮干净得如同初晨落下的雪花——他看着席卷了云荒全境的风浪，仿佛感到了一丝疲倦，微微摇了摇头，便转身向着天尽头的海面归去，全然不顾脚下所有子民的呼声。

金色的巨龙从黑色苍穹降落，离开了九天的战场，急急追向海皇，发出低沉的长啸，仿佛和那个怒潮里的王者做着某种最后的沟通和挽留。

然而，苏摩依旧头也不回地离去。

“苏摩！”这一次白璎再无迟疑，不顾一切地追了上去，“你要去哪里？”

然而那个黑衣的傀儡师随着退潮飞快地离去，快得如同一阵风，即将消逝在海天的尽头。

“不要走！”白璎用尽了全力追上去，极力伸出手，终于触到了他。她不顾一切地从背后拥住他，抛开了所有顾忌和掩饰，“你要去哪里？你要去哪里！不要去！”

苏摩仿佛再也来不及躲闪，就这样被她抓住。在她的手穿过水一样虚无的肩膀时，他在那一瞬回过头看她，眼眸里有微弱的笑意，再度开口说了三个字。

“我爱你。”

在风浪的呼啸声里，她终于清晰地认出了他的口型。

“我也是。”白璎轻声回答，泪水随之而落。

不知道风浪里的那人是否能听得见这一句回答，然而他却在那一瞬笑了，那个笑容令此刻黑暗的苍穹变得璀璨无比。他深深地凝视着她，忽然俯下身贴近了她的脸颊，如同在生命尽头吻别自己的情人般深深亲吻她的嘴唇——在这一刻，他终于返回到云荒，终于触及了她……那也是他在魂魄消散前最后的一个心愿。

那是一个没有温度的吻，而冰冷的唇上，那虚幻的触觉却在渐渐地消失。

她徒劳地合拢了双手，试图挽留那风一样离去的人。然而，那虚幻的影子却陡然在她的怀抱中迸裂成千片——千万水珠飞溅在空气中，随着一阵海风吹散在黑暗的苍穹之下，只留下清冷湿润的气息萦绕脸旁，仿佛一个冰冷的告别之吻。

“苏摩……苏摩！”她知道这便是最后的一刻，看着他消失在海天之间，她只能竭力呼唤他的名字，虽心痛如死却无可奈何。

飞散的雨滴里，留着他最后的微弱念力，将一句话传到她的心底——

“每年的十月十五，我会随着潮水，回到云荒来看你。”

当海皇的幻影消失在水面上时，怒潮以惊人的速度退去，飞散的水珠淋湿了她全身。空桑太子妃站在黑暗的海面上，看着空无一物的怀抱，怔怔无语——良久，仿佛力气不支，她往前踉跄了一步，颓然跪倒，将头埋入掌心，发出喑哑的哭声。

“太子妃姐姐！”那笙奔过来扶住她，却看到她身子猛然往前一倾，一口血呕出，白衣上顿时一片刺眼的殷红。

“太子妃姐姐！”那笙吓得呆住了，却又不知如何安慰，只好茫然地看着西京。

“快躲开！”西京看着她们，忽然焦急大呼，“丫头，小心上面！”

随着他的惊呼，庞大的东西从天呼啸而降，带着猛烈的火光——那笙来不及反应，只觉一双手从背后将她猛然拉过去，抱紧了她。只是短短的一瞬，她被拉入了水中，旋即又从漩涡里迅速浮出水面。

她们原来待的地方已坠下一架燃烧的风隼，爆炸在水面上。

“你怎么这么不小心？”一个声音在耳畔道，惊惧中带着责备。

“炎汐！”她欢喜地叫了起来，一个翻身，便抬手抱住了他的脖子。爆炸的火光在水面上四射，炎汐来不及多说，只是迅速带着她穿行在浪里，远远离开那个激烈交战的区域，直到确认她已经安全，才松开了拉着她的手。

“啊？太子妃姐姐呢？”等回过神来，那笙忽地惊叫，“她、她不会被砸中了吧？”

“怎么会？”炎汐从水里浮出，摇了摇头。

“那……她不会有事吧？”想起方才那一刹那的情形，那笙犹自心惊。

“不会。”炎汐轻声道，安慰着少女，“我觉得太子妃性格柔而韧，虽缺少决断力，但应不会轻易被打倒……”

随着他的声音，水面忽然裂开，一袭白衣从镜湖上升起，猎猎如风，光芒四射——正是空桑的皇太子妃。

天马受到召唤飞速返回，展开双翅驮起主人冉冉升空。马背上，素衣银剑的女子抬头看着环绕着金色和黑色火焰的迦楼罗，眼神里露出一种令人敬畏的光芒，手腕微微一动，剑芒吞吐而出，宛如割裂黑夜的闪电。

仿佛只是短短的刹那便已经重新振作，白衣银剑的女子脸色苍白如雪，薄唇紧抿，纤细的手腕紧握光剑，指间的神戒放出了光华，迎着庞大的迦楼罗飞去，一头雪一样的长发在风里猎猎飞舞。

衣襟上，犹自有殷红的血迹。

“太子妃姐姐！”那笙惊呼起来——她不敢相信，只是短短的片刻，白璎竟然如此迅速地从刻骨铭心的悲哀里恢复过来！

满天的鸟灵仿佛受了什么指令，忽然间从龙神身侧齐齐散开，尖厉地叫着，朝着她飞过来，将她笼罩在一片乌云之中。率领成千上万鸟灵的是那些被封印了上千年的邪灵，眼睛宛如血红的月亮，一呼一吸都能带起巨大的龙卷风。

白璎没入了满空的鸟灵之中，一袭白衣很快消失不见。

“天啊……”那笙喃喃道，“她、她不要命了吗？”

风浪渐渐平息。扑上云荒的潮水在摧毁了一切后，随着控制者的消失失去了愤怒狰狞的气势，开始从四方消退出云荒大陆——然而，头顶升起的黑暗的天幕，却依旧不曾动摇半分，日光被隔绝在云荒上空之外。

在这样的“夜幕”下，整个冥灵军团提前出动，从无色城里倾巢而出，在六王的带领下驰援皇太子，和沧流的征天军团在当空展开了惨烈的搏杀。

一众复国军在滚滚洪流中沉浮，仰头望着九天的战况，个个忐忑，知道九天之上战斗惨烈，已经到了定乾坤的生死关头。

“不妙。”然而，西京只看了一眼战况，就在心里暗自担忧。

海皇出乎所有人意料地重返云荒，以暴烈的手段摧枯拉朽、毁灭了一切，沧流镇野军团几乎零落不成形，陆地上已然是大局已定——然而九天上的形势却依然严峻。

空桑冥灵军团和沧流征天军团正是旗鼓相当，堪堪匹敌，但怎当得起满空的鸟灵和邪魔在一旁围攻不休？再加上迦楼罗异变后力量大得骇人，破坏神的力量在这一场洪荒灾难里也得到了空前的加强，龙神和真岚一时间也都处于下风。

龙神和真岚久战之下已经渐渐疲倦，幸亏有冥灵军团赶到增援，征天军团从围攻转而反向应战，大大减轻了战团的压力。而久战之下，迦楼罗的速度也开始放缓，空桑太子妃单骑突入，大群的鸟灵围着她攻击不休，半空里只见光剑如同闪电不时穿乌云而出，到处都是濒死的惨呼。

局面激烈而复杂，但奇怪的是，居然至今不见破军亲自出手。

“破军也真沉得住气，”西京紧握双手，喃喃地对身侧的炎汐道，“大地沧海横流，伽蓝帝都几乎覆灭，他却还在天上征战不休，竟无一次回顾之念——难道帝都被淹，数十万同族都葬身鱼腹，他也毫不在意吗？”

炎汐也是摇头，同样无法理解。

然而，话音未落，天上的战局便起了剧烈的变化！

只见漆黑的天幕下，迦楼罗的头部忽然四分五裂，一道白光从中激射而出，将整个舱室的顶盖一削而飞！如此骇人的一击，令天地瞬间为之失色！

“天！”西京失声惊呼，“九问？！”

是的，是九问！那一剑劈开迦楼罗金翅鸟头颅的，正是九问里的最后一问！是谁居然已经潜入了九天之上的迦楼罗舱室，发出了致命的一击？！

“这、这是……”半空中正在和鸟灵搏杀的白璎同时失声惊呼，几乎握不住手里的光剑。

黑色的天幕下，高高九天之上，她看到站在金色迦楼罗顶舱内的那个白衣女子，正在手抚光剑微微喘息，黑发如丝缎垂落双肩，脸上竟无一丝血色——那，竟赫然是空寂古墓里被她亲手安葬的慕湮师父！

九问从前代女剑圣的手里发出，有着闪电般震慑天地的光华，竟将整个迦楼罗核心舱室的顶盖全数削去！而慕湮就这样站在这个巨鸟头部，和面前的人静静对峙。

“原来，竟是你。”她对面的人忽地微微笑了起来，薄唇弯起。

英俊的戎装青年坐在舱室中心的黄金座椅上，转过头笑笑地看着这个无礼的闯入者，手上黑色的火焰渐渐燃起：“真是一位未曾料想到的贵客啊……您已经死了，为何还要回来？您是来杀我的吗，师父？”

“住口。”慕湮的声音平静而冰冷，“你并不是我徒儿。”

“呃，请您不要这么说，”破军嘴角的笑容犹如刀刻，回手按在自己的胸口上，蹙起眉头，“这句话从您嘴里如此清楚地说出来，会让这里感到非常难受的……您不知道您的徒儿有多爱你啊，慕湮师父。”

“我的徒儿已经死了——就在你说的那个地方死了。”慕湮的容色依旧犹如玉石，剑指对方胸口，冷冷道，“魔，伏诛吧！”

“可笑！”魔狰狞冷笑，“苟延残喘的回魂者，竟然还敢大言不惭？”

魔伸出手来，左手上燃烧着黑色和金色两种火焰，映照出军人冷硬的侧脸——他手上的黑色火焰席卷而来，只是一瞬便将光剑上的白芒包裹而入。那种黑色仿佛是深不见底的，可以一分一分汲取世间的任何生气和力量！

“方才杀入舱室，已经把剩下的那点力量耗费得差不多了吧？”魔在冷笑，眼神冷酷，“回魂者，你竟然还想凭借这点微薄的力量从我手里夺去云荒？可笑！我，要让你魂飞魄散，再不能轮回！”

他霍然从金座上长身而起，执着黑色的光剑飞掠而来——一黑一白两道影子在九天之上纵横交错，双方的一招一式，竟然一模一样！

残破的迦楼罗金翅鸟还在继续飞翔和攻击，与冥灵军团缠斗不休——而舱室内的这种交手只持续了片刻，便已经可以判出上下。

“师父！”白璎眼看得那种黑色越来越浓，几乎已经看不到慕湮的身形，不由得大惊——龙神及时赶来，和真岚一起撕开了征天军团的铁幕，帮她挡住那些恶灵，全力劈开一条通路，便于她赶紧登上迦楼罗救援。

然而，已经来不及了。

她刚跃上迦楼罗，就眼睁睁看着那一道白光在黑色的火焰中熄灭。烈烈的黑色火焰之中，戎装军人的剑压在了对方的咽喉上，魔之左手带着毁灭一切的力量，用一招同样的“苍生何辜”，以指为剑扣住了白衣女子的咽喉！

“螳臂当车，”魔在冷笑，眼睛里露出浓重的阴影，“靠着勉强凝聚的魂魄，还妄想能阻拦我？如今，就让我用这双手，重新送你上黄泉路吧！”

魔之左手缓缓扣紧，黑色的火焰燃烧在慕湮苍白的咽喉上，竟要将其生生粉碎！

“住手！”白璎不顾一切地杀出重围——因为急切的守护心情，“后土”的光芒一瞬间大盛，护之力量注入光剑，她手里的剑芒陡然暴涨，吞吐几达百丈！

“该死！”仿佛顾忌“后土”的力量，魔一声喃喃，反而加重了手上的力度。

“喀嚓”一声轻响，女子苍白纤细的脖子在他手里碎裂，魂魄化为齑粉四散。年轻军人松开了手迅速退去，闪开了白璎光剑的攻击，眼睛转为璀璨的金色，肩膀微微战栗——仿佛兴奋，又仿佛恐惧。

“师父！”白璎惊骇交加，失声痛呼。

然而，同时喊出这句话的，却还有那个手染鲜血的杀人者。

云焕退开了两步，怔怔地看着被自己亲手杀死的人，仿佛恢复了神志，忽然间全身渐渐开始发抖，脸上换了一种完全不同的表情。

那是“人”才有的表情。

破军的身体一颤，踉跄跪倒在了机翼上，发出了苦痛而绝望的低呼，抱住了头。

“呵呵……原来你的意志还没有完全消散啊？我以为你被那些盗宝者重创，已经再不能恢复了呢。”魔的声音在轻声冷笑，手上黑色的火焰之剑瞬间熄灭，“正好，我可以把这个躯体控制权还给你一会儿，让你来亲身体会一下这种杀师灭祖的痛苦。”

云焕一直在沉默，不敢相信似的看着自己的左手，脸上的表情苦痛而复杂。

“破军，你太令我失望——在乌兰沙海上，为了这个死人，居然被那些盗宝者暗算！”魔的声音讥诮而残忍，“如今我用你的手断绝了那一点软弱，让回魂者回到了该去的地方。快谢谢我吧！”

“不……不。”破军喃喃道，忽然将自己的头撞向金属的地板，“不！”

“哈哈哈哈……”魔在大笑，那种声音在他脑海里回响，仿佛炼狱的火焰，“快，把她的头颅斩下来！从今以后，你将无懈可击！”

魔的力量再度强行侵蚀他的心，操纵他的身体，左右他的神志。

“师父！”白璎失声惊呼，看到云焕抬起手，指尖凝结了黑色的剑。

云焕缓缓站起，走到师父面前，脸上的表情是痛苦的，眼神里透出剧烈挣扎的光芒，然而左手却不由自主地举起，凝聚了毁灭的力量，向着眼前的人一挥而下！

“杀了她吧……亲手斩下她头颅来，从此你就再无牵挂！”魔在大笑，全力地争夺着云焕的神志，想从此彻底驯服这一个桀骜不驯的灵魂——然而，它却没有注意到在魔之左手挥动长剑斩向昔日恩师的时候，另一只右手却动了起来，以不顾一切的姿态击向了左手！

只听“咔擦”一声轻响，刚刚抬起的左手垂落了！

魔的声音在一瞬间因为剧痛而扭曲，失声道：“破军？！”

这样决然无情的攻击，居然来自于他的自身。来自于他的另一只手！

云焕苍白的脸上没有表情，薄唇紧抿成一线，垂头定定地看着自己变成金色的左手，眼睛里露出狼一样的表情。他用右手用力地按着肩头，手上青筋凸起。随着魔的怒叫，那只扣在左肩上的右手再度用力，只听喀喇一声，竟然将整只左手生生拧断！

剧痛令他的脸失去了血色，然而他直视着虚空，眸子却已经从金色恢复到了冰蓝。

“魔，”他在剧痛里喃喃，“我不会让你如愿的……”

左手被黑色的火焰包围，上面的金色烙印似被魔力控制，极力向着他左肩方向蔓延，要再度侵蚀他全身——然而云焕却用右手死死握着左手，用另一种惊人的力量制止了蠢蠢欲动的魔。最后在无法控制的情况下，竟然将左臂整个生生拧断！

这是什么样钢铁般的意志！仅仅凭着作为“人”的精神力，竟能够压住内心魔物的肆虐！

“云焕！”白璎在震惊之下脱口惊呼。

“快。”云焕捏碎了自己的左臂，抬眼看着同门，眼神狠厉，“封印我！用你的力量封印我！不要再让它出来了……绝不要！”

那一刻，他的眼神如狼，紧抿的唇角透出一丝冷酷和决绝。

白璎惊骇之下怔了一怔，却看到那只魔的左手再度动了起来，仿佛在极力和那只“人”的右手抗衡着，蠢蠢欲动，几乎要破开右手的控制重新活动起来。

然而，就在那一刹那，剑圣之剑急速地刺落！

出手的不是白璎，而是那个片刻前已经失去了生气的前代女剑圣！慕湮的眼睛在一瞬间睁开，仿佛用尽了最后的力气，在魂魄再度飞散之前握紧了手里的光剑。没有一丝一毫的犹豫，她将剑刺入弟子的后心，光剑从前胸直透而出。

魔的笑声在刹那停止。

“该死！居然毁我分身！”魔在咆哮，左手再一次抬起，“我让你魂飞魄散，再不超生！”

被那一剑刺中，云焕却看着虚空里的纯白色幻影，眼里充满了震惊和狂喜——那种目光是如此灼灼，让正提起剑准备第二次刺落的剑圣出现了略微的迟疑——那样的眼神，宛如十几年前她在地窖里看到的那个奄奄一息的孩子。

他在死境里看着她，张开双手，迎向了生的渴望。

空桑前代剑圣执剑立于风中，手微微一抖。魔的力量在蔓延，断裂的左臂开始闪电般愈合。恢复了力量的左手开始和右手互搏，试图挣脱束缚。重伤之下，那只“人”的右手几乎无法再压制。

“快！”云焕极力用右手压制着左手，仿佛求助般看向她，“师父！”

那一刻，空桑女剑圣再无犹豫，一剑当胸刺下！

第二剑依然是透胸而过。剑柄直没入云焕的胸口，刺穿他的心脏，血沿着银白色剑柄汹涌而出——那不属于九问，也不属于剑圣门下的任何一招一式，但这样简洁凌厉的手法却比任何手段都有效地夺去一个人的生命。

第二剑和第一剑交叠，形成斜斜的十字。那一剑贯穿了他的心脏，竟然将他整个身体都钉住——无论属于魔的左手，还是属于人的右手，都无法再动弹。

云焕踉跄跪倒。然而，看着那一刹那近在咫尺的人，眼里却露出了微笑，以一种并肩作战的语气低声道：“师父，快！”

慕湮看着跪倒在面前的弟子，决然地上前一步，抬手扶住他的肩膀不让他因伤而委顿，另一只手却迅速地从他心口抽出光剑——然后，手腕一送，再度刺穿了他的心脏！

手起剑落，她竟毫不犹豫地连续刺出了数剑，剑剑穿心而过！血从心口飞溅而出，染上空桑女剑圣雪白的衣襟，宛如雪地上绽放的花朵。

白璎已经奔到了身侧，却因为这样的一幕而惊呆了。

慕湮连刺五剑，在第五剑后顿住了手，缓缓松开剑柄，颤抖着倒退了一步，静静地看着自己最钟爱的弟子——直到这一刻，他都没有任何的反抗，就这样跪倒在她面前，一声不吭地领受了所有的惩罚。

那连续的五剑交错纵横，竟然在他心脏上画出了一个五芒星的符咒！

“云浮禁咒！你是谁？你是谁！”在第五剑落下的那一瞬，魔物发出了狂啸，痛极怒极，“来自星辰彼岸的咒术！你是谁？竟然敢封印我！”

“不错。”空桑前代女剑圣终于开口了，淡淡回答，眼里的表情恍惚而深远，“若不是用这种上古禁咒，又怎能奈何你——连琅玕都无法收服你啊。”

破军的左臂上，魔的黑色火焰渐渐熄灭，金色的烙印归于暗淡。

“原来……你竟是云浮人？”魔在虚空中喃喃道，“琅玕是你什么人？你的力量和他不相上下，却有着不受任何黑暗诱惑的心！”

“不必问我是什么人。”她微微叹息，感觉身体里的力量逐渐微弱下去，“我穿越了生死和空间，回到这片不属于我的地方，只是为了阻止你毁掉这里。”

心口上贯穿着光剑，云焕却有一种如释重负的表情，力竭跪倒，喃喃道：“师父，您、您终于来了……”那个被她手刃的人凝视着她，唇角露出一个奇特的微笑，“我知道您是来救我的……对不对？我等了您太久。”

慕湮看着自己的弟子，苍白的脸上终于有了表情，叹息道：“焕儿……”

一直在不停疯狂攻击的迦楼罗忽然停下来了，裸露在外的金座上，那个面无表情的傀儡仿佛触电般的一震，霍然抬起了头——潇眉心的黑气还在弥漫，然而不知道是因为慕湮那一剑重创了魔，还是因为云焕的垂死，那个受到魔物控制的傀儡骤然醒了过来。

“主人……”潇喃喃地开口，声音从无意识转为震惊，“主人！你怎么了？”

“迦楼罗！迦楼罗！”受到重创的魔发出了狂呼，一边极力挣扎，试图重新用力量控制住破军，一边却呼唤着那一架杀人机械，“她杀了你的主人！快杀了她！立刻毁掉这里的一切！听见了吗？”

金色巨鸟随着魔的呼声颤了一下，然而，却没有丝毫的动作。

“魔，不要妄想了。潇不会听从你的指挥……”云焕低声冷笑，眼神轻蔑冰冷，“她的主人，永远只有一个！”

金座上鲛人傀儡的身体被固定在金座上，然而眼角却有泪水沁出。

“是的，我只有一个主人。”潇的声音响起在夜空里，战栗道，“从来只有一个！魔，你即便是占了主人的身体，我也不会听从你的指令！”

魔愤怒地咆哮，满空的鸟灵听到了这黑暗的呼声都纷纷呼啸而来，要在首领的呼唤下围攻这两个闯入的白衣女子——然而迦楼罗金翅鸟无风自动，忽然发出了无数道金光，反而将那些恶灵击落在当空！

“主人，感谢您让我保留了意志……”潇紧紧咬着嘴角，脸色苍白如死，迦楼罗的声音逐渐尖厉而颤抖，“所以除了您，我不会听从于任何人！我会一直一直守着您，直到您重生轮回。”

“不，我不能再重生。”云焕摇了摇头，看着自己胸口的伤——这个五剑交错组成的伤仿佛有一种奇特的魔力，竟然将魔所有的力量都暂时封印在了左臂上，再无法蔓延一寸。

当然，也连带着这个躯体的生命，一起封印。

魔在挣扎，似乎要破出这个被封印的躯体，腾空离去。然而无论怎样努力，心口那个五剑血封死死钉住了它，把它钉在云焕的身体里，无法动弹分毫。魔狂怒地呼啸，声音嘶哑：“云浮城主！你太过分！这个云荒和你又有什么关系？你已是黄泉路上的游魂，为何竟要逆了天地轮回，插手这里的事！”

“因为这里有我所爱的人。”慕湮轻声道，似有哀戚，“所以，不能听凭你毁了它。”

“哈哈……可笑！”魔低哑地笑起来，带着深刻的讥讽，“要毁掉一切的，不正是你一手教出来的好徒弟吗？杀戮从人心里诞生，我只是顺从了他的愿望而已！”

“可他已经知道错了，”慕湮侧过手，抚摩云焕的头顶，轻声道，“是不是？”

“是，”他在她的指下战栗，“您还能原谅我吗？”

“我从未责怪过你。”慕湮微笑，那个笑容在夜色里宛如虚幻，“无论如何，到了最后，你终归不曾让我失望——不愧是我的焕儿。”

“呵……是吗？”破军的脸上忽然露出了从未有过的光彩，那一刻，他的眼神清澈如少年，低声喃喃，“我知道，和八岁时候一样，您一定会来救我的……就算所有人都弃我于黑暗，您也一定会来。我等这一刻，等了很久……很久。”

他脸上竟然带着某种腼腆的表情，仿佛鼓足了勇气，终于轻声开口：“您……您不知道，我有多么爱您啊……”垂死之人深深吻着空桑女剑圣的手指，任自己心口的血染上惨白的唇，战栗地喃喃道，“我非常爱您……师父。非常非常爱您。”

“我知道。”慕湮有些茫然地回答，却不置可否，“我知道的。”

“是吗？那、那就好了……”他心满意足地微笑起来，宛如一个告白后青涩腼腆的少年，声音却渐渐迟钝，“请记住我。在下一个轮回里，我一定还会等着您的到来……希望那个时候，您能来得更早一些。这样、这样……我，就可以陪伴您更长的时间。”

“而这一世，我来得太晚。”他喃喃道，“太晚。”

破军的声音逐渐消失，湛蓝色的眼睛合起，再无声息。他睡得如此安静，眉间没有丝毫平日的暴戾杀气，安详得如同一个在日光下睡去的少年。慕湮无声垂下手，轻抚弟子的肩膀，全身战栗。在她身侧，那个孤独的孩子终于得到了梦寐以求的归宿。

漆黑的夜幕里看不见一颗星辰，连破军血色的光辉也暗淡了——那一颗三百年才爆发一次、象征着杀戮和毁灭的不祥之星，终究在空前的爆发之后再度沉寂。

是云荒上诸多种族的人们齐心协力的血战，才阻止了这一场浩劫吧！

慕湮茫然地看着这一切，忽然再也无法抵御心中剧烈的刺痛，苦痛地闭上了眼睛——那一刹那，她想起了许多年前的往事，想起地窖里那个奄奄一息的孩子，想起古墓前那个阴郁的学剑少年，想起那个野心勃勃、冷酷无情的青年军人。最后落在她指间的那个吻，是那样热切而颤抖，带着多年来的绝望和隐忍，令她在一瞬间几乎窒息。

他的一生都与她紧密相连，她却一直不动声色地将他拒之门外。

他所要的其实很简单，然而，她却并未能给予他最渴望的东西，所以他也没有得到真正的救赎。多年来，她冷眼旁观着一切，看着那个孩子所受的种种折磨，却不曾开口说一个字来令他解脱。因为那是禁忌……是禁忌。

所以她不能回应。

如果，当初她开口说上哪怕一个字，是否如今的一切都不会发生？人心是卑微的，但人心又是强大的，往往一念之间便可天翻地覆。

那一瞬，她看着自己亲手在那人心上刺下的封印，心痛如绞，竟不能语。

战争还在继续，然而高空上猛烈的风，恶灵的嘶叫，万丈之下横流的沧海，一刹那仿佛都停止了声音。在短短的刹那里，时间仿佛从此凝固。

金色的巨鸟在微微地颤抖，仿佛也在同一时间陷入了不能言语的悲哀战栗。

慕湮长久而静默地伫立在迦楼罗的机翼上，高空的风吹动她的发丝，感觉自己的脸颊在一分分冰冷下去，重新化为玉石。短短的瞬间，心潮如涌，她的神志却在迅速地溃散消失——极北的归墟传来了极强的声音，召唤着这个流离于六道外灵魂的归去。

是时候了……是时候了。

云荒大局尚未真正平定，但她的时间已经耗尽，勉强凝聚起来的灵体已经无法再维持更久——她只能走到这里了……剩下的路，需要其他人来继续。

“白璎，你过来……”她用尽了最后一丝力气，微弱地吩咐另一个弟子，“聚集‘后土’所有的力量，把你……把你的戒指，戴到他的左手上去！”

白璎愕然地看着师父，她脸上的生气在迅速消失，重新变得冰冷僵硬。

“用‘后土’的力量……封印住它。”慕湮轻声对着弟子嘱咐，声音已经断续如游丝，“我的力量不够了……方才设下的五剑连封的禁咒，不足以长久地……长久地，封住魔。”

“是！”白璎明白过来，含泪在师父面前跪下，褪下自己右手上的银色戒指，捧在掌心，默默念起召唤力量的咒术——在白族女王的祝颂声里，“后土”神戒逐渐焕发出柔白的光芒，那种光仿佛能照亮最深的黑夜，开始在她的指间凝聚。巨大的力量开始凝聚，注入了这只小小的指环上，整个戒指忽然光彩夺目！

白璎摊开手，将那枚银白色的戒指轻轻戴上了同门那已经冰冷的左手。仿佛有一股极其强大的力量在排斥着，她几乎是用尽了全部的力量，才将那枚带有“护”之力量的戒指套上云焕的左手。

“后土”神戒和破军的左手一接触，就发出了一道耀眼的光华！

仿佛有一阵细微的颤抖，冰火交融，转瞬那个躯体便起了奇特的变化——一层冰蓝色的光笼罩了破军的全身，迅速蔓延开来，仿佛厚厚的冰层，将整个人连着舱室封死在内！

“主人！”潇定定地看着这一切，失声惊呼，“主人！”

“你不再有主人，迦楼罗……他已经进入永久的长眠。”慕湮的声音飘忽如风，轻声嘱咐，“这一生的事情，已经结束了……你，自由了。”

到最后一个字的时候，慕湮的声音已经轻微不可闻。

轮回之门再度打开，生死枯荣的力量是如此强大，将勉强凝聚起来的魂魄向着四面八方拉扯开来，再不能抗拒——在意识消散的一瞬，她回眸看了一眼两位弟子，眼里露出了悲悯温柔的光：“我必须走了。你们要好好的、好好的……”

一语未毕，慕湮的声音渐渐低微下去。

那一瞬，仿佛有一种极其洁白纯净的光华从她的身体里四射而出，魂魄被再度消解，向着北方九嶷黄泉之路飞去，重新进入了下一个轮回。慕湮的身体被一种无形的力量向四方拉扯，转瞬化为无数碎片，飞向了六合八荒，洒落在黑暗一片的大地。

天空里有长风从极北吹来，回荡在九天上空，带走了那莲花一样的洁净灵魂。

归墟之浪的声音响彻了天地。

“不，不！”迦楼罗却忽然发出了一阵战栗，仿佛有什么由内而外的碎裂。一直安宁驯服的巨大机械，忽然发出了难以控制的暴躁震动——

“不许带走我的主人！”

金色的光芒忽然大盛，仿佛疾风呼啸，一道银色白光从金座上闪电袭来，转瞬将云焕带走——在下一个瞬间，破军已经重新出现在与潇背对的金座上。

“不许……不许带走他。谁都不许带走他！”潇的声音哽咽，有泪水从紧闭的眼角不断落下，“我不会再有新的主人……我会一直守着他，不让任何人再带走他。你们、你们这些人，都给我滚出去！”

巨大的金光从迦楼罗里释放出来，带着前所未有的绝望和狂怒，仿佛要把周围一切都化为齑粉。白璎一惊之下，立刻拔出光剑斜挥，格挡了迦楼罗发出的攻击，朝外掠出——然而，潇似乎也只是想把她逼退，那种骇人的攻击力在他们离开迦楼罗十丈之后便迅速消解。

白璎在风里急速下坠，一直到龙神在半空里横过身来，一摆尾将她接住。

“还好吗？”身后忽然有声音开口。回过头，她看到了真岚关切的脸——刚刚杀退了无数鸟灵和征天军团的皇太子满身是血，杀戮的气息笼罩了双眼，短短刹那，那个太阳一样洁白耀眼的男子恍然如杀神。

九天里如今空空荡荡，半空里的鸟灵都已经消失，只有漫天的黑色羽毛纷飞狂舞，连那些征天军团都仿佛蒸发般地消失在夜色里。

“破军呢？”真岚神色凝重地凝望天空，有按剑而上的打算。

“死了。”白璎轻声道，转瞬又摇头，“不，是被封印了——和魔一起被封印了。”

真岚一怔，长长松了一口气：“那就好……那就好！辛苦你了。”

“不，是我师父封印了破军。”白璎喃喃道，抬头看着头顶漆黑的天际，眼里似有泪水，“不……不。应该说，是她和破军一起，封印了破坏神。”

真岚愣了一下，摇头道：“我被你绕糊涂了。”

“反正，魔的力量已经被封印住了，如此而已。一切都结束了。”白璎举起了右手，给真岚看自己的无名指，“我用‘后土’的力量，将魔连着破军的身躯一并封住——神魔双双同归寂灭，从此云荒将再度进入平安的时代。”

真岚看着她空空荡荡的无名指，眼神却是不易觉察地一动。

“那些鸟灵呢？”白璎转头问。

“杀了。”真岚手提辟天长剑，俯视着下界，眼里光芒四射，“皇天”神戒在手上熠熠生辉——浮云在他身侧掠过，那一瞬，满身鲜血提剑站在龙背上的男子没有平日的嬉笑表情，神情凛冽，有不可触犯的威严逼人而来。

她忽然觉得不敢和他对视，低声道：“那……沧流人呢？”

“镇野军团在洪水中伤亡惨重，因为一直得不到破军的指令，所以季航少将擅自做出决定，将剩下的部队撤退回了伽蓝帝都。”龙神发出长吟，叹息着回答，“毕竟看到自己的父母亲人被困孤城，军心怎能不动摇啊……”

诸人在高空之上回望下界云荒，黑色的大地上一片狼藉惨象。

扫荡一切的巨浪虽然已经开始退去，却露出遍地摧残破坏殆尽的景象——云荒大地上，海浪过处，屋舍倒塌，良田毁坏，牲畜死亡，已经不见活人的迹象……那些犹自在滔滔洪水中摇晃的危房里，已经可以看到尸首浮出。

脚下的云荒已经面目全非，不啻百年不遇的一场大难。

就在两人微一错愕之间，迦楼罗瞬间移动，已经朝着西方尽头的空寂之山遁去！不等他们决定是否要继续追赶，龙神吐出一声呼啸，却已经闪电般地摆尾冲向了脚下大地，张开了巨口，只是一吸，那些大地上四处横流的水便化为巨大的水柱，倒吸而入。

“先救人！”龙神咆哮，在洪水之中展现了它作为海之神祇的力量，将这狼藉一片的大地重新收拾出新的局面，尽力地挽回因为海皇而造成的灾难。

“也是，”真岚叹息，放下了剑，“在这个时候，还有比追穷寇更重要的事。”

空桑的皇太子和太子妃随着龙神急速飞掠，回到了洪流滔天的云荒，携手并肩用术法筑起一道道堤坝，阻止那些水流继续四处肆虐，同时也挥剑砍开一道道深深的沟渠，让那些积蓄在大陆上无法及时回到大海的水流入镜湖。

他们乘着飞龙纵横水上，看到大地上的人们也在极力对抗着这一天灾。

帕孟高原上的盗宝者和空寂山上的驻军都积极出动，在洪水里救助附近的百姓——那一刻，盗宝者、沧流军人、牧民，这些原本势同水火的人在灾难面前却显示出了奇特的协调性，在这一前所未有的大难面前守望相助。

“音格尔如此，也不算奇怪，他本性善良。”真岚忍不住喃喃，“但是飞廉少将如此，实在令我吃惊，看来之前碧和湘都没有说错——沧流人里能出云焕这样的魔，竟也有飞廉这样的君子。唉……苏摩做事一贯狠绝。对了，他人呢？”

忽然，他顿住了声音。自从驱赶着七海扑向云荒后，风浪里就再也没看到过海皇的身影。然而，听得他这般询问，白璎身子一晃，脸色却霍然苍白下去。真岚连忙腾出一只手挽住妻子的腰，看到这般情状心里已知不对，却不知从何问起，只觉得忐忑不安。

“苏摩他……”他低声道，“到底怎么了？”

“海皇归天了！”龙神霍然一声长啸，声音低沉如滚滚雷霆，“海皇为海国竭尽全力战斗到了最后一刻——如今已经回归于天上了！”

龙的声音响彻天地，仿佛也在向整个天下宣布着这个消息。滚滚洪流里的鲛人们尚不知这个噩耗，宛如晴天霹雳一般个个顿住了手，仰望着黑色夜空里盘旋的神祇，露出了震惊不敢相信的神色。只有目睹了一切的炎汐和西京在龙的长吟里缓缓俯身，对着遥远南方碧落海，深深行礼。

“什么？！”真岚失声惊呼，不可思议地看着脚下的滚滚洪流。

苏摩……死了？那个阴郁桀骜的傀儡师，那个我行我素的王者，居然已经死了？怎么可能？

那个冷酷而骄傲的家伙，从来都激烈地拒绝着被强加到身上的王者身份，从来都不肯承认和接受王者的责任，在生死存亡的关头却抛开族人孤身远赴海外……这样的一个人，却居然以这样的方式走出了人生最后一步？

或者说，早在很久以前，在踏上神庙和神魔对决的那一天开始，他心里早就有了这样一个打算？那个沉默阴郁、从来不肯和任何人商量的傀儡师啊……是不是从一开始便已经精心筹划，要踏上今日这一条不归路？

“是的，他死了。”白璎轻声道，看着自己空空的两手喃喃道，“在这里……化成了雾。”

她的脸色苍白而恍惚，隐约间竟然有某种末日到来的气息——靠着连番血战才支持到如今的心神陡然溃散，再也无法压抑内心的剧烈伤痛，一口血便从口里直喷出来。

“白璎，白璎！”真岚急急护住她的心脉，她却对自己满身的血迹毫无知觉，只是伸出手，反复地轻声喃喃——

“是的，他死了。”

“就在这里，化成了雾……化成了雾。”

第十三章 冰封金座

沧流历九十二年十月十五日，整个云荒历史在此转折。

那一日里，天崩地裂，沧海横流，全境同时爆发了战争，从北方九嶷到西方帕孟高原，从东方泽之国到南方叶城，甚至从九天到七海，无一幸免！

七海的怒潮咆哮着扑上这片大陆，将其覆灭在水下长达一个时辰之久。而在怒潮退去后，云荒大地依然被黑暗笼罩，那些从海里升起的黑色天幕封闭着日光，令整个大陆都陷入了无日的时代。

迦楼罗折翼而去，破军自毁而封，海皇化雾而散……无数生灵一夜涂炭。

自从破军消殒、迦楼罗折翅离去之后，空海联军向镜湖中心的伽蓝帝都发起了最后的攻城之战。心知与两族都有刻骨之仇，一旦城破则必无幸存，返回城中的冰族军队在季航的率领下殊死抵抗，各大门阀竟是空前团结，举国上阵，绝不退让。

战争进行了三日，却堪堪只攻破了外围铁城，留下了满地尸首。

真岚站在城头注视了帝都半晌，摇头微微叹息，下令停止进攻。

“困兽莫斗，”空桑皇太子调兵遣将，指挥大军从海陆空三路分头包围这座孤城，神色平静而冷酷，“先围住叶城，切断帝都对外的一切联系——等城中粮草淡水断绝，兵民疲惫，便可兵不血刃而胜。”

“是！”各部战士领命而去。

“诸位，其实我觉得在目前的情况下，最重要的是对云荒上的百姓及时展开救援，防止水灾后瘟疫的流行。”真岚回过头，看着六部之王和复国军的高级将领，“所以，一方面我们需要围困敌人以待时机，另一方面，希望各部能尽力抽调多余兵力去往各地，协助当地百姓脱离灾难。”

各部之王面面相觑，而鲛人复国军也大都没有立刻回答，各有意外之色。

“那些人和我们有什么关系？”玄羽第一个忍不住嘟哝，“不乘胜追击，一鼓作气拿下帝都，还要去做这种无聊事？”

然而，龙神却是回过头，对着子民吩咐：“按皇太子说的去做。”

“是！”复国军战士齐齐领命。

“你们也去做吧。”真岚对着六王微一点头，便策马离去，神色疲惫。

“奇怪，臭手居然还摆了一张臭脸？”那笙忍不住奇怪，拉拉炎汐的衣角，“你看，明明打了胜仗，却好像所有人都欠了他钱一样！”

“皇太子是为了太子妃担心吧。”收兵回来的炎汐在一旁叹息。

“太子妃姐姐？”那笙一惊，想起封印了魔之后白璎就再也没有露面，一贯开朗的少女也沉默下去，咬着自己的小手指，“是……是为了苏摩的事吗？”

炎汐点了点头，神色黯淡。和所有海国的鲛人一样，左权使的襟上别着一朵小小的白花，是在为了刚刚死去的王者哀悼。那笙叹了口气，她也曾亲眼看到，那个怒潮上归来的人是怎样地化成了一阵水雾。那样的景象触目惊心，连她这个外人看了也刻骨铭心、无法忘记，又何况是空桑太子妃？

“那……真的是没有办法了，”少女喃喃道，拉住了炎汐的手臂，抬头看着鲛人男子碧色的眼睛，眼里有少见的认真，“我在想，太子妃该有多伤心啊，眼睁睁地看着他死去！我都不敢想如果你死了我会怎么难过。所以说……”她顿了顿，撇嘴笑，“所以说幸亏你是鲛人，比我活得长，我肯定不会死在你后头。”

少女的眼神在这一刹那是忧伤的，仿佛第一次考虑到了那么遥远的事情。炎汐看着少女玫瑰花一样的脸，眼里也有叹息的表情。鲛人的生命是人类的十倍，与异族通婚往往意味着开端美丽而结局凄凉的一生，如慕容修的母亲红珊。

“啊，不想这个了，白白坏了兴致，”生性开朗的苗人少女却很快就高兴起来，方才那些不快似乎是一朵小乌云，转瞬就被风吹散了，“我还能活八十多年呢——将来的日子那么长，干吗要想着那些事情啊！”

她拉起了炎汐的手，高高兴兴地朝着镜湖走去：“来来，炎汐，我们再去水上散步吧！”

她叹了口气，噘起嘴看着天上：“只可惜没有夕阳。”

头顶的确没有日光，黑沉沉的天幕如同铁一样笼罩。

“海皇已经离去，为何这‘黑天’之术尚未消散？”大司命站在伽蓝帝都的铁城上，仰头看着如墨的天穹，愕然道。

“大概是因为要做的事尚未完成吧。”龙神盘绕空中，发出叹息，“战事未毕，冥灵又怎能见日光——想必海皇顾此一念，魂魄至今不曾散去。”

大司命动容，雪白长须微微颤动，长久不能发一言。

这个空桑梦华王朝末期的重臣，一直对那个鲛人奴隶记忆深刻。他从苏摩被青王带到帝都那一天起就记得他，记得那个少年被牵到白塔上时震惊所有人的美，记得他上殿指证太子妃不忠时的冷酷，也记得在归来后那个傀儡师复杂莫辨的眼神……和所有空桑贵族一样，他是从心底里鄙夷和憎恨这个鲛人的，甚或在支持皇太子的空海之盟提议时，也大半出自于对局势判断的不得已。

却未曾料到，今日空桑一族命运的转折，还会仰仗到那个奴隶的力量！老人眼里有惭色，急急用玉简掩住了皱纹横生的脸，转过了头去。

“不过，的确也要设法令族人重生了。”大司命喃喃道，“镜像必须倒转，不能让无色城和伽蓝城同时打开太久——等重新夺回了帝都，就让六星汇聚，返回九嶷的传国宝鼎之前举行仪式。这样，所有冥灵都会重回阳世，无色城便将再度封闭。”

大司命叹了口气：“如此，我们上百年的劫难，才算是过去了。”

龙神长吟：“六王呢？会殒灭吗？”

这句话问住了大司命，老人拿着算筹算了半日，却只是颓然摇头：“不知道。”

是的，不知道。原本按照六合之间的法则，在无色城打开的时候需要以六王的肉身性命作为交换，而在无色城闭合的时候，六星完成使命便应该作为暗星陨落，消失在宙合之间再无踪迹，亦不入轮回。

这本是命定的六王的归宿。

然而，自从海皇用星魂血誓将星盘打乱之后，一切便全部变得不可捉摸。冥灵之身的太子妃率先恢复了实体，六星的预言便已经名存实亡。而如今，也不知道在仪式结束后，到底会出现怎样的后果。

大司命拿着算筹，站在铁城上怔怔看着漆黑的天幕，缓缓拈须摇头："那个海皇，还真是一个了不起的人啊……居然以一人之力，逆转了整个天下的宿命！"

眼高于顶的大司命，在心底也不禁如此暗自叹息。

宿命被打破，星辰被打乱，破坏神被"后土"的力量封印，神魔双方终于第一次达成了平衡，双双同归平静，整个天地之间诸神寂灭——

云荒，难道要从此进入"无神"时代了吗？

然而，比无神时代更早来临的，却是"无日"的时代。

沧流历九十二年十一月十五日，广漠的风从北方吹来，大地转入严寒。随着海皇的消逝，七海怒潮消退，遭到灭顶之灾的云荒大陆重新浮出水面，一眼望去都是百废待兴的萧条景象。

围困住了伽蓝帝都后，空海双方将力量转移，救援和重建在各地匆促展开，一切仿佛又回到了正常——然而唯有头顶的黑色天幕，却始终不曾散开。

空寂城里灯火阑珊，背后的空寂之山影影绰绰，将巨大的影子布满了整个西方的天空。山顶上，那些亡灵的哭声还在持续响起，在漆黑的风里传遍了整个云荒，和大地上那些家破人亡的百姓哭声遥相呼应。

一片孤城万仞山。飞廉独自伫立在寒冷的夜里，在城墙上遥望东方。夜色里只能看到白塔隐约伫立，却始终无法看到塔下的帝都如今又是怎样。

空桑和海国的联军，是否已经攻破了伽蓝帝都？季航和那些族人，是否已经被复仇的异族屠戮一空？

那些帝都幸存的百姓们忍受了多少恐惧灾难，才从破军的手里逃出一条命来，却没想到转瞬又落入了另一场更大的屠杀里——而空寂城眼见也岌岌可危，等到空海联军攻破了帝都，必然会麾师杀向沧流人最后的据点，将所有人屠戮一空。

难道，沧流的国运，在九十二年时便已经到了终点？

他沉默地想着，一掌拍向了城头，生生击碎了一块巨石。或者，狼朗昨日提出的建议已经是唯一的可行办法——必须离开这里……如果不尽快带着幸存的族人离开云荒，返回西海，就会遭到全族覆灭的命运！

昔日的军中双璧、门阀第一贵公子飞廉一身戎装，在夜风里凝望着故国帝都，反复权衡，激烈的思想斗争，忍不住微微咳嗽起来，脸上有心力交瘁的表情。

“很晚了，还不回去吗？”身后传来温婉的问话，一双柔白的手将大氅披上他肩头。他回过头，看到了妻子关切的目光。原来是明茉见他久久不归，挑着一盏风灯沿着城头的女墙来寻找他，“要小心身体。破军已经死了，如果你再倒下，我们还有谁可以指望？”

那个美丽明朗的门阀千金小姐，在这一年里经历过几次生死大难，荣辱起落，如今已经在大漠粗粝的风沙里成长起来，几乎脱胎换骨——甚至，在说出破军的死讯时，语气也并无丝毫波澜。仿佛，昔年那个为爱痴狂、不顾一切的少女，早已经烟消云散。

“不……我没有办法，”飞廉忽然将头深深埋入掌心，靠在了冰冷的城头上，声音哽咽，“明茉，我也没有办法！我在这里想了很久，沧流气数已尽，根本不可能挽回局面……我只能在这里，眼睁睁地看着最后时刻到来而已。我什么也做不了！”

“不，不要这么说，飞廉。”深宵寒气浓重，在铠甲上凝结出细小的冰花。然而他的妻子却不顾寒冷地将脸静静贴在了冰冷的铠甲上，喃喃道，“努力到最后吧！就算真的无法逃脱，那也没关系……最多，大家一起死在这里便是了。”

她唇角呵出的热气在他的护心镜上凝成小小露水，眼神宁静。

“不，明茉，”飞廉一怔，轻轻将妻子扶起，摇头道，“我们不能留在这里等死——我们得在空海之盟发动进攻之前离开。”

“离开？”明茉诧异，“能去哪里？云荒没有一个地方可以容下我们。”

“从哪里来，回哪里去。”飞廉苦笑起来，“我们泛舟回西海上去！前几日我同意了狼朗的提议，已下令军中秘密准备此事，一旦粮食器具准备妥当，便立刻拔营离开云荒。”

明茉颤了一下：“那……帝都里被困的那些人怎么办？不管他们了？”

飞廉一颤，望向远处黑夜里的伽蓝城，神色苦痛——将数十万族人留在敌人手里，成为任其屠戮的鱼肉，这个决定对他来说实在太过艰难。然而，此刻若不做取舍，便难免全军覆没。但这个决定要从他口中说出，却不啻一种酷刑。

如果破军此刻还在就好了……

空寂城不远处，一座金色的山峦伫立在黑夜里，发出金属的冷光——那是迦楼罗静静地停栖在大漠边缘，于夜色里沉睡。

自从在九天那一战后，迦楼罗被空桑和海国双方联手击落，折翅归来，由潇操纵机械勉强降落在了空寂之山脚下，与那个空了的古墓遥遥相对，便再无声音——或许，她明白主人最后的心意，知道他的生命中最怀念的还是这里，所以用尽了力气穿越了茫茫大漠回到了这里。

因为舱室已经被利刃斩开，裸露在外，所以空寂城的所有沧流军人都震惊地看到，那个令天下震慑的军人无声无息地坐在金座里，心口贯穿着一把银白色的光剑，全身上下被一种奇特的蓝色薄冰封住，已经变得冰冷而僵硬。

破军……破军少帅死了！

那一瞬间，虽然对这个可怕的独裁者都满怀恐惧、憎恨，但所有的沧流人在此刻却都感觉到了灭顶之难的来临，知道本族的命运终将无可挽回——因为自破军之后，冰族已经再也无人可以和空桑、海国对抗！

独立支撑残局的沧流贵公子定定望着那架庞大的机械，露出了某种悲凉的神色，想起了这是好友巫谢的毕生心血——小谢，小谢……你穷尽一生心力，制造出了这样一个接近“神”之领域的机械，到头来，却依旧无法挽回沧流一族的覆灭！

这一对人在入夜的城上相依而立，长久地沉默。

忽然，飞廉神色微微一变，疾步走到女墙前探出身看去。黑暗里只见一袭黄尘席卷而去，竟似乎有谁趁着天黑悄悄从侧门出城，一路奔向迦楼罗而去！

那一骑从城下一掠而去时，火把一闪，映出那人的脸。

“卫默？”飞廉失惊，看着巫谢的胞弟孤身策马离开了空寂城，不由得失声道。他去做什么？莫非是……

“不好！”他一声惊呼，随即转身奔下了城头。

“飞廉？”明茉看着他直接翻身上马，吃惊不已。

“看来他要做傻事……不知好歹，我得去阻拦那个家伙！”飞廉低声道，双眉紧蹙，“快，去叫狼朗将军起来，立刻跟我一起过去——卫默想接近迦楼罗，只怕会出事！”

“好。”明茉脸色一白，点头，立刻回身奔了开去。

飞廉来不及多想，便孤身一人冲到城下，令士兵开了城门直接追了出去。马蹄翻卷，转瞬消失在黑暗一片的大漠上。

追出三十里，便是空寂山下的古墓所在。

飞廉策马过去，发现荒野里的巨石中只有一匹空马在游荡，而马背上的卫默已经不见了踪影。他心头涌起了某种不祥的预感，霍然抬头看向不远处停息着的迦楼罗金翅鸟——巨大的机械在黑暗里静静蛰伏，看不出一丝生机，仿佛随着主人的战死，它也封闭了自己的内心，默默地进行着自我修复，从此再无声息。

直到这一刻，被贸然闯入者打扰。

一条黑影在呼啸的风沙里迅捷地爬上了迦楼罗，几个起落，便来到了核心舱室，大步走向了那个冰封的金座。

“卫默，住手！快住手！”飞廉站得远，一抬头便看到了迦楼罗机舱内的景象，不由得变了脸色，“不要碰！快点从这上面下来！”

然而，卫默定定地看着眼前的金座，眼里却露出了狂喜的表情。仿佛被看不见的手推动着，一步一步走了过去——是的，这就是迦楼罗的心脏！谁坐上了这个金座，谁就可以成为迦楼罗的主人，操纵这个令天地失色的机械！

“云少将，让让吧。”卫默毫不犹豫地伸出手，想将那个僵硬冰冷的人从座位上挪开，“把这个位置空出来给我。”

“不！卫默，别动！”飞廉在底下看得真切，失声惊呼。

然而，已经迟了。

在卫默的手触及破军的一瞬，整个迦楼罗忽然震了一下，在瞬间苏醒过来！金翅鸟发出一声尖啸，陡然放射出了一道金色的光芒，以迅雷不及掩耳之势洞穿了那个冒犯者的双手，将那个冒犯者的动作钉死。

卫默一声惨叫，整个身体往前倒去，重重跌倒在金座脚下。

“潇，停手……停手！”飞廉疾步掠过去，对着迦楼罗嘶声，“别杀他！”

然而，还是迟了。

听得熟悉的呼声，仿佛认出了是飞廉，迦楼罗暂停了攻击。但卫默却躺倒在地，四肢不停地颤抖抽搐，连声惨呼——仿佛有什么东西在汲取着他的血肉和力量，他拼命挣扎呼救，却连动也动不了。只是短短的片刻，养尊处优的贵公子瞬间变得枯萎灰败，就这样被一分分地吸走了生命。

在飞廉登上迦楼罗机舱的时候，同僚已经成了一具冰冷的尸体。有奇特的蓝色薄冰封住了他的全身，将他瞬间冻结——就如他面前的那个破军少帅一模一样！

汲取了活人的生命和力量，迦楼罗金翅鸟发出了一阵低低的鸣动。四周破损的舱室悄然延展，竟然无声无息地修复了一部分。

飞廉惊骇地看着这一切——怎么，难道迦楼罗是用活人的力量，在进行自我修复吗？

卫默原本是光耀无比的门阀贵族公子，侥幸一连躲过了破军屠杀和洪流之祸，却不料，到了现在却遏制不住野心和渴望，竟然试图伸手去拿不属于自己的强大力量，生生把性命断送在这里。

“站住，你们这些蝼蚁！”迦楼罗的声音响起在空旷的荒野里，“凡是敢打扰主人长眠的都将会被杀死——连你也一样，飞廉少将！”

“长眠？”飞廉看着那个分明已经没有了气息的人，不可思议，“云焕他……不是死了吗？你还在这里守着他？”

“主人没有死！”潇的声音略略提高，似有激动，“他只是被封印了而已！”

封印？飞廉看向了云焕的心口——那里，一连五剑洞穿了心脏部位，那五剑居然首尾相连，构成了一个奇特的五芒星记号！冰蓝色的光芒从其中透出，仿佛一层冰，将金座上的沧流统帅封在了里面，克制住了他体内的金色光芒，寂静无声。

“他……是被谁封印的？”飞廉诧异。

潇的声音顿了一顿，似乎不想提那个名字：“唯一能封印他的人。”

“哦？这把剑……”飞廉喃喃道，看着插在云焕心口的银白色光剑，忽地明白过来，“是……是她吗？是‘那个人’下的手？！”

潇没有回答，迦楼罗发出了一阵微弱震动，仿佛痛极的战栗。

飞廉回身，看着金座上的鲛人傀儡，轻声道：“封印何时能解？”

“不知道，可能永远无法解开了……”潇的声音缥缈恍惚，带着某种深不见底的悲哀，“那个人亲手在他心上刻下了封印，而‘后土’的力量又克制着他体内的魔性——两种如此巨大的力量胶着在一起，世上不可能再有人能打破了。”

飞廉想起了当日和潇一起联袂营救云焕的情形，想起这个已经和机械融为一体的鲛人女子有着多么强烈的愿力，不由得感叹：这，难道不是她心底里最希望的结果吗？

飞廉看着脸色宁静的云焕，苦笑道：“他倒好，这个时候还能如此偷懒——却不知亡国灭族的大难立刻就要到了。”

潇也是叹息：“飞廉少将，主人已经不在了，辛苦您了。”

也许因为曾经并肩战斗过，潇对飞廉一直保持着尊敬和关切，并无丝毫排斥。

“云焕，我们决定要离开云荒了，”飞廉看着云焕，凝视着他变得平静的最后面容，轻声道，“这里已无我们立足之地。所以今日来看你，也算是最后的告别。”

潇一怔，却没有回答。

飞廉回过头，低声道：“潇，你会跟我们一起回西海去吗？”

“不，我不会去。”潇却是轻声断然回答，“因为主人必不想离开这里——他说过，无论几生几世，他都会在这里一直等待‘那个人’的再次到来。”

飞廉默然。这样固执吗？还真是一点儿都没变呢……

潇轻声道：“可是……帝都里被围困的族人呢？你要舍弃他们了吗？”

“以我的力量，无法带他们走。”飞廉冷冷回答，忽然跨前了一步，死死盯着云焕被冰封的脸，声音低沉，“所以，我来这里，也是想问破军最后一句话——他是不是真的要舍弃我们了？成千上万的族人就要死去了……他真的不管了吗？！”

“住手！”看到飞廉伸手去触碰云焕，迦楼罗陡然一声惊叫，“不要碰！他会杀了你！”

然而，飞廉却已经毫不犹豫地上前一步，握住了那只冰封的手。他单膝在沉睡的人面前跪下，平视对方紧闭的眼睛，低沉而诚恳：“云焕，我知道你心里满怀恨意。但你已经报仇雪恨，杀了一切该杀的人，如今真的要听凭我们死在各族夹击之下？你是不是就这样撒手不管，听凭数十万族人死去？回答我！”

冰封的人没有回答他这一连串的激烈问话，依旧毫无表情。

然而，出乎意料地，飞廉却没有遭到任何袭击。

“主人！”潇惊呼起来，隐隐明白了那个不能说话的人的意思。

“如果不是，那么，请你，”飞廉喘了一口气，一字一句说出最后一句话，“把力量暂时借给我——把迦楼罗的力量借给我，让我去一趟伽蓝帝都，把那些无罪的子民带出重围！否则他们会全部死在空桑人和鲛人手里！”

金座上冰封的人没有回答，面容却有了微妙的变化。

“主人！”潇一声惊呼，感觉到了那个被封印的人某种情绪上的波动，不可思议地喃喃，“您……您的意思，是不拒绝吗？您不拒绝？”

“云焕！”飞廉平视着那个冰封的脸，似已不顾一切，“求你把迦楼罗的力量暂时借给我！如果你觉得是我冒犯了你，就将我当场格杀吧！”

他在一瞬间将生死置之度外，毅然伸手按住迦楼罗的操纵席。然而，直到机簧被扳下，迦楼罗发出起飞前的颤动，他依旧安然无恙！飞廉松了一口气，回头看着那个曾如此暴戾残酷的军人，不敢相信对方竟然默许了自己此刻的举动。

冰蓝色的封印下，破军的脸上没有任何表情。

“主人……”终于证实了云焕的心意，潇颤声低呼——是的，主人没有拒绝！他，在命令自己为飞廉而战！

“多谢。”他看着昔日的同窗好友、后来不共戴天的仇人，吐出了低低两个字。

“如此，潇……有劳了。”飞廉转身看向金座上的鲛人女子，声音从疲惫里透出欣慰，“没想到如今，我们竟然是要第二次联手。”

“是。”潇声音却是平静的，“很荣幸能再度和您并肩作战，少将。”

进行了多日的修复，迦楼罗已经恢复了元气，在飞廉的操纵下发出了起飞前的鸣动。飞廉将手放到了控制机械的机簧上，感觉金属在夜风里如同冰一样寒冷——那一瞬，掌握倾覆天地力量的感觉灌注了他的全身！

“飞廉！飞廉！”然而却忽然听到了马蹄嘚嘚，一个声音狂暴地喊起来。

“狼朗？”刚要闭上的眼睛霍然睁开，飞廉想起了什么。

那个随后赶来的人飞马奔过沙漠，来到了迦楼罗金翅鸟的面前，翻身下来。遥遥望着机舱里金座上的飞廉，脸色霍然大变，几步就跳上来——在他身后还坐着一个娇弱的女子，赫然竟是明茉。

“别袭击他。”飞廉连忙阻拦了潇的举动，“我有话和他说。”

狼朗攀着金属外壳，急速登上了迦楼罗，却顾不得明茉一介女流被落在了后面。他几步跨到了金座前，看着取代云焕坐在那里的飞廉，惊骇而不可思议：“飞廉！你……你想做什么？你疯了吗？你难道想要……”

“不，不，你想错了，”知道对方的意思，少将微笑起来，“我不想成为第二个破军——我坐在这里，只是为了去救回帝都的族人。”

“帝都的族人？”狼朗怔了一怔，忽地大笑起来，“你以为凭你一个人，就能把那数十万人救出来？你真是比破军还狂妄啊！”

“我自然也知道自己能力有限，只是尽力去做而已。”飞廉截断对方话头，声音低沉，“就是不能救帝都族人回来，起码，也能暂时阻拦空海之盟的追兵，让空寂大营里的族人安然离开云荒。”

狼朗怔住，无法再反驳什么。

“狼朗，听我说，卫默已经死了，我离开后你便是空寂城里最高将领——所有人性命悬于你手，不可有半点大意，”飞廉凝视着这个大漠里长大的同僚，眼神严肃，一字一句地嘱托，“明日，你便带领族人拔营离开空寂城，从狷之原去往西海——我会去帝都做最后的努力。如果成功，等到帝都族人到来，我们就一起离开；如果……如果我死在了伽蓝，那个时候，一刻也不必多等，立刻浮舟海上离开云荒，能逃多远就逃多远！”

狼朗定定地看着这个巫朗一族的贵公子，眼神慢慢变化，对于少将这个几乎是赴死的决定，出乎意料地没有多说一句话来表示反对或者劝阻。最终只是缓慢而慎重地点了点头，将手放在剑柄上，单膝跪下，垂首断然回答："是！"

"好。"飞廉喘了一口气，脸上浮出欣慰的微笑，"幸亏有你在。"

然而，他的笑容忽然冻结在了脸上——黑夜里，女子美丽而哀伤的脸在夜幕里浮起。明茉在夜色里随之而来，筋疲力尽地攀爬上了迦楼罗的舱室，站在那里定定看着他。

"明茉？"他看着年轻的妻子，失声道。

"你一定要回来，"应该是听到了方才的对话，她脸色死一样的苍白，声音却是镇定的，"否则，我一定会来找你……不管你在帝都还是黄泉。"

"明茉！"他一惊，"别说傻话！你才十八岁，将来的日子……"

"没有什么'将来'的日子——如果你死了的话。"她却截断了他的话，脸色苍白而恍惚，"你要我在你死后另外再跟别人，是不是？我不会再承受这样的折磨了……"

她看着丈夫，唇角浮出了一丝苦涩的笑："你说这样的话，是不是在内心也是看不起我的？一直以来我们都做着有名无实的夫妻——你只是可怜我啊，是不是，飞廉？"

"不，不是这样的。明茉，我只是希望你能好好生活下去。"飞廉截断了妻子的话，声音温柔而低沉，"要知道，我和破军这样以杀戮为业的军人，说到底不过是战争里的灰烬而已……而你是一个好女子，将来会遇到更懂得生活和爱的人，该有着和我们完全不同的一生。"

然而即便他如此诚恳地劝说着，那个贵族女子只是凝视着他，眼里露出某种悲凉的神色，缓缓而坚决地摇着头，否定着他的每一句话，令他渐渐觉得口拙，不能再说一句。

"飞廉，每个人都有自己可以为之蹈死而不顾的东西，我虽是女子，却也一样……所以当我决定了的时候，请你就不要再阻拦我了。"她走到丈夫面前，俯下身亲吻他的额头，"我不会阻拦你去帝都，也不会非要跟你一起去。但是，我会等着你。"

她的唇冰冷而柔软，叹息道："如果你不回来，我一定会来找你的。"

她筋疲力尽地喃喃，神色温柔而悲哀。

飞廉抬起手，抚摩那苍白美丽的面颊，忽然轻声叹了一口气：“好，那就等着我吧——无论在哪里，我们总会相见。”

黑暗笼罩了云荒上空整整一个月后，孤守湖心的帝都伽蓝终于陷入了岌岌可危的境地——城内贵族云集，各个世家大都有自建粮窖，存着大量干燥的嘉禾，故此粮食不曾匮乏。

然而，水源却出现了危机。

真是非常可笑而可怕的景象：一座四面都是水的城市，却内无一处可饮之泉！

仿佛是对之前破军做法的嘲讽，如今空海联盟以其人之道还治其人之身，用幽灵红藫来作为武器对付沧流人。帝都每一口井里都蔓延着藻类，那种来自西荒赤水的幽灵红藫沿着镜湖水脉疯狂地透入，到处滋长，很快便将帝都内可供饮用的八十一口水井全部侵蚀——而外围铁城已经被空海联军攻陷，城内的沧流军民也无法出城汲水，只能困守其中。

缺水是比缺粮更可怕的局面，只不过短短一个月，伽蓝帝都里的沧流冰族已经山穷水尽，快要到达崩溃的极限。

这一场最后的攻坚战役，在无声无息中进行，缓慢而残酷。

“殿下真是英明，”大司命忍不住赞叹，“围城之策胜过十万雄兵啊。”

真岚却是面色沉郁，并不以此为喜：“当年我也曾在这里守过十年的城，所以知道帝都的所有内外缺陷和长处罢了——如今攻守转换，自然占了便宜。”

大司命叹息：“所以，这真是天理循环、报应不爽啊！”

真岚看着城中景象，眼里的光芒是暗淡而沉郁的，不见丝毫得胜的欣喜。城里饥寒交迫的百姓哀号声盈耳，达于内外——他沉默地看了许久，似是不忍再听下去，最终掉转马头，回身进了无色城。

“已经连树叶都扒光了吗？”站在铁城的城头，大司命遥望禁城和皇城内的景象，眼里有报复的快意，“看来，接下去很快就要易子而食了吧？除了人的血肉，已经没有任何含有水分的东西可以解渴了啊……我们当日的苦，总算也让这些冰夷亲身尝到了！”

围困在外的冥灵战士看着城中的一幕幕惨剧，黑洞洞的眼睛里没有表情，冷酷而沉默地旁观着。只有龙神不作声地游弋在伽蓝上空，忽地返身化为一道金光穿入水中。

光之塔下，一身帝王冠冕的青年用手支着下颌，正在闭目小憩。不知道是不是四肢缝回去的时候出了一些差错，他此刻虽然恢复到了王者的状态，却还是坐没坐相，透露着与王室风度格格不入的惫懒和散漫。

“真岚，”海国的神祇对那个午睡的王者开口，“我有话问你。”

“怎么？”皇太子被冒昧来访的客人惊醒。

“你……”龙神看着他的双目，微微一惊——那双睁开的眼里血丝密布，颇为骇人，似是已经一连多日未曾得到好好的休息。真岚不好意思地笑了笑，指指水面：“上头每夜都有呼号声，令人不得安眠。”

龙神看着憔悴不堪的空桑皇太子，意味深长：“看来，若是真的灭尽了城内数十万沧流人，你整个余生都将寝食难安了。”

真岚没有回答，看向龙神，面色阴晴不定。

“一个月里，围城已经见了成效，如今城内沧流人困顿不堪，已经到了易子而食的地步，惨象无以复加。”龙神低声道，眼神炯炯，“皇太子为何不令军队发起总攻？只要一声令下，这个世上便再也无‘沧流’一族了。”

“我……”真岚低下头，看着手边的辟天长剑，迟疑。

“是因为皇太子尚有犹豫？”龙神凝视着困扰中的人，双眼如同明月一般皎洁，“请说出来——如今空海结盟，应坦诚相见才是。”

真岚终于抬起头，直视着龙神：“是。在下心里有犹豫，所以无法拔剑。”

“为何？”龙神静静追问。

“兵乃天下凶器，战乃存亡之道，是故天下动荡中，生死皆不足为奇。”真岚手抚辟天长剑，看着上面星尊帝写的铭文，眼神却是复杂，“但……我不是先祖那样的人，无法做到横扫天下、血流漂杵而无动于衷。”

他转头看着龙神，眼里有苦笑：“当我明白那一句话只要一出口，就意味着要夺去数十万性命时，我就仿佛中了咒术，怎么也开不了口。”

“多么奇怪……按理说，我不该多想这些，”真岚摇头，“想当初冰族追随智者灭我空桑时，下手何曾容情过？而我自己，又何曾不是被他们生生车裂？相信外面的六部之王，也个个都恨沧流人入骨，只等我一声令下便会纵兵而入复仇吧？他们等这一天已经等了太久……”

龙神静静看着他，倾听着，却没有开口。

“可是，我非常厌恶现在的自己……”心里长期的积郁仿佛爆发了，空桑的王者看着海国的神祇，苦笑道，“上面的那些哭声和惨叫令我整夜整夜地不能入睡……你说得对，如果我真的下了屠城令，在余生里必然无法安眠——龙神，请你告诉我，如今如何是好？”

龙神忽地笑了：“真岚殿下，你原来是一个软弱的帝王……和你的先祖完全相反呢。”

巨大的蛟龙盘绕起了身子，在光之塔下盘踞而坐：“你无法做这个决断，因为负担不起葬送千万苍生的责任——是不是苏摩还在，你就不必如此痛苦了？这种困扰你的问题，他很快便会替你做出决断……他可不会如此妇人之仁。”

“我也希望他还活着，”真岚喃喃道，“起码这样，我就可以少听一个人的哭声了。”

一语既出，仿佛也知道多余，他立刻顿住了口。

气氛微妙而尴尬，片刻的冷场沉默里，有女子低微的哭声从光之塔内传出，悲凉而压抑，一丝丝钻入耳中，令闻者无不动容。

“那么，”龙神顿了顿，低声道，“你问过她的意见了吗？她如何说？”

真岚苦笑摇头：“她无法给我意见……她自己的状态也很不好。”

龙神长长叹息，半晌无语。

“西京将军倒是反对屠城的，”真岚看着外面的水色，神色复杂，“毕竟是剑圣门下，他的意思是至少不杀城中的无辜平民。但城破之日，乱军压阵，又怎能分得清楚军民？何况，我估计……无论是空桑这边还是你们海国那里，都不会赞同赦免。”

“谁说海国不会赞同？”龙的声音忽然低沉响起。

真岚震惊地抬头，看见了明月一样皎洁的双眼正在注视自己——生存了万古的神祇的眼睛里，闪耀着某种智者的大光华，直似看到人的心底去。

“你……你说，你是赞同赦免的？”他忍不住地吃惊。

“当然。”龙神低声道，“你以为我会赞成屠杀？”

“可是……”真岚不知是惊是喜，喃喃道，“可是沧流对鲛人一族……”

“但如今，不是连空桑人都成为我们的盟友了吗？”龙神沉声开口，“如果真的要追究，难道空桑人上千年来对海国所做的一切罪孽，会比沧流人一百年来的少吗？”

真岚语塞，只觉汗颜。

“诛其首恶，胁从罔治。冤冤相报又何时了？这仇恨的锁链，必须要有一方做出忍让才能斩断它！”龙神开口，声音低沉而威严，“何况在破军治下，沧流流血百万，当年压迫你我两族的十巫都已伏诛，剩下的大半是和那段恩怨无关的平民百姓——难不成到了今日，真要动不动就灭族才能罢休吗？”

“可是，斩草不除根，怕会遗留后患，”真岚喃喃道，“若是将来沧流余党死灰复燃，再度归来危及空桑——我便要成为空桑的千古罪人了。”

龙神发出了一声轻微的冷笑，打断了皇太子的话：“若要江山稳固，只有富国强兵才是唯一可靠的方法，而并不在于赶尽杀绝。皇太子，你若是为本族考虑得如此长远，是不是也该将我也立刻格杀此地，以免遗留后患，给海国将来反攻大陆、报复亡国之仇的机会？”

真岚一怔，再度语塞。

“是否为留名青史，便要纵容灭绝人性的屠戮行为？”龙神的声音低沉而严肃，“皇太子殿下，你是否真的想要用灭族之血来染红汗青史书，如千年前的星尊大帝那般？”

“不！”空桑皇太子愤然而起，断然道，“当然不。”

他起身，在光之塔下来回急行几步，眉头紧蹙：“我只是担心六部之王反对——当日灭族屠杀如此惨烈，无色城里又不见天日百年，族人的仇恨铭心刻骨，我若此刻下令赦免沧流余党，孤掌难鸣，定然会遭到所有人的反对。”

“不，”忽然间，一个轻微的声音传来，“至少，我是支持你的。”

“白璎！”真岚失惊，霍然回头。

空桑的皇太子妃不知何时已经起来了，静静地扶着墙壁走出来，打断了两国统帅之间的谈话。她披着白衣，扶着光之塔的拱券门楣站着，脸色苍白而恍惚。

然而她看着他，轻轻将手放在了真岚握着剑的左手上，仿佛是要阻止他拔出辟天长剑来，低声道："无论其他五王如何，我是站在你这一边的……你不必过于悲观。"

真岚一怔，只觉一种感动从内心升起，满满堵住了咽喉，竟无法说出一句话。然而，正当此刻，水面上却起了一阵骚动，有无数刀兵出鞘的声音，传来了军队的呼喝——

"沧流人！沧流人的援军来了！"

"什么？"龙神和真岚齐齐一惊，仰首而起。

没有什么援军。在浮出水面的时候，他们只看到了孤零零的一个敌人——没有反攻而来为帝都解围的大军，只有一架金色的巨大机械从远处呼啸而来，停顿在伽蓝帝都上空，宛如一片巨大的浮云遮蔽了整个城市。

一架孤独的迦楼罗，面对着满空的敌人，静静停驻在虚空。

"迦楼罗金翅鸟？"真岚脱口喃喃，不可思议。云焕被封印后，迦楼罗已折翅，如今居然这么快就再度起飞？难道那个鲛人潇这么快又认了一个新主人？怎么可能？

然而，城里的沧流人却发出了惊天动地的欢呼声，纷纷仰头观看，无论是平民还是军队，精神都为之大振："破军！破军回来了！迦楼罗来救我们了！"

随着欢呼，迦楼罗忽然化为一道闪电，刺穿了冥灵军团的屏障冲入伽蓝帝都上空！底舱的门无声滑开，无数条粗大的银索从底舱里飞落，垂向被围得铁桶似的帝都。迦楼罗里发出了巨大的声音，响彻黑暗的天宇——

"让平民先上来，军队继续守城！"

"天啊……"听出了那个声音，城头忽然有一个人低低惊呼，"飞廉？！"

碧望着夜空里金色的迦楼罗，露出了极度震惊的神色——从这短短的一句话里，她就认出了坐在迦楼罗机舱里的操纵者是谁。

她面色苍白，身子晃了一下，几乎从城头落下。在空寂城匆匆一面后，很多话还来不及说，也曾无数次想象能有再度重逢的机会，将一切彻底地说个清楚，却不料竟然会在今日这样的情况下重新见到了那个人！

“他想转移城里的那些冰夷！”大司命失声惊呼，看向了一边的主帅。然而，龙神和真岚双双站在铁城上，相互交换了一下眼神，却没有做出任何反应。

“是飞廉少将啊……”真岚喃喃道，看向夜空，“沧流帝国此时居然还有可用之人？”

“是啊。”龙神低吟，神色复杂，“他居然孤身杀回来了。”

帝都里一片民声沸腾，被围困已久的百姓们看到天降救兵，个个欣喜若狂，争先恐后地朝着那些银索扑过去，死死地抓住这一根救命稻草——无数双手攀着，垂落的银索被急速地拉起，向着底舱收去，每一根银索上都密密麻麻地挂满了百姓。

“该死！那些冰夷想逃走！”玄王等不及下令，咬牙切齿地跳了出去，“别让他们逃了！冥灵军团，上去砍断那些银索！”

“是！”冥灵军队黑之一部齐齐出列，翻身上天马。

眼看敌方扑近，迦楼罗忽然发出了一阵呼啸，金光从羽翼下激射而出，化为一道密集的网，将所有闯入它领域的冥灵军团格挡在外！冥灵战士纷纷在灼热的光下惊呼，天马被杀气所惊，纷纷嘶叫着后退。只有玄王一马当先，急速地穿越了拦截的光芒飞入网中，手起剑落，转瞬便朝着一根银索砍去。

粗大的银索被一剑砍断，银索上无数冰族人从百尺高空坠落，发出撕心裂肺的惨叫。

“哈哈哈哈！”玄王只觉痛快，不由得放声长笑，勒马旋即砍向第二根，“你们这些冰夷！今天就是你们的末日，都摔成肉泥吧！”

六部战士呼应着玄王的狂笑，发出了一声喝彩。惨叫声长短错落，真岚的脸色渐渐苍白严肃，紧握长剑的手微微颤抖。

“住手！”一个声音忽然叫了起来，白光穿越了光网，拦截住了玄王玄羽——空海双方惊呼着看去，却是多日未见的太子妃白璎飞马而来，一剑打落了玄王的长剑！

底下观战的六部战士齐齐一惊，脱口惊呼起来。

“玄羽，屠戮手无寸铁的百姓，你觉得很痛快吗？”白璎冷冷开口，脸上犹自有着多日来的憔悴，“你应该觉得羞愧！”

“这些冰夷罪孽深重，我恨不能让他们死一万次！”玄王咆哮。

“住手！”白璎挥剑阻拦，厉声道，“有种去和城上的沧流军队作战！来这里砍平民，逞什么英雄？”

玄王和白王在虚空中纵马相对，双方剑拔弩张，竟是谁都不肯退半步——在他们头顶，迦楼罗继续急速地垂落无数银索，将那些城中百姓成百上千地拉上来，藏入巨大舱室。同时不停地发动攻击，将那些试图闯入城中的冥灵军团击退。

真岚看着这一幕，只觉眼角不停跳动，烦躁和怒意迅速积累起来。

“都给我住口！”他终于忍不住拔出了辟天长剑，一指伽蓝禁城，“集中兵力，全力进攻内城！玄王和白王，都给我撤回来！”

“是！”空桑六王齐齐领命，不敢再反驳什么。冥灵军团迅速调集，开始了最后的攻城。

然而龙神只是在一旁看着，盘绕在上空，不发一言。

“龙神……为何您不下旨意，让我们的战士也投入战斗？”虞长老抬头看着虚空里的神祇，合掌喃喃祝颂，“为何您不下令让战士们一起攻击迦楼罗？”

“不必战斗，”龙神的声音在心底传来，传入每一个海国将领的心头，“让他们自己去战斗吧……不必协助空桑人。空桑和冰族没有一个值得我们为之战斗，事到如今——我们，可以回归碧落海了！”

回归碧落海！

那短短五个字在所有鲛人心底激起了狂喜的浪潮，万里外的故国仿佛发出了声响，在召唤着这些远离的游子们归去。

“海皇不惜沧海横流覆灭云荒，也要替你们打碎这个牢笼——如今，是大家回归故土的时候了！”龙神长吟，尾巴横扫过天际，穿云入水，“这个云荒已经没有理由让我们留恋，沧流人和空桑人的战争又关我们什么事？空海之盟已经完成了……我们不属于这里，应该离开。”

炎汐吃惊地听着，不明白一贯宽厚仁慈的神祇为什么会忽然说出这样过河拆桥的话来。然而那笙撇了撇嘴，嘟囔道：“离开也好，反正沧流人的军队都已经消灭得差不多了——接下来如果要我看着你去杀那些沧流百姓，我还真的有点看不下去。”

仿佛醍醐灌顶，炎汐恍然大悟，却没有再说话。

虞长老面有不豫之色，然而终究无法反抗神祇的决定，也只是低头行了一礼，喃喃道：“也罢……先让他们自相残杀去！我们先回碧落海，日后养精蓄锐，再杀回云荒来找那些家伙复仇也不迟！”

只有碧一直定定凝望着头顶飞翔的迦楼罗，脸色复杂地变化——原来，就算是再见了一面，还是没有机会说出想说的。她想告诉他那个青族的孩子晶晶的下落，想告诉他自己真正的内心……然而，宿命一次次安排他们相逢和错过，却居然始终不曾给他们一个相互谅解的机会！

飞廉……飞廉。如今的我，即将回归万里外的故土，从此后天涯海角永不相逢。你，是否还会原谅我？我们的心里，非要抱着憎恨和遗憾直到死去吗？

“炎汐、碧、长老们，盘点人马，准备拔营！”龙神凌空盘旋，倏忽潜入水下，发出了命令，“我们该归去了！”

“归去！”鲛人战士们群情激奋，齐齐举起了手里的武器，对着南方大呼。

遥远的碧落海发出了隐约的波涛声，仿佛回应着自己子民的欢呼。回归于蓝天碧海之下，在珊瑚的国度里尽情畅游——那是几千年来失去故土和自由的鲛人们梦寐以求的生活！

如今，竟然真的等到了这一日。

“这群该死的鲛人！”玄王恨恨道，在攻城之中不忘回顾后方，“那些卑贱的奴隶果然不可靠！到了如今竟想袖手旁观吗？”然而一支飞箭呼啸而来，洞穿了他的甲胄，令他不敢再分神。

“攻城！”真岚手握辟天长剑站在铁城城头，指挥所有空桑兵力集中冲向禁城，“所有人都集中，全力攻城！”

冥灵军团回转方向，扑向了禁城城头，上下夹击，想要攻克这最后一道防线。但那些背水一战的沧流军人仿佛困兽一样咆哮着，发动了绝地反击。

“杀敌！杀敌！”率领那些饥疲交加的士兵死守城头的是季航，仿佛杀红了眼，不顾一切地大呼着，“一个都不许退！让城里的百姓全部撤走！听着，今日谁若退一步，沧流便亡国灭种了！”

似乎知道此刻已经是绝境，稍微退一步便是万劫不复，为了保护身后城内的族人安全撤退，沧流军人们个个奋不顾身地应战，竟无一人后退。

镇野军团与登上城头的空桑人贴身肉搏，而在空中，风隼和比翼鸟也迎向了冥灵军团，上百门红衣大炮被调集到城头攒射，冥灵战士虚无的身体被火焰震碎，随即又重新凝聚。

这一场战争残酷而漫长，仿佛永无休止。

城中的平民在不顾一切地撤退，而城头的沧流军人几乎是用自杀式的攻击将敌人的脚步拖延。演武堂的铁血教导，在生死存亡关头发挥出了极大的效力——那些已经到了强弩之末的沧流军人仿佛战神附体，竟然撑着奄奄一息的身体，以宁为玉碎的态度一直搏杀下去，竟然没有几个人临阵离开，去攀爬那些给平民的绳梯逃生！

那样凛然决绝的杀气，让空桑人都为之惊叹。

黑夜里不见日月更替，也不知过去了多久，迦楼罗忽然发出了一声清啸。城中百姓已经逐渐稀少，等最后一条银索也收起来，底舱的门无声无息闭合，巨大的金色机械振翅长啸，霍然一个转身，昂首飞上了九天！

“不好，它要逃跑！”玄王吃惊，再不管那些城上军队，直追上去。

“小心！不要追！”真岚一声厉喝，只见迦楼罗陡然一个回旋，发出了一道耀眼的金光，直击向追来的人——那种力量是如此强悍，竟然将玄王整个身形淹没！

玄羽发出一声惨叫，从虚空中直坠下来，冥灵的身躯几乎被震得碎裂开来。

真岚回身飞速赶去，将其接住。然而出乎意料的是迦楼罗居然没有对他发起攻击，只是呼啸着盘绕一圈，飞速离开，带着舱里的数万百姓。

“空桑之王……感谢你的手下留情。”

一个声音悄悄潜入他心底，竟是离去的迦楼罗在秘密传话。

城头的血战还在继续。

不知道已经砍杀了第几个敌人，那些鲛人和冥灵在他的眼里看来已经是毫无区别——季航疯狂而盲目地砍杀着一切试图靠近的人，双眼已经被血糊住，却依旧如疯兽一样大声狂呼，号令周围的下属和他一起战斗，不退半步。

然而，渐渐地，身边那些应合他的声音也微弱了。

季航血流满面，心里明白他的战士们已经陆续先他一步倒下。他忍不住大声长笑，不顾一切地拼杀着，阻挡每一个试图靠近的敌人。直到听到迦楼罗离去的呼啸声，他只觉得心里一宽，再也无法支撑，一刀劈空，整个人便从高高的城头坠落了下去。

没有一个人为他惊呼和哀悼。

落地的瞬间仿佛极其漫长，一生里的所有片断都慢慢浮现过眼前——贫寒的童年，被姑母提拔的青年，在族中钩心斗角的壮年……种种权欲交织的腐臭和芬芳再度扑面而来，他忽然觉得极疲倦，从胸中吐出了最后一口气。

其实，这样的一个终结，已经是最好。

他这样出身贫贱的人能够以这样的方式战死，已经是少年时不敢梦想的结局——他并不是适合当族长的人，握刀的手不擅争夺，尚有温暖的心不能应付那些权谋，虽然对姑母和表妹心怀亲情和眷恋，却始终无法在冷酷的权势斗争里坚定地维护她们……如若不是今日，只会得到一个更不堪的收场而已。

在头颅撞到铁城坚硬地面的瞬间，他恍惚间居然有一种亲切的感觉。

那样熟悉的贫寒市井气息，仿佛是母亲怀里的乳香……童年时的故乡铁城啊，我的一生大起大落，挣扎着从你这里离开，进入了禁城和皇城里。直到数月之前当上一族族长，还曾以为一步踏上了云霄。却没料到如今，在最后一刻，我却又重新回到了你的怀抱。

看来，我这个贫贱出身的孩子，还是更适合这里呢……

真岚站在城下，远远地看着从高城上力竭而坠落的沧流将领，缓缓低下了头，掉转剑柄指向地面，不易觉察地致意——无论与冰族有着怎样的世代深仇，但作为一个战士，他们最后的死亡却是荣耀无比，令人肃然起敬。

空桑的皇太子站在血和火之间，凝视着最后一场大战的结束，眼里的神情却没有半分的轻松和愉悦，反而充满了浓重的哀伤。

“禀殿下，禁城已经攻破！”有下属奔来，跪告。

他不作声地点头，翻身上马，鞭梢一点，大呼：“入城！我们回家了！”

“天佑空桑！”巨大的欢呼声响起来，空桑六部齐集在城头，看着轰然洞开的禁城城门，一起举起了双手，发出了惊天动地的呼声——然后仿佛疯了一样地争先恐后奔入，踉跄着跪倒在久别的土地上，亲吻着泥土。

仿佛被冲霄的欢呼声惊动，连笼罩天空的黑暗都开始有了退却的迹象。空桑的皇太子勒马停驻在虚空里，俯视着帝都里万众狂欢的景象，眼里却没有丝毫赢得最后胜利的欢喜——

一百年后重新夺回这里时，每一寸土地都渗透了血的味道。

第十四章 光辉岁月

伽蓝帝都的最后一战极为惨烈，空海双方联手围城多日后，发动了猛烈的总攻。城破之日，城中原本的四十余万沧流人只余不足万人，十多万军人都战死当场，其中有近十万百姓被迦楼罗金翅鸟带走；而剩下的十余万人，却是生生地死于饥寒和战乱。在空桑人夺回这座城市时，城里已经饿殍遍野，到处散发着尸首腐烂的味道。

空桑皇太子站在城头，看着最后一道城门被撞开，战士们汹涌而入，对穷途末路的敌人进行最后的清剿。埋藏百年的仇恨终于在今日得到了清洗，那种爆发出来的愤怒憎恨和狂喜欢呼，令整座城池都在颤抖。

战争进行到这个时候，已经是一场屠杀。

禁城已经成为一片废墟，到处都是倒塌的、布满了乱箭的房子，火苗在那些房子里明灭燃烧，伴随着鲜血和脂肪燃烧的味道——这一座城池在隔了百年之后，再度遭到了灭顶的灾难。

真岚看着族人狂呼着冲入帝都，看着报仇雪恨的一幕在眼前上演。然而，他眼里没有丝毫的快意，手指颤抖地握紧了辟天剑的剑柄，血、复仇、杀戮的腥味刺得他不能呼吸。

“妈妈……妈妈！”有孩子凄厉的哭声从密密麻麻的军队里传出，撕心裂肺。

真岚回过头，看到一个衣着华丽的妇人横死在了大路旁，头骨破裂、面容扭曲，手里却紧紧地握着一截断裂的银索——很显然，是在抱着孩子想要攀爬上迦楼罗逃生时，银索忽然断裂，于是这一对母子就从百尺高空生生摔了下来。然而令人惊讶的是，尽管母亲从高空坠落头破脑裂，而怀里的孩子却只是擦破了一点皮。

“十巫！”认出了那个女人衣服上双菱形的家徽，空桑人发出了一阵怒喝，无数的战靴朝着那个孩子奔去——仿佛知道死亡就在顷刻之间，那个不到十岁的男孩停止了哭叫，傍着母亲的尸首，用冰蓝色的眼睛死死地盯着那些没有面孔的冥灵战士。

然而，那双稚嫩的眼睛里有愤怒，有悲痛，却独独没有恐惧。

“住手！”在刀剑一起举起的瞬间，却传来了女子的声音，“都给我住手！”

“太子妃！”所有刀剑顿时归鞘，战士齐齐俯首。

“战斗已经结束了，”白璎拦在了军队面前，神色疲倦，声音低哑而毋庸置疑，“可以收起你们的刀剑了——战士们，屠戮妇孺不是空桑人的光荣！”

冥灵战士们没有回答，仿佛还在和内心的愤怒、憎恨做着搏斗，只是沉默地俯首。

“收起刀剑来吧。”王者的声音忽然响起，抵达众人耳畔，“战斗的确已经结束了。我并没有颁布屠城之令，诸王必须各自约束手下的军队！”

倒转辟天长剑，唰的一声归入鞘中，皇太子真岚从万军之中走出，踏上了百年未曾踏足的伽蓝帝都地面，声音威严而低沉：“所有人，归队。”

“是！”虽然心有不甘，但毕竟不敢直接反驳皇太子的意见，六王低声领命。白璎看了真岚一眼，手轻轻扶上了光剑的剑柄，对着丈夫悄然颔首致意。

“谢谢。”她在他走过身边时，轻声道。

“不用。”真岚唇角微微扬起，“你辛苦了……”

然而，话音未落，他的脸色忽然变了，来不及多想便一把将妻子拉住，侧身挡在她身前——只听嚓的一声响，一道银光直接钉入了他的后背！

“殿下！”四周战士齐齐回首，发出了震耳欲聋的惊呼。

那个十岁的孩子手握一支从母亲尸体上拔出的箭，死死盯着他们，冰蓝色的眼珠里透出了某种令人恐惧的光芒——幸亏他年纪还小，手劲也不大，否则方才那一次的突然袭击恐怕已经要了真岚的命。

“谁说战争结束了？才没有结束！”那个孩子握着箭，对着空桑的王者大叫起来，声音颤抖而愤怒，“还有我呢！还有我呢！只要一个冰族人还活着，你们就没有赢！你们这群杀不尽的卑贱的空桑人！”

军士哗然，四周传来一片刀剑出鞘的铮然。然而，空桑皇太子看着那个站在母亲尸体前的孩子，眼里却涌出了某种痛苦的光。

是的……没有结束。永远也不会结束。

冰族和空桑，这两个民族本是同根而生，却在几千年里背道而驰越走越远，最终成为誓不两立的敌人。两族间的仇恨已经绵延了上千年，葬送过成千上万的人，如今也不会终结——它还会延续下去，再驱使一代又一代的人手握武器，前赴后继地投入战斗，相互厮杀、报复不止，直到最后一个人死尽！

那一瞬，某种深不见底的悲哀无力攫住了空桑的王者，真岚望向白璎，两人眼里都有沉痛的光芒。白璎静静扶着自己丈夫，双手冰冷如雪。

“可恶的冰夷崽子……”玄王怒极喃喃，手里长刀铮然出鞘。

“不！”白璎回过神，飞身扑出，在千钧一发之际格挡住了玄羽——然而身后却随即传来稚嫩的惨叫和怒骂。她不可思议地回过头去，只见无数士兵一见玄王带头，立刻便朝着那个居然敢袭击皇太子的孩子扑了过去，如林长矛一起刺下，瞬间洞穿了孩子的身体！

“不……”她失声喃喃，却无法直视战士们愤怒的眼神。

“呸，空桑人！”那个孩子却在冷笑，带着冰族军人特有的冷酷表情，“听着，才没有结束……才没有结束呢！该死的猪猡！我们一定会回来报仇的！”

空桑战士被彻底激怒了，一起发出了一声呐喊，将那个小小的身体挑起在矛尖上，抛向了天空——孩子的血从头顶洒落下来，六部发出了狂烈的呐喊。

“妈妈。”那个孩子掉落在她脚边，只抽搐了两下，轻轻喊了一声，便没了气息。

白璎捂住脸，不敢直视。

那是怎样一种仇恨……世代相传，深刻入骨。在那样的仇恨面前，一个人的意愿和力量是如此微不足道，任何善意都会被愤怒的潮水汹涌吞没。

刚刚平息下来的事态再度激化，孩子的死点燃了原本已经准备束手就擒的冰族人的怒火，骨髓里深藏着的宁为玉碎的精神被激发出来了。虽然已经是筋疲力尽，但是所有幸存的冰族人聚到了一起，随手拿起一切能拿起的东西，发出了困兽一样的呐喊，开始和包围他们的空桑士兵起了你死我活的激烈冲突。

局势急转直下，六部战士也重新拔出了战刀，开始冲向那些暴乱的人群。

这已经是一场众寡悬殊的镇压和屠戮，残留在城中来不及撤退的大都是老弱孩童——没有武器，赤手空拳的人们甚至捡起了石头和木块，投掷向了这些入侵者。而空桑战士骑着天马，长刀挥到之处，血肉横飞。

“住手！”真岚再也无法看下去，厉声大喝，“都住手！战争已经结束了！”

但是杀戮和复仇仿佛令所有空桑人疯狂，爆发的怒喝和惨叫将他的声音淹没，竟然没有一个人听从王者的指令。

“不，殿下，您无法令他们在此刻住手，”大司命悄无声息地走到了他身后，看着城里最后的一场杀戮景象，声音低沉，“百年来，战士们心里积累了太多的恨意，必须要用敌人的血才能浇灭——就算您是君主，但若是此刻背离了民心，就没人会听从您的命令。”

真岚一怔，握紧了辟天长剑，久久不语。

王者必须顺从人民的呼唤和意愿，可是，又有谁来顾及他自己内心的意愿呢？仇恨的力量，是不是永远都那么强大？

站在白塔下的演武堂里，他只觉心中有怒潮汹涌，竟不能说出一句话。转过头，却看到了那一面伫立在堂中的冰冷石碑。上面溅满了血迹，犹自发出冷冷的光泽，仿佛一只凝视着苍生生死的眼睛。碑文上的一字一句仿佛要从血泊中跳出来，狰狞地扑入他的眼帘，散发出凛凛杀气——

天遣魔君杀不平，
杀尽不平方太平！
杀杀杀杀杀杀杀！

空桑皇太子定定地看着上面那一行行“杀”字，仿佛魂魄也被吸走。

耳畔传来不间断的惨叫和呼号，血腥的一幕正在上演——这些平民百姓，又有哪一个是可以对上这碑文上的“七杀”之条的？而他身为帝王，却无力去阻止这一场屠戮！

那一瞬，他忽然觉得自己和千年前的星尊帝并无区别，和百年前屠戮空桑的智者并无区别，和不久前残杀同胞、灭尽十大门阀的破军也并无区别！无论是为了什么原因，杀戮的罪孽，都是同样的！

他再也无法忍受，忽然拔出长剑一剑劈下，将那块伫立的石碑砍为两段！

真岚手握辟天长剑，在白塔下不停喘息，厌恶和无奈在胸中起伏，几乎淹没了他的神志。

“不……”他忽然仰起头，看着伫立在天幕之下的白塔，轻声喃喃，仿佛是自己对着自己立下了誓言，“苍天在上，我必不会和他们一样！”

沧流历九十二年十一月十五日，黑暗依旧笼罩，而云荒大地上的战尘终于落定。

血腥的最后一战后，迦楼罗金翅鸟带着帝都冰族飞向了西荒尽头，和空寂之城的族人会合。在飞廉和狼朗的带领下，这一部分劫后余生的冰族人趁着敌方尚未追杀而来，不顾危险地驾舟入海，离开了云荒，浮槎海上，回归曾经漂流过千年的西海之上。而伽蓝帝都里剩余的冰族人面对强敌，顽强抗争，最后竟无一人投降。

入城的时候，万众欢腾，空桑的六部之王坐在高大的骏马上，在战士簇拥之下回到故国帝都，个个眼里都含着激动的泪水。头顶的黑夜还在笼罩，冥灵们点燃了无数火炬、蜡烛，照彻了这座被血泪浸泡了百年的古城。

六王在伽蓝白塔废墟前齐齐下马，翻身跪倒，个个泣不成声。太子妃白璎手抚泥土，轻声向着战死城下的父亲祷告，忍了百年的泪水终于连串而落。

是的，是的……历经百年，她终于重新回到了这里。

当年的战鼓还在耳边擂响，异族铁蹄还在镜湖上回荡，年老父亲白发苍苍的头颅似乎还悬挂在城头。一切的血和火，似乎都并未远去。然而，当她跪倒在伽蓝白塔的废墟下，满含热泪亲吻染血的土地时，无论这个国家还是她自己，都已经是劫后重生。

而在空桑军团入城的时候，鲛人复国军战士悄无声息地撤离了伽蓝帝都，在龙神的带领下回到了水底深处，为回归万里之外的碧落海做准备——即便是曾经联袂合作过，但长达千年的压迫和奴役打下的烙印无法消除，两族之间积存了太多的敌意，一旦共同的外敌瓦解，那些仇恨便露出了峥嵘，仿佛一触即发的火药。

作为海国的最高精神领袖，龙神也明白这一矛盾是如何危险。然而，即使神祇也无法在一时消弭这累积千年的仇恨。因此它决定尽早将族人从云荒带走，回到那片碧海蓝天之下，让豁然开朗的海阔天空来逐步消弭那可怕的仇恨。

能化解仇恨的，除了爱，或许还有时间。

黑暗还在继续，但云荒大地的历史却已经转折。然而，在那个盛大的狂欢中，却隐隐含有某种终结的意味。

在入城后，六王齐齐出列，在白塔之下就地辞别皇太子真岚，准备去往九嶷的宗庙，在传国宝鼎前完成最后的使命。皇太子真岚率领族人为六王送别，甚至对身为太子妃的白王也没有说一句多余的挽留——因为他知道，这是她必须要承担的责任和使命。

就如他不曾挽留她，他的妻子在离别的时候也并未说过一句眷恋的话。

而那个白族唯一的王，因为少女时代的某个错误为空桑浴血奋战了上百年，最终才觉得自己赎完了罪。如今的她，虽然是六王之中唯一获得血肉之躯的活人，然而，却也可能是唯一一个死了心的人。

在那个人消失于怒潮之中后，她已然再无眷恋。

大难过后，无色城重新闭合，空桑得以重见天日。那么，作为冥灵的六星使命便告完结，当年的誓愿了断后，六位守护空桑六部的王者便将化为暗星陨落——没有轮回，不入来世，永远消失在时空的黑暗河流中。

所以，在这次出发去宗庙拜祭前，六部之王都已经挑选好了自己的继承人——唯有白族已然无一幸存，若白王璎死后便告彻底灭绝。

从此，六部便只余下五部。

在六部之王乘坐天马离去后，空桑皇太子却站在白塔顶上凝望了北方很久，直至风露寒冷，依旧不肯离去。

“请陛下不必忧心。”大司命站在身侧，仿佛明白帝王的担忧，开口建议，“白族和王族世代通婚，帝王之血千年来本就融合了母族血统——若是不幸太子妃也死于六星之数，臣建议将来皇太子可将自己的一个女儿册封为白王，与其他五部贵族联姻，令白之一族血脉不至于断绝。”

“什么？”空桑皇太子怔了一怔，转头看向太傅，忽然苦笑起来——血脉断绝？这个教导了自己多年的太傅，以为自己此刻在考虑的是这种事情吗？

“不会有女儿，也不会有儿子，”他微微摇头，声音平静，“因为不会有皇后。”

“殿下，”大司命怔住，定定看了王者半天，仿佛才明白了他话里的深意，终于忍不住震惊地叫了起来，花白长眉颤抖：“殿下您说什么？”

“我说，不会再有新的皇后，”真岚淡淡回答，“如果白璎死了的话。”

“殿下！”大司命失声道，重重跪倒在地上，“白王死后，您可以从各族里重新遴选皇后，云荒之大，肯定有足以成为皇后的高贵女子……”

“不会有。”真岚断然截住太傅的话，神色冷淡，“或许空桑有过无数个皇后，但千秋万载、历代各国，都不会再有第二个白璎。”

大司命呆住了，怔了怔，冲口而出：“可是那个红衣的西荒女子……”

“什么？”真岚一怔，忍不住地笑出来，“老师，您竟然偷看我的水镜？”

大司命布满皱纹的老脸红了一下，但在这个时候也只能大局为重地承认下来：“是，殿下。您在水镜里时时凝望的那个女子，难道不是您心里最重要的人吗？她难道不足以成为新的太子妃？”

“最重要的人……”真岚喃喃重复，语气忽然充满了无奈和苦笑。

“难道不是吗？”大司命十拿九稳地问。

“也算是吧，”真岚苦笑起来，看着黑暗笼罩的西方尽头，“在叶赛尔身上，我看到了母亲血脉的延续……”

大司命忽然怔住，定定地看着空桑皇太子，仿佛对方说了一个极大的玩笑。

“母亲的血脉？”老人失声道，恍然明白。

“是啊，”真岚笑了起来，“你以为会是什么？”

大司命脸色一白：皇太子的母亲本是霍图部的公主，被承光帝西巡时看中强行临幸，竟然由此珠胎暗结，生下了后来的皇太子真岚——而她和其他亲人都留在了西荒，直到空桑覆灭，和皇太子再无相见之日。

“那个叫叶赛尔的姑娘……”老人喃喃道。

“她是我母亲的转世，”真岚摇了摇头，凝视西方，“我非常想念她……可是自从十四岁离开西荒，我就再也没有看到过她。所以，当我具有了‘皇天’的力量后，就通过水镜找到了她的今世所在。”

大司命终于明白过来，长久地沉默，花白的须发在夜风里飞扬。

沉默良久，大司命还是颤抖着嘴唇，做最后的努力：“殿下，您……您是皇室的最后一个嫡系子孙，难道您打算让空桑的帝王之血自此断绝吗？”

“那就让它断绝吧。”真岚淡淡道，语气并无波澜，“以血统来甄别一个人的高贵和低贱，本身就是可笑的。”

大司命不肯轻易放弃：“可是若殿下无后，帝王之血的力量就要就此失传……”

“帝王之血？”真岚看着左手无名指上的那枚银色戒指，忽地笑了起来，“‘后土’已经不在皇后的手上，那‘皇天’的存在又有什么意义？如今的云荒上神魔寂灭，从此将是‘人’的天下——没有宿命，没有神魔，也不再有帝王之血。”

“破军用魔的力量摧毁了一切，但他只知破坏却无力重建；而我，却要在废墟上建立起一个新的云荒。老师，我想我这一生最重大的使命，或许就在于此。”

空桑皇太子站在塔顶，凝望着黑色的云荒，声音忽然变得低沉而决断：“我已经为此做好了所有的准备——但，却不包括要为了血统延续而再度接受一个被配给的女人。”

“我受够了。”

然而出乎所有人意料的是，数日之后，无色城重新关闭，六王居然平安无恙地归来！

沧流历九十二年十二月一日，在传国宝鼎前，六王纷纷就位，开始完成

“六星”之约的另一半仪式。五位冥灵之身的王者和一位血肉之躯的王者，六个人站到了传国宝鼎旁，开始合起双手，念动剩下的咒术，祈祷无色城的关闭，城中冥灵能再度转生为活人。

随着咒语的吐出，天地的一切发生了逆转，无色城再度打开，阴阳两界敞开了，无数的魂魄被从虚幻的世界里释放出来。

镜湖仿佛在沸腾，水面上一个接着一个地浮起了白色的石棺。而每一个石棺里，都坐起了一个沉睡百年的空桑人！在冥界幽灵全数被送回了阳世后，伽蓝城在湖面上的倒影发出了一阵奇特的扭曲，虚幻的异度空间传来深沉的叹息，无色城的门重新闭合，那个存在于虚无之中的城市一瞬间消失在六合之中。

这个打开无色城的咒术，终于在百年之后彻底完结。

按照上古书卷上的叙述，在镜像再度倒转、生死重新复位的瞬间，作为祭品的六个王者的魂魄将被强大的涡流吸出，永久地封印在重新闭合的无色城里。

在仪式完成的瞬间，九嶷神庙前的传国宝鼎忽然发出了一阵刺眼的白光。然而，白光过后，所有人惊骇地看到了这样的一幕：传国宝鼎里原本掉落的五颗头颅齐齐反跳，准确无误地接回了原来的躯体之上，迅速地生长！

六位王者震惊无比地看着这一幕，然而却觉得灵体忽然被一种无比强烈的力量吸住，不自禁地朝着死去的躯体奔去——只是一瞬间，魂魄归位，五具已经死去多年的身体重新复活！

六位王者怔怔地站在传国宝鼎周围，看着自己的双手，宛若梦幻。

这是怎么回事？当无色城关闭的时候，他们的灵魂却没有被同时收走！

“原来是这样啊……预言并没有实现。”只有白璎抬头看着黑色的天幕，喃喃道，“因为宿命已经被改变了……因为他的缘故，所有星辰都被打乱……一切的宿命和预言，都已经化为飞灰尘土。”

在诸王都狂喜不已的时候，只有她定定地看着头顶的苍穹，泪水长滑而下。

苏摩，苏摩……如今的你，魂魄散去，却始终有一念不灭，为身为冥灵的我们遮蔽住了云荒上空的日光，为了完成这一切，你又付出了怎样的代价啊……如今，一切都已经完成了。你是否已经返回了星辰之上？是否依旧孤独？

仿佛是回应着她的话，头顶的阴霾忽然间开始散开。有温暖微弱的阳光穿透云层洒落在她冰冷苍白的脸上，宛如一双依稀温暖的手轻轻抚去了她颊上的泪水。

在无色城闭合、十万空桑人得以重生的瞬间，笼罩着云荒上空的黑色天幕开始消失。那些笼罩了大地几个月的黑幕从七个方向散去，化为浪潮回归于大海——一阵长风从遥远的海面上吹来，回荡在云荒上空，仿佛一声轻轻的叹息。

海皇的意志力终于彻底消弭，日光从云层后四射而出，将久违的金色暖意洒向黑暗笼罩的大地，云荒大陆光彩重生。

当六王在日光下返回伽蓝帝都时，整个城市再度为之沸腾。

六位王者乘坐天马越过镜湖，降落在白塔上，手挽着手向塔下的民众致意。破云而出的日光洒落在他们身上，每个人都在地下投下了长长的黑色影子——这显然已经是摆脱了冥灵之身和暗星之命的象征！

在白塔顶上眺望北方等候已久的空桑皇太子往前踏了一步，迎向了六位从天马背上翻身而落屈膝行礼的王者，俯身将他们一一扶起。这一次的生还令他失态，皇太子在扶起白王之后久久凝望着她，竟然不肯松手。

“我以为你不会回来了。”他低声道，声音竟有哽咽。

白璎脸色苍白，只是一笑，并没有回答。

“天佑空桑！”大司命激动无比，带头匍匐在了朱雀大街上，对着天空举起双手嘶声呼喊。

“天佑空桑！”从无色城重返人间的空桑子民随之跪倒，热切地狂呼着，对着湛蓝色的天空、白色的巨塔和塔上的诸位王者行礼，一起祝颂和歌唱，声音越来越大，仿佛巨浪一样响彻了天际——

九嶷漫起冥灵的雾气，
苍龙拉动白玉的战车，
神鸟的双翅披着霞光，
从天飞舞而降的高冠长铗的帝君，
将云荒大地从晨曦中唤醒。
六合间响起了六个声音：
暗夜的羽翼，

赤色的飞鸟，

紫色的光芒照耀之下，

青之原野和蓝之湖水，

站在白塔顶端的帝君，

将六合之王的呼应一一聆听，

天佑空桑，国祚绵长！

欢呼声在云荒的心脏回荡，随着风传遍了六合。黑暗已经从云荒上空退去，七海恢复了平静，从白塔的半腰看去，这片大难过后的大陆呈现出一片百废待兴的模样，却也蕴藏着勃勃的生机。

真岚凝望脚下那片大陆，难以掩饰眼里激动的光芒。

“白璎，”他握紧了她的手，一同走向塔边，“你看，一个新的开始。”

然而，她没有回答，那只手在他掌心里冷得可怕。她转头看向南方，沉默着遥望。日光照在她的脸上，重获新生的女子却没有丝毫生气，宛如冰雪雕成。

“是啊……只是一切的开始，往往都是在结束之后。”

忽然间，真岚听到她低声说了一句，语气飘忽而冰冷。

那一瞬，即使在日光下，在万众欢腾之中，空桑的主宰者还是觉得一种透入骨髓的冰冷，不祥的预感如同冷电击穿他的魂魄，令他心惊不已。真岚把视线从万里河山之中收回，转头看着妻子的脸，仿佛想明白这一刻她心里的想法。

然而，她却只是从他手里轻轻抽出了手。

“听说数日后，龙神便要带领鲛人回归碧落海，开始万里的迁徙之旅。”白璎轻轻地开口，声音宁静而淡漠，“你会去为他们饯别吗？”

“会的。”真岚回答。

“那么，”她吐出一句话，微笑着看他，那个笑容在明丽的日光下竟恍如透明——

“也一起来送送我吧。”

他忽然怔住，定定看着她。那轻轻的一句话却仿佛一道霹雳从头顶落下，将整个世界在他们两人之间割裂开来，空桑皇太子的脸色瞬地苍白如死。

是的，是的。他本该早就明白会有这一日！她不会留下来，不会属于他，即便他成为王者，即便他得到了天下——在那个人化为海潮粉碎在她怀抱里的时候，她的心便已经随之而去，漂流在遥远的大海上了。

真岚看着她，深深吸了一口冰冷的空气，忽然间忍不住微微苦笑起来。是的……原来终究还是这样的结局！他怎么会以为她在那人死后还会如此平静？应该是在那个时候，她内心里早已做出了决定。

曾经有一度，他以为她已经选择了留下，成为空桑的守护者和他的妻子，忘记那个曾经给她带来刻骨伤害的人。他们会成为继星尊帝和白薇皇后之后又一对伟大的帝后，并肩开创新的时代，将这个千疮百孔的云荒从深渊里拉上来，他们的名字，将被历代史官书写在史册里，万古流传。

这样的结局应该是最辉煌完满的。

然而，偏偏那个人却选择了以如此的方式结束了自己的生命……那种决绝而激烈的做法，将她刚刚安定下来的心重新攫取而去。

那个人用生命作为代价，从他这里永久地夺走了她！

“来送送我吧，真岚。”白璎看着他，就这样淡淡地说出了告别的话。她的笑容清浅明亮，仿佛日光下的一泓春水。那么多年来，还是第一次看到她有这样的表情。

他不能说话，只能定定看着她，知道事情已经不可挽回。

“白族已灭，没有子民，也就不必有王。而我也终于赎完了昔日的罪过，可以卸下所有重担离开……”白璎微笑着叹息，“正如你昔日所说，这一生如果还能为自己而活，哪怕只有一日，也是好的。”

“是啊。”他顿了顿，终于只能艰涩地吐出这两个字。

白璎看着日光下百废待兴的大地，叹息：“真岚，你一定会成为比星尊大帝更伟大的帝王——因为他是杀戮之王，而你却是重生之王。生的意义大于死，所以你注定比他伟大。”

他摇头：“我不要成为伟大的帝王……”

我只要做一个幸福的普通人。

然而，面对着脚下百废待兴的万里河山，无数双热切盼望的眼睛，这样的一句话却无论如何无法说出来。

“你会成为最伟大的帝王，”白璎轻声道，凝视着他，“这是你的使命。”

他无语，只是默然松开了手。

“去吧，白璎，”他最终没有说什么挽留的话语，声音轻如叹息，指向了南方广袤无垠的湛蓝大海，“去那里吧……做你想要做的事，不要再被任何事羁绊。我会为你感到高兴。”

是的，我曾经答允过，当一切都完成之后，你会拥有自己的人生。那么，就展开翅膀自由自在地飞翔而去吧！空桑已经束缚了你太久太久，如今，已经是斩断这根黄金锁链的时候了！

沧流历九十三年一月一日，在云荒彻底收复后，伽蓝帝都里举行了盛大的仪式。

做了一百多年皇太子的真岚正式即位，举行了登基大典，成为空桑的新帝王，也就是后世史书里所称的“光华皇帝”。新帝宣布废除沧流历纪年，改元号为“泰启”，起用了大批贤才，重新制定法典，废除奴隶制，册封藩王，划定疆土，做出了一系列的新措施，令百废待兴的云荒大陆为之一振。

六合八荒为之震动、欣喜不已，各方归心，六部诸王到贺，西荒和东泽各部首领远来朝觐，甚至连海国也派出使者前来恭贺，盛况一时空前。

云荒历史上被称为“光明王朝”的时代由此开始。

然而奇怪的是，在大典上却看不见本该成为皇后的太子妃——那个百年来一直站在真岚身边，和他一起并肩血战守护空桑的白衣女子忽然消失了，只留下皇太子在万人欢腾中独自登基。

只有真岚知道，他的妻子在那一日已经悄然离开了帝都。他坐在高高的白塔顶上，万人的中央，静静凝视着脚下大地的某一处。他看到那个女子穿行在民众之中，用风帽兜住了一头雪一样的秀发，在欢腾的人群中走过，面带恬淡宁静的微笑。

在进入叶城水底甬道时，她回头望了一眼白塔上那个金色的帝王，合起双手弯腰深深祝福，对着他微微一笑，便转身隐没在欢呼的人群背后。

废墟之上的帝国复兴了，然而金座上的王者是孤独的，在欢腾里只是沉默地看着手里的辟天长剑和无名指上的“皇天”戒指。

长剑辟天，以镇乾坤。

星辰万古，唯我独尊。

一声叹息从帝王的唇角透出，真岚用手轻轻覆盖上了那四行字，神色落寞。

大司命站在他身侧，没有再说一句话——那个看着他长大的老人，凝望着如今这位万人之上凌驾天下的帝王，回忆起了多年前的往事。一百多年前，身为大司命和太子太傅的他，为了平息朝野党派的纷争，保护王族血脉的延续，曾经向承光帝进言，将这个少年从遥远的西荒沙漠强行带回，推上了继承者的王座——却不曾料想到，会给那个孩子带来如此命运多舛的一生。

自古以来，帝王之道从来都是孤绝之道。殿下，你是否……在心里一早就做好了准备？

泰启元年二月十五日，南方叶城入海口一片欢腾。

湛蓝的大海宁静广袤，宛如一双温柔的眼眸，期盼着自己孩子的归来——时间已经到了，潮水在退去，露出了一片湿润的沙滩，声声海浪仿佛在召唤着族人回归。

龙神盘旋在空中，凝视着底下无数欢乐而激动的鲛人，低声叹息。

“启程吧……回到碧落海去！”海国的神祇在风里发出了第一句宣言，响彻天地，“我的孩子，回到你们的故乡去吧！都已经隔了七千年！”

激动的欢呼声爆发出来，震得海鸟纷纷飞起。鲛人们纷纷跃入了大海，在碧蓝色的水波里追逐飞跃，朝着南方碧落海奋力游去。龙在九天之上吹起风云，长风在他们头顶朝南吹拂，海浪裹着他们往大海深处退去，雪白的文鳐鱼和海鸥围绕在他们身侧。

一切，都恍如梦寐。

“湘、汀、寒洲、宁凉……你们听到了吗？可以回家了！”碧和炎汐带着战士在浪尖上浮沉，默默合起手掌，为那些为了今日而将生命留在了大陆上的同族招魂。他们解开了一个个布包，包中赫然是无数颗被剜出的心脏！

那些心脏如同枯萎的花瓣，被小心翼翼地捧在战士们的怀里。在获得自由的那一天，鲛人战士们将那些在战争中死去的同族之心放入了大海，那些枯萎的心在接触到海水的瞬间重新丰润起来，仿佛活了一样跳跃着，在海波之上载沉载浮，渐渐随着海潮归去。

“湘，你看到了吗？”碧捧着那颗战士的心放入碧水之中，泪水盈眶，喃喃对着海潮低语，“我们终于可以回到碧落海去了，我们终于回家了！你们的魂魄，请在天上化为星辰指引我们归家的路吧！”

碧在海中哭泣，多年血战中的一幕幕浮出心头，令她全身颤抖。

正是因为那些同族们在漫长的岁月里前赴后继地战斗，献出了生命、尊严，甚至感情，才有他们回归碧落海的这一刻。然而，即便如今可以回归于故土，却有更多的东西被埋葬在了这片大陆。包括所有的回忆与爱憎……她把所有感情都留在了这里，归去的，只是一个空空的躯壳。

她勉强控制着自己，不让自己回头去看西方那片苍茫的大海。飞廉已经带着族人从浮槎海上远离了云荒，这一别将永无再见之日。她甚至没有来得及告诉他，其实自己并没有真的杀死那个可爱的小女孩晶晶。鲛人的血虽然是冷的，但心其实并不是没有温度。

不要再回想……不要再去回想了！

那些在战争岁月里的爱，都交织了无数的血泪，彼此都被巨大的洪流卷着，身不由己地错过，已经再也无法回头。

海国虽然复国，而那些跟随着冰族一起离开云荒的鲛人傀儡，却再也无法返回故土——他们的生命长达千年，和可怕的杀人机械并存，不知道在漫长的余生中，那些可悲的同族是否还有和族人的再见之日？而那个再见之日，是否又是两族你死我活的时候？

碧空里浮云悠悠，夕阳折射出凄烈的血色，宛如千古凝定的血泪。

千年的梦在这一日得以重圆，无数鲛人激动得泪流满面，泣不成声。成千上万的珍珠落到了叶城入海口的水里，明亮夺目，沉入水底——以至于之后十几年，时不时还有云荒人在退潮后在这里捡到一粒粒明珠。

一切，都充满了回归的激动和怅惘。

新即位的空桑皇帝和诸位大臣也一起赶来，为曾经的敌人和同盟者送行。真岚站在岸上，静静凝望这一回归的盛况，身侧有无数巨舟缓缓滑入海中。这之前，他已下令让神木郡和望海郡的三大船王世家日夜赶制了一批木兰舟，提供给那些体力不足和伤病的鲛人乘坐，以便他们可以和族人一起走完这万里的归家之路。

然而此刻，他却在木兰舟上看到了那一袭如雪的白衣。

船已经起锚，白璎已经和同门师兄告别过，站在船头凭栏而望，手里执着一束芬芳的白蔷薇，长发在海风里舞动，似乎在期待着什么。在看到空桑皇帝出现的时候，她唇角露出了一丝微笑，凝望着他，眼神宁静。

“再见。”他用低得连自己都听不见的声音，喃喃说了两个字。

她却在风里宛转一笑，手臂微微一扬，将手里的花扔给了他。

在两个字的余音里，木兰舟猛然一震，船身从滑板上滑落入海，岸上的空桑战士解开缆绳，巨舟乘风破浪而去，转瞬和那些鲛人们一起消失在海天尽头。只余下空桑的帝王站在空无一人的码头，怔怔地望着碧空远影。

怀抱里，那束落下的白蔷薇散发出清淡芬芳的香味。

“啊？你在哭吗？”身后忽然有个声音贸然地响起来，有人扯住他的后襟，想拉转他的身体，“臭手，你……你没事吧？”

他抑制住了自己的感情，无可奈何地回过头，看着这个不识好歹的丫头，强自一笑：“你怎么还没走啊？”

“就走就走！炎汐已经先带着族人去了，我马上要去赶上他——只是人家很担心你嘛。”那笙叹了一口气，手指摸过他的眼角，“咦，果然没有哭？臭手，你要记住自己已经是皇帝了，不可以随便哭的。”

“嗯。”他苦笑起来，看着那个丫头，“知道了。”

在云荒两年不到，那个慕士塔格上的苗人丫头就已经长高了许多，快要齐到他的下颌了，然而说话的语气却还是那样没大没小。

“不过……”那笙歪着头，看着他叹气，“如果哭出来好受一点儿，那就哭吧。现在只有我一个人看到，我不会笑话你的。”

他一怔，忽然说不出话来。

“我知道迟早有这一天，一直都知道。”他喃喃道，看着即将消失在大海之上的影子，声音飘忽，“可是就算知道了，等它真正来临的时候，却还是……却还是觉得这么苦啊。”

他喃喃说着，反复重复着最后一句。忽然间，有炽热的泪水难以抑制地滑落，濡湿了她的手指。

那笙难过地凝望着他，扁了扁嘴，仿佛也要同时哭出来。

“不要难过，”她说，拍着胸脯，“我会替你照顾太子妃姐姐的。”那笙眨着眼睛许诺，“我会劝她回云荒的！你一定要耐心等着哦——如果有一天她想回来了，我一定会第一个来告诉你的！”

真岚沉默了良久，忽然呵地笑了一声，道：“我才不会等她。我已经当了堂堂的空桑皇帝，总不能空着后位，让三千佳丽一直等吧？”真岚眨了眨眼睛，正色道，“你去告诉她，以后找老公可千万不要以我为标准，非要雄才大略、英俊潇洒，将就一下就好，否则一定会一辈子嫁不掉的。”

那笙怔住了，有点哭笑不得地看着他：“臭手，你……”

“丫头，你也是——不要见过了我这样的男人，就把眼界都抬高了。”然而那个人还是一本正经地教训着她，苦口婆心，“我看炎汐就已经很不错了，配你绰绰有余。不要再得陇望蜀地缠着我了，太贪心了不好，乖，啊？”

“臭手！”满怀爱心留下来安慰别人的少女终于按捺不住，愤怒地暴跳起来，“你找死啊！我不理你了……你自己臭美去吧！”

怒气冲冲的苗人少女跳下码头，戴着辟水珠冲入大海之中，转瞬消失。

凝望着她的背影，真岚唇角露出了一丝微微的笑意——无论如何，总算有人得到了最美满的结局。那颗最纯澈的心拥有了最深湛的感情，一生都不会改变……那又是多么美丽的事情，可以冲淡所有血腥和乌云。

在凝望着那个少女背影的时候，他才会觉得离愁别绪消散了许多。

怀里的白蔷薇依然芬芳，然而海风已经冷了起来。空桑皇帝站在叶城凝望着南方，不知站了多久，暮色渐起，海滩空旷寂寥，茫茫大海上已经是一个影子也看不见了——从此，云荒上再也不会有鲛人，那一段持续了上千年的血泪交织的历史也终于在他手里结束。

结束了……终于是，走到终点了吧？

真岚微微叹息，怀抱着那束白蔷薇转过身来，吩咐周围的下属：“走吧。”

帝王背向大海缓步离去。暮色降临在云荒大地，宛如一道沉重的记忆之闸铮然落下，将海那一边和大地这一边的所有联系一一斩断。

“走吧！”西京在一旁一直凝望着这个朋友、伙伴和君王，眼里露出了洞察一切的悲悯，在真岚走过身侧时，西京用力拍了拍他的肩膀。真岚回过头一笑，扬了扬手：“走，喝酒去！我知道你以前发过誓，除非空桑复国，否则滴酒不沾——如今大功告成，我们大喝一场去吧！我赌你喝不过我！”

西京放声大笑起来，重重拍着真岚的肩膀，君臣两人在暮色中勾肩搭背地离开，只留下一路爽朗豪放的笑声。

岂有豪情似旧时，花开花谢两由之。

所有废墟上的一切，也都将于结束之后重新开始。

第十五章

诸神寂灭

光阴荏苒，逝者如斯。

太平的日子总是过去得分外迅速，三年，五年，十年，十五年……天地间的一切都在悄然改变，然而消失在碧海之上的人，却一直没有回来。

十几年过去，在光华皇帝的掌管下，云荒欣欣向荣，从那一场大难里渐渐恢复了元气。大陆上的人口增长到了战乱前的水准，被洪水席卷过的土地上也开始产出粮食和桑麻，羊群和牛群繁衍如云，农耕渔牧逐渐兴旺。

异族人慕容修受到了皇帝重用，留在了空桑为官。十年后，因政绩卓著、才能出众，累迁至首相，位列文官之首，并迎娶了六部中紫之一族的公主紫姬，生一子朔望。他不远万里派人去往中州，将母亲红珊接到云荒定居。

而大将军西京成为武官之首，整顿军务，重建了骠骑军，并仿造前朝冰族做法设立了学堂，遴选和培训青年才俊，也为剑圣一门收了新的弟子。在红珊回到云荒之后，他第一个去造访了她，百年未曾再见的两人相对恍如梦寐。

多少年前留别的话还在耳边，耿耿心期终于在今日实现，而执手相看的两个人都已经经历了百年的岁月，再度重逢时恍如隔世。

而生死更替仍在继续，十几年来，六王里陆续有老人死去，新一代的王室后代依次诞生——

在皇帝的大力支持下，赤王红鸢不顾世俗的阻挠，毅然和留在云荒的鲛人治修喜结连理，不久便诞下了一个聪明可爱的女孩。光华皇帝亲自赐名“白葭”，并封其为白族的王储，为血缘断绝的白之一族选定了继承人。连六王里最年轻的青王也已做了父亲，膝下儿女成行，鬓发间有了霜华，却和容貌尽毁的妃子恩爱如初。

西荒风沙依旧漫天而起，牧民们重新回到了马背上，逐水草而居，萨朗鹰飞翔在头顶，马蹄声响遍天涯，孩子们赤脚在开满了红棘花的原野上奔跑，自由自在——他们本就是风的子民。

四个部落的族长管理着自己的疆域，各自之间和平相处。

霍图部的女族长叶赛尔嫁给了族里的第一勇士奥普，生了一个如红棘花一样美丽的女儿；而另一个曼尔戈部的女族长摩珂公主则和富饶的萨其部联姻，重振了衰弱的部族。西荒渐渐摆脱了荒芜贫瘠的影子，连远在帕孟高原上的盗宝者也已经有了自己的领地，开始取代叶城的那些商人，成为中州商人生意往来的最大卖主。在音格尔的不懈寻找之下，终于在北方的九嶷寻到了晶晶，一家人终于在乌兰沙海的铜宫团聚。

一切都在慢慢地复苏过来，宛如一棵伸展开枝叶的大树，欣欣向荣地成长。然而，唯一枯萎下去的，只有那个坐在光耀阶梯最顶端的至高无上的帝王。

十几年来，为了带领百废待兴的云荒走出战乱的阴影，真岚一直勤于政务，为国家倾尽了全部心力。自从太子妃白王白璎离开后，在位多年，光华皇帝一直未曾册封新的皇后，甚至并未像历代帝王一样设立后宫，而是长年居于白塔下的紫宸殿，由几个侍从和宫女服侍起居，由晨而昏、日复一日地处理国务军政，毫不懈怠，每日阅读和批示的奏章达上百卷，殿里的灯火经常彻夜不熄。

昔年那个笑谑无忌、老大不正经的青年人已经不存在了，有的，只是一个被万众称颂和景仰的帝王，如同日光一样辉煌夺目，被记载入史册。

泰启十年，光华皇帝率领百官驾临西方尽头的空寂之山，打开九重地宫，拜祭了百年前惨遭冰族杀戮的空桑人——他举行了盛大的法事，在九嶷巫祝和诸王的帮助下，用“皇天”神戒上的力量打开了地宫封印，将那些被镇压多年的冤魂释放，度其前往彼岸。

那场法事一直举行了七日七夜，空寂山上冤魂的哀泣之声才慢慢断绝。仿佛是耗去了太多的力量，光华皇帝在走下祭坛的时候忽然踉跄，神色委顿，几乎失去知觉，令所有人为之惊慌不安——虽然后来经过太医诊断，确定只是因为长久操劳而导致身体虚弱，并无大碍。

但是从那次之后，皇帝的身体渐渐便显露出衰弱的迹象。

因为帝王之血没有后嗣，为了保证王朝的延续和大陆的稳定，他开始在云荒各地的官员里选拔英才，留意各族里的新秀，仿佛已经在为继承者留心。而其中，中州人慕容修和紫姬的孩子朔望酷肖乃父，因为聪敏干练而深得帝王重用。

而更多的时候，他会一个人登上伽蓝白塔，一待就是一天。没有人知道他在想什么，只知道他一直都长久地眺望着南方的大海尽头，仿佛等待着什么。

然而十几年来，只有景风一年一度地从海上吹来，伴随着每年的潮汐到访叶城，给云荒大地带来湿润的空气和丰富降水——蓝色的风里，却空无一人。

只有夏日的雨从风里飘落，微凉而湿润。

那一日，处理完了手边的事情，空桑帝君再一次一个人登上了伽蓝白塔顶上。或许岁月不饶人，走上白塔后，他竟然觉得前所未有的疲倦，仿佛这一次的攀登用尽了他的力气。

被撞毁的白塔只残余了一半，然而那个高度依然足以俯瞰云荒。而出于某种原因，即位十几年来，虽然百废俱兴，他却从未下令重建这一座空桑昔日辉煌的象征。

脚底下是一片欣欣向荣的大地，锦绣繁华。如今正是春来，各处播种正忙，从东泽到西荒都渗透出一滴滴的绿意来。叶城里大约今日又是开市之日，各方商贾云集，喧嚣繁华之声一直传到了帝都里。镜湖下的蜃怪也已经多年蛰伏不出，湖面上船只往来频繁，穿梭不停……

一切，仿佛又回到了百年之前——那个大厦将倾之前，梦一样繁华的王朝末期。

百年之中，几次大难，几度倾覆，有过无数的白骨和刀兵，灭族和复仇……而这一切，如今只用了不到二十年的时间就消失得干干净净，就像那些血和泪都不曾流下来过一样。

除了那些离开的人永远不会再回来。

真岚靠在白塔顶端的椅子上，长长地叹息，放下了手里看到一半的《六合书》，抬头仰望着天空。那些云在湛蓝的高空里变幻着各种形状，随风舒卷。他懒懒地看着，日光晒得他浑身酥软，昏昏欲睡——

这日光，同样也照着万里之外碧海上的那个人吧？

这些年来，虽然政务缠身不能离开云荒半步，他却一直在关注海那一边的消息。不停地有使者从璇玑列岛返回，带来了海国的各种消息。带领族人回归碧落海之后，龙神回归于海天之间。临走时，指定了复国军的左权使炎汐成为新一任的海皇；而他的妻子，那个来自遥远中州的苗人少女，也破天荒地成为海国历史上第一位异族皇后。

海国鲛人的寿命是人类的十倍，如今她应该已经是一个儿女绕膝的母亲，韶华渐逝，而她的丈夫、海国的新帝王却依旧保持着与她第一次相见时的容颜。想来再过不久，从外表上看去，他们便赫然是两代人了……

然而，无情而强大的时光却不能分隔他们的心。

在他们的孩子刚满一周岁的时候，作为陆地上的帝王，他派人给海国送去了一份厚礼，包括一颗可以留驻容颜的宝珠。新的空桑王朝和新的海国之间虽然有着千年的积怨，但因为各自的王者都拥有一颗仁慈谅解的心，所以一直保持着友好的往来。

无论是作为空桑人还是鲛人，他们的生命相对于大地和海洋的历史来说都微不足道，但只要他们还在这个位置上一天，就会竭尽全力设法化解两族之间沉淀千年的仇恨。

一年之前，海国的皇后那笙随着使节一起来到云荒，拜访了空桑的帝王和昔日的朋友，还带来了一对刚刚垂髫的孩子。那两个分别叫作“澄”和“澈”的混血孩子，虽然尚未分化出性别，却个个聪明伶俐、玉雪可爱，也如同母亲昔年一样活泼调皮，一边一个扯住空桑皇帝的冠冕争夺，不肯松手，轮番问着不知好歹的问题，令他抱在膝上就爱不释手。而他们的母亲只是在一旁微笑，和西京、慕容修说着闲话，变得明朗而从容。

在慕士塔格上初见那个蹦蹦跳跳的野丫头时，谁能想到居然有一日她会成为母仪天下的皇后呢？这世上的种种际遇，也实在是太奇妙了啊……

光华皇帝坐在塔顶上，恍惚地想着，从喉咙里吐出一声低微得几乎听不见的叹息，合上了眼睛。

只是，一直没有白璎的消息。

只听说她随着鲛人一族回到了碧落海，然后和长老们一起远赴怒海，寻找海皇的下落，最后历经艰难，终于在黑色的哀塔里找到了想要找的人——当时的情景令所有人震惊不已。海皇的遗体被发现在一个巨大的魔法阵里，那场可怕的祭祀已经结束，一支尖厉的金色法杖刺穿了他的心，血已经从身体里流空。

龙神垂首，发出长长的叹息，鲛人们匍匐在死去的王者脚下，因为悲痛而战栗。然而唯独她却没有说一句话，也没有哭泣，只是合掌面对大海默默祈祷了三日三夜，然后一个人走入了塔里，悄无声息地关上门，断绝了和外面的一切联系。

这十年来，她没有出塔一步，也没有第二个人见过她。

只有那笙经常穿过怒海去哀塔看望她，然而那个人躲在黑暗里不肯出来一步，只是隔着门和昔日的友人说上一会儿话，便又沉默。如果不是每到满月之夜，她会出现在塔顶凝望七海，长久地祈祷，所有人都会以为她早已在黑暗的哀塔里，伴随着那个死去的人一起枯萎。

海国都在传说，说海皇苏摩的灵魂不曾散去，依旧在碧海蓝天之间徘徊，每到月夜就会化为清风造访哀塔，和那个独居塔中的恋人轻声细语，长夜喃喃。

他想，她一定是在陪伴他吧？摒弃了所有一切外来的打扰，抛开所谓的民族、地位、时间的约束，只是在黑暗里默默地相守，仿佛是想把一生里错过的光阴全部弥补回来。

那是他们在有生之年未能做到的最大的遗憾。

然而鲛人没有轮回，错过便是错过。那个人已经回归于大海，化为星辰、碧海和浮云，和天地合一，在碧海蓝天之间自由自在地存在——可是，活着的人又要独自待在黑暗里，用多久的时光、多长的相守，才能把那样深重刻骨的悲哀完全消解？五年？十年？十五年？二十年？

或许，如她所言，终此一生，再无相见之日。

他曾经说过不会为她等待，所以也从未刻意地去探求过她的下落，一直忙于国务和军政，让一生就这样慢慢地过去——起码如此，也不算是虚度。

时光是倥偬的白驹，而他们不过是飘摇的旅人。

原来，虽然有长达百年的相守和毕生都无法斩断的牵绊，但他们毕竟是有缘无分，在彼此的生命中，都只不过是一个过客。

光华皇帝静静地在日光里合上了眼睛，白塔顶上寂静无比，可以听到来自大陆四方的一切声音。有风声，有涛声，还有隐约的歌声——

纵然是七海连天，也会干涸枯竭；
纵然是云荒万里，也会分崩离析。
这世间的种种生离死别，
来了又去，有如潮汐。

碧落海上的涛声汹涌，大潮随着夏季景风的到来抵达云荒，风里传来大地上人们的喧嚣声和仪式里的歌唱声——又是一年海皇祭。

这种潮水是在“无日时代”结束后的第二年开始出现的，当巨大的浪潮在碧落海上生成，朝着叶城汹涌而来的时候，所有云荒人为之震惊，以为当年那一场席卷大陆的灭顶之灾又要来临。然而，那一场怒潮仿佛只是跋涉千里而来的旅人，虽然心潮汹涌，却在抵达叶城后消弭殆尽，化为千堆白雪。

此后，来自碧落海的怒潮便一年一度准时造访，每次潮水都高达数十丈，瑰丽壮观无比，堪称奇迹。

和这潮水有关的传奇也在民间流传着。有人说，是因为那个鲛人皇帝终其一生都无法得到陆上的女子，所以在死后还一直念念不忘，化为潮水一年一度地造访云荒。

沧桑巨变过去，那一段被淹没在动荡历史中的轶闻渐渐浮出水面，在空桑民众里私下传颂。对于那个昔年曾令全族蒙受耻辱，却在百年中一直守护着空桑的太子妃，劫后余生的族人在传颂她的事迹时，都带着各种复杂的表情。

然而空桑的皇帝对此却是非常平静，他以千年明君的胸怀坦然地面对了这件令人尴尬的皇室隐私，并无隐讳回避，不仅令史官将其如实载入《六合书》，更为了缅怀那个曾经共同对抗沧流帝国而牺牲的同盟者，下令每年十月十五日在叶城举行盛大的“海皇祭”。

既然获得了皇室的认可，云荒上的百姓便再无顾忌。渐渐地，每年的海皇祭便成了叶城最热闹的节日之一，吸引了来自大陆各方，甚至远自中州的来客。“叶城观潮”也成了云荒的一景。

明日便又是十月十五了。然而空桑的帝王却觉得前所未有的疲倦。

塔顶空无一人，只有高空的风顽皮地掠过，翻起了他微霜的长发，身侧书页簌簌翻动。四周很静很静，他一个人在白塔上仰天看云，回忆着一生的大起大落、悲欢离合，轻轻抚摩着左手无名指上的“皇天”神戒，面容却是寂静如水。

老了……原来岁月如静水深流，消逝得如此无声无息。那些人的影子：那笙、炎汐、慕容修、西京、叶赛尔……一个连着一个从他脑海里浮出来，然而，他竟然都已经无法清楚地回忆起他们的面容。

沧海横流、天下动荡的时候，他们曾经在那场空前的动乱里并肩作战，守望相助地度过了最艰难的时期。而现在，那一段历史已经成为传奇，那些曾经生死与共的人，如风一样流落四面八方，是再也无法重逢了。

诸神寂灭，寂寞如雪。

还真是宛如潮汐……一来一去之间，空旷的沙滩上仿佛什么都不曾留下——只有身边那一束白色的蔷薇还在盛开，散发出和十几年前一样的芬芳。

光华皇帝抬起手，轻抚着那一束洁白的蔷薇。由于秘术的作用，那一束花还保留着十几年前的模样，芬芳鲜美，宛如当年她亲手赠予之时。然而那一瞬，他霍然一惊，想起了多年前在先祖地宫里看到的那四个字——

山河永寂

七千年后，在伽蓝白塔顶上闭起眼睛的时候，他恍然明白了过来。

在打开星尊帝的王陵时，空空的灵柩里只放着一面镜子。在他拿起那面镜子时，赫然在其中看到了自己的影子：看到鬓发渐苍的自己一身帝王冠冕，独自坐在白塔顶上俯瞰云荒，在孤独中逐渐老去，仿佛一个最恶毒的诅咒。

当时的他只看了一眼，就失去了冷静地将镜子狠狠摔碎在地宫。

十多年后，已经是云荒主宰的他坐到了先祖的位置上，俯瞰着整个天下，却发现昔日最害怕的一幕正在宿命一样重演——简直一语成谶。无论他如何挣扎躲避都无法逃脱。是否帝王之道便是孤寂之道，这条路从来都只能容一个人孤身走到底？

一生戎马，光耀千古，到最后，却只是换来山河永寂。

周围很静，轻轻的风在耳边掠过，宛如旧梦的声音。

“到最后，果然还是只有我一个人被留下来啊……”真岚闭着眼睛苦笑起来，眼角眯起如弯月，“原来还是逃不过——在那面镜子上看到的一切，全部都要成真了。”

“是吗？”他忽然听到一个声音问，“那面镜子上到底有什么呢？”

“什么都没有，只有寂寞啊……”他想也不想地回答。然而话一出口，脸上的表情忽然冻结。不，这不是他的侍从们的声音！而是、而是……那一瞬他全身僵硬，却不敢睁开眼睛，仿佛一睁开便会发现一切都是幻境。

“镜子上难道没有我吗？”那个声音问。

风里忽然传来了蔷薇的芳香，宛如多年前海上分别时的那一刻——他终于再也忍不住，霍然睁开眼来：“白璎！”

碧空湛蓝，白云飞卷，清风徐来，一袭如雪的白衣在风里轻舞飞扬。白衣女子正在榻前俯视着他，容色明丽而宁静——逆着日光，整个人仿佛像透明一样，完全不真实。

那一瞬，他毫不犹豫地紧紧拉住了她的手，仿佛一松手这个幻象就会消散。

“是你吗？是你吗？”空桑之王喃喃道，一瞬不瞬地看着眼前的白衣女子，声音颤抖，语无伦次，“是你回来了吗？真的是你？还是……还是我又做梦了？”

“是我。”那个披着日光的女子开口，轻柔地回答，“真岚，是我。”

他凝望着对方，眼睛渐渐习惯了日光的炫目，看清了对方的模样——白发下的容颜依旧美丽如初，竟和多年前分别时没有任何不同。

“你一点儿都没变，真是千载相逢犹旦暮啊。看来，的确是我又做梦了……”他不由得一阵恍惚，微微苦笑，“我老了，白璎，无法再等待。我已听到归墟传来的召唤……你是来看我最后一面的吗？”

“真岚，你是老了，连说话都变得这样消沉——你应该知道轮回永在，生死不过是过眼云烟。”那个幻影在叹息，带着淡淡的悲伤，“难道是我的过错吗？是我对不起你啊，真岚……但愿在下一个轮回里，我能再度遇见你。”

在轻声的叹息里，有什么东西落在他脸上，一滴又一滴，宛如碧落海上景风带来的雨——空桑的皇帝发出了深沉的叹息：“你是专门来看我的吗？是来和我订立来世的盟约？”

“是的。”日光里的女子在微笑，然而那个笑容却犹如落日下的蔷薇花，散发出凋零前的微微清香，“真岚，我的生命也已经到尽头了——我曾经说过我们一定会再见……所以在大限到来之前，我从遥远的碧落海赶来，赴你的一面之约。”

白色的天马披着日光，从极远处的海上展翅飞来，飘逸奔腾如梦。从白马上翻身落下的女子一身白衣在风里飞舞，宛如一朵盛开的白色蔷薇。

她握住了他的手，对着他微微一笑：

“真岚，一起去归墟吧。”

“天地如此辽远，时空如此寂寞，我又怎会再留下你一个人。”

泰启十七年，帝于塔顶小寐，梦妃乘白马自海上来，执手凝噎，为归墟之约。隔日起，遂觉大限。下诏立紫姬之子朔望为太子，令重臣与六王辅政。是夜月华如镜，帝于湖中沐浴更衣，解剑独坐塔顶，望空微笑，一夕乃崩。空桑帝王之血自此断绝。

六合震动，日月暗淡。民聚于陵前，昼夜哀哭不息，采蔷薇为祭，山陵三日尽白。

——《六合书·光华皇帝本纪·十二》

终曲

九天之上，风在低回，吹过林立的尖碑，发出长短的声音。

云浮城里寂无人声，只有留守的三位女神静静坐在高台上，凝望白云离合中的下界，手心握着灵珠，长发飞舞，面容宁静。比翼鸟盘旋在她们身侧，巨大的翅膀扇起九天的风，星辰如同钻石一样在她们身侧沉浮不定。

白云离合之中，看到重生的下界。

浩劫过后，大地烟尘散去，沧海平息，重新露出了勃勃生机。新的君主登上王位，执掌天下，四海升平，百姓乐业，六合八荒归于平静。

“都过去了，”曦妃长长叹息，“生死枯荣，流转轮回，如此而已。”

“这样很好……一切都过去了。”魅婀凝望着那片大地，静静微笑，“我们的少城主在下一次转生时，就会遇到一个繁荣稳定的盛世，不用再遭受颠沛流离的乱世之苦。”

然而，只有掌握着天地之间大智慧的女神慧珈，凝望着那一片大地，仿佛看到了一切的经脉因果，却微微摇了摇头，发出了深沉的叹息：“不，没有过去，一切还在轮回之中。

“千古一见的伟大帝王去世了，他将和所爱的人前往归墟，在下一个轮回里重新相聚。而在他的身后，那个庞大帝国正如日初升，光耀四海——

“然而，日光照到的一切地方都有阴影。

“南方的海里，积累千年的仇怨虽然已经渐渐淡薄，但仇恨的锁链却没有被彻底斩断；西海之上漂流的人们，依旧怀着一颗回归故土的不死之心，日夜等待；而西方的狷之原……诸位，在那荒原的尽头，你们可曾看到了一座横亘海边的巨大山峦？

“不，那不是山峦，那是迦楼罗金翅鸟啊！

“在送族人离开云荒后，为了断绝追兵，迦楼罗横亘其后，苦苦相守。被长年累月的大漠风沙所覆盖，渐渐化为了一座巨大的山峦——那座山里燃烧着不熄的火，终会在某一日爆发。是的，它在沉睡，带着可怕的杀戮力量，在等待着主人的再度苏醒。

“而那个冰封金座上的人……不，那个冰封在金座上的魔，被最爱的人在心脏上刻下了禁咒而封印——然而，那一颗心却并不曾真正死去。

“他在静静地沉睡，等待着下一个轮回的到来，等待着那个能将他从封印里唤醒的人——无论她将以何种面貌、何种身份出现在他面前，他都能在第一眼认出她。

“曦妃、魅婀，要知道灵魂是不灭的……鲛人的魂魄将归于大海，与日月星辰共存。而云荒上的人们会去往黄泉，再度轮回。那些人是不会死的啊——只是隔了几十年，以稍微不同的面目和身份重新回到这个世间罢了。

“所以，一切都没有结束！

“虽然已没有宿命，但轮回依然存在，那些纺锤依旧在滚动，纺出的命运之线如缕不绝，相互羁绊和牵扯，代代不息。

“神魔俱灭，沧桑变迁，目击众神死亡的原野上终将会开出野花一片——但所有今生未完的心愿都会种下来世的因缘，无论生生世世、轮回流转，都不能斩断。”

九天之上，长风过耳，呼啸沧桑。

九天之下，九州遥望如烟尘，一泓海水杯中泻，千年变更如走马。

三位看过了沧海桑田的女神也不由得目眩神迷，为这一场瑰丽辉煌、荡气回肠的宏大轮回而叹息，纷纷合起了双手，表达内心的赞叹和敬意。真的，如果有来世，又该是怎样一场相遇……如果相遇，又该是怎样一种结局？

没有人能知道，哪怕是高高在九天上的神。

那些如蝼蚁般被俯视的生命，忽然间令那些凌驾于苍生之上的神都为之叹息和震动。那些凡人的生命不过短短数十载，一生如白驹过隙，然而他们却在瞬息浮生里不息地血战和奋斗，耕耘和收获。用血、用泪、用生死和轮回，与宿命对话，与诸神抗争，在那一片土地上写下了属于自己的宏伟篇章，光辉夺目，可耀日月。

而如今，风起云涌，沧桑过尽。

天地之间，诸神寂灭，人治的时代已经到来。

【神寂·完】

后记

镜中的梦幻城

2003年的暑假，某一日醒来，决定构筑一个属于自己的世界。于是一头扑在电脑前，写下了《镜》的第一行字：“地之所载，六合之间，四海之内，有仙洲曰云荒……”

盛夏的清晨，窗外有蝉鸣，绿荫婆娑，我坐在没有空调的房间里，把双足浸没在一盆冷水里，在电脑前一动不动坐了一个下午，手指在键盘上跳跃如飞。

冰封神戒、白璎坠天、苏摩归来、地宫夺宝、龙战于野……一幕一幕接连不断地在眼前浮现出来，那个世界是如此真实，真实得近在咫尺。我甚至能看到每一个人物的脸，看到他们说话和蹙眉的样子，能体味他们每个人的心情，并感同身受。

如今的我已然不能清晰地回忆起那时候的心情，只记得那些故事仿佛在心中埋藏已久，当第一铲掘出的时候地火喷涌而出，种种激烈的情绪在胸膛中呼啸，排山倒海而来，迫使我不眠不休地坐在电脑前，把脑海里浮现的那些画面凝固成文字。

我花了整整一个暑假的时间，完成了第一卷《镜·双城》，在长达两个月的时间里，我几乎没有离开过那台1999年买来的破旧电脑，对外界一切不闻不问，仿佛灵魂被抽离到了另一个世界，只留下一个躯壳在电脑前奋战不息。

如今回想，那真是一段神奇的岁月，可能在我的一生中只会出现那么一次——想象力和灵感爆发的时刻，一切如风暴般呼啸而来，其中种种的丰富和绚烂，让人仿佛瞬间度过了几生几世……

如鱼饮水，妙处难与君说。

那之后的四年里，又陆续完成了《镜·破军》《镜·龙战》《镜·辟天》和《镜·神寂》，以及外传《镜·织梦者》。我从未想过一贯散漫的自己能如此勤勉，经常在电脑前坐到深宵，谢绝了一切同龄人该有的娱乐应酬活动，仿佛一条看不见的鞭子在赶着我前行。我是如此地热爱这个自己一手创造的世界，以至于曾经对人说：如果只能再活三个月，我要做的必然是用尽全力将这个未完的云荒世界补全，让它不至于随着我永远埋葬。

然而，在这四年里，也因为这部书而经历了诸多波折。

从一开始的被某出版社冒名出版假的《镜》系列，到后来忍无可忍和出版商的漫长解约风波——正因为《镜》所具有的价值，让它在诞生的过程中遭遇了种种因为人心的贪婪而产生的劫难，给作者和读者双方都带来了困扰和损失。

但无论如何，在2007年的6月，我终于走到了这条路的终点。

“天地之间，诸神寂灭，人治的时代已经到来。”在写下最后一句话时，不由得轻轻吐出一口气。我长久地凝望着电脑屏幕上的文档，宛如一个雕刻家凝望她的塑像，一个母亲注视她的孩子。那一刻，心里有一种长途跋涉后到达终点的释然和放松。

四年的跋涉，百万字的作品，在目前的能力和水准上，我已然竭尽全力做到了最好。终我一生，能在最好的年华里凝聚心力写下这样一部作品，也已无悔无憾。

天是一面镜子，浮云便是人世映照在上面的倒影——而所谓的云荒，那个“神灵所生，其物异形，或夭或寿，唯圣人能通其道”的云荒，也不过是一个镜中的幻象罢了。我为自己的所有梦想搭建起一个华丽庞大的舞台，台上唱的一折折悲欢离合的戏，是我在几十年的生活里，对所见所闻的综合描述，是对历史、现实种种的情感投射，包涵了对于爱、守护、责任、救赎等的感悟——虽然未必成熟深刻，但至少是真切诚挚的。

这片广袤的云荒埋藏着很多故事，而《镜》只是其中之一。在亲手绘制地图的时候，每标注一个地名、一条河流、一座山峰，我的心里都会浮出与之相对的传奇，那些故事就如一座座深埋地下的矿，等待我某一日去将它挖掘出来——所以，《镜》虽然结束了，云荒这个庞大的世界却只揭开了冰山一角。

一切开始于结束之后。

而在将来的日子里，我会走得更远，看得更广，想得更多——对于出生于星象学“织梦者”这一天的人，书写或许就是她与生俱来的本能和不能摆脱的宿命。

感谢奇幻这种题材的存在，给我提供了最广大的舞台，让我有一种天高海阔的自由，可以摆脱一切束缚，淋漓尽致地描绘着心中所有梦想——这是其他题材所不能给予的；也给云荒大地的共同缔造者——沈璎璎、丽端，以及编辑们以同样的谢意。多年来，我并不是一个人在跋涉，正是经由这些手的共同努力才构筑了这个宏大瑰丽的云荒世界，织出了那样绚烂的梦之华衣。

同时，也感谢我的读者们。感谢你们多年来的耐心等待，感谢你们在我遇到波折时给予的支持，感谢你们分享了我的梦和人生，也感谢你们，曾经和我一起成长。

岁月如流，逝者如斯。这四年来所有一切都在改变。我清楚知道自己终有一天会老去：明眸会暗淡，秀发会苍白，肌肤会枯萎，思维会迟缓……某一日的我，或许会将今日上天赋予的一切都交还给时间的河流。

然而，正因为这一部《镜》，让飞逝如电的青春有了存在的证明：《双城》《破军》《龙战》《辟天》《神寂》……这一部部作品，就如一个个脚印，留在了人生的记忆中，让我在多年后回首，还能清晰地看到自己来时一步步走过的路。

《镜》之于我青春岁月的意义，就如《听雪楼》之于我的少年岁月。

如此说来，织梦者的宿命虽然孤独，却也是幸福的——因为，我终于可以用梦和笔，对抗了无情而强大的“时间”。

沧月

2007年8月8日修订于杭州

图书在版编目（CIP）数据

神寂 / 沧月著. -- 北京 : 北京联合出版公司,
2016.5
（镜）
ISBN 978-7-5502-7638-3
Ⅰ. ①神… Ⅱ. ①沧… Ⅲ. ①长篇小说—中国—
当代 Ⅳ. ①I247.5
中国版本图书馆CIP数据核字(2016)第083137号

镜·神寂
作者：沧月
责任编辑：夏应鹏
选题策划：读客图书　021-33608311
特约编辑：周汝琦　黄靖文
封面设计：80零·小贾
版式设计：顾红　陈宇婕
责任校对：绳刚　张新元　曹振民

北京联合出版公司出版
（北京市西城区德外大街83号楼9层　100088）
北京华联印刷有限公司印刷　新华书店经销
2016年5月第1版　2016年5月第1次印刷
字数 230千字　680毫米×990毫米　1/16　20.5印张
ISBN 978-7-5502-7638-3
定价：39.80元
